Clive Cussler è nato nel 1931 ad Alhambra, in California, da madre americana e padre tedesco. Interrotti gli studi al Pasadena City College, si è arruolato nell'Aviazione, partecipando alla guerra di Corea. Negli anni '60 ha lavorato nella pubblicità, dapprima come copy writer e in seguito come direttore creativo di una delle più importanti agenzie degli Stati Uniti. Ha esordito nella narrativa nel 1973 con *Enigma*, che racconta la... seconda straordinaria avventura di Dirk Pitt, l'eroe che ha conquistato i lettori d'avventura di tutto il mondo. Nel 1978 ha fondato la National Underwater and Marine Agency (NUMA), un'associazione non-profit specializzata nella localizzazione, identificazione e recupero di relitti marini di importanza storica. Dopo Dirk Pitt, ha dato vita ad altri eroi della narrativa avventurosa firmando i « NUMA files » di Kurt Austin e Joe Zavala, gli « Oregon files » di Juan Cabrillo, le avventure di Sam e Remi Fargo e le indagini di Isaac Bell. Dopo aver firmato oltre 80 libri, tradotti in tutto il mondo in più di 40 lingue, Clive Cussler è scomparso nel febbraio 2020.

Dello stesso autore in edizione TEA:

Le avventure di Dirk Pitt
Vortice
Enigma
Iceberg
Recuperate il Titanic!
Virus
Salto nel buio
Missione Eagle
Cyclops
Tesoro
Dragon
Sahara
L'oro dell'Inca
Onda d'urto
Alta marea
Atlantide
Walhalla
Odissea
Vento nero
Il tesoro di Gengis Khan
Morsa di ghiaccio
Alba di fuoco
La freccia di Poseidone
Havana Storm
Missione Odessa
Il destino del faraone

« NUMA files »
Il serpente dei Maya
Oro blu
Lo zar degli oceani
Morte bianca
La città perduta
Tempesta al Polo
La stirpe di Salomone
Medusa
I cancelli dell'inferno
Uragano
Terremoto
Naufragio
Il segreto di Osiride
Il mistero degli Inca
Come l'alta marea
Oro nero

« OREGON files » - Le avventure del capitano Juan Cabrillo
L'oro dei Lama
La pietra sacra
I predatori
Skeleton Coast
La nave dei morti
Corsair
Oceani in fiamme
Giungla
Miraggio
Piranha
La vendetta dell'imperatore
La furia del tifone
I tiranni delle ombre
Opzione finale

Le « avventure vere »
Cacciatori del mare
Navi fantasma

Le avventure di Sam e Remi Fargo
L'oro di Sparta
L'impero perduto
Il regno dell'oro
Sepolcro
L'enigma dei Maya
La leggenda dell'Azteco
Le isole della morte
Pirati
Il tesoro dei Romanov
Lo Spettro grigio

Le indagini di Isaac Bell
Il cacciatore
Sabotaggio
Intrigo
Fuga
In mare aperto
Attentato
Il contrabbandiere
Il cecchino
Il gangster

Clive Cussler
e Dirk Cussler

La freccia di Poseidone

Romanzo

Traduzione di
Andrea Carlo Cappi

TEA

IL LIBRAIO.IT
il sito di chi ama leggere

Visita www.tealibri.it
per scoprire anteprime,
novità e promozioni

TEA - Tascabili degli Editori Associati S.r.l., Milano
Gruppo editoriale Mauri Spagnol

Titolo originale
Poseidon's Arrow

Prima edizione «I Grandi» TEA marzo 2015
Quarta ristampa «I Grandi» TEA ottobre 2016
Prima edizione TEA Più febbraio 2019
Seconda ristampa TEA Più aprile 2022
Prima edizione I Maestri dell'Avventura TEA settembre 2023
Prima edizione SuperTEA luglio 2024

LA FRECCIA DI POSEIDONE

PROLOGO
Barbarigo

Il *Barbarigo* sotto attacco

Ottobre 1943
Oceano Indiano

La superficie irrequieta del mare scintillava sotto la mezza luna, come striata di mercurio incandescente. Al tenente Alberto Conti le onde iridate ricordavano un paesaggio fluviale di Monet visto in una camera oscura. La schiuma argentea rifletteva la luce lunare verso il cielo, illuminando un lontano banco di nubi: il margine di una perturbazione che si stava rovesciando sulle fertili coste del Sudafrica, una cinquantina di miglia più a nord.

A testa bassa, per ripararsi dalla brezza umida, Conti si voltò verso il giovane marinaio sull'attenti accanto a lui, sulla torretta del sommergibile *Barbarigo* della regia marina. «Serata romantica, Catalano, non trovi?»

Il marinaio gli rivolse uno sguardo interrogativo. «Il clima è gradevole, signor tenente, se è questo che intendete.» Benché esausto, come tutto l'equipaggio, era sempre impettito in presenza degli ufficiali. Una deferenza giovanile, considerò Conti, che prima o poi si sarebbe temperata.

«No, la luna», precisò il tenente. «Scommetto che stanotte brilla anche su Napoli. Non mi sorprenderebbe che in questo stesso momento qualche bell'ufficiale della Wehrmacht portasse a spasso la tua fidanzata in piazza del Plebiscito.»

Il giovane marinaio sputò fuoribordo, poi tornò a guardare l'ufficiale con gli occhi accesi di rabbia. «La mia Lisetta si butterebbe dal ponte di Gaiola, piuttosto che avere a che fare con un porco tedesco. Non mi preoccupo. Porta sempre in borsetta una calza imbottita di sabbia e sa come usarla.»

Conti scoppiò in una risata. «Forse, se armassimo tutte le

nostre donne, né i tedeschi né gli Alleati oserebbero più mettere piede nel nostro paese.»

Erano in navigazione da sei settimane e lontani dalla patria da mesi. Catalano trovò poco da ridere in quel commento. Scrutò l'orizzonte, poi accennò con la testa alla prua che fendeva il buio e le onde. «Ma perché siamo relegati al servizio di trasporto per conto dei tedeschi, invece di andare a caccia di mercantili, dato che è per questo che è stato costruito il *Barbarigo*?»

«Siamo tutti burattini nelle mani dei tedeschi», rispose Conti, scuotendo il capo. Non aveva idea che a Roma in settembre Mussolini era stato destituito ed era stato annunciato un armistizio con gli Alleati. «E pensare che nel 1939 avevamo una flotta di sommergibili superiore a quella germanica, mentre ora prendiamo ordini dalla Kriegsmarine. A volte è difficile spiegare cosa succede nel mondo.»

«Non mi sembra giusto.»

Il tenente rivolse lo sguardo al grande ponte del sommergibile. «Suppongo che il *Barbarigo* sia troppo grosso e lento rispetto ai nuovi convogli armati e per questo ormai sia diventato solo una nave da trasporto. Se non altro possiamo andare orgogliosi del nostro operato in guerra, prima della conversione.»

Varato nel 1938, nei primi giorni del conflitto il *Barbarigo* aveva affondato cinque o sei navi alleate nell'Atlantico. Con il suo dislocamento di oltre un migliaio di tonnellate, era molto più grande dei temuti U-Boot Tipo VII. Ma, a seguito delle crescenti perdite tedesche in termini di navi di superficie, l'ammiraglio Dönitz aveva suggerito di convertire molti dei grandi sommergibili italiani in navi da trasporto. Quindi, privato dei siluri, della mitragliatrice sul ponte e persino di alcuni dei suoi ufficiali, il *Barbarigo* era stato inviato a Singapore con a bordo mercurio, acciaio e armi da 20mm, destinati ai giapponesi. E ora stava tornando indietro.

«Il nostro carico è giudicato di fondamentale importanza per il corso della guerra. Immagino che a qualcuno toccasse fare la bestia da soma», proseguì Conti. Ma dentro di sé anche lui trovava degradante che il battello dovesse fungere da mercantile. Come in ogni sommergibilista, c'era in lui qualcosa del cacciatore, il desiderio di braccare il nemico. Ma in quel momento l'incontro con un avversario sarebbe stato la fine del *Barbarigo*. Spogliato dei suoi armamenti, trascinandosi in superficie a dodici nodi, il sommergibile era più un bersaglio indifeso che un temibile predatore.

Un'onda biancastra si infranse sulla prua. Il tenente guardò il quadrante fosforescente dell'orologio. «Meno di un'ora all'alba.»

Catalano obbedì all'ordine implicito, portandosi agli occhi un binocolo e scrutando l'orizzonte in cerca di altri battelli. Il tenente lo imitò, esplorando il mare e il cielo a trecentosessanta gradi. La sua mente tornò a Casoria, una cittadina a nord di Napoli, dove lo aspettavano la moglie e il figlio. Sul retro della loro modesta fattoria c'era una vigna e Conti ripensò con nostalgia ai pigri pomeriggi estivi in cui giocava a rincorrersi tra le viti con il bambino.

Poi sentì quel rumore.

Al di sopra del ronzio dei motori diesel del sommergibile, distinse un suono più acuto. Raddrizzò di scatto la schiena. Non intendeva perdere tempo a individuarne la fonte. «Chiudere il portello!» ordinò concitato. Si precipitò giù per la scala a pioli. Un attimo dopo scattava l'allarme di immersione rapida e tutti i marinai corsero ai propri posti. In sala macchine una gigantesca frizione disattivò i motori diesel, trasferendo la propulsione a quelli elettrici alimentati a batteria. L'acqua già cominciava a invadere la prua mentre Catalano sigillava il portello della torretta, per scendere in sala comando.

Di norma un equipaggio ben addestrato poteva portare un sommergibile sott'acqua in meno di un minuto. Ma, appesantito dal carico a bordo, il *Barbarigo* non poteva effettuare quella manovra con la velocità necessaria. Dall'allarme lanciato da Conti trascorsero quasi due interminabili minuti.

Gli stivali di Catalano risuonarono sui pioli della scaletta mentre scendeva in sala comando. Il marinaio si lanciò verso la sua postazione per effettuare l'immersione rapida. Il ritmo metallico dei motori diesel si era zittito, mentre il sommergibile passava alla propulsione elettrica. Di riflesso, l'equipaggio parlava sottovoce nel silenzio. Il comandante De Julio, un uomo dal viso tondo, si strofinava le palpebre assonnate mentre chiedeva a Conti se il *Barbarigo* fosse stato avvistato.

«Non saprei. Non ho visto l'aereo. Ma, con la luce della luna e il mare abbastanza calmo, sono sicuro che fossimo visibili.»

«Lo scopriremo presto.» Il comandante andò al timone, controllando il profondimetro. «Portaci a venti metri, poi barra tutta a dritta.» Il capo timoniere annuì mentre ripeteva l'ordine, sbirciando gli strumenti. Il silenzio calò nella sala comando, mentre gli uomini attendevano il loro destino.

Mille piedi sopra di loro, un minaccioso idrovolante PBY Catalina della Royal Air Force britannica sganciò due bombe di profondità, che precipitarono in mare avvitandosi come trottole. Il velivolo non era ancora equipaggiato con un radar. Era stato il bombardiere di coda a scorgere la scia lattiginosa del *Barbarigo* sulla superficie increspata dell'acqua. Emozionato dalla scoperta, premette il naso sul finestrino in resina acrilica, seguendo con gli occhi spalancati l'impatto in mare dei due ordigni gemelli, che sollevarono in aria due piccoli geyser.

«Un po' in ritardo, mi pare», commentò il secondo pilota.

«Proprio così.» Il pilota, un londinese allampanato con un paio di baffetti, inclinò il velivolo in una virata stretta, con la stessa noncuranza con cui avrebbe riempito una tazza di tè.

Lanciare le cariche era come tirare a indovinare. Il sommergibile era già scomparso sott'acqua, benché la sua scia fosse ancora in vista. Le bombe detonavano alla profondità prestabilita, otto metri soltanto. Se non si colpiva subito, il *Barbarigo* aveva il tempo di scendere più in basso, fuori portata.

Il pilota si allineò per un altro passaggio, usando come riferimento la boa lanciata in corrispondenza del primo attacco e le tracce ormai evanescenti della scia per valutare la rotta subacquea del battello invisibile. Il ventre rigonfio del Catalina sorvolò la boa.

«Siamo quasi sopra», annunciò il pilota. «Se hai un bersaglio, lancia.»

Il bombardiere, uno degli otto membri dell'equipaggio, avvistò il *Barbarigo* e fece scattare un interruttore, scagliando in mare un'altra coppia di bombe di profondità da sotto le ali dell'idrovolante. « Cariche lanciate. Belle precise stavolta, comandante. »

« Facciamo un altro passaggio, per sicurezza, poi chiamiamo una nave di superficie nelle vicinanze », rispose il pilota, cominciando una nuova virata.

Sul *Barbarigo*, le due detonazioni simultanee scossero le paratie. Le luci tremolarono, la struttura gemette, ma nessun flusso d'acqua invase lo scafo e l'unica conseguenza fu che, per un momento, il rombo dell'esplosione risuonò nelle orecchie di tutti come le campane di San Pietro. Poi però il suono fu sovrastato da un tonfo metallico che echeggiò da poppa, seguito da uno stridore acuto.

De Julio avvertì un cambiamento nell'assetto del battello. « Rapporto danni a prua e poppa », gridò. « La nostra profondità? »

« Dodici metri, comandante », rispose il capo timoniere.

In sala comando nessuno aprì bocca. Il compartimento era invaso da una cacofonia di sibili e scricchiolii, mentre il sommergibile scendeva. Ma a tormentare le orecchie all'equipaggio erano i suoni che *non* sentivano: l'impatto in acqua e l'esplosione di altre due cariche di profondità.

Dopo l'ultimo passaggio, il Catalina si era allontanato. Il pilota aveva scommesso che fossero diretti a nord, mentre il *Barbarigo* aveva virato a sud. L'onda d'urto delle ultime detonazioni, attutite e distanti, colpì appena il sommergibile, ormai oltre la portata delle bombe. I marinai tirarono un sospiro collettivo quando capirono di essere, per il momento, fuori pericolo. L'unico timore, a quel punto, era che gli Alleati mandassero una nave di superficie perché riprendesse l'attacco.

Il sollievo fu troncato dal grido di un timoniere. « Comandante, perdiamo velocità! »

De Julio gli si avvicinò e osservò la strumentazione.

«I motori elettrici sono inseriti e operativi», disse il giovane marinaio, aggrottando la fronte, «ma l'albero di trasmissione non gira.»

«Sala a rapporto, subito.»

«Sì, comandante.» Un marinaio in piedi vicino al periscopio si voltò e corse a chiamare il capo macchinista, che trovò davanti a sé in corridoio.

La sagoma corpulenta di Eduardo Sala avanzava decisa tra i marinai. Il capo macchinista si avvicinò al comandante e lo guardò con i suoi occhi neri dall'espressione seria.

«Eccoti, Sala», disse De Julio. «In che condizioni siamo?»

«Lo scafo è sicuro, comandante. Ci sono perdite nel condotto principale, che stiamo cercando di contenere. C'è un ferito, il macchinista Parma, che è caduto e si è rotto un polso durante l'attacco.»

«Ma la propulsione? Abbiamo danni ai motori elettrici?»

«Signornò. Li ho disattivati io stesso.»

«Sei pazzo, Sala? Siamo sotto attacco e tu spegni i motori?»

Sala guardò il comandante, sprezzante. «Ora sono irrilevanti», disse con voce calma.

«Che stai dicendo?» domandò De Julio, chiedendosi perché il capo macchinista fosse così evasivo.

«È l'elica, comandante. Una bomba di profondità ha piegato o distorto una pala. È entrata in contatto con lo scafo e l'abbiamo persa.»

«Abbiamo perso una pala?»

«No... l'intera elica.»

Le parole rimasero sospese nell'aria come una campana a morto. Senza l'unica elica, il *Barbarigo* era alla mercé dell'oceano come un tappo di sughero. Il porto di destinazione, Bordeaux, ora sembrava lontano quanto la luna.

«Che cosa possiamo fare?» chiese De Julio.

Il tozzo capo macchinista scosse la testa. «Pregare», mormorò. «E rimetterci alla misericordia del mare.»

PRIMA PARTE

La freccia di Poseidone

II *Sea Arrow*

1

Giugno 2014,
Deserto del Mojave, California

Era un mito, decise, una vecchia favola. Aveva sentito spesso raccontare come nel deserto il calore ribollente del giorno la notte lasciasse il passo al gelo. Ma poteva testimoniare che in quella stagione, nel cuore del deserto della California meridionale, di gelo non se ne parlava proprio. Il sudore gli inzuppava la sottile maglietta nera e formava una massa umida in fondo alla schiena. La temperatura era ancora superiore ai trenta gradi, come minimo. Sbirciò il quadrante luminoso dell'orologio e constatò che erano le due del mattino.

Non che il caldo lo spaventasse. Era nato in America centrale e per tutta la vita aveva abitato e combattuto nelle guerriglie in mezzo alla giungla. Tuttavia il deserto era nuovo per lui e, semplicemente, non si aspettava quel calore notturno.

In mezzo al panorama sabbioso vedeva brillare un grappolo di lampioni che contrassegnava l'accesso a una cava sulle colline di fronte a lui. « Eduardo dovrebbe essere quasi in posizione dall'altra parte del gabbiotto », disse a un uomo barbuto disteso poco lontano, in una depressione nella sabbia.

L'altro era vestito di nero, dagli scarponi da combattimento al leggero berretto tirato indietro sulla testa. Stava bevendo acqua da una bottiglietta, con il viso imperlato di sudore. « Spero che si sbrighi. Ci sono serpenti a sonagli, da queste parti. »

Il suo compagno sorrise nel buio. « Juan, quello sarebbe l'ultimo dei nostri problemi. »

Un minuto dopo la radiotrasmittente che portava alla cintola crepitò.

« È lui. Muoviamoci. »

Si alzarono, mettendosi in spalla i loro zaini leggeri. Le luci della cava brillavano sul pendio di fronte a loro, proiettando un bagliore pallido sulla superficie spoglia del deserto. I due uomini percorsero la breve distanza fino alla recinzione che circondava il complesso. Il più alto si inginocchiò e frugò nello zaino, in cerca di un paio di cesoie.

«Pablo, possiamo passare senza tagliarla», sussurrò il suo compagno, indicando un torrente asciutto che passava sotto la recinzione.

La sabbia del letto del torrente era morbida. Juan la scosse con la punta di uno scarpone. Pablo lo raggiunse e insieme scavarono una piccola buca sotto la recinzione. Vi fecero passare gli zaini, poi ci si infilarono a loro volta.

Nell'aria echeggiava un rombo sommesso, la miscela di rumori meccanici di una miniera a cielo aperto operante ventiquattr'ore su ventiquattro. I due uomini si tennero alla larga dal gabbiotto delle guardie, alla loro destra, e avanzarono su un lieve pendio verso la cava vera e propria. Dopo dieci minuti di cammino raggiunsero un gruppo di vecchie costruzioni tra le quali si intrecciava una rete di nastri trasportatori. Su uno di essi una ruspa stava rovesciando cumuli di minerale grezzo, che sarebbe stato immagazzinato in una tramoggia sopraelevata.

I due erano diretti a un secondo gruppo di costruzioni, più in là su una collina. La miniera era davanti a loro e furono costretti a una deviazione attraverso l'area operativa, dove il minerale grezzo veniva frantumato e macinato. Corsero lungo il perimetro tenendosi nell'ombra, per poi proseguire lungo il retro di un vasto magazzino. Si affrettarono in un passaggio scoperto fra due edifici, superando un bunker semisepolto alla loro sinistra.

D'un tratto una porta si spalancò al centro della costruzione di fronte a loro. I due si separarono: Juan si tuffò di lato, nascondendosi dietro il bunker, mentre Pablo cercò di sparire dietro l'angolo della costruzione.

Non fece in tempo.

Una forte luce gialla lo abbagliò.

«Non ti muovere o te ne pentirai», disse una voce bassa e minacciosa.

Pablo si fermò dove si trovava, ma nel frattempo sfilò di nascosto una minuscola semiautomatica che portava al fianco sinistro e la occultò nel palmo della mano guantata.

La guardia di sicurezza, un individuo sovrappeso, gli si avvicinò a passo lento, tenendo la torcia elettrica puntata sulla faccia dell'uomo. Il sorvegliante notò che l'intruso superava il metro e ottanta, era robusto e ben proporzionato. Il viso color caffè era liscio e rilassato, in contrasto con gli occhi neri che ardevano maligni. Sulla sinistra, una striscia di pelle più chiara gli tagliava il mento e la mascella, souvenir di un vecchio combattimento all'arma bianca. Era evidente che l'intruso non era un estraneo capitato per caso.

La guardia si fermò a distanza di sicurezza, stringendo una .357 Magnum. «Che ne dici di mettere le mani dietro la testa e raccontarmi dov'è andato il tuo amico?»

Il rombo di un vicino nastro trasportatore coprì i passi di Juan mentre sbucava dal nascondiglio e correva verso il guardiano, piantandogli un pugnale in un rene. Sul volto dell'uomo si poté leggere lo shock, un attimo prima che tutto il suo corpo si irrigidisse. Un colpo partì dal revolver e il proiettile sibilò sopra la testa di Pablo. Poi il guardiano stramazzò a terra, sollevando una nube di polvere.

Pablo puntò la minipistola davanti a sé, aspettandosi che da un istante all'altro altri sorveglianti arrivassero sulla scena, ma non si vide nessuno. Lo sparo era stato nascosto dal frastuono dei nastri trasportatori e dell'impianto che sbriciolava il pietrisco. Una rapida chiamata via radio a Eduardo confermò che non c'erano attività all'ingresso. Nessun altro alla miniera si era accorto della loro presenza.

Juan ripulì la lama del coltello sulla camicia del morto. «Come ha fatto a trovarci?»

Pablo alzò lo sguardo verso il bunker. Notò solo allora la scritta a lettere bianche e rosse sulla porta: PERICOLO. MATERIALE ESPLOSIVO. «È il deposito degli esplosivi. Dev'essere sotto sorveglianza.»

Sfortuna, pensò. La funzione del bunker non era precisata sulla loro mappa. Ora la loro intera operazione era a rischio.

« Dobbiamo farlo saltare? » chiese Juan.

Avevano ordine di distruggere il complesso in modo che sembrasse un fatto accidentale, compito che in quel momento si rivelava arduo. Gli esplosivi avrebbero potuto essere utili allo scopo, ma il bunker era troppo distante dal loro bersaglio effettivo.

« Lascia perdere. »

« Lo lasciamo qui il guardiano? » chiese Juan.

Pablo scosse la testa. Sganciò il cinturone del morto, poi gli tolse le scarpe. Gli frugò nelle tasche e prese il portafogli e un pacchetto di sigarette. Infilò tutto nel proprio zaino, insieme alla .357 Magnum. Intorno ai suoi piedi si allargava una pozza di sangue. La coprì di sabbia, poi lui e Juan presero la guardia per le braccia e la trascinarono nel buio. Trenta metri più in là raggiunsero un nastro trasportatore sopraelevato, su cui scorrevano blocchi di roccia grossi come meloni. Con un certo sforzo, caricarono il cadavere sul nastro. Pablo lo seguì con lo sguardo, fino a quando il guardiano venne depositato in una grossa tramoggia metallica.

Il minerale, una miscela di fluorocarbonato noto come bastnaesite, era già passato attraverso una prima fase di frammentazione e filtraggio. Il cadavere procedette attraverso la seconda fase, che riduceva le rocce alle dimensioni di palle da baseball. Un ulteriore passaggio le avrebbe trasformate in ghiaia. Se qualcuno avesse esaminato la polvere marrone che si accumulava sull'ultimo nastro, avrebbe potuto notare una curiosa colorazione rossastra, unica traccia lasciata dal corpo del guardiano.

Anche se la macinazione delle rocce era fondamentale nelle operazioni della cava, ancora più importante era ciò che avveniva nel secondo complesso sulla collina. Pablo fissò le luci di parecchie costruzioni lontane: era lì che il minerale grezzo, una volta triturato, veniva sottoposto al trattamento che lo separava nei suoi componenti. Constatato che non c'erano veicoli in movimento nell'area, i due si rimisero in marcia di buon passo.

Dovevano costeggiare il bordo orientale della miniera. Si

tuffarono in un canale al passaggio di un camion carico di materiali di scarto. Poco dopo, Eduardo li avvertì via radio che una guardia stava facendo un giro di controllo a bordo di un pickup. Trovarono rifugio dietro un cumulo di travi e rimasero immobili per venti minuti, fino a quando il veicolo fece ritorno al cancello.

Quindi si spostarono verso i due edifici più grandi del complesso superiore, svoltarono a destra e si avvicinarono a una baracca di fronte a un torreggiante serbatoio di propano. Juan ci girò intorno e si inginocchiò davanti alla valvola. Prese dallo zaino una piccola carica di esplosivo al plastico nella quale innestò un detonatore, e collocò il tutto sotto la valvola. Regolò il timer digitale su venti minuti, lo attivò e si allontanò.

A pochi passi da lui, Pablo gettò a terra le scarpe, la pistola e la fondina del guardiano, cui seguirono il portafogli con tutti i contanti, e il pacchetto spiegazzato di sigarette. Era piuttosto azzardato, ma da un'indagine superficiale sarebbe potuto risultare che il guardiano avesse provocato lo scoppio accidentale del serbatoio, finendo vaporizzato nell'esplosione.

I due uomini corsero verso l'edificio adiacente, un'imponente struttura metallica che ospitava le grandi vasche contenenti le soluzioni per il procedimento di separazione. Un gruppetto di operai del turno di notte sorvegliava le attività.

I due intrusi non cercarono di entrare, ma raggiunsero un ampio recinto in cui i barili di agenti chimici erano addossati a un muro. In meno di un minuto Pablo collocò una seconda carica su un pallet di bidoni con la dicitura ACIDO SOLFORICO, poi scomparve nell'oscurità.

Mentre i timer proseguivano il conto alla rovescia, i due si avvicinarono a un secondo edificio destinato all'estrazione, cento metri più avanti. Sul retro, Pablo trovò la valvola di una condotta idrica. Tenendo d'occhio l'orologio, la chiuse, interrompendo il flusso di acqua nell'edificio.

Qualche secondo più tardi il serbatoio di propano scoppiò con un boato che risuonò tra le colline. Il paesaggio fu inondato da un bagliore azzurrino. Con un sibilo, la porzione superiore del serbatoio fu lanciata in aria come un razzo Atlas, per poi ricadere sulla cava avvolta in una palla di fuoco. Schegge in fiamme volarono in ogni direzione, precipitando su costruzioni, veicoli e macchinari nel raggio di un centinaio di metri dal punto dell'esplosione.

Stavano ancora cadendo detriti dal cielo quando la seconda carica scagliò una montagna di bidoni pieni di acido solforico contro il primo complesso di separazione. Gli operai urlarono e si diedero alla fuga, mentre i proiettili perforavano le vasche, liberando i composti chimici. Le porte si spalancarono lasciando uscire gli operai inseguiti da lingue di fumo tossico.

Juan e Pablo si erano rifugiati in un canale, al riparo della pioggia di detriti, mentre tenevano d'occhio una porta del secondo edificio. Sentite le esplosioni, alcuni operai si affacciarono per vedere che cosa stesse accadendo; si trovarono di fronte il fumo e le fiamme e chiamarono gli altri, per andare in soccorso dei compagni di lavoro del primo edificio. Pablo contò i sei uomini che uscirono dalla seconda costruzione, prima di rialzarsi e dirigersi alla porta.

« Resta dove sei e coprimi. »

Mentre stava per aprire la porta, questa si spalancò. Pablo balzò indietro, mentre una donna in camice bianco correva fuori, dietro gli altri, verso l'incendio. Nemmeno si accorse della presenza di un uomo dietro la porta.

Pablo entrò e si diresse verso un'area ben illuminata in cui si trovavano decine di altre vasche di estrazione. Svoltò a sinistra e proseguì sino in fondo all'edificio, dove alloggiavano altri serbatoi. Controllò le etichette e scelse uno di quelli più grandi, con la scritta CHEROSENE. Strappò un tubo dalla base, quindi aprì la valvola di drenaggio. Un torrente di liquido dal forte odore di benzina inondò il pavimento.

Pablo recuperò alcuni camici appesi a una parete e se ne servì per otturare tutti gli scarichi. Il cherosene si diffondeva rapido sul cemento, mentre l'uomo tornava alla porta prendendo un accendino da una tasca. Si chinò a dare fuoco al liquido che gli scorreva tra i piedi, prima di uscire di corsa dall'edificio.

Con la sua bassa volatilità e l'elevato punto di innesco, il cherosene non esplose: si infiammò, trasformandosi in un lago fiammeggiante. I sensori antincendio attivarono gli spruzzatori sul soffitto che tuttavia, isolati dall'acqua, ne consumarono la scorta rimanente in una manciata di secondi. Il fuoco poté propagarsi indisturbato.

Pablo non si voltò indietro, mentre raggiungeva il suo compagno nel canale. Juan alzò gli occhi e scosse la testa. « Eduardo dice che le guardie dell'ingresso stanno venendo da questa parte. »

Per tutta la miniera si sentivano suonare sirene e allarmi, ma ancora nessuno aveva notato il fumo che si innalzava dal secondo edificio. Alle tre del mattino nessuno era preparato ad affrontare diversi focolai di incendio e i vigili del fuoco più vicini erano a cinquanta chilometri di distanza.

Pablo non perse tempo a contemplare le fiamme. Fece un cenno al suo compagno ed entrambi si misero a correre verso est. Juan doveva faticare per tener dietro al compagno. Attraversarono la strada polverosa che conduceva al cancello pochi secondi prima che si avvicinasse un veicolo. Si tuffarono a terra quando passò loro vicino. Più in là cominciava il deserto. A breve distanza apparve la recinzione. Aprirono un varco largo quanto bastava perché uno dei due passasse, mentre l'altro teneva sollevata la rete.

In quaranta minuti di marcia coprirono il tragitto di poco più di tre chilometri che li separava dall'autostrada, consumando le loro scorte di acqua in bottiglia. Proseguirono lungo il nastro di asfalto fino ad avvistare un pickup a quattro portiere parcheggiato vicino a un fosso, seminascosto alla vista. Eduardo, il terzo del gruppo, con indosso una polo consunta, fumava una sigaretta seduto al volante. Pablo e Juan deposero gli zaini e si liberarono della tenuta mimetica notturna, indossando T-shirt e berretti da baseball.

« Congratulazioni », disse Eduardo. « Sembra che abbiate avuto successo. »

Pablo si voltò per la prima volta verso la miniera. Una nube di fumo aleggiava sopra il complesso, che le fiamme che si alzavano da vari punti tingevano di arancione. Le attrezzature antincendio erano del tutto insufficienti a fronteggiare tutti quei focolai. A quanto si poteva vedere, l'inferno si stava diffondendo.

Pablo si concesse un mezzo sorriso. Tolta l'apparizione del guardiano, tutto si era svolto secondo i piani. I due impianti di separazione e di estrazione, il cuore del complesso, presto sarebbero stati rovine carbonizzate. Bloccato il processo di separazione, tutte le attività sarebbero rimaste paralizzate per un anno almeno, forse due. E, con un po' di fortuna, tutto sarebbe stato attribuito a una disgrazia.

Juan seguì lo sguardo del compagno e contemplò soddisfatto il rogo. «Sembra che abbiamo dato fuoco a tutto lo Stato, questa notte.»

Le fiamme lontane si riflettevano negli occhi dell'uomo più alto, mentre si voltava verso Juan. «No, amico mio», rispose, con un sogghigno malefico. «Abbiamo dato fuoco a tutto il mondo.»

2

Il sudore colava lungo la nuca del presidente, impregnandogli il colletto inamidato della camicia bianca. La colonnina di mercurio puntava verso i quaranta gradi, temperatura insolita per il mese di giugno nel Connecticut. La brezza lieve che soffiava dal Block Island Sound non riusciva ad alleggerire il peso dell'umidità. Il cantiere navale in riva al fiume continuava a essere una serra soffocante. In un'area di costruzione conosciuta come Edificio 260, l'aria condizionata combatteva una battaglia persa contro la calura pomeridiana.

La Electric Boat Corporation aveva cominciato a costruire motori marini diesel sulle rive del fiume Thames nel 1910, ma alla fine la compagnia si era specializzata nella propulsione subacquea. Il cantiere navale di Groton aveva consegnato il primo sottomarino alla marina nel 1934 e da allora aveva realizzato tutte le classi principali della flotta sommergibili statunitense. Dentro l'edificio dipinto di verde si ergeva ora lo scafo imponente del *North Dakota*, l'ultimo esemplare di sottomarino da attacco rapido della classe Virginia.

Il presidente scese la scaletta lungo l'impalcatura allestita sotto la torretta e, sbuffando, mise piede sul cemento. Era un uomo alto e robusto che detestava gli spazi chiusi ed era lieto che la visita si fosse conclusa, anche se dentro il sottomarino faceva più fresco. Con l'economia in condizioni disastrose e il Congresso di nuovo impantanato, la gita a un cantiere navale sembrava l'ultima cosa in ordine di priorità da mettere in agenda, ma aveva promesso al segretario della Marina di andare a tenere alto il morale degli operai. Mentre il suo gruppo ristretto di accompagnatori gli si radunava intorno, represse l'irritazione e guardò di nuovo il battello, ostentando meraviglia di fronte alle sue dimensioni. «Una realizzazione stupefacente», commentò.

«Sissignore», dichiarò un uomo biondo con un abito impeccabile, che gli stava gomito a gomito come se qualcuno li avesse legati l'uno all'altro. «Davvero un grande risultato della tecnologia.» L'assistente capo di stato maggiore Tom Cerny si era specializzato in questioni della difesa in Campidoglio, prima di entrare a far parte dell'amministrazione.

«È un po' più lungo dei battelli classe Seawolf, ma decisamente minuscolo in confronto a un Trident», spiegò la guida, un vivace direttore tecnico della Electric Boat. «Di solito la gente li vede quando sono in acqua e due terzi dello scafo sono nascosti.»

Il presidente assentì, osservando lo scafo lungo centoquindici metri che torreggiava sopra di loro, montato su enormi sostegni. «Sarà un importante contributo al nostro arsenale. Vi sono grato per avermi dato l'occasione di vederlo da vicino.»

Un ammiraglio dal volto impassibile, di nome Winters, fece un passo avanti. «Signor presidente, per quanto ci abbia fatto piacere mostrarle in anteprima il *North Dakota*, non è questa la ragione per cui le abbiamo chiesto di venire qui.»

Il presidente gli consegnò un casco protettivo con lo stemma della Casa Bianca e si asciugò una goccia di sudore dalla fronte. «Se me lo vuole spiegare con una bibita fresca e un po' più di aria condizionata, faccia strada.»

Fu accompagnato dalla parte opposta dell'edificio, fino a una porticina sorvegliata da una guardia in uniforme. Il gruppo la oltrepassò, una persona alla volta, passando sotto l'obiettivo di una videocamera montata sopra lo stipite.

L'ammiraglio accese le luci sul soffitto, illuminando una sala stretta che si allungava per quasi centoventi metri. Dentro c'era un altro sottomarino, prossimo al completamento, del tutto diverso da qualsiasi altra unità navale il presidente avesse visto prima.

Era grande la metà del *North Dakota* e la sua forma differiva in modo sostanziale. Lo scafo affusolato, nero come la notte, si restringeva sulla prua. La torretta, bassa e ovoidale, si levava di poco più di un metro dal ponte. A poppa erano fissate due capsule allungate, che ricordavano la coda di un delfino. Ma l'elemento più insolito era costituito da un paio di stabilizzatori retrattili, dalla forma di ali triangolari, che spuntavano da entrambi i lati. Sulle fiancate, nella parte inferiore dello scafo, si vedevano quattro bombole tubolari. Nel complesso, il design ricordava al presidente una grande manta che aveva visto una volta mentre pescava al largo della Bassa California.

«Cosa diavolo è questo?» domandò. «Non ero al corrente di altri progetti, oltre ai classe Virginia.»

«Signore, questo è il *Sea Arrow*», spiegò l'ammiraglio. «Un prototipo sviluppato nell'ambito di un programma segreto di ricerca e sviluppo, per collaudare tecnologie molto avanzate.»

Cerny prese la parola in tono severo. «Perché il presidente non è stato informato di questo programma? Vorrei sapere da dove arrivano i fondi.»

L'ammiraglio lo guardò con la benevolenza di un pitbull affamato. «Il *Sea Arrow* è stato realizzato con i fondi della Defense Advanced Research Project Agency e dell'Office of Naval Research. Il presidente è informato della sua esistenza in questo preciso momento.»

Il presidente li ignorò e si avvicinò al battello, esaminando le singolari appendici lungo la chiglia. Studiò una serie di tubi circolari concentrici che spuntavano dalla prua, poi si diresse a poppa, notando che il sottomarino non era dotato di eliche. Rivolse a Winters un'occhiata interrogativa. «Va bene, ammiraglio, ha destato la mia curiosità. Mi parli del *Sea Arrow*.»

«A questo scopo cedo la parola al responsabile del progetto, il dottor Joe Eberson, direttore del reparto tecnologia marina della DARPA.»

Si fece avanti un uomo con la barba e l'aria dello scienziato, che parlò in tono calmo, con un vago accento del Tennessee. «Signor presidente, il *Sea Arrow* rappresenta o rappresenterà un balzo in avanti di parecchie generazioni nella tecnologia subacquea. Stiamo superando il processo tradizionale di sviluppo, integrando nella costruzione una serie di teorie ed elementi altamente innovativi. Abbiamo cominciato da una serie di caratteristiche tecniche che erano puramente a uno stadio concettuale. Grazie agli sforzi e alla rapidità di un gran numero di realtà scientifiche indipendenti in tutto il paese, sono lieto di annunciarle che siamo prossimi al varo del più moderno sottomarino da guerra della storia.»

Il presidente annuì. «Mi dica di queste strane appendici. Sembra una specie di creatura volante del Giurassico.»

«Cominciamo dalla poppa. Avrà notato l'assenza di eliche.» Eberson indicò le capsule allungate. «È a questo che servono i due contenitori esterni. La propulsione del *Sea Arrow* è priva di albero di trasmissione. Come ha visto, il *North Dakota* impiega un reattore nucleare per alimentare una turbina a vapore di tipo tradizionale, che muove l'elica montata sull'albero. Con il *Sea Arrow* passiamo invece a una propulsione esterna, alimentata direttamente dal reattore. Ciascuna delle due capsule a campana conterrà un propulsore a magnete permanente, che alimenterà un sistema a reazione.» Eberson sorrise. «Oltre a ridurre il rumore in modo drastico, il progetto consente di aumentare di molto lo spazio interno, con conseguente contenimento delle dimensioni del battello.»

«Che cosa sono questi propulsori a magnete permanente?»

«Si tratta di un'evoluzione, per non dire una rivoluzione, nel motore elettrico, resa possibile da recenti passi avanti nella scienza dei materiali. Viene sintetizzata una miscela di terre rare per creare magneti di estrema potenza, da cui si ottengono propulsori a elevato rendimento e corrente diretta. Abbiamo dedicato un grande lavoro di ricerca al perfezionamento di questi propulsori... e siamo convinti che cambieranno il futuro delle nostre navi.»

Il presidente sbirciò attraverso una fessura in una delle capsule, notando che dall'alto filtrava la luce. «Sembra vuoto, dentro.»

«In effetti non abbiamo ancora ricevuto e installato i propulsori. Il primo deve arrivare la prossima settimana dal laboratorio di ricerca della marina a Chesapeake, Maryland.»

«È sicuro che funzionerà?»

«Così grandi non ne abbiamo mai impiegati, ma in base ai

test di laboratorio siamo fiduciosi che le prestazioni saranno ai livelli previsti.»

Il presidente si chinò sotto uno dei due stabilizzatori protesi verso l'esterno, poi alzò lo sguardo verso un paio di canne che sporgevano a prua e a poppa della torretta.

Eberson seguì i suoi passi continuando a dare spiegazioni. «Le estensioni a forma di ali sono stabilizzatori retrattili per operazioni ad alta velocità. Si ritraggono automaticamente quando la velocità scende al di sotto dei dieci nodi. Ognuno è munito di un contenitore da quattro siluri, che può essere ricaricato rapidamente quando le ali sono ritratte nello scafo.»

Quindi indicò le appendici lungo la chiglia più in alto. «Queste sono mitragliatrici subacquee Gatling. Sono simili a quelle di superficie che sparano proiettili all'uranio impoverito come estrema risorsa antimissile. Le nostre sono costruite per sparare sott'acqua, usando aria compressa, come ultima barriera contro i siluri. Naturalmente contiamo che la maggior parte dei siluri nemici non riesca nemmeno ad avvicinarsi.»

Seguì il presidente, che si avvicinava allo scafo. «Noterà che la torretta ha una configurazione idrodinamica, compatibile con velocità elevate.»

«Non mi sembra di vedere un periscopio.»

«Il *Sea Arrow* non ha un periscopio, almeno non nel senso tradizionale», chiarì Eberson. «Utilizza una videocamera tipo ROV, all'estremità di un cavo a fibra ottica, che può essere rilasciata da una profondità di oltre duecentoquaranta metri, così da dare all'equipaggio un'immagine ad alta definizione di quanto avviene in superficie.»

Il presidente proseguì fino alla prua appuntita e toccò i tubi sottili che spuntavano come piccole lance. «E questi?»

«Sono un elemento fondamentale che farà la differenza e che contiamo di aggiornare in una seconda fase. Si basa su un passo avanti nella tecnologia di uno dei nostri fornitori in California...»

L'ammiraglio Winters lo interruppe. «Signor presidente, perché non facciamo una rapida visita a bordo? Dopodiché risponderemo a tutte le sue domande.»

«Molto bene, ammiraglio. Anche se sto ancora aspettando qualcosa da bere.»

Winters guidò il gruppo all'interno, in cui il design e le apparecchiature di bordo erano di stupefacente modernità rispetto a quelle del *North Dakota*. Il presidente, nonché comandante in capo delle forze militari degli Stati Uniti, rimase senza parole di fronte alla sala comando high-tech, agli alloggi dell'equipaggio dall'aspetto accogliente e al curioso assortimento di sedili imbottiti muniti di imbracature di sicurezza che si trovavano in vari punti del battello.

Al termine della visita fu condotto in una sala riunioni ben protetta, dove finalmente gli fu servita una bibita fresca. Il suo atteggiamento, di solito gioviale, si era fatto severo, subito imitato dal suo assistente Cerny.

«D'accordo», disse ad alta voce il presidente. «Che cosa sta succedendo qui, di preciso? Ho visto ben di più di qualche nuova tecnologia in fase di test. Quello è un sottomarino sul punto di essere varato.»

L'ammiraglio si schiarì la gola. «Signor presidente, il *Sea Arrow* è in grado di cambiare le regole del gioco in modo radicale. Come lei sa, di recente sono aumentate le minacce alle nostre forze navali. L'Iran ha acquisito dalla Russia nuove tecnologie subacquee che si sta affrettando a installare sulla propria flotta di sottomarini classe Kilo. A loro volta i russi hanno incrementato la loro produzione navale, finanziata con i proventi del petrolio, in modo da rimpiazzare la parte più obsoleta della loro flotta. E poi, è noto, ci sono i cinesi, che continuano a sostenere che la loro espansione militare è strettamente a scopo difensivo, ma non è un segreto che stanno incrementando il numero dei loro sottomarini. I servizi d'informazione di questi paesi si aspettano che il nuovo sottomarino Tipo 097 diventi operativo da un giorno all'altro. Tutto ciò aumenta i rischi nel Pacifico, nell'Atlantico e nel golfo Persico.»

L'ammiraglio guardò il presidente negli occhi e gli rivolse un sorriso tetro. «Noi, invece, subiamo continue riduzioni della flotta, mentre il costo di ogni nuovo battello impiegato aumenta a livelli astronomici. Con un budget che si restringe a vista d'occhio, sono pochi i nuovi sottomarini classe Virginia, da due miliardi di dollari ciascuno, che possiamo permetterci di produrre.»

«Il debito pubblico è ancora fuori controllo», ammise il presidente. «Quindi la marina deve soffrire come tutti gli altri settori.»

«Proprio così. Il che ci porta al *Sea Arrow*. Eliminando il lungo intervallo tra ricerca e produzione e abbinandolo a economie fatte sul programma Virginia, siamo stati in grado di costruirlo a un costo nettamente inferiore a quello del *North Dakota*. E, come ha potuto vedere, è stato realizzato in assoluta segretezza. Ci abbiamo lavorato intenzionalmente in parallelo al *North Dakota*, in modo da distogliere l'attenzione e non destare sospetti durante la consegna dei componenti. Speriamo di effettuare il collaudo in mare del *Sea Arrow* con altrettanta segretezza, mentre il *North Dakota* viene varato pubblicamente.»

Il presidente si accigliò. «Finora siete stati bravissimi a tenerlo nascosto.»

«Grazie, signore. Come ha accennato il dottor Eberson, le abbiamo mostrato il sottomarino più moderno sul piano tecnologico che sia mai stato costruito. La propulsione senza elica, i tubi di lancio esterni, il sistema di autodifesa sono quanto di più avanzato concepibile. Ma c'è un altro elemento che rende unico il *Sea Arrow*.»

Il dottor Eberson aveva già inserito un disco in un proiettore. Su uno schermo bianco apparvero le riprese di un'imbarcazione su un lago di montagna. Da un'apertura a poppa, due uomini mettevano in acqua una sorta di siluro dipinto di un giallo squillante. Dalle appendici a forma di ali il presidente intuì che si trattava di un modellino telecomandato del *Sea Arrow*.

«È una riproduzione in scala», illustrò Eberson. «Fedele in tutto, compreso il tipo di propulsione.»

Mentre il modellino veniva lanciato, le immagini passavano a una videocamera a bordo, con le indicazioni di velocità, profondità e angoli di beccheggio e rollio sovraimpressi alla base dello schermo. Il piccolo battello telecomandato si immerse nelle acque verde salvia e cominciò ad accelerare. Guadagnò velocità, mentre il paesaggio lacustre passava sempre più veloce davanti alla videocamera. D'un tratto l'immagine sullo schermo fu offuscata da una barriera di bolle mentre il modellino continuava ad accelerare. Il presidente spalancò la bocca mentre guardava l'indicatore che raggiungeva valori a tre cifre. Alla fine il minuscolo *Sea Arrow* rallentò e tornò in superficie, dove venne recuperato poco prima che il video si concludesse.

Nel silenzio della sala riunioni, il presidente parlò in tono serio. « Devo dedurre che questo modellino ha raggiunto sott'acqua una velocità di centocinquanta miglia orarie? »

« Nossignore », gli rispose Eberson, con un sorriso. « Ha raggiunto una velocità di centocinquanta *nodi*, pari a circa centosettandue miglia orarie. »

« Ma è impossibile! Mi è stato detto che la propulsione navale non può superare i settanta o gli ottanta nodi. Persino il *North Dakota* non va oltre i trentacinque. »

« Ma i russi non hanno realizzato una specie di siluro che supera i cento nodi? » intervenne Cerny.

« Sì, dispongono dello Shkval », rispose Eberson, « che è un siluro ad alta velocità con propulsione a razzo. Con il *Sea Arrow* è in atto un principio analogo. Non è tanto la propulsione che permette queste velocità, quanto la supercavitazione. »

« Perdoni la mia ignoranza ingegneristica », disse il presidente, « ma la supercavitazione non ha a che fare con la formazione di una bolla nell'acqua? »

« Sì. In questo caso, implica appunto la creazione di una bolla gassosa intorno a un oggetto che viaggia sott'acqua. La bolla diminuisce la resistenza dell'acqua, permettendo di raggiungere velocità più elevate. I tubi sulla prua del *Sea Arrow* fanno parte del sistema di supercavitazione che contiamo di attivare. Combinato con l'elevata potenza dei propulsori magnetici, ci aspettiamo di arrivare a velocità di questo livello... senza i limiti di portata dei siluri a razzo russi. »

« Può darsi », osservò Cerny. « Ma c'è una differenza sostanziale tra un siluro e un sottomarino lungo sessanta metri. »

« La differenza consiste nel controllo della velocità », replicò

Eberson. «Le ali giurassiche del *Sea Arrow*, come le ha descritte il presidente, garantiranno la stabilità. Lo stesso sistema di supercavitazione influenzerà il controllo grazie alla manipolazione delle dimensioni e della configurazione della bolla di gas. È una teoria non verificata su un battello di queste proporzioni, ma il fornitore del sistema confida che tutto andrà per il meglio. La prossima settimana assisterò di persona a un collaudo in mare del modello.»

Il presidente si mise a sedere, massaggiandosi il mento. Poi guardò Winters con l'espressione di chi comincia a capire. «Ammiraglio, se il *Sea Arrow* mantiene le promesse, che cosa implica esattamente?»

«Che saremo avanti di vent'anni rispetto ai nostri avversari. Gli incrementi nelle flotte cinese, russa e iraniana saranno neutralizzati. Avremo a disposizione un'arma pressoché invincibile. E, solo con un pugno di *Sea Arrow*, saremo in grado di difendere ogni punto del globo con un preavviso quasi istantaneo. Di fatto, implica che non dovremo più preoccuparci della sicurezza dei mari per il resto delle nostre vite.»

Caldo e umidità parvero dissolversi nella sala riunioni. Il presidente annuì e, per la prima volta in tutto il giorno, sorrise.

3

Era ancora buio, come sempre nelle prime ore del mattino nella Southern California, con un misto di pioggerellina e foschia nell'aria. Joe Eberson uscì dall'auto presa a nolo e si guardò intorno nel parcheggio. Poi recuperò dal bagagliaio la canna da pesca e il resto dell'attrezzatura, acquisti della sera prima dopo che il volo proveniente dalla East Coast era atterrato al Lindbergh Field di San Diego. Indossato un consunto capello floscio, Eberson si incamminò verso il porticciolo di Shelter Island.

Non fece caso al ronzio dell'E-2 Hawkeye che decollava per il suo turno di sorveglianza dalla Coronado Air Naval Station, all'altra estremità della zona portuale. Superò qualche decina di barche a vela e motoscafi: giocattoli per marinai della domenica che di rado lasciano gli ormeggi, sospettava a ragione. Scorse un cabinato da dodici metri con un ampio ponte sul retro e vi si avvicinò. L'imbarcazione doveva avere quasi mezzo secolo, ma il lucido scafo bianco e il metallo scintillante rivelavano la cura amorevole del proprietario. Il gorgoglio a poppa indicava che il motore si stava scaldando.

«Joe, eccoti qui!» esordì un uomo, uscendo dalla cabina. «Stavamo per salpare senza di te.»

Snello, con occhiali spessi e capelli bianchi tagliati a spazzola, il dottor Carl Heiland aveva l'aspetto inequivocabile di un ingegnere elettrotecnico. Aveva occhi vivaci, era facile al sorriso e appariva pieno di energia anche alle sei del mattino.

Dal canto suo Eberson, con il sonno arretrato e la stanchezza del volo da un capo all'altro degli Stati Uniti, non si sentiva altrettanto in forze. Salì cauto a bordo e strinse la mano a Heiland. «Scusi il ritardo, dottore», disse scherzosamente, soffocando uno sbadiglio. «Ho sbagliato strada lasciando l'albergo e l'ho capito solo quando mi sono ritrovato al SeaWorld. Credo che anche l'orca Shamu stesse ancora dormendo.»

«Ho avuto il tempo di caricare tutto a bordo.» Heiland accennò ad alcune casse di varie dimensioni, assicurate ai parapetti del cabinato. «Mettiamo la tua attrezzatura con il resto.» Prese la canna da pesca di Eberson, notò il suo cappello e scoppiò a ridere. «Sei pronto a pescare trote?»

Eberson si tolse il capello e ne osservò la falda consunta, cui erano appese esche colorate per la pesca a mosca in acqua dolce. «Hai detto tenuta da pescatore.»

«Non se ne è accorto nessuno», ridacchiò Heiland. Poi si voltò verso la cabina. «Manny, si parte. Portaci fuori.»

Uscì un uomo dalla pelle scura, in pantaloncini corti, che disfece le cime. Poco dopo si mise al timone, pilotando l'imbarcazione fuori dal ferro di cavallo del porto di San Diego. Lungo il canale incrociarono una nave da sbarco della marina che stava rientrando. Quando furono nel Pacifico, Manny diede potenza e fece rotta in direzione sud-ovest, sul mare appena mosso dalla lieve brezza che spirava verso terra. Eberson cominciava ad avere un po' di nausea. Passò accanto a Manny e si chinò per entrare in cabina e andarsi a sedere.

Heiland gli riempì una tazza di caffè e si accomodò a sua volta al tavolo della cambusa. «Allora, Joe, racconta, come vanno le cose su ad Arlington?»

«Come sai, abbiamo raccontato tutto al presidente. Ma siamo alle solite: dobbiamo fare miracoli con sempre meno risorse. Sarà una fortuna se eviteremo un taglio netto del budget l'anno prossimo.»

«Mi aspettavo che prima o poi la scure calasse anche dalla nostra parte. Sono contento di avere ancora un contratto per cinque anni.»

«Non preoccuparti, Carl. Il lavoro della tua compagnia è di estrema importanza. Di fatto ho avuto via libera per l'aggiornamento retroattivo del Blocco Due, se sei in grado di dimostrare la capacità operativa. Immagino sia per questo che mi hai convocato così di fretta.»

Heiland lo guardò circospetto, ma sorridente. «Questo è un

colpo basso. Non hai ancora testato sul campo il sistema del Blocco Uno.»

Eberson cercò di scacciare la nausea e ricambiò il sorriso. «Carl, sappiamo tutti e due che funzionerà.»

«Ti sei procurato i componenti per la propulsione?»

«Sì, anche se abbiamo qualche problema di materiali.» Rivolse a Heiland uno sguardo speranzoso. «Però siamo più interessati ai moduli del Blocco Due.»

«Abbiamo trovato anche noi problemi di materiali, ma direi che gli obiettivi sono stati raggiunti.»

Il sorriso di Eberson si allargò. «È per questo che sono saltato sul primo aereo da Washington. So che tieni sempre tutto controllo.»

«Data la natura delicata del progetto, non voglio attirare l'attenzione di nessuno sui nostri test. Visto che a quanto pare ha funzionato per il Blocco Uno, oggi ci limitiamo ad andare fuori a pesca.» Tornò a guardare divertito il cappello di Eberson.

«Dal canto nostro, abbiamo fatto il possibile per mantenere tutto sotto silenzio. Non che tu ci abbia rivelato molto.»

«Meno si vede in giro, meglio è.»

Eberson bevve un sorso di caffè, poi si protese in avanti sul tavolo. «Puoi raggiungere i livelli teorici?»

Heiland assentì, con gli occhi che brillavano. «Lo scopriremo presto.»

Pochi minuti dopo, Manny spense il motore, segnalando che erano arrivati al luogo prescelto per il collaudo. Erano entrati in acque messicane e si trovavano a quasi venti miglia dalla costa, ben lontani dalle rotte abituali in partenza da San Diego. L'acqua era troppo profonda per gettare l'ancora e la barca andava alla deriva, mentre Heiland si metteva all'opera.

Senza far caso a una lunga cassa rettangolare legata al parapetto, ne aprì alcune più piccole contenenti un paio di computer portatili, cavi e connettori. Collocò gli apparecchi su una panchetta bassa, si inginocchiò e cominciò a configurarli.

Manny si affacciò dalla timoniera. «C'è un mercantile che viene verso di noi.»

Heiland si voltò. «Ora che saremo pronti, sarà già lontano.» E rivolse di nuovo la propria attenzione ai computer.

Eberson si sedette e osservò la nave in avvicinamento. Era un mercantile di dimensioni medie e, a giudicare dal profilo moderno e dall'assenza di ruggine, di costruzione recente. Dipinto di grigio scuro, aveva un aspetto quasi militare. Gli oblò del ponte attirarono l'attenzione dello scienziato della DARPA: i vetri affumicati davano alla nave un'aria minacciosa. In coperta si vedevano alcuni marinai in tuta da lavoro che si affaccendavano intorno a un grosso container.

Man mano che la nave si avvicinava, Eberson vide che stavano montando un oggetto a forma di scudo su una piattaforma al centro del mercantile. Dipinto di grigioverde, orientato verso il mare, lo scudo si innalzava di qualche metro nell'aria, come una vela solida. Gli uomini scomparvero rapidi dal ponte, mentre il mercantile sembrava rallentare.

«Carl, quella nave non mi convince.» Eberson si alzò.

«Non riusciranno a vedere niente», rispose Heiland. «Perché non prendi una lenza e non fingi di pescare un tonno?»

Eberson prese una canna da una rastrelliera e lanciò un amo fuoribordo. Evitò di metterci un'esca, per non doversi trovare sul serio a lottare con qualche bestia degli abissi. Il mercantile si stava quasi fermando, a breve distanza da loro, e lui rivolse un cenno di saluto agli oblò oscurati.

Un dolore bruciante gli colpì la mano, diffondendosi in tutto il tronco. Eberson scosse il braccio, ma la sensazione si stava estendendo ovunque. In pochi secondi si sentì come se un migliaio di formiche rosse gli stessero sbranando la carne. Il bruciore gli pervase la testa e gli occhi gli parvero bollire nelle orbite.

«Carl...» gemette. Le parole gli uscirono come un gorgoglio rauco.

Heiland provava la stessa sensazione alla schiena. Quando si voltò, due scene gli apparvero davanti agli occhi: Joe Eberson che, morente, ancora stringeva tra le mani la canna da pesca mentre stramazzava in coperta, con la pelle di un rosso lucido;

e l'apparecchio a forma di scudo sul ponte del mercantile, orientato verso di loro, a poche decine di metri di distanza.

Heiland cercò di ignorare le ustioni che gli riempivano il corpo e barcollò verso la cabina, passando accanto al suo vecchio amico Manny, che rantolava in coperta con il sangue che usciva dal naso e dalle orecchie. Anche l'ingegnere stava sempre peggio, sentiva tutto il suo corpo andare a fuoco; quasi si stupiva di non vedere la propria pelle cadere a brandelli. Ma con la forza di volontà si trascinò fino al sedile della timoniera, spinto da un unico dovere da compiere. Si sentiva la testa come se stesse per esplodere quando le sue dita riarse si avvicinarono a due pulsanti nascosti. Li premette entrambi ed esalò il suo ultimo respiro.

4

«Vieni a immergerti con me?»

Loren Smith-Pitt guardò il marito. Le sembrava che fosse passato un attimo da quando si era staccato dal timone per gettare l'ancora del motoscafo rosso che avevano noleggiato. E adesso era già a poppa con indosso la muta e la bombola in spalla, ansioso di esplorare le profondità sottostanti. Era stupefacente il magnetismo che il mare esercitava su di lui, attraendolo come una forza invisibile.

«Resterò qui a godermi il sole cileno», rispose lei. «Con la riunione del Congresso lunedì, un po' di aria fresca mi farà bene.»

«Faresti meglio a metterti i tappi nelle orecchie in Campidoglio.»

Loren non fece caso alla battuta del marito. Come parlamentare del Colorado, era stata ben lieta di sfuggire anche solo per qualche giorno ai bisticci politici di Washington. Si sentiva più rilassata quando era all'estero, libera dalle pressioni del lavoro e dalle intrusioni dei media. Poteva permettersi di indossare un succinto costume da bagno, che in patria non avrebbe mai osato mettere, sul corpo formoso e allenato dallo yoga e da sessioni quotidiane sul tapis roulant.

Si allungò sulla panca del motoscafo, mise una gamba fuoribordo e saggiò l'acqua con la punta del piede. «Ehi, è fredda! No, rimango qui al caldo e all'asciutto, grazie tante.»

«Non starò via molto», promise lui. Si mise l'erogatore fra i denti, contemplò la moglie per un momento, poi si tuffò all'indietro nell'azzurro del Pacifico. Spruzzò scherzoso Loren con una pinna, prima di scomparire sotto la superficie.

Lei si asciugò, seguendo per qualche minuto la scia di bolle lasciata dal marito, poi alzò lo sguardo verso l'orizzonte. L'aria del pomeriggio era limpidissima e il cielo color zaffiro aveva quasi la stessa tinta dell'oceano. Il motoscafo rosso era all'ancora a mezzo miglio dalla costa cilena, di fronte a una piccola spiaggia chiamata Playa Caleta Abarca.

Su una scogliera vicina si ergeva un torreggiante Sheraton Hotel, con la piscina esterna affollata di turisti dediti all'adorazione del sole. Poco lontano, a sud, si trovava Valparaíso, storica e pittoresca città portuale da tempo nota ai marinai come Gioiello del Pacifico. Sulle colline scoscese intorno alla città sorgevano palazzi antichi che a Loren ricordavano San Francisco. Nella baia avvistò una grande nave bianca da crociera, la *Sea Splendour*, da cui i passeggeri sbarcavano per visitare le spiagge di Viña del Mar o raggiungere la capitale, Santiago, un centinaio di chilometri a sud-est.

Onde lievi cullavano il motoscafo mentre lei tornava a guardare il mare. Una barchetta gialla con la vela triangolare che sfioccava passò nelle vicinanze, virando a nord verso un mercantile. Loren si distese sul sedile imbottito, chiuse gli occhi e si abbandonò al tepore del sole.

Diciotto metri più in basso, Dirk Pitt si era appena abituato alla bassa temperatura delle acque costiere del Cile, raffreddate dalla corrente di Humboldt. Il ritmo della respirazione diminuì mentre rallentava la discesa. La buona visibilità, sui dodici metri, gli permetteva di vedere chiaramente il fondale roccioso rivestito di un fitto tappeto di alghe. Muovendo pigramente le pinne, si avvicinò a un costone corallino popolato di variopinti esemplari di ricci di mare e stelle marine. Un piccolo banco di sugarelli lo sbirciò, per uno o due minuti, poi scappò via.

Il mare rilassava Pitt come null'altro. C'era chi lo trovava claustrofobico, ma in lui le profondità dell'oceano producevano una curiosa sensazione di libertà che sembrava acuirgli i sensi. Era un'esperienza cominciata decenni prima, quando per buona parte della sua vita da ragazzo aveva esplorato le grotte sommerse lungo la costa della California meridionale tra immersioni in apnea e bodysurfing. Il fascino era lo stesso del volo, che lo aveva indotto ad arruolarsi nella Air Force Academy e iscriversi da giovane ufficiale alla scuola di pilotaggio. Ma il richiamo del mare lo aveva distolto dall'aria e da una promettente carriera militare, spingendolo a entrare a far parte di una nascente organizzazione federale: la National Underwater and Marine Agency.

La NUMA, che gli permetteva di lavorare sopra e sotto il mare in tutto il mondo, era il suo habitat perfetto. Dopo anni come direttore dei progetti speciali, Pitt si era ritrovato a capo dell'agenzia, il che rafforzava il suo senso di responsabilità come tutore degli oceani. Un po' per scherzo, Loren diceva spesso di dover competere con il primo amore del marito, quella sua amante chiamata mare.

Le ricerche subacquee di Pitt, insieme alla passione per la storia, lo avevano condotto alla scoperta di decine di relitti sommersi. Ma quel pomeriggio l'obiettivo della sua ricerca era considerevolmente più piccolo. Seguì con lo sguardo una cresta di roccia seghettata che si allungava verso acque più profonde, la superò e ne studiò le fessure. Dopo qualche minuto trovò quello che cercava. Tuffò una mano fra due massi e ne estrasse una vivace, puntuta aragosta marrone che doveva pesare più di due chilogrammi. Osservò per un momento le lunghe antenne oscillanti, poi mise il crostaceo in una rete e si mise a cercarne il gemello.

Al di sopra del ritmo del proprio respiro, percepì un lieve battito metallico che risuonava nell'acqua. Trattenne il fiato per sentire meglio. La cadenza era familiare: due colpi brevi, due lunghi, altri due brevi. Non era esattamente l'SOS in codice Morse – tre punti, tre linee e tre punti – ma Pitt intuì che il senso dovesse essere quello. Non poteva localizzarne la fonte, solo che era vicina. E che doveva trattarsi di Loren.

Pinneggiò rapido per risalire in superficie, verso il motoscafo. Avvistò la cima dell'ancora e ci si avvicinò, nuotando con tutte le sue forze fino a riemergere pochi metri dietro l'imbarcazione. Loren si stava sporgendo a poppa e batteva sul motore con una zavorra di riserva. Era talmente concentrata sull'invio del segnale che non lo aveva visto riaffiorare.

«Che succede?» gridò lui.

Lei alzò gli occhi e Pitt vi lesse la paura. Sembrava essere rimasta senza parole e si limitava a indicare qualcosa alle spalle del marito. Lui si voltò. E si vide inghiottito da un'ombra enorme.

Era una nave, un cargo di grosse proporzioni, che puntava verso di loro. Si trovava solo a una trentina di metri di distanza, su una precisa rotta di collisione. Il motoscafo sobbalzava sulle onde che preannunciavano la montagna minacciosa di schiuma bianca davanti alla prua gigantesca della nave. Pitt maledisse gli idioti sul ponte di comando, che dovevano essere o ciechi o addormentati.

Senza esitazione, nuotò a forza di braccia e gambe fino al motoscafo, appoggiando un braccio sul bordo.

Il volto di Loren era teso. «Devo avviare il motore? Non volevo mentre eri sott'acqua.»

Pitt guardò la cima dell'ancora, che spuntava dal suo alloggio a prua. Alle proprie spalle sentiva il rombo cupo dei motori del mercantile, la cui massa gigantesca avanzava verso di loro. La nave era troppo vicina. Un attimo di ritardo nel tagliare la cima dell'ancora o nell'avviare il motore e il motoscafo sarebbe stato fatto a pezzi con loro a bordo.

Ancora con l'erogatore fra i denti, Pitt scosse il capo e fece cenno alla moglie di avvicinarsi. Lei si protese dalla fiancata per aiutarlo a salire.

Lui, invece di prenderla per mano, l'agganciò alla vita con un braccio.

Prima che Loren potesse reagire, si ritrovò in acqua. Le sfuggì un gemito all'impatto con la superficie fredda. Scalciò e annaspò, cercando di prendere un'ultima boccata d'aria.

La montagna di acciaio era solo a pochi metri da loro.

Poi, strattonata come una bambola di pezza, Loren sparì sotto la superficie.

5

Il cargo non rallentò né virò. Il colosso d'acciaio investì il motoscafo, troncando la cima dell'ancora prima di seppellire la piccola imbarcazione sotto la prua. La barca rimbalzò lungo la chiglia e poi, a sorpresa, tornò a galla, sussultando nella scia del mercantile, dopo avere riportato danni solo sulla fiancata di sinistra.

Da qualche parte sotto la superficie, Loren si avvinghiava al marito nella discesa disperata verso il fondo marino. Dopo l'inatteso impatto con l'acqua fredda, era sull'orlo del panico mentre lui la trascinava in profondità in apnea. Poi la donna si sentì premere l'erogatore sulla bocca, mentre lui le infilava un braccio nel giubbotto ad assetto variabile. A dispetto del freddo, Loren cominciò a riprendere il controllo. Contribuì alla discesa muovendo le gambe e ricordando di deglutire per sbloccarsi le orecchie all'aumentare della profondità.

Il luccichio della superficie sfumò al passaggio della nave sopra di loro. Loren alzò lo sguardo ed ebbe l'impressione che le sarebbe bastato allungare un braccio per toccare la chiglia incrostata di cirripedi a pochi metri da lei.

Per quanto avessero evitato di essere investiti dallo scafo, Pitt continuò a pinneggiare frenetico. Sentiva i polmoni come sul punto di esplodere, il che tuttavia lo spronò ad aumentare lo sforzo, fino a raggiungere il fondale. Avvistò un vasto banco di coralli e tirò Loren lungo il margine ricurvo. Quando le loro ginocchia toccarono la dura superficie del fondo, si afferrò a una sporgenza.

Loren si rese conto che lui non aveva respirato per tutta la discesa e si affrettò a passargli l'erogatore. Con il cuore che batteva all'impazzata e gli occhi spalancati, guardò attraverso la maschera di Pitt, la cui espressione era calma. Lui le strizzò un occhio, come se sfidare la morte fosse cosa di tutti i giorni.

Pitt fu lieto di prendere alcune boccate, prima di ripassarle l'erogatore, e alzò lo sguardo. Mentre lo scafo stava ancora passando sopra di loro, scorse ciò che lo spaventava maggiormente: la rilucente elica di bronzo che turbinava sempre più vicina. Strinse Loren a sé e si aggrappò con una mano guantata alla montagnola di corallo, un attimo prima che la poppa del cargo li sovrastasse.

Anche a una distanza di dieci metri, sentì il risucchio delle enormi pale che fendevano l'acqua. Intorno si levò una tempesta di sabbia e loro stessi furono sollevati dal fondale.

Poi la nave passò e si ritrovarono sepolti dalla pioggia di sedimenti. Pitt lasciò la presa e nuotò verso la superficie, con Loren stretta a lui. Le loro teste emersero dall'acqua sotto il sole ed entrambi inspirarono l'aria tiepida.

«Per un attimo», ansimò lei, «ho pensato che volessi uccidermi prima che lo facesse la nave.»

«Immergersi mi è sembrata la tattica più prudente.» Pitt guardò il nome scritto a poppa del mercantile: TASMANIAN STAR.

Al suo fianco, Loren si girò per scrutare nella direzione opposta. «Hanno speronato una barca a vela», disse, nuotando in cerca di superstiti. «A bordo mi è sembrato che ci fosse una coppia anziana. E ho visto che noi eravamo i prossimi sulla loro rotta.»

«La tua prontezza di riflessi ci ha salvati entrambi, anche se dovresti ripassare il codice Morse.» Pitt la seguì nelle ricerche, ma nessuno dei due avvistò detriti di sorta.

«Li denunceremo alla polizia, una volta a terra», disse Loren.

Pitt guardò verso la costa e si sorprese di vedere il motoscafo rosso che sussultava sulle onde poco lontano. La fiancata di sinistra si era staccata quasi completamente e la linea di galleggiamento era più bassa, ma l'imbarcazione non era affondata. La raggiunsero con diverse bracciate. Pitt si issò su un lato e aiutò Loren a salire.

«Ci abbiamo rimesso i vestiti e la cena», commentò lei, rabbrividendo mentre il sole cominciava ad asciugarle la pelle.

«E anche la mia aragosta», disse Pitt. Poi si liberò della bombola e della muta e si avvicinò al timone. Trovò la chiave ancora nel cruscotto e provò ad avviare il motore, che dopo vari tentativi partì scoppiettando. Il compartimento era rimasto quasi asciutto, nonostante l'immersione. Pitt diede gas e guardò il cargo in fuga.

La *Tasmanian Star* sembrava mantenere rotta e velocità costanti. Le mancavano una o due miglia al porto di Valparaíso, che curvava verso occidente con una forma ad anfiteatro. I terminal commerciali erano all'estremità ovest, eppure il mercantile si stava dirigendo verso est.

Pitt sentì crescere la tensione mentre stimava la traiettoria della nave, poi accelerò al massimo della potenza. Con la sentina e la cabina allagate il motoscafo era instabile, ma appena guadagnò velocità si sollevò sopra la superficie del mare.

Loren abbandonò i suoi sforzi per buttare l'acqua fuoribordo servendosi del cuscino di un sedile e si avvicinò al marito. Gli lesse la determinazione nei profondi occhi verdi. «Perché non stiamo tornando a riva?» domandò.

Lui indicò il cargo. «Hai visto cosa c'è più avanti?»

Loren guardò oltre la prua del mercantile. La grande nave da crociera bianca ancorata nella baia era esattamente perpendicolare alla traiettoria della *Tasmanian Star*. Se questa non avesse cambiato rotta, avrebbe speronato in pieno la *Sea Splendour*. «Dirk, ci sarà un migliaio di persone su quella nave.»

«E moriranno a centinaia, se il problema della *Tasmanian Star* non è solo un timoniere miope.»

Loren si afferrò al marito mentre il motoscafo si sollevava sopra un'onda, per poi ricadere in mare. Ci volle qualche secondo perché tornasse a stabilizzarsi. Nel frattempo tuttavia la pompa di sentina riuscì ad avere la meglio sull'acqua accumulatasi a bordo, permettendo all'imbarcazione di planare sulla superficie e aumentare la propria velocità. I danni erano al di sopra della linea di galleggiamento e Pitt non ebbe problemi a controllare il motoscafo spingendolo oltre i venti nodi e avvicinandosi al cargo.

«Non possiamo avvisare la nave da crociera?» gridò Loren, per farsi sentire al di sopra del rombo del motore a piena potenza.

Pitt scosse il capo. «Siamo senza radio. E la nave è all'ancora. Non riuscirebbero a muoversi in tempo.»

«Ma almeno potremmo avvisare i passeggeri.»

Pitt si limitò ad assentire. Non sarebbe stata un'impresa facile, con il poco tempo a disposizione. Mentre si avvicinavano alla poppa della *Tasmanian Star*, valutò le alternative. Non c'erano altre imbarcazioni intorno e quindi nessuna possibilità che qualcuna lanciasse un allarme via radio. Il suo primo pensiero era stato di cercare di salire a bordo del mercantile, ma quando ci si accostò dovette scartare l'ipotesi: non c'era alcun accesso visibile e, anche in quel caso, non era certo che sarebbe riuscito a raggiungere per tempo il ponte di comando. E la nave da crociera, di un biancore rilucente sotto il sole, era sempre immobile ad appena mezzo miglio di distanza.

Pitt tenne premuto il pulsante del clacson mentre costeggiava il mercantile a sinistra, per poi superarlo. Loren si mise a saltare e a sbracciarsi per fare segnali al castello di prua, ma non ci fu alcuna reazione. La *Tasmanian Star* non rallentò né modificò la rotta, continuando a fendere le acque verso la catastrofe. Pitt guardò verso il ponte di comando e non vide alcuna figura in movimento dietro gli oblò: il mercantile sembrava essere una nave fantasma priva di controllo.

Scrutò le acque intorno a sé, sperando invano di avvistare qualcuno che potesse aiutarlo. C'erano alcune navi sul lato commerciale del porto, circa un miglio a sud-ovest, ma davanti al motoscafo il mare era sgombro fino a riva, a parte la mole gigantesca della *Sea Splendour*.

In coperta, i passeggeri della nave da crociera indicavano il mercantile in avvicinamento. Di sicuro il timoniere di guardia lo aveva segnalato e il comandante doveva essere alla radio, cercando di mandare segnali disperati alla *Tasmanian Star*, che, abbandonata a se stessa, rispondeva con il silenzio.

Pitt esaminò il mercantile in tutta la sua lunghezza, notando che a poppa era stranamente sollevato sull'acqua.

L'espressione del suo volto asciutto e segnato si fece determinata. Nei momenti di crisi la sua mente sembrava funzionare ad alta velocità, valutando le varie possibilità prima di intraprendere con calma una linea di azione. Le alternative erano scarse e la decisione fu rapida da prendere.

Virò bruscamente, spostandosi sulla fiancata di dritta del mercantile. «Loren, mettiti la mia muta.»

«Cosa vuoi fare?»

«Cercare di deviare questo colosso.»

«Con una barchetta? È impossibile!»

Pitt guardò la nave, risoluto. «Non se si colpisce nel punto giusto.»

6

A bordo della *Sea Splendour* era scoppiato il panico. La voce di una collisione imminente stava correndo fra i passeggeri. I genitori prendevano di peso i bambini per portarli sull'altro lato, altri correvano sulle scalette per salire ai ponti superiori. Anche l'equipaggio si univa a loro nella fuga da quello che sarebbe stato il punto di impatto.

Per caso o per intenzione, la *Tasmanian Star* puntava al cuore della nave da crociera, poco più grande di lei. La tozza prua del mercantile aveva uno slancio sufficiente a tagliare la *Sea Splendour* in due tronconi.

Sul ponte di comando, al comandante Alphonse Franco non restava molta scelta. Poteva fare un tentativo disperato per spostare la sua nave, ma i motori principali erano spenti e poteva contare solo sull'energia ausiliaria. Levata l'ancora, cercò di ruotare la *Sea Splendour* sfruttando la spinta laterale, nella speranza di evitare l'impatto. Ma, guardando il mercantile, comprese che era troppo tardi.

Virate, per l'amor di Dio, virate! ripeteva tra sé.

Pochi sul ponte di comando gli prestavano attenzione, nel caos di segnali di allarme e procedure di emergenza che impegnavano l'equipaggio in preda al terrore. Il comandante restava immobile, con gli occhi fissi sulla *Tasmanian Star*, come se potesse fermarla con lo sguardo.

Poi notò un piccolo motoscafo rosso che balzava sulle onde, diretto verso la poppa del mercantile. Un uomo alto e magro dai capelli neri era in piedi al timone, accanto a una donna con indosso una muta subacquea. La loro imbarcazione era a sua volta in rotta di collisione con la *Tasmanian Star*, in quello che aveva tutta l'aria di un tentativo di suicidio.

«Follia», disse Franco. «Pura follia.»

*

Pitt tolse potenza per un istante, facendo sussultare il motoscafo. Si voltò verso la moglie. «Buttati!»

Lei gli strinse un braccio, si allontanò dal timone e si tuffò. Non aveva ancora sfiorato l'acqua quando lui accelerò di nuovo, spingendo il motoscafo in avanti. Tornata a galla dopo il duro impatto con la superficie del mare, Loren guardò l'imbarcazione che si allontanava, pregando che il marito non restasse ucciso nel tentativo di salvare le vite degli altri.

Pitt sapeva di aveva un'unica possibilità per realizzare un miracolo. Il mercantile era a poco più di quattrocento metri dalla *Sea Splendour*, il che non gli lasciava margine di errore. Puntò verso la poppa della *Tasmanian Star* e si preparò allo scontro.

Il ponte di poppa si protendeva sopra l'acqua e sotto di esso lo scafo era ricurvo verso l'interno, fino alla linea di galleggiamento. Era quello il punto a cui mirava Pitt. Da vicino poteva vedere il perno superiore del timone. Girò leggermente il volante per correggere la propria direzione. Oltre il perno c'era l'elica della nave, che avrebbe potuto sfracellare facilmente tanto lui quanto il motoscafo.

Se il mercantile fosse stato a pieno carico, quel piano non avrebbe mai potuto funzionare. Ma la poppa del cargo era sollevata e questo gli offriva una possibilità. Puntò a tutta velocità un metro a sinistra del perno e attese il momento dell'impatto.

Con un urto spaventoso, il motoscafo rosso investì il bordo esterno del timone. Lo slancio fu tale da farlo uscire dall'acqua. La poppa si sollevò quasi in verticale. Sbalzato in aria, Pitt si tenne stretto al volante mentre il motoscafo ricadeva verso il basso, di nuovo contro il timone, torcendone il perno e piegandone leggermente la pala.

Con lo scafo fracassato, la piccola imbarcazione rossa scivolò via dal timone. Il motore entrobordo si fermò con un gorgoglio. La scia ribollente del mercantile spinse da parte il motoscafo, mentre la *Tasmanian Star* proseguiva la sua corsa.

Pitt si sfilò da una gamba una scheggia di vetro del parabrezza, ma per il resto era illeso.

Un attimo dopo Loren lo raggiunse, issandosi a bordo del motoscafo che ormai stava affondando lentamente. «Tutto okay?» chiese. «Questa sì che è stata una collisione!»

«Sto bene», la rassicurò lui. Si strappò la T-shirt per fasciare la gamba ferita. «Non sono sicuro che sia servito a qualcosa.» Rivolse lo sguardo alla mole imponente del mercantile, che continuava ad avvicinarsi alla nave da crociera. Sulle prime non sembrò esserci alcun cambiamento di rotta. Ma poi, in maniera quasi impercettibile, la prua della *Tasmanian Star* si spostò verso sinistra.

Quando Pitt aveva urtato il timone, piegandolo di venti gradi, il pilota automatico aveva cercato di correggere la rotta. Ma l'impatto successivo aveva danneggiato il perno e bloccato il timone. Ora i controlli automatici non potevano più riportarlo sulla traiettoria precedente. Pitt era riuscito a deviare la nave. Ma sarebbe stato sufficiente?

A bordo della *Sea Splendour*, il comandante Franco notò la deviazione del mercantile. «Sta virando!» Guardò la distanza sempre minore tra le due navi. «Sta virando!»

Di un centimetro alla volta, poi di qualche decina, poi di qualche metro, la prua della *Tasmanian Star* si orientò verso la costa. Con gli occhi pieni di speranza, sulla *Sea Splendour* tutti pregavano che il mercantile la schivasse. Ma la distanza tra le due navi era minima. Il contatto sarebbe stato inevitabile.

Una sirena suonò e i passeggeri si prepararono all'urto. La *Tasmanian Star* si avvicinava rapida, con l'intenzione apparente di speronare la *Sea Splendour* sul fianco di dritta. Eppure, all'ultimo istante, la prua in avvicinamento risparmiò il colpo fatale, spostandosi di altri sei metri a poppavia prima che si cominciasse a sentire lo stridore del metallo.

Il mercantile sussultò mentre sfracellava il rotondo di poppa della nave da crociera, sospeso sopra il mare. Continuò la sua virata verso terra e proseguì a oltre dodici nodi, dopo avere strappato alcuni metri della sezione poppiera della *Sea Splendour*, rimasti incuneati sopra la stiva di prua.

All'impatto, la nave da crociera si era bruscamente inclinata a sinistra, ma si riequilibrò lentamente. Il comandante non credeva ai propri occhi. Sul ponte giunse via radio il rapporto dei danni, limitati solo a elementi strutturali secondari. I passeggeri erano già stati evacuati dal rotondo di poppa e non risultava neppure un ferito. Il disastro era stato evitato per un soffio.

Consapevole che la nave si era salvata e che non c'erano state perdite umane, il sollievo del comandante cedette il passo all'ira. «Calate in mare la lancia», ordinò al marinaio più vicino. «Devo verificare i danni. E poi voglio torcere il collo a quel pazzo, appena scende a terra.» Ma dava per scontato che la *Tasmanian Star* stesse per rallentare, virando verso il porto commerciale di Valparaíso. Il mercantile, invece, non cambiò rotta e proseguì fino a una sottile striscia di spiaggia lungo la costa della città.

Una coppia canadese di mezz'età, che a pranzo aveva consumato un po' troppo chardonnay, stava sonnecchiando in riva al mare quando la *Tasmanian Star* giunse a pochi metri dalla battigia. Il suono cupo dello scafo che raschiava il fondo marino riempì l'aria come quello di un enorme macinacaffè. La prua si incuneò nella sabbia morbida, scavando un fossato nella spiaggia e travolgendo un chiosco di gelati il cui proprietario si era dato alla fuga. La nave fantasma arrestò la corsa con uno stridio di lamiere, di fronte agli sguardi attoniti degli astanti. Il lamento dei motori e l'elica che continuava a girare erano gli unici segni di vita sul mercantile.

Sentendo il frastuono e accorgendosi di essere all'ombra, il canadese assonnato diede di gomito alla moglie senza nemmeno aprire gli occhi. «Cos'è stato, cara?»

Lei sollevò le palpebre e scattò a sedere. A tre metri da loro si innalzava la fiancata della nave. Per poco non erano stati travolti. La donna richiuse gli occhi e li riaprì. «Harold, mi sa che è arrivata la nostra nave.»

7

Il volto del comandante Franco era paonazzo, mentre dalla lancia osservava la poppa della *Sea Splendour*. Nondimeno i danni erano inferiori a quanto temeva e quelli al rotondo erano più che altro una questione di pura cosmetica. I sommozzatori avrebbero verificato le condizioni al di sotto della linea di galleggiamento, ma nel complesso l'equipaggio avrebbe saputo risolvere i pochi problemi: avrebbero transennato la sezione di poppa e la nave avrebbe ripreso il proprio viaggio con un ritardo minimo. Il comandante non faticava a immaginare cos'avrebbe passato con la direzione della compagnia, se fosse stato costretto a sbarcare i passeggeri e a rifondere i biglietti. Grazie al cielo, persino quella piccola tragedia era stata evitata. Ma per lui la nave era come un membro della sua famiglia e il fatto che fosse stata sfigurata era un'offesa che lo consumava di rabbia.

«Portaci al mercantile», ordinò al giovane pilota della lancia.

Un ufficiale del ponte di comando richiamò la sua attenzione. «Comandante, c'è una piccola imbarcazione in emergenza a dritta.»

Franco si affacciò alla porta aperta della cabina e scorse il motoscafo rosso, ormai sommerso per metà. La coppia a bordo non solo era sopravvissuta, ma era seduta a prua e stava facendo cenni alla lancia.

«È il pazzo che si è gettato contro il mercantile.» Il comandante scosse la testa. «Forza, andiamoli a prendere.»

La lancia affiancò il motoscafo. Pitt aiutò Loren a salire a bordo, poi la seguì. Si voltò a dare un ultimo sguardo all'imbarcazione sfracellata, prima che si inabissasse. Poi si girò verso il volto accigliato del comandante. «Ho idea che dovrò pagare a qualcuno un motoscafo nuovo.»

Franco lo esaminò. Non sembrava affatto un giovane pazzoide o un ubriacone. Era alto, con un corpo snello e solido. A parte il taglio insanguinato poco sopra lo stinco, stava in piedi con molta sicurezza. Il volto ruvido tradiva gli anni trascorsi all'aperto e il sorriso appariva divertito. Poi c'erano gli occhi, acuti, di un verde intenso che univa fascino e intelligenza.

«Grazie per averci recuperati», disse Pitt. «Ci avete risparmiato una salutare nuotata fino alla costa.»

«Vi ho visti quando avete distrutto il vostro motoscafo gettandovi contro il mercantile», dichiarò Franco. «Perché avete rischiato di uccidervi?»

«Per piegare il timone.» Pitt guardò i danni a poppa della nave da crociera. «Temo che non siamo intervenuti in tempo.»

Il comandante impallidì. «Santo cielo, ma certo! Allora siete stati voi a cambiare la rotta della nave all'ultimo momento.» Strinse con forza la mano di Pitt, fin quasi a staccargli un braccio. «Avete salvato la mia nave e centinaia di vite. Non avevamo il tempo di fare manovra, quell'idiota ci avrebbe affondati.»

«Ha speronato una barca a vela e per poco non ha ucciso anche noi.»

«Pazzi! Hanno ignorato le nostre chiamate via radio senza fermarsi. Vedete? Si sono arenati.»

«L'equipaggio dev'essere knockout», osservò Pitt.

«Lo sarà certamente quando avrò finito con loro.»

La lancia prese velocità e si diresse verso il mercantile arenato, tenendosi lontana dall'elica ancora in funzione. Una folla di curiosi si era radunata sulla spiaggia, mentre le sirene in lontananza annunciavano l'arrivo della polizia di Valparaíso.

La *Tasmanian Star* era lievemente inclinata a dritta. In coperta non si vedeva nessuno. Da una fiancata, come un braccio inerte, pendeva una rampa di metallo con un nastro trasportatore, che quasi toccava l'acqua. Destinato a caricare la stiva, era stato spinto fuoribordo nella collisione con la *Sea Splendour*. Il comandante intuì la possibilità di usarlo per salire a bordo e volle accostarvisi.

Il nastro trasportatore arrivava quasi all'altezza del ponte della lancia. Un marinaio ebbe ordine di avventurarsi sulla rampa coperta di polvere, per constatare che reggesse. Dopo qualche passo effettuato con molta cautela, l'uomo fece un cenno di okay con il pollice alzato e salì fino alla murata del mercantile, per poi balzare in coperta. Il comandante lo seguì, irrequieto. Attento com'era a dove metteva i piedi, non fece caso a Pitt che si inerpicava qualche passo dietro di lui.

Solo dopo aver oltrepassato la murata con l'aiuto del marinaio, Franco si accorse con sorpresa che Pitt lo aveva raggiunto in coperta. Stava per invitarlo a scendere, ma l'altro lo precedette con un consiglio: «Sarà meglio spegnere i motori».

Mentre Dirk si dirigeva verso la plancia, Franco si rivolse al marinaio. «Guarda in coperta e negli alloggi dell'equipaggio, poi raggiungimi.» Quindi si affrettò a seguire Pitt.

Il ponte di comando era in cima a una struttura a più piani in prossimità della poppa. Più indietro si trovavano cinque compartimenti della stiva, ciascuno chiuso da un doppio portellone a sistema idraulico. Uno di essi era semiaperto e Pitt vi si affacciò, scorgendo nella penombra cavernosa dell'interno solo un piccolo bulldozer coperto da uno strato di polvere argentata. Immaginò che il carico si trovasse nella stiva anteriore, il che avrebbe giustificato la poppa alta della *Tasmanian Star* in navigazione. Notò anche in coperta frammenti di roccia argentea e ne mise uno nella tasca dei calzoncini da bagno. Quindi salì verso il ponte di comando.

«Ma non c'è nessuno su questa nave?» disse Franco, raggiungendolo su una scaletta.

«Non ho ancora visto un comitato di benvenuto.»

Salita la lunga serie di rampe, entrarono nell'ampia sala controllo da una porta aperta. Come in tutto il resto della nave, non si vedeva anima viva. A spezzare il silenzio spettrale fu la radio di bordo, che crepitava con la voce di un operatore della guardia costiera cilena che cercava di contattare la *Tasmanian Star*. Franco spense la radio, poi si spostò verso la console centrale per disattivare i motori.

Pitt esaminò il timone. «Il pilota automatico era regolato sulla rotta di centoquarantadue gradi.»

«Non ha senso che l'abbiano abbandonata in navigazione.»

«La spiegazione più plausibile è un atto di pirateria», replicò

Pitt. «La stiva numero cinque sembra essere stata vuotata dopo che hanno lasciato il porto.»

«Posso capire prendere in ostaggio i marinai per chiedere un riscatto», disse Franco, grattandosi il mento. «Ma... svaligiare una nave da carico in alto mare? Non si è mai sentito.» Notò una macchia scura su una parete e altre simili sul pavimento, e impallidì. «Guardi.»

A Pitt bastò un'occhiata per capire che si trattava di sangue secco. Quando passò un dito sulla parete, il residuo si staccò. «Non ha l'aria di essere recente. È possibile ricostruire il percorso della nave dal sistema di navigazione?»

Franco andò al timone, ben lieto di allontanarsi dal sangue rappreso. Trovò su un monitor una carta nautica della baia di Valparaíso su cui era indicata la posizione della nave. Digitò sulla tastiera per ridurre la scala e la città scomparve lungo la costa del Cile, che a sua volta lasciò il posto a quella del continente sudamericano, mentre appariva una linea gialla che indicava la rotta seguita dalla *Tasmanian Star*. Franco risalì il percorso verso nord, dove trovò un segmento orizzontale che si allontanava dalla sponda occidentale dell'America centrale. Seguendo la linea lungo il Pacifico, si risaliva fino all'Australia.

«È partita da Perth.» Poi tornò al punto in cui la nave cambiava direzione e si voltò verso Pitt, annuendo. «La sua ipotesi sulla pirateria ha senso. Non possono avere attraversato il Pacifico con una stiva vuota.»

«Vediamo dove hanno cambiato rotta.»

Franco regolò l'immagine. «Si direbbe millesettecento miglia a ovest della Costa Rica.»

«Un punto molto isolato, per un attacco di pirati.»

Il comandante scosse la testa. «Se è qui che l'equipaggio ha abbandonato la nave, allora la *Tasmanian Star* ha viaggiato da sola per tremilacinquecento miglia fino a Valparaíso.»

«Il che vuol dire che è stata attaccata più di una settimana fa. La pista è fredda, ormai.»

Il marinaio comparve all'improvviso sulla porta, ansante e con il viso arrossato per aver salito le scale di corsa. Pitt notò che gli tremava la mano appoggiata allo stipite. «Gli alloggi sono deserti, comandante. Non sembra esserci nessuno a bordo.» Poi, esitante, aggiunse: «Però ho trovato un uomo».

«Morto?» chiese Franco.

Il marinaio annuì. «L'ho trovato solo per via dell'odore. È in coperta, vicino al portellone della stiva anteriore.»

«Fammi vedere.»

Il marinaio fece strada lungo la scaletta. Attraversarono il ponte fino alla sinistra della nave e superarono i portelloni. Poi l'uomo si fermò, come se non osasse proseguire, e puntò l'indice in avanti. «È sotto una delle gru. Dev'esserci caduto o rotolato.»

Pitt e Franco si fecero avanti. Poi notarono un oggetto bluastro incuneato nel meccanismo idraulico del portellone. Si avvicinarono fino a distinguere il corpo di un uomo in tuta. L'odore della decomposizione era insostenibile, ma lo spettacolo era ancora più spaventoso.

La tuta blu, priva di scritte, era pulitissima. A giudicare dai pesanti stivali da lavoro e dal paio di guanti appesi alla cintura, doveva trattarsi di un marinaio. Ma non si poteva capire altro.

La pelle, almeno dov'era visibile, si era gonfiata a dismisura, assumendo il colore della senape. Intorno alle orecchie e alla bocca si erano formati rivoletti di sangue secco. Uno sciame di mosche gli ronzava intorno alla faccia, radunandosi sugli occhi strabuzzati. Ma la visione più orrida consisteva nelle orecchie, nel naso e nella punta delle dita. Era tutto carbonizzato, anche se la pelle non si era sbriciolata. A Pitt tornarono in mente le fotografie di esploratori polari vittime di congelamento, sulla cui pelle morta si erano formate vesciche nerastre. Eppure la *Tasmanian Star* non si era avvicinata ad alcuna regione polare.

Franco indietreggiò dal cadavere. «Santa Maria! Questo se l'è preso il diavolo in persona.»

8

Quando rientrò nel suo ufficio a Washington, Pitt trovò ad aspettarlo sulla scrivania un casco pieno di graffi e ammaccature. Sul visore c'era un post-it con un messaggio di benvenuto:

Papà, sul serio, dovresti stare più attento!

Lui rise mentre spostava il casco, chiedendosi se a lasciarglielo fosse stato il figlio o la figlia. Lavoravano tutti e due per la NUMA ed erano appena partiti per un progetto riguardante la tettonica sottomarina, al largo del Madagascar.

Qualcuno tamburellò sulla porta dell'ufficio e subito dopo entrò la figura voluttuosa di una donna dalla pettinatura e dal trucco perfetti. Benché Zerri Pochinsky fosse ormai oltre i quaranta, a vederla non si sarebbe detto. Era da molti anni la sua fidata segretaria e sarebbe diventata qualcosa di più nella sua vita, se Pitt non avesse incontrato prima Loren.

« Bentornato nella tana del leone. » Zerri gli sorrise e appoggiò una tazza di caffè sulla scrivania. « Non so proprio come sia arrivato qui il casco. »

Lui ricambiò il sorriso. « Non c'è più rispetto neanche nel mio sancta sanctorum. »

« Ho ricevuto una chiamata dal segretario del vicepresidente », gli comunicò lei, con gli occhi nocciola che assumevano un'espressione seria. « Ti vogliono a una riunione oggi alle due e mezzo nel suo ufficio. »

« Si sa l'ordine del giorno? »

« No, ha detto solo che era una questione di sicurezza. »

« Che cosa non lo è, a Washington? » Pitt scosse la testa. « Okay, digli che ci sarò. »

« E poi c'è Hiram qui fuori. Dice che volevi vederlo. »

«Fallo passare.»

Zerri uscì dalla porta e al suo posto comparve un uomo barbuto, con i capelli lunghi fino alle spalle. Con indosso i jeans, gli stivali da cowboy e una T-shirt degli Allman Brothers, Hiram Yaeger sembrava appena uscito da un locale di biker. Solo gli intensi occhi azzurri dietro un paio di occhialini lasciavano intuire la sua profondità intellettuale. Tutt'altro che un frequentatore di ritrovi di biker, Yaeger era invece un genio dei computer e la sua passione più grande era scrivere software. Oltre a occuparsi delle modernissime risorse informatiche della NUMA, aveva allestito una rete sofisticata che collegava i dati oceanografici provenienti da migliaia di punti del globo.

«È tornato il salvatore della possente *Sea Splendour*.» Yaeger si accasciò sulla poltroncina di fronte a Pitt. «Non dirmi che non ti hanno offerto una crociera gratis intorno al mondo per aver evitato l'affondamento della nave più costosa della loro flotta.»

«Erano più che disposti. Ma Loren è a dieta e il buffet di bordo sarebbe andato sprecato. E io sono un po' arrugginito nel gioco dello shuffleboard, quindi sarebbe stato inutile.»

«Posso andare io al vostro posto.»

«E rischiare che l'intera agenzia crolli in tua assenza?»

«Vero, sono piuttosto indispensabile qui.» Yaeger alzò la testa. «Ricordami di citare le tue parole alla prossima valutazione del mio rendimento.»

«Okay», promise Pitt, sorridente. «Ho sentito che hai scoperto qualcosa sulla *Tasmanian Star*.»

«L'essenziale. È stata costruita in Corea nel 2005. Lunghezza centocinquantacinque metri, peso a vuoto cinquantaquattromila tonnellate, classificata come Handymax portarinfuse. Equipaggiata con cinque stive, due gru e un nastro trasportatore per il caricamento.»

«Utile anche come passerella», osservò Pitt.

«Appartiene a una compagnia giapponese, la Sendai, ed è in servizio continuo sul Pacifico, principalmente per il trasporto di minerale grezzo. Per l'ultimo viaggio era sotto contratto con una compagnia petrolchimica americana. Ha lasciato Perth tre settimane e mezzo fa con un carico registrato di bauxite, destinazione Los Angeles.»

«Bauxite.» Pitt prese di tasca una busta di plastica, da cui fece uscire il frammento di roccia argentata che aveva prelevato sul ponte di coperta della *Tasmanian Star*. «Si ha qualche idea del valore del carico?»

«Non sono riuscito a trovare il valore assicurato, ma a seconda della qualità sul mercato la bauxite si vende fra i trenta e i sessanta dollari la tonnellata.»

«Quindi non ha senso che qualcuno attacchi una nave per rubarla.»

«Personalmente, svuoterei un mercantile carico di iPad.»

«Qualche ipotesi su dove possano essere fuggiti i ladri?»

«Non proprio. Sono partito dalle coordinate che mi hai procurato, ma non sono approdato a nulla, se non a una zona morta nel Pacifico che non richiama l'interesse delle spie nel cielo.»

«Ti sei infiltrato nel National Reconnaisance Office? Spero che tu non ci abbia lasciato le tue impronte.»

Yaeger, che quando le circostanze lo richiedevano sapeva trasformarsi in un abile hacker, si finse offeso. «Impronte, io? Se mai qualcuno dovesse accorgersi della mia intrusione, temo che le tracce porterebbero al mio sito prediletto di gossip hollywoodiani.»

«Sarebbe un peccato se le autorità lo chiudessero.»

«È quello che penso anch'io. Però un'idea me la sono fatta, in merito all'apparizione della *Tasmanian Star* a Valparaíso.»

«Mi piacerebbe sentirla.»

«Nove giorni fa, il cargo ha fatto una brusca virata, circa millesettecento miglia a ovest della Costa Rica. Abbiamo perso una delle nostre sonde meteorologiche galleggianti in quell'area più o meno nello stesso momento. Era in atto una tempesta tropicale piuttosto intensa, che poi si è smorzata quando ha raggiunto il Messico. Prima di perdere la sonda abbiamo registrato venti forza nove.»

«Quindi i nostri pirati potrebbero aver dovuto abbandonare frettolosamente il bottino.»

« Sospetto di sì. Forse è per questo che hanno lasciato a bordo la maggior parte del carico. E il motore acceso. »

Pitt rifletté per un momento. « Ci sono isole nell'area? »

Yaeger gli mostrò un tablet, su cui richiamò una mappa del settore in cui la nave aveva cambiato rotta. « C'è un atollo chiamato Clipperton Island. È giusto a venti miglia della posizione che mi hai dato... e proprio su quella rotta. » Alzò gli occhi verso Pitt e assentì. « Brillante deduzione. »

« Non hanno avuto tempo di affondarla e devono averle impostato una traiettoria verso Clipperton Island, presumendo che sarebbe finita contro la barriera corallina, per poi scomparire sott'acqua. »

« Solo che la tempesta l'ha deviata e la *Tasmanian Star* è andata avanti per quattromila miglia, fino a Valparaíso. »

Pitt bevve un sorso di caffè. « Il che non ci dice chi abbia attaccato la nave e sterminato l'equipaggio. »

« Ho controllato i documenti portuali relativi a consegne recenti di bauxite, ma non è emerso niente. »

« E niente emergerà. Hiram, guarda se trovi notizie recenti di atti di pirateria... o di navi scomparse nel Pacifico. E un altro favore. » Pitt lanciò il frammento di roccia a Yaeger. « Questo l'ho raccolto sulla *Tasmanian Star*. Mentre torni al centro informatico, lascialo ai ragazzi di geologia sottomarina, in modo che ci dicano cos'è. »

« D'accordo. » Yaeger esaminò il campione mentre andava alla porta. « Non è bauxite, vero? »

Pitt scosse il capo. « Una fitta allo stomaco e una grande nave fantasma mi dicono di no. »

9

Pitt salì a due a due i gradini all'ingresso dell'Eisenhower Executive Office Building, cercando di liberarsi dagli effetti striscianti del jet lag. Situato accanto alla Casa Bianca, l'imponente palazzo di pietra era il suo preferito tra gli edifici federali. Finito di costruire nel 1888, nello stile del Secondo impero francese, sfoggiava un ripido tetto a mansarda e alte finestre che lo facevano sembrare uscito da una storia di Victor Hugo. Un monumento di granito e di ardesia, dato che per ridurre i rischi di incendio nella costruzione non era stato quasi usato il legno. Ironia della sorte, proprio un incendio al primo piano aveva rischiato di distruggere l'ufficio del vicepresidente Cheney nel 2007.

Di recente i vicepresidenti avevano mantenuto solo un ufficio simbolico nel palazzo, preferendone uno nell'ala ovest, per stare incollati al presidente. Ma tutto era cambiato con l'arrivo dell'ammiraglio James Sandecker, che aveva accettato quel ruolo con riluttanza dopo che il suo predecessore era morto mentre era ancora in carica. L'ammiraglio preferiva mantenere le distanze dai manovratori della politica che si infiltravano in ogni amministrazione e aveva fatto del vecchio ufficio il suo terreno di lavoro. Non esitava a percorrere anche più volte al giorno il tunnel sotterraneo che portava alla Casa Bianca, con grande dispiacere dei suoi assistenti meno in forma di lui.

Dopo aver passato diversi livelli di sicurezza, Pitt raggiunse l'anticamera della suite del vicepresidente al piano superiore e fu accompagnato nel suo ufficio privato. L'arredamento della grande stanza riprendeva elementi nautici consoni a un ammiraglio in pensione e comprendeva antichi dipinti a olio di battaglie navali ormai dimenticate. Benché puntuale, Pitt entrò a riunione già cominciata. Due uomini e una donna seduti sulle poltrone intorno a un tavolino ascoltavano il vicepresidente, che camminava avanti e indietro su un lussuoso tappeto, agitando un grosso sigaro.

« Dirk, ben arrivato. » Sandecker attraversò la stanza per stringergli la mano. « Accomodati. »

Benché piccolo di statura, l'ammiraglio aveva l'energia di dieci uomini. I suoi luminosi occhi azzurri contrastavano con i capelli rosso fuoco e la barba alla Van Dyck. Era un veterano di Washington che disprezzava la politica, al tempo stesso rispettato e temuto per le sue doti di franchezza e onestà. Per Pitt rappresentava una sorta di figura paterna, dal momento che prima di essere nominato vicepresidente era stato il suo capo alla NUMA.

« Lieto di vederla, ammiraglio. La trovo in forma. »

« In questo ufficio ci si tiene in allenamento scacciando i parassiti. Facciamo le presentazioni: Dan Fowler della DARPA; Tom Cerny, assistente speciale del presidente; e Ann Bennett del Naval Criminal Investigative Service. »

Pitt strinse la mano a tutti e si sedette, sbirciando l'orologio.

« Non è in ritardo », lo rassicurò Fowler. « Avevamo altre cose da discutere con il vicepresidente. »

« Bene. In cosa può esservi d'aiuto un umile ingegnere navale? »

« Forse non ne sei al corrente », cominciò Sandecker, « ma c'è stata una serie allarmante di fughe di notizie nel nostro programma di sviluppo di armamenti. E questo avviene almeno da tre anni. Senza entrare nei dettagli, posso dirti che sono state ad alto livello e ci sono costate molto care. »

« Immagino che i cinesi siano stati i primi beneficiari. »

« Sì », confermò Fowler. « Come fa a saperlo? »

« L'anno scorso hanno inaugurato un nuovo caccia a reazione che assomiglia in modo sospetto al nostro F-35. »

« E quella è solo la punta dell'iceberg », riprese l'ammiraglio. « Purtroppo i nostri tentativi di limitare le perdite hanno avuto scarso successo. Su richiesta del presidente si sta preparando una task force congiunta fra le agenzie, per indagare sulla situazione. »

«Queste fughe di informazioni sono una vera minaccia per le nostre forze armate», intervenne Cerny. Aveva una faccia slavata, occhi scuri e una parlantina rapida da venditore di macchine usate. «Il presidente è molto preoccupato ed esige che si prendano tutti i provvedimenti necessari per proteggere la nostra tecnologia più vitale.»

Pitt dovette resistere alla tentazione di gridare *Viva il presidente!* Catalogò Cerny come il tipico *yes-man* della Casa Bianca, che si crogiolava nel potere di cui disponeva senza produrre alcun risultato. «Tutto questo va benissimo», approvò, «ma non c'è già metà delle agenzie a dare la caccia a spie e a terroristi?»

«Ce n'è per tutti.»

Mentre loro discutevano, Sandecker si accese il sigaro, in barba al divieto di fumo nell'edificio. «Alla task force occorrono risorse in campo navale per un progettino in cui potresti dare una mano. L'agente Bennett ti fornirà i dettagli.»

«Si tratta di una persona scomparsa», precisò lei.

Pitt la guardò in faccia: era una donna fine, attraente, sulla trentina, nascosta dietro un aspetto poco appariscente. I corti capelli biondi si intonavano al tailleur grigio scuro, ma l'effetto serio e compunto era attenuato dalle fossette sulle guance e dal nasino che reggeva un paio di occhiali da lettura dalla montatura trasparente.

I vivaci occhi verde acqua ressero lo sguardo di Pitt, prima di abbassarsi sulla cartelletta che teneva in grembo. «Un importante ricercatore della DARPA, il dottor Joseph Eberson, è sparito a San Diego diversi giorni fa. Doveva andare a pesca a bordo di un'imbarcazione privata da diporto, il *Cuttlefish*. I corpi del proprietario del cabinato e del suo assistente sono stati trovati da una barca a vela di passaggio ad alcune miglia dalla costa. Le squadre di soccorso hanno battuto la zona, ma non sono riuscite a localizzare né Eberson né l'imbarcazione.»

«E sospettate che ci sia sotto qualcosa?»

«Non possiamo dirlo», disse Fowler, «tuttavia Eberson era coinvolto in uno dei più delicati progetti di ricerca della US Navy. Dobbiamo chiarire che cosa gli sia capitato. Non abbiamo motivo di sospettare una defezione da parte sua, e non escludiamo la possibilità di un rapimento.»

«In realtà quello che volete è un cadavere», ribatté Pitt. «Purtroppo, se la barca è affondata e lui è annegato insieme ai suoi amici, ormai il suo corpo potrebbe essere a metà strada tra San Diego e Tahiti. O nella pancia di un grande squalo bianco.»

«È per questo che vorremmo che ci aiutasse a trovare la barca», disse Ann, con una sfumatura di supplica nello sguardo.

«Mi sembra un compito più adatto alla polizia di San Diego.»

«Vorremmo recuperare il *Cuttlefish* in modo che i nostri investigatori possano stabilire se Eberson si trovasse a bordo», spiegò Fowler. «Ci hanno detto che le acque sono molto profonde, al di là delle possibilità di ricerca da parte della polizia.»

Pitt si voltò verso Sandecker. «Dov'è la marina, in tutto questo?»

«Al momento le squadre di soccorso della West Coast sono impegnate in un'esercitazione in Alaska. E, come se non bastasse, i corpi sono stati trovati in acque territoriali messicane. Sarebbe tutto più semplice se a occuparsi dell'indagine e del recupero fosse una nave per le ricerche oceanografiche.» L'ammiraglio andò alla sua scrivania e lesse un appunto. «Si dà il caso che la nave sonda *Drake* della NUMA si trovi ora nel porto di San Diego in attesa di un nuovo incarico.»

Pitt scosse la testa. «Incastrato dalla mia stessa gente.»

Gli occhi di Sandecker brillarono. «Ho ancora qualche amico nel tuo palazzo.»

«Be', a quanto pare», disse Pitt, guardando di sottecchi la Bennett, «sono il vostro uomo.»

«Come effettuerà la ricerca?» domandò Cerny.

«La *Drake* ha diversi sistemi sonar a bordo e dispone di un piccolo batiscafo. Stabiliremo una griglia di ricerca e batteremo l'area palmo a palmo alla ricerca del *Cuttlefish*. Quando lo avremo localizzato, scenderemo in immersione o a bordo del batiscafo. Se l'imbarcazione è ancora intatta, cercheremo di riportarla in superficie.»

«Ann verrà con lei per seguire le operazioni», annunciò

Fowler. « Naturalmente gradiremmo una soluzione rapida. Quando può cominciare? »

« Anche subito, il tempo di trovare un volo per San Diego. E per l'agente Bennett, quello di mettere in valigia vestiti adatti per il mare. »

Pitt fu ringraziato per la sua disponibilità e lasciò la riunione.

Quando se ne fu andato, Sandecker si rivolse a Cerny. « Non mi va di tenerlo all'oscuro. Non c'è uomo al mondo di cui mi fidi di più. »

« Ordini del presidente », replicò l'assistente della Casa Bianca. « È meglio che nessuno sappia cosa potremmo avere perso. »

« Ce la può fare? » chiese Fowler. « Se la barca è affondata, sarà in grado di localizzarla? »

« Per lui sarà un gioco da ragazzi », garantì l'ammiraglio, sbuffando verso il soffitto un denso anello di fumo. « A preoccuparmi è quello che può trovare a bordo. »

10

L'uomo camminava sul ponte con un paio di bombole sotto ciascun braccio, con la stessa noncuranza con cui avrebbe trasportato un cuscino di piume. Le braccia, del resto, erano grosse quanto le gambe e il torace era gonfio come uno pneumatico da trattore. Gli occhi castani e i capelli ricci e scuri di Al Giordino riflettevano le sue origini italiane, mentre le sopracciglia folte e il sorriso lasciavano intuire il suo spirito pungente.

Quando vide arrivare Pitt e la Bennett affrettò il passo per andare loro incontro alla passerella, senza appoggiare le bombole in coperta. « Salute, *kemosabe* », disse rivolto al primo. « Bentornato all'aria salmastra. Hai fatto buon viaggio? »

« Direi. Il vicepresidente ci ha messi a bordo di un Gulfstream della US Navy che portava a Coronado un paio di ammiragli. »

« E a me tocca sempre un pullman della Greyhound. » Giordino guardò la Bennett e sorrise. « Un nuovo tentativo di aggiungere bellezza e classe all'equipaggio? »

« Ann Bennett, lui è Albert Giordino, direttore tecnico della NUMA, oggi nei panni del mozzo lascivo. La signorina Bennett dell'NCIS collaborerà alle ricerche. »

« Piacere di conoscerla, signor Giordino. »

« Mi chiami Al, la prego. » Accennò alle bombole. « La mano ce la stringiamo dopo. »

« Quelle non ci serviranno », osservò Pitt. « È probabile che le acque siano troppo profonde. »

« Rudi ha detto solo che dobbiamo fare un recupero subacqueo. Non è entrato nei particolari. »

« Perché non li conosce. È a bordo? »

« Sì. Siamo tornati tutti dal funerale di stamattina. »

« Buddy Martin? »

Giordino annuì. Martin, il comandante della *Drake*, era morto per una malattia improvvisa.

« Mi spiace di non essere arrivato in tempo », disse Pitt. « Era un grande uomo e un caro amico. Sentiremo la sua mancanza. »

« Aveva il sangue turchese », commentò Giordino, riferendosi al colore delle navi della NUMA. « Rudi ha assunto il comando temporaneo della *Drake*. Assomiglia a William Bligh, il comandante del *Bounty*, se vuoi saperlo. »

« Di solito tengo Rudi il più vicino possibile a Washington », spiegò Pitt alla Bennett, « per salvaguardare il budget della NUMA. »

« Lo trovi in laboratorio », disse Giordino, « con il suo banco di pesci abissali. »

Pitt e la Bennett trovarono un paio di cabine libere e ci lasciarono i bagagli, poi andarono a cercare Rudi Gunn. Non tardarono a trovarlo: la *Drake* era la nave più nuova, piccola e compatta della NUMA. Superava di poco i trenta metri di lunghezza ed era concepita soprattutto per le ricerche lungo la costa, anche se si era dimostrata altrettanto efficiente in alto mare. Nel poco spazio disponibile in coperta ospitava tanto un batiscafo in grado di contenere tre uomini quanto un veicolo subacqueo autonomo. Dell'interno, la parte non riservata agli alloggi del ridotto equipaggio era suddivisa in laboratori.

In uno di questi il buio era quasi assoluto: le luci erano spente, gli oblò sigillati e l'unica illuminazione consisteva in qualche piccola lampadina azzurra sul soffitto. L'aria condizionata doveva funzionare a pieno regime, suppose Pitt, per mantenere una temperatura che stimò sui dieci gradi.

« Chiudete la porta, per favore. »

Quando i loro occhi si adeguarono all'oscurità, scorsero il proprietario della voce: un uomo magro con indosso una giacca, chino su una grossa vasca che occupava quasi tutto lo spazio disponibile, dentro cui guardava con un paio di occhiali per la visione notturna.

« Sempre a spiare l'accoppiamento dei grunion, Rudi? »

Riconosciuta la voce, l'uomo si raddrizzò e andò ad accogliere i due nuovi arrivati. « Dirk, non sapevo che fossi tu. » Gunn si sfilò i grossi occhiali e li sostituì con un paio cerchiato di corno. Brillante ex capitano di fregata della US Navy, era il vicedirettore della NUMA. Come il suo capo, coglieva ogni occasione per allontanarsi dai confini del quartier generale di Washington.

Pitt fece le presentazioni.

« Perché questa stanza fredda e buia? » chiese Ann Bennett.

« Venga a vedere. » Gunn le porse gli occhiali per la visione notturna e la condusse al bordo della vasca.

Lei guardò attraverso le lenti e vide alcune piccole creature che nuotavano pigramente in cerchio, emanando una lucentezza azzurrina sotto l'illuminazione intensificata. Erano diverse da qualsiasi altro pesce avesse mai visto: corpi piatti e traslucidi, grandi occhi sporgenti, file multiple di denti affilati come rasoi che sporgevano dalle bocche spalancate. Ann fece d'istinto un passo indietro. « Che cosa sono? Fanno paura. »

« I cuccioli abissali di Rudi », rispose Pitt.

« Il loro nome scientifico è *Evermannella normalops* », disse Gunn, « ma noi li chiamiamo 'denti a sciabola'. È una specie insolita che si trova solo in acque profonde. Ne abbiamo scoperto un grosso banco intorno a un camino idrotermale vicino a Monterey e abbiamo deciso di catturarne alcuni per studiarli. Ci sono volute diverse immersioni con il batiscafo, ma siamo riusciti a prenderne una ventina. Questi sono gli ultimi esemplari che non abbiamo ancora rilasciato. »

« Sembrano piuttosto voraci. »

« Nonostante l'aspetto, si tratta di una specie non predatoria e piuttosto tranquilla. Non paiono interessati a mangiare altri pesci, potrebbero essere saprofagi. »

Ann scosse la testa. « In ogni caso, non metterei la mano nella vasca. »

« Non preoccuparti », la tranquillizzò Pitt. « Puoi chiudere la cabina a chiave, caso mai nella notte gli crescessero le zampe. »

« Non sono più aggressivi dei pesci rossi », ribadì Gunn. « Anche se sono brutti e vivono a milleottocento metri di profondità. »

«Li lasciamo alle tue cure», disse Pitt. «Tra quanto possiamo salpare?»

Gunn chinò il capo da un lato. «Come se aspettassimo una pizza a domicilio: mezz'ora o anche meno.»

«Allora muoviamoci. Sono curioso di scoprire dove vuole portarci Ann.»

Fedele alla parola data, mezz'ora più tardi Gunn conduceva la *Drake* fuori dal porto, costeggiando le verdi colline di Point Loma. Ann lo raggiunse sul ponte di comando insieme a Pitt e a Giordino. Una volta in mare si sentiva più al sicuro e finalmente indicò il loro obiettivo, porgendo a Pitt un foglietto di carta. «Queste sono le coordinate in cui sono stati recuperati i due corpi. Erano poco lontani l'uno dall'altro.»

«Potrebbe voler dire che le correnti non li hanno sballottati troppo», rilevò Giordino.

Pitt inserì le coordinate nel sistema di navigazione, che mostrò la posizione sotto forma di un triangolino su una carta nautica digitale. Il punto si trovava a breve distanza di un isolotto roccioso al largo della costa messicana che fa parte delle Coronados.

«Le correnti lungo la costa sono in direzione sud», ragionò Pitt. «Quindi questo rappresenta il confine meridionale da cui cominciare le ricerche.»

«Secondo il rapporto del coroner, la morte risaliva a otto-dieci ore prima», lo informò Ann.

«È un punto di partenza.» Pitt si servì di un cursore per tracciare un rettangolo sulla mappa. «Cominceremo da una griglia di dieci miglia quadrate, dirigendoci a nord del punto del ritrovamento, per poi allargare la ricerca, se necessario.»

Ann considerò le dimensioni della *Drake*, poi gli chiese: «Come intendi gestire il recupero?»

Lui si voltò verso Gunn. «Rudi?»

«Ho una chiatta munita di gru in attesa di chiamata. Ci raggiungerà sul posto. Avrei già dovuto chiederlo... ma quant'è grande l'imbarcazione che stiamo cercando?»

«Il *Cuttlefish* è registrato come dodici metri.»

«Lo tireremo su.» Gunn prese il timone e fece rotta verso la griglia di Pitt.

Due ore più tardi raggiunsero il punto in cui, da una barca a vela, erano stati avvistati i corpi di Heiland e del suo assistente Manny. Pitt constatò che la profondità era sui centoventi metri. Decise di condurre la ricerca con il sonar rimorchiato, più facile da impiegare rispetto al veicolo subacqueo. I marinai a poppa misero in mare l'apparecchio, dipinto di un giallo squillante, che ben presto cominciò a trasmettere attraverso il cavo gli impulsi elettrici al processore in plancia. Pitt si sedette ai controlli e regolò il verricello, in modo che il rimorchio si trovasse pochi metri sopra il fondale.

Ann, alle sue spalle, fissava il monitor, che mostrava un'immagine dorata del fondo marino, sabbioso e ondulato. «Che aspetto avrà la barca?»

«Ci stiamo tenendo larghi, quindi la vedremo su piccola scala, ma dovrebbe essere ben riconoscibile.» Pitt indicò lo schermo. «Ecco, qui puoi vedere che aspetto ha, in proporzione, un barile da duecento litri.»

Ann guardò un oggetto grande quanto una monetina che passava sullo schermo, riconoscendolo senza difficoltà come un vecchio barile che qualcuno aveva gettato nell'oceano. «L'immagine ha una definizione incredibile.»

«La tecnologia è arrivata al punto che si riesce a distinguere una concrezione su una conchiglia», interloquì Giordino.

In superficie si vedeva solo un cabinato battente bandiera messicana, alla distanza di un paio di miglia, i cui occupanti erano impegnati a pescare. Gunn pilotava la *Drake* seguendo la griglia, lungo linee da sud a nord. Il sonar rilevò qualche pneumatico, un paio di delfini giocosi e quella che sembrava la tazza di un gabinetto. Ma nessuna imbarcazione sommersa.

Dopo quattro ore di esplorazione, si trovarono nelle vicinanze del cabinato messicano, che manteneva la propria posizione con un paio di canne da pesca fissate a poppa, senza nessuno che se ne occupasse.

«Ho idea che dovremo fare una deviazione per girargli intorno», disse Gunn.

Pitt guardò fuori dall'oblò: il cabinato era a poco meno di cinquecento metri davanti a loro. Poi tornò a rivolgere la propria attenzione al monitor. Sorrise, notando un oggetto triangolare comparire in alto sullo schermo. «Non sarà necessario, Rudi. Abbiamo appena trovato il *Cuttlefish*!»

Ann si avvicinò perplessa, poi vide la sagoma espandersi sullo schermo: era la prua di un'imbarcazione, cui seguì un po' alla volta il resto dello scafo. Il cabinato era sceso verticalmente sul fondo dell'oceano.

Pitt segnò la posizione del relitto e ne misurò la lunghezza sulla scala digitale. «Corrisponde a dodici metri. Direi proprio che è la nostra barca scomparsa.»

Gunn guardò l'immagine e diede una pacca sulla spalla a Pitt. «Ottimo lavoro, Dirk. Contatto la chiatta e la faccio venire qui.»

Ann fissò il monitor, mentre la sagoma del cabinato si spostava verso il basso. «Sicuri che potete riportarlo in superficie?»

«Sembra intatto», disse il comandante della *Drake*. «Non dovrebbero esserci problemi.»

«Allora restiamo qui ad aspettare che arrivi la chiatta?» chiese Ann.

«Non proprio», rispose Pitt, rivolgendole un sorriso malizioso. «Prima trasciniamo in fondo al mare una spia di Washington.»

11

Il batiscafo ruotò pigro nell'aria, appeso alla gru, prima che Gunn lo calasse nelle fredde acque del Pacifico, per poi sganciarlo con un comando idraulico, lasciandolo libero di muoversi. All'interno, Pitt avviò i motori elettrici, allontanandosi dalla *Drake*, mentre Giordino allagava le camere di zavorra dalla postazione del copilota. Ann, emozionata come una ragazzina, occupava il terzo sedile nello spazio ristretto dell'abitacolo.

Giordino si voltò e notò quanto fosse affascinata dalla penombra verdastra fuori dagli oblò. «Mai stata sott'acqua?»

«Spesso», rispose lei. «Ma solo in piscina. Quando ero al college mi tuffavo dal trampolino.»

Il batiscafo cominciò la sua lenta discesa. Al di là dei fari esterni, il mare non tardò a diventare nero.

«Non mi è mai passato per la testa di buttarmi dall'alto», riprese Giordino. «Come si passa dai tuffi dal trampolino alla caccia ai cattivi?»

«Sono cresciuta con un padre nei marine. Al college mi sono iscritta all'addestramento della riserva e dopo il diploma sono entrata in marina, riuscendo a farmi pagare gli studi in legge. Ho lavorato in un'unità di avvocati del JAG nel Bahrain, poi ho passato qualche mese a Guantánamo, dove ho trovato un po' di contatti per Washington. Il mio matrimonio con un militare è fallito più o meno nello stesso periodo e ho deciso di provare qualcosa di diverso. Due anni fa un amico mi ha indirizzato all'NCIS e sono finita nel reparto controspionaggio.»

«Sembri una specie di Perry Mason.»

«Lo sono stata. All'ufficio del JAG preferivo le indagini alla fase processuale. È questo che mi piace del mio incarico attuale: la maggior parte del mio lavoro è strettamente investigativo e passo parecchio tempo sul campo. Il mio compito nel caso

Eberson è chiarire se lui o la barca siano stati bersaglio di un'operazione di spionaggio.»

«Presto ne sapremo di più», annunciò Pitt. «Siamo quasi sul fondo.»

Giordino neutralizzò la zavorra mentre fuori dal batiscafo appariva il fondale sabbioso. Pitt avvistò un'aragosta che gli rammentò la cena mancata in Cile. Attivò la spinta e mosse in avanti il batiscafo. Di lì a poco apparve un oggetto bianco alla loro sinistra. Pitt virò a sinistra e accostò alla barca scomparsa.

Nel suo mondo sommerso, il *Cuttlefish* era come un alieno sperduto. Appariva candido e in perfette condizioni di fronte ai fari del batiscafo, in contrasto totale con lo sfondo buio e privo di vita. Pitt fece percorrere al batiscafo una lenta traiettoria intorno alla barca, che si era depositata perfettamente verticale e non mostrava segni visibili di danni.

«Deve avere avuto una falla nella parte inferiore», disse Pitt, notando una crepa sottile in basso sullo scafo.

«Lo vedremo quando la tireremo su», replicò Giordino. «Non mi sembra che ci saranno problemi a mettere un paio di cinghie a prua e a poppa. Dovremmo riportarla in superficie in un baleno.»

Pitt guidò il batiscafo verso la poppa del cabinato, poi risalì per guardare in coperta.

Ann si lasciò sfuggire un grido soffocato. Vicino al parapetto si vedeva il corpo di un uomo dalla pelle biancastra e rigonfia, ridotta a brandelli nei punti in cui le creature del mare si erano cibate delle sue carni. Un piccolo banco di scorfani gli galleggiava sopra la faccia, mordicchiandogliela.

«Joe Eberson?» chiese Pitt sottovoce.

Ann assentì, poi distolse lo sguardo.

Pitt guardò più attentamente. Un cavo avvoltolato intorno ai piedi e alle caviglie del cadavere era rimasto agganciato in coperta, intrappolandolo sulla barca mentre affondava. Sullo scienziato della DARPA non erano immediatamente visibili ferite o ustioni, ma le mani non passavano inosservate: erano gonfie il doppio del normale e sulla pelle scolorita si notavano macchie del colore del carbone.

Era la stessa immagine che Pitt aveva visto in Cile.

Come il marinaio a bordo della *Tasmanian Star*, la morte di Joe Eberson era stata orribile e inspiegabile.

12

Furono necessarie altre due immersioni per rimuovere il corpo di Eberson. Un ampio telone, cucito frettolosamente in modo da trasformarlo in un sacco da cadavere, fu portato fino all'imbarcazione sommersa. Pitt lo fece scivolare sulla testa e la parte superiore del corpo, impiegando le due braccia meccaniche articolate che spuntavano dal fondo del batiscafo. Il cavo venne tranciato e la salma portata delicatamente in superficie. Durante la macabra operazione Ann insistette per restare a bordo del batiscafo.

Tornati sulla *Drake*, Pitt e Giordino prepararono le cinghie che sarebbero servite a sollevare il *Cuttlefish* dal fondale. Li raggiunse nel frattempo una chiatta dall'aspetto decrepito con a bordo una gru massiccia: Gunn l'aveva trovata al porto di San Diego, dove veniva utilizzata per le operazioni municipali di dragaggio. Pitt ricambiò il saluto di un uomo con la barba grigia e il volto amichevole, che pilotava la chiatta da una piccola timoniera.

Dopo un rapido esame del cadavere insieme a Gunn, Ann tornò da Pitt e Giordino.

« È l'uomo che cercavi? » domandò quest'ultimo.

Lei annuì. « Gli abbiamo trovato in tasca il suo portafogli inzuppato. Ma dovremo aspettare il coroner per un'identificazione definitiva e una conferma della causa della morte. »

« Una settimana sott'acqua non facilita le cose », osservò Pitt.

« Se non altro sembra che la morte sia accidentale. Forse hanno avuto un problema con la barca e sono semplicemente annegati. »

Pitt evitò di parlare delle mani di Eberson, mentre agganciava una delle cinghie a un artiglio di acciaio del batiscafo.

Ann lo osservava. « C'è il rischio di danneggiare la barca, quando la si porta in superficie? »

« Non sappiamo quali danni strutturali abbia subito, quindi la risposta è... sì. Esiste la possibilità che si divida in due quando la solleviamo. Ma a occhio dovrebbe risalire senza problemi. »

« Per sicurezza », disse Ann, « vorrei esaminare il ponte e l'interno prima di procedere. »

« Stiamo per tornare là sotto, quindi salta a bordo. »

Poco più tardi erano di nuovo in vista del *Cuttlefish*, che senza il corpo di Joe Eberson appariva meno inquietante. Pitt portò il batiscafo appena sopra la poppa, poi lo ruotò in modo che i fari illuminassero l'imbarcazione affondata.

« Stop! » disse Ann, con un dito puntato verso l'oblò. « Quella cassa laggiù. »

Pitt bloccò il batiscafo, permettendo loro di osservare un contenitore oblungo assicurato al parapetto a dritta. « Qualcosa di importante? »

« Può darsi, a giudicare dal lucchetto. » Ann sembrava arrabbiata con se stessa per non avere notato la cassa prima di quel momento. « Portiamola in superficie. »

« Mi sembra sistemata bene lì dov'è », obiettò Giordino.

« Non voglio correre il rischio di danneggiarla quando solleviamo la barca. »

Pitt si strinse nelle spalle. « D'accordo, ma prima dobbiamo liberarci le mani. » Ruotò le braccia meccaniche, mostrandole la cinghia.

Fece manovra per allontanarsi dal *Cuttlefish*, depose la cinghia sulla sabbia, poi la tese intorno alla prua. Afferrò un'estremità e la infilò sotto lo scafo fin dove era possibile arrivare, poi la sollevò fino ad appoggiarla sul tetto della cabina. Sollevò poi l'altra estremità. Quindi riportò il batiscafo a poppa, per cercare di recuperare il contenitore. Con un certo sforzo, servendosi degli artigli per la manipolazione, riuscì ad allentare le corde e a liberarlo. Con un artiglio afferrò una maniglia, mentre usava l'altro braccio meccanico per sostenere la cassa, come se volesse cullarla. Giordino espulse l'acqua dalle camere di zavorra e il batiscafo risalì in superficie.

Gunn li attendeva alla murata della *Drake*, pronto a tirare a bordo il batiscafo. « Com'è andata con il lazo? » domandò, quando li vide uscire.

Giordino sorrise. « Facile come catturare un vitello. »

« A poppa sarà più difficile », disse Pitt. « Dovremo scavare un po' per far passare sotto la cinghia. »

Gunn notò la lunga cassa sorretta dalle braccia meccaniche. « Mi avete portato un regalo? »

« È della signorina Bennett », precisò Giordino, inarcando le sopracciglia come per invitarlo a tenere giù le mani. Tolse la cassa dalle braccia del batiscafo e la collocò in una sezione protetta in coperta.

Ann seguì ogni loro movimento. Gunn aiutò Pitt ad assicurare la seconda cinghia e a montare una sezione di tubo in pvc con un flessibile alla valvola anteriore della zavorra.

« Come siete messi a batteria? » s'informò il comandante della *Drake*.

« Se non ci mettiamo troppo a sistemare la cinghia, dovremmo avere carica sufficiente per agganciare il cavo della gru. »

« Avviso l'operatore della chiatta di tenersi pronto. »

Ann non tornò a bordo per la nuova immersione. Pitt si portò a poppa del *Cuttlefish* e posò il batiscafo sul fondo, a sinistra del cabinato. Muovendo le braccia meccaniche, abbandonò la cinghia e prese il tubo in pvc, che inserì nella sabbia sotto lo scafo. « Pronti ad aspirare. »

« Quando vuoi. » Giordino lasciò fuoriuscire dalla camera di zavorra anteriore un flusso di aria compressa, che passò attraverso il flessibile e il tubo in pvc e uscì sotto forma di bolle. La sabbia soffice sotto lo scafo cominciò a essere aspirata nel tubo per poi sgorgare in una nube marroncina dietro il batiscafo e dissolversi nella corrente. Bastarono pochi minuti per liberare sotto la poppa uno spazio sufficiente a inserire la cinghia.

Giordino chiuse l'aria e Pitt spostò il batiscafo sull'altro lato per ripetere l'operazione. Quindi fece passare la cinghia sotto lo scafo e ne collocò le estremità sopra la cabina. Mentre lui le teneva in posizione, Giordino inserì gli anelli ai capi delle due cinghie, uno a uno, in un D-ring. Il sudore gli colava sulla fronte quando collocò l'ultimo con l'artiglio di acciaio. A quel punto restava solo da agganciare il cavo della gru al D-ring per sollevare l'imbarcazione.

« Con le mani delicate di un chirurgo », commentò Giordino, mentre ritraeva le braccia meccaniche

Pitt lo guardò e scosse la testa. « Un chirurgo che fa il macellaio come secondo lavoro. In ogni caso, ben fatto. » Svuotò le camere di zavorra e il batiscafo risalì piano.

Il sole era appena tramontato oltre l'orizzonte quando tornarono in superficie a fianco della *Drake*. Gunn era alla gru, pronto a riagganciare il batiscafo. Lo sollevò dall'acqua fino all'altezza del ponte, poi lo lasciò appeso.

« Avanti Rudi », disse Giordino, « mettici in coperta. »

Dirk guardò fuori dall'oblò e si irrigidì. Accanto a Gunn c'era uno sconosciuto con una pistola in mano. L'uomo sorrise a Pitt, ma in modo per nulla amichevole.

Gunn sollevò le mani dai comandi della gru e rivolse a Pitt un cenno sconsolato del capo.

« Che cosa succede? » chiese Giordino, vedendolo abbandonare la gru.

Pitt continuava a fissare lo sconosciuto armato sul ponte della *Drake*. « Direi che ci hanno stesi fuori ad asciugare. »

13

Avevano dato l'assalto alla *Drake* fingendosi in difficoltà.

L'equipaggio del cabinato messicano nelle vicinanze aveva tenuto d'occhio la nave della NUMA per tutto il giorno, aspettando di veder comparire l'obiettivo. Quando il sole aveva seguito il batiscafo sotto le onde, una voce dall'accento spagnolo aveva inviato un messaggio radio alla *Drake*, lamentando di avere il serbatoio quasi a secco. Gunn, ricevuta la chiamata sul ponte di comando, aveva invitato l'imbarcazione ad affiancarsi alla nave, se era in grado di farlo, in modo da poterle passare un po' di carburante.

Il cabinato aveva fatto la scena di avvicinarsi a una velocità minima, doppiando la chiatta a poppa prima di accostare alla *Drake*. Nel momento in cui l'imbarcazione era rimasta fuori vista, un uomo armato era balzato sul pontone, dirigendosi di nascosto verso la timoniera.

Poco dopo un individuo alto e robusto compariva sul ponte di poppa del cabinato, facendo un cenno a Gunn con un sorriso gelido. Indossava pantaloni e camicia neri, tenuta insolita per un pescatore. Nel crepuscolo si distinguevano appena la pelle scura e i lineamenti, più centroamericani che messicani. L'uomo aveva lanciato una cima a un mozzo in attesa in coperta, poi si era voltato di nuovo verso Gunn, che si protendeva dal parapetto con un bidone da venti litri di benzina.

«Grazie, *señor*», disse l'uomo, con voce baritonale. «Siamo rimasti troppo tempo a pescare e avevamo paura di non poter tornare a terra.»

Prese il bidone e lo depose in coperta. Poi, con l'agilità di un gatto, si afferrò al parapetto e balzò a bordo della *Drake*. Una Glock semiautomatica gli si materializzò in mano da una fondina nascosta alla cintola: appena salito in coperta, puntò la pistola al petto di Gunn.

« Di' all'equipaggio di mettersi con la faccia al mare e le mani sul parapetto. »

Il comandante riferì l'ordine a un paio di marinai stupefatti, che alzarono le mani e obbedirono.

Altri due uomini armati salirono a bordo e si divisero. Gunn sobbalzò quando sentì sparare, ma tirò un sospiro di sollievo vedendo il timoniere che scendeva in coperta. Uno dei due intrusi aveva trovato la scialuppa gonfiabile della *Drake* e l'aveva crivellata di colpi; il canotto si stava afflosciando come un palloncino. Quando uno degli scienziati presenti a bordo si affacciò per vedere che cosa stesse succedendo, fu preso di forza e trascinato insieme agli altri.

Il comandante si rivolse all'individuo alto vestito di nero. « Che cosa volete? »

Lo sconosciuto lo ignorò: una piccola radio che portava alla cintola stava crepitando.

« La chiatta è sotto controllo », comunicò una voce.

« Portala di fianco e raggiungici sulla nave », rispose l'uomo in nero. « Tra poco saremo pronti. »

« Pablo », disse ancora la voce alla radio, « il sommergibile sta emergendo. »

L'uomo di nome Pablo imprecò. Si voltò, vedendo affiorare il batiscafo. Mise in tasca la radio, prese Gunn per il colletto e lo trascinò sino alla gru. « Tira i tuoi amici fuori dall'acqua, ma non farli scendere sul ponte. » Poi fece un passo indietro, con la pistola puntata.

Mentre andava ai comandi, Gunn cercò di pensare a un modo per avvisare Pitt. Ma abbandonò l'idea appena sentì la canna della Glock sulla schiena, perciò agganciò la sommità del batiscafo, lo sollevò dall'acqua e rimase immobile e impotente, lasciandolo sospeso in aria.

Pochi secondi dopo, la vecchia chiatta toccò la *Drake* a poppa. Un quarto uomo armato, anche lui vestito di scuro, prese la rincorsa e saltò sulla nave. Si avvicinò, ansante. Aveva la camicia strappata e tracce di sangue sul labbro inferiore.

« Cos'è successo? » gli chiese Pablo.

« Il pilota mi ha dato qualche problema. »

L'altro scosse la testa, accigliato. « Porta a bordo la cassa. Subito! »

Obbediente, l'ultimo arrivato si unì agli altri per aiutarli a caricare sulla loro imbarcazione la cassa recuperata a bordo del *Cuttlefish*.

In quel momento il comandante della *Drake* si ricordò di Ann e si accorse che non era in coperta.

Pablo si voltò verso Gunn, facendo un cenno con la Glock. « Non ci seguire, non chiamare aiuto, se no torniamo e vi ammazziamo tutti. » Sorrise, con gli occhi che scintillavano. « Grazie per la collaborazione. » Si diresse verso il parapetto e, senza voltarsi, tornò sulla sua barca.

Pitt e Giordino erano stati costretti ad assistere alla scena confinati nel batiscafo. Avrebbero potuto aprire il portello, ma per arrivare sul ponte della *Drake* dovevano tentare un salto piuttosto rischioso. Prima che potessero reagire, era tutto finito.

Mentre il capo della squadra d'assalto spariva oltre il parapetto, Pitt colse un movimento verso la prua della nave. Si rivolse a Giordino. « Non hai visto qualcosa cadere dalla fiancata, vicino al ponte di comando? »

« No, stavo guardando il tizio che teneva Rudi sotto tiro. »

Videro il cabinato allontanarsi. Ma quando l'imbarcazione virò per dirigersi verso la costa, nella luce del crepuscolo scorsero qualcosa da un oblò.

Giordino lo indicò. « È quello che penso io? »

Pitt assentì. Se n'era accorto anche lui.

Era la sagoma di una donna bionda, bagnata fradicia, nascosta sullo stretto ponte laterale del cabinato che navigava a tutta velocità verso il Messico.

14

Gunn non perse tempo e riportò a bordo il batiscafo, mentre Pitt e Giordino si affacciavano al portello.

«Stanno tutti bene?» chiese Pitt.

«Nessun ferito», rispose il comandante. «Hanno minacciato di ucciderci se avessimo chiesto aiuto e tentato di seguirli.»

«Ma chi erano?» domandò Giordino.

Gunn scosse la testa. «Non lo so. Il capo si chiama Pablo. Hanno portato via la cassa che avete recuperato dal *Cuttlefish*. Avete idea di cosa ci sia dentro?»

«No», rispose Pitt. «Ma Ann lo sa. Come ha fatto a salire a bordo della loro barca?»

«Ann? Pensavo fosse in cabina!»

«L'abbiamo vista nascosta vicino alla timoniera del cabinato», disse Giordino.

Gunn impallidì. «Se la scoprono, l'ammazzano.»

«Chiama la guardia costiera», suggerì Pitt. «Può darsi che ci sia una pattuglia antidroga nelle vicinanze. Ma non dire niente di Ann, nel caso intercettino le comunicazioni. Al e io cerchiamo di seguirli con il canotto.»

Gunn smorzò il suo entusiasmo. «Niente da fare. Hanno sparato alla radio di bordo e alla scialuppa. Posso chiamare da una radio portatile, ma il canotto te lo scordi.»

«E la chiatta?» chiese Giordino.

«Prima è meglio vedere come sta il pilota. Temo che non lo abbiano trattato bene.»

«Rudi, tu fai la chiamata», decise Pitt. «Al e io controlliamo la chiatta.»

Corse verso poppa con Giordino. La prua della vecchia imbarcazione, che arrivava poco sotto il ponte della *Drake*, spingeva in avanti la nave con la velocità di una tartaruga.

I due saltarono a bordo e si precipitarono alla piccola timoniera, a poppa. Mentre entravano, sentirono un cane ringhiare.

Un uomo dai capelli grigi era inginocchiato vicino al timone, con il palmo di una mano premuto su un taglio alla fronte, sotto l'attaccatura dei capelli. Un bassotto dal pelo nero e marrone che gli faceva la guardia si mise ad abbaiare agli intrusi.

«Zitto, Mauser», ordinò il pilota della chiatta.

«Sta bene?» Pitt superò il bassotto e aiutò l'anziano marinaio ad alzarsi. Era alto quasi quanto lui, un metro e novanta, ma aveva qualche chilo in più.

«Quel figlio di buona donna è spuntato dal nulla e si è messo a fracassarmi la radio.» Mentre parlava, negli occhi azzurri del pilota tornò la lucidità. «Gli stavo dando una bella lezione, ma lui mi ha colpito con il calcio della pistola.»

Giordino trovò un kit di pronto soccorso e gli bendò la ferita.

«Grazie, figliolo. Chi era quella gente?»

«Non so», rispose Pitt. «Ma abbiamo una persona sulla loro barca. Ha un canotto da prestarci?»

«C'è un piccolo Zodiac, qui dietro. Il motore non è granché, ma prendetelo pure.» Il pilota guardò fuori dal parabrezza e si accorse che la chiatta stava spingendo la *Drake*. «Diavolo! Fatemi fare marcia indietro, prima di tagliare la corda.» Invertì la spinta e poco dopo mise il motore in folle. Si rivolse preoccupato a Pitt, con le sopracciglia inarcate. «State attenti con quelli.»

«Senz'altro.» Pitt gli fece un cenno con la testa e seguì Giordino fuori dalla timoniera. Notò la licenza commerciale appesa alla porta: era intestata a Clive Cussler. Corrugò la fronte, poi si mise a correre sul ponte.

Giordino aveva già slegato il piccolo canotto dalla parete sul retro della cabina. Non persero tempo a metterlo in mare con un verricello: lo spinsero fuoribordo a forza di braccia, poi ci si calarono sopra dalla murata.

Pitt sistemò il motore e tirò la corda dello starter, avviandolo. Lo regolò al massimo della potenza e puntò verso la costa, lasciandosi alle spalle la chiatta.

Il cabinato messicano era ancora visibile nella luce della sera.

Per quanto Pitt fosse messo in rotta di intercettazione, la corsa era persa in partenza: la barca superava di almeno dieci nodi la velocità dello Zodiac. Potevano solo cercare di non perderla d'occhio, in modo da stabilire dove avrebbe preso terra.

«Ti sei ricordato di prendere i passaporti, vero?» gridò Giordino. La loro destinazione era di sicuro qualche punto sulla costa del Messico.

«Vorrei essermi ricordato di portare un lanciagranate.»

Al aveva già esaminato il canotto. La sola arma potenziale a loro disposizione era una piccola ancora. Ma Pitt non aveva intenzione di confrontarsi con i pirati. La sua unica preoccupazione era l'incolumità di Ann.

Mentre il cabinato quasi scompariva in lontananza, ripensò alla coraggiosa agente dell'NCIS e si domandò che cosa diavolo avesse in mente di fare.

15

Era la stessa domanda che si poneva Ann mentre, bagnata fradicia, se ne stava aggrappata al parapetto del cabinato. L'intenzione era quella di impadronirsi del natante e fare rotta su San Diego, ma non sarebbe stato facile, con quattro uomini armati a bordo. Si portò la mano alla schiena, all'altezza della vita, per controllare che la fondina della SIG Sauer P239 fosse sopravvissuta al tuffo nell'oceano.

La decisione di salire di nascosto sul cabinato messicano era stata frutto più dell'adrenalina che della strategia. Poco prima dell'assalto, Ann Bennett si trovava in uno dei laboratori della nave, in cerca di un luogo adatto in cui sistemare la cassa di Heiland; quando era tornata sul ponte, aveva scorto il capo del commando che teneva Gunn sotto la minaccia di una pistola. Rifugiatasi su una scala, aveva raggiunto la propria cabina per recuperare la SIG Sauer.

Quando uno degli intrusi aveva attirato l'attenzione generale sparando sul canotto, Ann era salita in plancia, solo per trovare la radio di bordo distrutta. L'equipaggio della *Drake* era stato colto di sorpresa dall'assalto, ma lei sapeva bene a che cosa fosse dovuto. Il commando voleva la cassa. Ed era quella, non il cadavere di Eberson, il vero motivo per cui lei era a bordo della nave.

Senza perdere tempo, gli intrusi avevano trasferito il loro bottino sul cabinato prima che lei potesse studiare un contrattacco. Di una cosa Ann era certa: se la cassa non poteva essere recuperata, doveva essere distrutta.

Con il cuore che le martellava nel petto, dalla porta della plancia aveva tenuto d'occhio i movimenti del commando: il capo era impegnato con Gunn e il batiscafo, gli altri con la cassa. Ann aveva inspirato a fondo e, uscita sull'ala esterna, si era tuffata fuoribordo.

Con la sua lunga esperienza dal trampolino, ogni reazione le era venuta spontanea: tendere il corpo, allungare le mani verso il basso, colpire l'acqua perpendicolarmente con una minima superficie di impatto, senza fare quasi rumore. Era arrabbiata mentre sprofondava nel freddo del Pacifico, poi aveva cambiato traiettoria così da risalire verso il cabinato, emergendo vicino alla fiancata in modo da restare invisibile.

In quel momento aveva udito un uomo balzare a bordo e si era accorta che il cabinato si stava scostando dalla *Drake*. Con un rapido colpo di gambe Ann si era sollevata dall'acqua per aggrapparsi alla base del parapetto. Poi, con un rombo del motore, la barca si lanciò in avanti. Lei, sfruttandone l'accelerazione, si era lasciata trascinare sulla superficie dell'acqua, alzando una gamba fino ad appoggiare un piede. Quindi si era issata a bordo, rotolando sullo stretto ponte sotto la timoniera.

Ora era distesa, immobile, riprendendo il fiato e la calma. A quella velocità avrebbero potuto raggiungere la costa in mezz'ora, non di più. Attese paziente che il buio diventasse suo alleato, mentre sobbalzava come un cowboy in un rodeo, stretta al parapetto per non cadere in mare. Mentre gli spruzzi d'acqua le inondavano il viso, pregò che nessuno guardasse nella sua direzione.

Pablo e i suoi uomini rimasero sul ponte di poppa per diversi minuti, sorvegliando la *Drake* e la chiatta, che nascose alla loro vista lo Zodiac. Poi rientrarono in cabina, da dove il capo del commando fece una telefonata, per poi mettersi a sedere sorseggiando una Dos Equis direttamente dalla bottiglia.

Quando il cielo divenne scuro, Ann strisciò verso poppa e sbirciò il ponte. Un uomo robusto era seduto su una delle panche laterali con una pistola in grembo, lo sguardo rivolto all'indietro. Aveva la fronte alta e una lunga barba; ad Ann ricordò un giovane Fidel Castro. Teneva le gambe distese, con i piedi appoggiati sulla cassa di Heiland.

In uno scontro a fuoco con l'equipaggio, tutte le probabilità sarebbero state contro di lei. Ma sopraffare un singolo avversario, specie con l'elemento sorpresa a proprio favore, non era impossibile. Il suo obiettivo era semplice: gettare in acqua la cassa a qualsiasi costo. Forse Pitt e la NUMA sarebbero stati in grado di recuperarla in un secondo tempo. Ma intanto non sarebbe caduta in mani straniere.

Ann indietreggiò lungo il parapetto e tornò a sdraiarsi silenziosa sul ponte. Dalla cabina, più in basso, giungevano voci. Non le era possibile guardare dentro. Sopra di lei c'era la timoniera: vedeva le gambe di un uomo pochi metri più in là e poteva solo sperare che, in prossimità della costa, questi tenesse gli occhi sulla rotta.

Sfilò la SIG Sauer dalla fondina, l'afferrò per la canna e balzò verso Fidel, che non la vide arrivare. Ann puntava alla tempia, ma lo colpì sulla fronte. L'uomo emise un gemito e stramazzò su un fianco, lasciando cadere a terra la pistola.

Lei lo spinse via con un calcio e si chinò sulla cassa, che era stata legata a una panca.

Il colpo aveva solo stordito Fidel, che si portò una mano alla testa ferita, mentre con l'altra cercava a tentoni la pistola. Non la localizzò, ma trovò la caviglia sinistra della donna, l'afferrò con rabbia e tirò con tutte le sue forze.

Colta di sorpresa mentre era china sulla cassa, Ann perse l'equilibrio e cadde sul ponte. Ma i suoi riflessi furono rapidi e in un attimo si rialzò. La mano di Fidel era ancora serrata intorno alla sua caviglia, tuttavia lei gli diede un calcio brutale alla testa con il piede destro. L'uomo ringhiò e tirò con più forza, ma un altro calcio lo centrò alla mascella. Le dita persero la presa, gli occhi si rovesciarono e Fidel rimase immobile.

Ann tornò alla cassa, disfacendo i nodi fino a liberarla dalle corde. La trascinò a poppa e ne sollevò un lato, appoggiandolo sul parapetto. Poi si chinò per alzarla dall'altra parte, ma si bloccò. Sentiva un freddo cerchio metallico premuto sulla testa.

« Questa rimane qui », disse la voce profonda di Pablo, che le spingeva la Glock nella nuca.

16

Le luci sulla costa brillavano a intermittenza in un bagliore ambrato, ma quell'immagine di serenità faceva solo innervosire Pitt. La sagoma del cabinato ormai era indistinguibile e se ne scorgevano solo i fanali di navigazione, che andavano sempre più a confondersi con le luci sullo sfondo. Fino a quando scomparvero completamente.

Pitt tenne la barra in posizione, cercando di dirigersi verso l'ultimo punto in cui aveva potuto scorgere la barca messicana. Si augurò che non cambiasse bruscamente rotta. Non aveva presente che, dal confine con gli Stati Uniti fino a trentacinque miglia in direzione sud, la costa non offriva alcun porto naturale. Dopo avere proceduto alla cieca, lo Zodiac fu sotto la costa, ben in vista grazie alle luci sulle colline. Intorno a loro il mare era deserto, perciò Pitt virò verso sud. Dopo due minuti avvistarono di nuovo il cabinato.

«Laggiù!» esclamò Giordino, indicando davanti alla prua.

A un miglio di distanza, un piccolo promontorio roccioso scendeva verso il Pacifico. Si vedeva un'imbarcazione illuminata, ormeggiata a un molo di fortuna lungo una quindicina di metri, ai piedi della scogliera. Man mano che si avvicinavano, Pitt e Giordino poterono distinguere diverse figure in movimento sul pontile, dove le attendeva un pickup a quattro porte. Due uomini tornarono al cabinato e di lì a poco riapparvero reggendo una cassa oblunga, che caricarono sul pianale del veicolo.

«La nostra cassa», disse Giordino. «Vedi Ann da qualche parte?»

«No, ma potrebbe essere già sul pickup. Cerchiamo di sbarcare al di là del promontorio.»

Pitt si tenne a distanza di sicurezza e diminuì la potenza perché da riva non si sentisse il ronzio del motore. Quando furono più vicini, d'un tratto il cabinato si allontanò dal molo. Superò il promontorio e per poco non passò sopra lo Zodiac, senza che a bordo nessuno lo vedesse.

Il canotto fu scosso dal treno di onde e la tanica di benzina che era a bordo si rovesciò. Giordino la raccolse e l'agitò per controllarne il contenuto. «Non c'è abbastanza carburante per inseguirli.»

Pitt stava guardando i fanali di coda del pickup, che nel frattempo aveva acceso il motore. «Allora ci conviene arrivare a terra.»

Diede di nuovo potenza, abbandonando ogni precauzione, e costeggiò il promontorio a tutta velocità. Dalle luci di case e attività commerciali capì che a terra c'era una piccola spiaggia. Puntò dritto verso la battigia e si arrestò sulla sabbia, proprio mentre il pickup imboccava la strada sterrata.

Giordino balzò fuori dal canotto e lo trascinò sulla spiaggia prima ancora che Pitt avesse il tempo di spegnere il motore. Poi si misero entrambi a correre verso la strada. Il pickup era a qualche decina di metri davanti a loro. In mancanza di alternative immediate, non restava che inseguirlo a piedi.

Il veicolo procedette lentamente sul terreno impervio, fino a raggiungere l'incrocio con una strada asfaltata, illuminata da lampioni e punteggiata di traffico. Ai lati c'erano edifici dall'intonaco scrostato che ospitavano negozietti – chiusi a quell'ora – bar e ristoranti, sufficienti a riempire di gente i marciapiedi. Il pickup svoltò a sinistra e, dopo qualche metro, fu bloccato dalla lentezza del traffico.

I due inseguitori arrivarono all'incrocio in pochi secondi. «Non ho voglia di correre una maratona notturna senza i miei pantaloncini fosforescenti», ansimò Giordino.

«E io non ho la mia bandana portafortuna», rispose Pitt, ansante a sua volta. Si guardò intorno, in cerca di qualcosa di simile a un taxi, poi si diresse verso l'angolo più vicino. «Forse ho trovato un autonoleggio.»

Due tecnici in tuta grigia erano all'opera sul quadro elettrico di una costruzione industriale di due piani. Di giorno lavoravano alla compagnia elettrica di Stato, la sera integravano lo stipendio con qualche attività in proprio, approfittando del furgoncino di servizio. Il veicolo era parcheggiato a parecchi metri da loro, con tutte le portiere aperte e la radio accesa.

Pitt e Giordino saltarono a bordo del furgone, rispettivamente ai posti del guidatore e del passeggero. Le chiavi pendevano dal cruscotto. Prima che gli elettricisti potessero capire cosa stava succedendo, il veicolo partì lasciando una striatura di gomma sull'asfalto.

«*¡Alto! ¡Alto!*» gridò uno dei tecnici, lasciando cadere un cacciavite e mettendosi a correre dietro il furgoncino. L'altro guardò la scena per un istante, poi prese di tasca un cellulare e fece una telefonata, parlando in tono concitato.

Pitt trovò un varco nel traffico e ben presto lasciò indietro l'inseguitore. Attrezzi e cavi caddero dal retro, fino a quando il veicolo passò a tutta velocità su un dosso artificiale e i portelli posteriori si richiusero.

«Domattina quei due dovranno dare qualche spiegazione», commentò Giordino.

«Dici che il loro capo non crederà che due *gringos* fuori di testa gli hanno rubato il furgone?»

«Può darsi. Ma faremmo meglio a trattarglielo bene.» Giordino batté gentilmente una mano sul cruscotto.

Pitt prese una buca nella strada e sobbalzarono entrambi sui sedili.

Avevano perso di vista il pickup, quindi Pitt non poteva permettersi di guidare con prudenza. Premeva l'acceleratore a tavoletta facendo la gimcana tra le auto più lente sulla strada stretta. Dovette frenare bruscamente per non investire una donna che attraversò la strada all'improvviso con un paio di polli in gabbia, poi schivò di stretta misura un branco di cani randagi alla periferia della cittadina.

La strada saliva a tornanti sopra una collina, lasciandosi dietro il traffico, le *cantinas* e l'illuminazione pubblica. Superato un rugginoso Maggiolino Volkswagen, Pitt avvistò di nuovo il pickup, meno di un chilometro davanti a loro. Il motore del furgoncino ululava di protesta mentre gli pneumatici divoravano l'asfalto.

Pitt affrontò una curva molto stretta con le gomme che stridevano, sollevando una nube di polvere che investì un Dodge Charger azzurro parcheggiato sul ciglio della strada, che accese i fari all'istante e imboccò la strada.

« Ti spiace ancora per gli elettricisti? » chiese Pitt.

« Un po'. Perché? »

« Hanno chiamato i Federales a darci la caccia. »

« E tu come lo sai? »

Pitt diede un'occhiata allo specchietto retrovisore e vide le luci lampeggiare sul tetto del Charger. « Ce li abbiamo dietro. »

17

I lampeggiatori del Charger tingevano alternativamente di blu e rosso lo spoglio panorama della collina. Poco più avanti, l'uomo alla guida del pickup vide le luci e si strinse al volante. «Pablo, la polizia! Erano in attesa sull'ultima curva.»

Dal sedile posteriore, Pablo guardò fuori dal lunotto, poi si protese in avanti per sbirciare il tachimetro. «Non è che andavi troppo veloce?»

«Non più di uno o due chilometri sopra il limite, giuro.»

Sul volto severo di Pablo non c'era traccia di inquietudine. «Seminali, prima che ci avviciniamo all'aeroporto», disse, privo di emozioni. «Se necessario, facciamo sparire le armi. E la ragazza.»

Ann si irrigidì, chiedendosi se, per prima cosa, l'avrebbero uccisa. Compressa sul sedile tra Pablo e l'uomo con la barba, il cui nome era Juan, non sapeva quale dei due temere di più. Si ritrasse dal capo del commando e si voltò verso l'altro, che aveva un occhio nero e sangue secco sulla guancia, e le teneva la pistola premuta fra le costole con un sogghigno stampato sulla faccia.

Da quando Pablo l'aveva scoperta a bordo del cabinato, Ann aveva le mani legate ed era sempre rimasta sotto la minaccia delle armi. Benché fosse ancora spaventata, ora le era tornato un barlume di speranza sotto la forma dell'auto della polizia messicana. Forse Pitt era riuscito ad avvisare i Federales. La donna si augurò di non trovarsi in mezzo al fuoco incrociato, in caso di sparatoria.

L'uomo alla guida accelerò e il pickup sbandò e sobbalzò sulla strada sconnessa. Dopo una lunga serie di tornanti, superarono la sommità di una collina, oltre la quale la strada serpeggiava lungo il pendio verso la vallata in cui sorgeva Tijuana.

Un milione di luci brillavano nella cappa di smog sospesa sopra la città di confine. La vista sfumò mentre il veicolo scendeva fino a raggiungere la periferia. Nello specchietto retrovisore l'uomo alla guida vide che aveva distanziato i lampeggiatori della polizia.

Il pickup si avvicinò a una grande strada a quattro corsie piena di traffico che correva intorno all'estremità sud di Tijuana. Pablo si accorse che il compare al volante si accingeva a imboccare la rampa di accesso. «No, evita l'autostrada! Passa attraverso la città, sarà più facile seminarli.»

Il guidatore annuì e si diresse verso gli affollati confini di Tijuana. Guardò di nuovo nello specchietto retrovisore. C'era un altro veicolo tra loro e la polizia: un furgoncino della compagnia elettrica.

Pitt stava facendo di tutto per non perdere di vista il pickup, nonostante il Charger dei Federales che lo tallonava. Aveva quasi fuso il motore del piccolo furgone per non restare indietro sui tornanti. Il più potente veicolo della polizia non aveva tardato a raggiungerlo, urtandolo di proposito.

Pitt si era procurato un minimo di vantaggio in discesa, guidando sul ciglio della strada. Sollevò una scia di ghiaia mentre affrontava le curve ad alta velocità, più preoccupato di non volare fuori dalla carreggiata che di eludere gli inseguitori. Il guidatore del Charger era più prudente e, mentre calavano su Tijuana, tra i due veicoli era tornata una certa distanza.

«Dovremo fare qualcosa per i nostri accompagnatori», disse Pitt, quando entrarono nella città di quasi due milioni di abitanti.

Giordino si voltò verso il retro del furgone, ingombro di attrezzi e di cavi che per tutto il tempo non avevano fatto che rimbalzare rumorosamente da una parte e dall'altra. «Guardo se qui dietro c'è qualche strumento per la rimozione dei Federales.» Si alzò cauto dal sedile mentre continuavano la gimcana lungo la strada.

Alle pareti del furgone erano appesi rotoli di cavo, contenitori pieni di componenti e un vasto assortimento di attrezzi. Non un granché come arsenale difensivo, pensò Giordino. Poi notò una rastrelliera di tubi di acciaio galvanizzato: sezioni da un metro e venti destinate a proteggere i cavi, con le estremità filettate. Quando scoprì anche un sacchetto pieno di manicotti, aggrottò la fronte. «Credo di avere trovato qualcosa.»

Un minuto dopo, il furgone superava la rama di accesso all'autostrada e proseguiva verso la città. Il pickup svoltò a destra a un semaforo due isolati più avanti.

Pitt gridò: «Arrivano!» Sollevò il piede dall'acceleratore, assicurandosi che la polizia si avvicinasse. Quando la distanza tra il furgone e gli inseguitori fu di una decina di metri, ordinò: «Ora!»

Giordino spalancò con un calcio i portelli, poi fece spuntare dal retro del veicolo un tubo lungo due metri e quaranta, ottenuto congiungendo due sezioni. Ne assicurò un'estremità contro un pezzo di legno incastrato fra i pozzetti posteriori, bloccando i movimenti laterali con cavi avvolti intorno ai cardini dei portelli.

Pitt gli diede il tempo di mettersi al riparo, poi inchiodò i freni.

Il poliziotto al volante aveva cominciato a rallentare appena aveva visto il tubo uscire dal furgone come una lancia in una giostra di cavalieri medioevali. Quando si accesero gli stop del veicolo affondò il piede sul pedale del freno. Ma Pitt aveva il vantaggio di usare un mezzo più leggero e, appena il furgone si fermò, ripartì a marcia indietro.

Il Charger fu investito dal paraurti posteriore del furgone subito dopo essere rimasto impalato dall'arma improvvisata da Giordino. Trapassata la griglia del veicolo della polizia, il tubo colpì il blocco motore e si accartocciò come una fisarmonica. Si sollevò una nube di vapore, invisibile agli occhi dei poliziotti avviluppati dagli airbag.

Pitt innestò la prima e schiacciò l'acceleratore. Dal retro del furgone giunse uno stridore di lamiere. Poi il paraurti si liberò dal Charger e il veicolo schizzò in avanti.

Giordino si voltò a guardare il tubo che spuntava dalla griglia del mezzo della polizia come il becco di un colibrì, dietro il quale si alzava una cortina di vapore. «Adesso sì che quegli elettricisti sono nei guai», disse, tornando a sedersi.

«È la prova che i due *gringos* erano davvero impazziti.» Pitt strinse con forza il volante e scrutò la strada con rinnovata urgenza. Tra breve l'intera polizia di Tijuana avrebbe dato la caccia al malconcio furgone della compagnia elettrica.

Svoltò all'angolo e premette l'acceleratore a tavoletta. Dovevano portare Ann in salvo. Al più presto.

18

«Non vedo più le luci della polizia.» Il guidatore del pickup rivolse a Pablo un sorriso terrificante. Anni di tossicodipendenza gli avevano ridotto la bocca a una caverna di gengive marroni e denti marci. «Li abbiamo seminati.»

«Cerca di non andare troppo forte da farti notare», consigliò il capo. «Ma portaci in fretta all'aeroporto.»

L'uomo al volante controllò sullo schermo del navigatore il percorso che tagliava obliquamente la città verso lo scalo aereo a nord-est. Di tanto in tanto controllava nello specchietto che la polizia non li stesse più seguendo, senza far caso al furgone della compagnia elettrica che si manteneva dietro di loro a breve distanza.

Quanto più si avvicinavano al centro della città, tanto più le strade erano congestionate. Il guidatore svoltò verso est e imboccò una strada con un cartello che indicava PLAZA EL TOREO. I marciapiedi brulicavano di gente e, per schivare alcuni passanti che attraversavano fuori dalle strisce, prese una buca.

Dietro di loro, i due sul furgone videro la cassa sussultare sul pianale. «Secondo te cosa c'è lì dentro di così importante?» chiese Giordino.

«Vorrei saperlo.» Pitt doveva tenere a freno la rabbia. Aveva messo in pericolo l'equipaggio della *Drake* senza che nessuno lo avesse informato dei rischi che correvano.

Giordino indicò la cassa. «Se ti affianchi al pianale, potrei riuscire ad afferrarla.»

Pitt considerò la proposta. Erano a bordo di un veicolo ricercato dalla polizia e non avevano armi. Le loro possibilità di sopraffare gli uomini sul pickup erano prossime allo zero. Le loro scelte erano molto limitate e quasi tutte equivalevano a un suicidio. «Forse potremmo negoziare uno scambio con Ann. Se non ci ammazzano prima.»

Avevano il vantaggio di trovarsi in una città affollata e dalla dubbia reputazione. Giordino convenne che valeva la pena di correre il rischio.

Pitt tenne il furgone a un passo dal paraurti del pickup, in attesa di trovare un varco nel traffico per riuscire ad affiancarlo. Arrivarono a un segnale di stop, che Pitt superò senza rispettarlo. In quel momento ebbe la brutta sorpresa di vedere un'auto della polizia che proveniva dalla direzione opposta.

Guardò davanti a sé, poi alzò gli occhi verso lo specchietto retrovisore. I poliziotti stavano facendo manovra, portandosi dietro il furgone, a rischio di investire un ragazzo in motocicletta.

«Ho paura che ci abbiano scoperti», disse Pitt.

Al abbassò il finestrino. «Almeno che ne sia valsa la pena.»

Mentre alle loro spalle si accendevano i lampeggiatori, il furgone si avvicinò al pickup. L'auto della polizia cercava di farsi largo all'incrocio, ma un semirimorchio stava bloccando la strada nel tentativo di svoltare.

Pitt guardò in avanti, aspettando che un Isuzu malridotto cambiasse corsia prima di infilarsi in un buco nel traffico nella direzione opposta. Premette a fondo l'acceleratore, occupò l'altra corsia e affiancò il pickup. Giordino si protese all'esterno e allungò le braccia verso il pianale, cercando di afferrare la cassa.

Il guidatore del pickup, messo in allarme dai lampeggiatori della polizia nello specchietto retrovisore, vide l'uomo che si sporgeva dal furgone e frenò di colpo. Giordino ebbe appena il tempo di rientrare, per evitare di scontrarsi contro la cabina dell'altro veicolo. Per un istante, il pickup e il furgone viaggiarono affiancati.

«C'ero quasi», disse Giordino. «Fammi fare un altro tentativo.» Si trovò faccia a faccia con Juan, che abbassava frenetico il proprio finestrino.

Pitt rallentò a sua volta, poi vide un'autobetoniera che procedeva a bassa velocità verso di loro. «Sbrigati!» disse, frenando di nuovo. Il pickup accelerò e lui cercò di mantenere la stessa velocità, sperando di evitare uno scontro frontale.

Quando fu di nuovo a portata del pickup, Giordino mantenne la promessa: si protese dal finestrino, afferrò la maniglia a un'estremità della cassa e la tirò a sé, lasciandola penzolare fuori dal furgone. «Presa!»

Pitt non aveva margine per superare l'altro veicolo e non gli restò che frenare. Ma anche il pickup rallentò, costringendolo a restare sulla corsia occupata dall'autobetoniera. Mancavano pochi metri all'impatto. Pitt scorse una traversa sulla sinistra e, schiacciando di nuovo l'acceleratore, sterzò con forza.

Nel frattempo Juan aveva abbassato il finestrino. Si sporse in fuori e puntò una Glock.22 verso il furgone, sparando all'impazzata, finché il guidatore non gridò: «Attento!»

Troppo tardi. Juan si voltò giusto in tempo per vedere il paraurti anteriore dell'autobetoniera, un istante prima che questo l'agganciasse appena sotto il colletto. L'uomo fu trascinato, all'indietro, fuori dal pickup, rompendosi entrambe le gambe.

A sua volta Pitt, sterzando a sinistra, aveva evitato di un soffio la collisione. Mentre sfuggiva alla traiettoria dell'autobetoniera, una volata di proiettili colpì il lato destro del furgone, compresa la portiera del passeggero. Solo uno dei proiettili fece qualche danno, strappando una scheggia dalla cassa e ferendo la mano di Giordino. Di riflesso però questi aprì le dita, perdendo la presa sulla cassa, che cadde sull'asfalto.

In preda al panico, il conducente dell'autobetoniera frenò bruscamente. Aggrappatosi per un istante al paraurti, Juan scivolò sotto la ruota anteriore sinistra, mentre l'altra finiva sopra la cassa. Il pesante veicolo riuscì a fermarsi, ma solo dopo avere schiacciato il corpo di Juan e la cassa sotto le doppie ruote posteriori.

Sconvolto da ciò che aveva visto nello specchietto retrovisore, il guidatore del pickup perse il controllo, sbandò verso destra e finì contro il bagagliaio di una Chevrolet Cobalt parcheggiata, che arrestò la corsa del veicolo. Allo stridore della carrozzeria seguì lo scoppio di uno pneumatico del pickup, tagliato dalla lamiera della berlina.

Dall'altro lato della via, schivata l'autobetoniera, il furgone rischiò di tamponare un SUV. La traversa era intasata di traffico e Pitt inchiodò, slittando sull'asfalto. La folla occupava i marciapiedi e la sede stradale, bloccando completamente il traffico più avanti. Sulle vetrine dei negozi si vedevano i riflessi blu e rossi di un lampeggiatore: stava arrivando la polizia.

«È il momento di dire addio al nostro furgone», annunciò Pitt.

Giordino scosse la testa. «Proprio adesso che mi ci stavo affezionando.» Trovò un rotolo di nastro isolante e se ne servì per fasciarsi la mano.

«Stai bene?» chiese Pitt, capendo solo in quell'istante che l'amico era ferito.

«Per un po' dovrò tenere la birra con l'altra mano, ma ce la farò.»

Si affrettarono a scendere dal furgone e si mescolarono alla folla intorno all'autobetoniera. Ignorarono il corpo schiacciato di Juan ed esaminarono la cassa sfracellata. Non che ci fosse molto da vedere, a parte schede elettroniche, telai di metallo e grovigli di fili, con l'aspetto complessivo di un robot sventrato. Qualunque cosa fosse, ormai era irrecuperabile.

Si allontanarono mentre comparivano due poliziotti con le pistole in pugno e si confusero tra i curiosi, cercando di non farsi notare. Si immisero nel flusso che passava accanto al pickup e alla berlina distrutta. Con un brutto presentimento, Pitt fece un passo avanti per guardare dentro.

Le portiere erano aperte, ma non si vedevano né Ann né gli altri occupanti del veicolo.

19

Pablo aveva assistito incredulo alla distruzione della cassa. La morte del suo compagno era solo una seccatura, ma la perdita di ciò che aveva sottratto dalla nave lo mandava su tutte le furie. Si sfogò su Ann. «Che cosa sai dell'apparecchio?» Le premette contro la Glock.

Lei strinse i denti e non disse una parola.

«Pablo... arriva la polizia.» La faccia del guidatore era pallida e le mani gli tremavano sul volante.

Il capo del commando guardò Ann. «Parlerai dopo. Fai quello che ti dico o ti ammazzo qui. Adesso scendi dal pickup.»

Lei lo seguì dal lato del passeggero, mentre il guidatore prendeva una giacca per coprirle le mani legate. Si voltò verso il furgone, ma non riuscì a vedere Pitt e Giordino. Non si era stupita meno di Pablo quando li aveva visti comparire di fianco al pickup e si domandava come avessero fatto a seguirla.

Quando furono sul marciapiede, un giovanotto con una camicia nera di seta si fece incontro al guidatore. «Quella è la mia macchina!» protestò, indicando la Chevrolet. «Guarda cos'hai fatto.»

Pablo gli si avvicinò e, con discrezione, gli appoggiò la pistola alla pancia. «Zitto o sei morto», gli sussurrò.

Il giovanotto barcollò all'indietro e annuì, con gli occhi sgranati. Poi girò sui tacchi e scappò via.

Pablo prese Ann per un braccio e si voltò indietro. Scorse i poliziotti che scendevano dalla loro auto e scandagliò la folla. Notò subito i due americani in tuta che guardavano sotto le ruote posteriori sulla destra dell'autobetoniera. Li aveva già riconosciuti quando si erano affiancati a bordo del furgone: erano i due che pilotavano il batiscafo della *Drake*.

Diede uno strattone ad Ann. «Muoviti.»

« E Juan? » Il guidatore, ancora sconvolto, aveva gli occhi fissi sull'autobetoniera.

Pablo non disse niente. Si lasciò alle spalle il corpo del suo compagno e guidò l'ostaggio verso il centro dell'affollato marciapiede.

Pitt e Giordino arrivarono al pickup solo un minuto più tardi e si guardarono intorno sperando di vedere Ann. Una ragazzina sul ciglio della strada vendeva fiori da una scatola di cartone. Incrociò lo sguardo di Pitt e gli tese un mazzo di margherite. Lui pagò i fiori, ma li restituì alla ragazzina con un sorriso. Lei arrossì, annusò le margherite, poi alzò una mano e indicò un punto in fondo alla strada.

Pitt le strizzò l'occhio e si mosse. « Di qua, Al. »

La folla aumentava quanto più avanzavano. Pitt continuava a guardarsi intorno, cercando i capelli biondi di Ann. Si lasciarono trascinare fino in fondo alla strada, che sfociava in un parcheggio pieno di auto. Solo allora Pitt e Giordino videro dove si stava dirigendo tutta quella fiumana di gente.

Al di là del parcheggio si innalzava una struttura circolare, ricostruita di recente e simile a uno stadio, ma più piccola di quelli destinati al baseball o al football americano. Il pubblico saliva da due rampe laterali. In cima si vedeva un'insegna luminosa: PLAZA EL TOREO.

« Calcio? » chiese Giordino.

« No. Corrida. »

« Cavolo, non ho niente di rosso. » Al non si era accorto che la mano insanguinata gli aveva lasciato una macchia cremisi sui pantaloni.

Si affrettarono a raggiungere la rampa più vicina, facendosi largo tra gli spettatori arrivati all'ultimo momento. L'aria serale era satura dell'odore di popcorn proveniente da un chioschetto. Giordino se ne riempì i polmoni, cercando di ignorare quello di spazzatura bruciata che arrivava da una vicina baraccopoli, mescolandosi al tanfo di sudore e alcol della folla che entrava nell'arena.

Con gli occhi fissi sulla rampa, Pitt scorse un uomo alto che teneva accanto a sé una donna bionda. « Credo di averla vista. »

Giordino si fece strada come un bulldozer, subito seguito da Pitt.

« Hai soldi con te? » chiese questi, mentre avanzavano verso i tornelli.

Giordino si frugò in tasca, tirando fuori una manciata di banconote. « Ho avuto fortuna al poker ieri sera. »

« Grazie al cielo sulla *Drake* sono degli incapaci. »

Pitt prese un biglietto da venti e lo consegnò all'addetto. Non aspettarono il resto e si precipitarono al di là dei tornelli.

Le trombe della banda risuonarono mentre entravano le *cuadrillas* dei toreri, una processione colorata sul cerchio di sabbia dell'arena. Le gradinate erano affollate di spettatori in piedi, chiassosi e festosi. Ann e i suoi sequestratori non si vedevano da nessuna parte.

« Potrebbero cercare di uscire dall'altro lato », ipotizzò Pitt.

« Allora sarà meglio separarci. »

Scesero gli scalini fino a una sezione più in basso, dove Giordino andò a destra mentre Pitt si dirigeva a sinistra, controllando le gradinate in alto e in basso, senza esito. Quando sentì la folla gridare entusiasta, si voltò verso il cerchio di sabbia e vide un matador solitario, pronto per il primo combattimento. Un portone si aprì, lasciando uscire un irascibile toro da mezza tonnellata di nome Donatello. Sulle prime la bestia non badò al torero e si fermò, raschiando la sabbia con una zampa e ascoltando le grida del pubblico.

Pitt proseguì, facendo lo slalom tra i venditori di zucchero filato e bibite fresche. D'un tratto avvistò una donna bionda, seduta vicino al corridoio, nel settore successivo. Era Ann. Accanto a lei c'era l'imponente figura di Pablo, che a sua volta era intento a scrutare la folla. Il suo sguardo incrociò quello di Pitt. L'uomo scambiò due parole con il tizio che guidava il pick-up, seduto accanto a lui, poi si alzò, costringendo Ann a fare lo stesso. La condusse via, scendendo la scalinata fino al corridoio che girava intorno all'arena.

Tra loro c'era un intero settore di spettatori entusiasti. Pitt iniziò a inseguirli, mentre il guidatore si affrettava a scendere i gradini per raggiungerlo. Arrivato alla bassa barriera che separava il pubblico dall'arena, Pitt vide Ann e Pablo che si allontanavano nella direzione opposta, con un vantaggio di pochi metri.

Poi il guidatore superò di un balzo gli ultimi gradini e gli si piazzò davanti. Più basso di Pitt di quattro o cinque centimetri, era tuttavia un individuo robusto con le spalle larghe. Scosse la testa per invitarlo a fermarsi e sollevò un lembo della camicia, mostrando la pistola infilata alla cintola.

Pitt non esitò. Si lanciò in avanti, con un cross di sinistro che colpì l'avversario a uno zigomo. Il guidatore barcollò e si appoggiò alla barriera. Pitt non gli concesse il tempo di riprendersi e partì con una rapida combinazione alla testa. L'altro, d'istinto, cercò di parare i colpi anziché prendere la pistola. Poi tornò in sé e contrattaccò con due swing. Pitt riuscì a schivare il primo, ma il secondo lo prese alle costole, togliendogli il fiato.

Rispose colpendo di nuovo l'avversario alla testa, mentre questi gli si gettava addosso. Urtarono tutti e due la barriera. Il guidatore strinse il braccio sinistro intorno a Pitt, mentre con la destra afferrava la pistola. Ma l'altro gli agganciò i piedi facendo perdere l'equilibrio a entrambi. Mentre barcollavano, il guidatore dovette allungare la mano che reggeva l'arma verso la barriera per sostenersi e Pitt ne approfittò per assestargli una gomitata al braccio. La pistola volò via e i due uomini caddero di sotto.

Gli spettatori vicino a loro emisero urla soffocate. Al centro dell'arena il matador, di spalle, impegnato con il toro ancora pieno di forze, non si accorse dell'intrusione.

Fu Pitt ad assorbire l'impatto della caduta, atterrando su una spalla. Il guidatore rotolò via, si rimise in piedi per primo e si guardò intorno cercando la pistola. Urtò una rastrelliera su cui erano appoggiate le *banderillas*, i bastoni dall'affilata punta metallica ornati di nastri colorati. I *banderilleros* che assistevano il matador li infiggevano nel dorso dell'animale, per indebolirgli i muscoli del collo e indurlo a caricare con la testa bassa.

Pitt si stava rialzando quando il guidatore afferrò una *banderilla* e gliela tirò contro. Il lancio fu alto e Pitt non ebbe difficoltà a schivare l'asta. Indietreggiò lungo il muro e, mentre l'avversario prendeva altre tre *banderillas*, notò una larga *capa* appesa a un gancio vicino a sé. Prese quel tipico mantello, usato dal matador, con l'intenzione di utilizzarlo come scudo improvvisato.

Dall'altra parte dell'arena, un paio di *banderilleros* notarono l'agitazione e si mossero lungo la parete. Il matador, che non si era ancora accorto di niente, muoveva la sua *capa* in una figura orchestrata chiamata *veronica*, invitando il toro alla carica. L'animale gli passò a pochi centimetri dal corpo, proseguì di qualche passo oltre la *capa* e si fermò, incuriosito dai due uomini che si muovevano nei pressi del muro.

Certi tori sono tranquilli nell'arena e richiedono grandi incitazioni per invitarli alla carica. Altri sono naturalmente aggressivi e attaccano qualunque cosa si muova. La bestia dal pelame color ruggine chiamata Donatello si collocava in cima alla scala della belligeranza. Non ancora toccato dai cavalieri, i *picadores*; né dai *banderilleros*, nel pieno delle sue forze e dell'ostilità, l'animale partì al trotto verso i suoi nuovi bersagli, osservando attento i due uomini.

Pitt vide il toro avvicinarsi, ma era troppo impegnato a schivare gli attacchi del guidatore. Questi, senza accorgersi dell'animale, scagliò una *banderilla* come se fosse un giavellotto. Pitt, indietreggiando, ne seguì la traiettoria e la deviò con il mantello arrotolato. Al secondo lancio balzò di lato e si vide passare la *banderilla* a un centimetro. Al terzo il guidatore portò il braccio all'indietro e fece un passo in avanti per mirare meglio. Nel momento in cui scagliò la *banderilla*, il toro partì all'attacco.

Il lancio fu perfetto: la punta affilata avrebbe centrato Pitt al torace, se lui non l'avesse bloccata con la *capa*; ma lacerò il tessuto, perdendo solo un po' di energia cinetica prima di ferirgli la mano. Come se si fosse scottato, Pitt gettò verso il guidatore il mantello avvolto intorno alla *banderilla* e si tuffò a terra.

Se inizialmente il toro al galoppo aveva qualche incertezza su quale bersaglio scegliere, gli bastò seguire il movimento della *capa* fino al guidatore, che prese al volo il fagotto.

L'animale chinò la testa e accelerò.

Il guidatore tardò a capire perché Pitt si fosse gettato nella sabbia. Poi avvertì un movimento dietro di sé. Si voltò e rimase paralizzato quando vide il toro a un paio di metri da sé.

Donatello lo investì. Un urlo angosciato si levò dalla folla quando le corna trapassarono il ventre dell'uomo, quasi da parte a parte. L'animale scosse la testa, alzando in aria la sua vittima ed esibendola come un trofeo mentre continuava la sua corsa, per poi lanciarla in aria. Il corpo inerte e insanguinato ricadde sul terreno.

Dal bordo dell'arena Pitt udì un grido isolato e tardivo. Poco più in là, Ann stava lottando con Pablo, che la sollevò da terra e la spinse verso l'arena. La donna, con le mani ancora legate, atterrò malamente e cadde a terra. Quando cercò di rialzarsi, sentì un dolore lancinante a una caviglia. Dovette reggersi su un piede solo.

Inebriato dalla sua recente uccisione, l'animale studiò Ann per un istante e sbuffò. Chinò il capo, si orientò verso di lei e caricò.

I due *banderilleros* e il matador si misero a correre urlando per richiamare l'attenzione del toro, che tuttavia li ignorò. Erano troppo lontani per deviare la furia della bestia. Ma Pitt non lo era.

Balzò in piedi, raccolse da terra la *capa* strappata e corse verso il toro, che si trovava ormai vicinissimo al suo bersaglio.

Ann cercò di trascinarsi fino alla barriera, ma riusciva a muoversi appena. Il cuore le batteva all'impazzata mentre assisteva alla carica dell'animale. Poi si paralizzò, com'era successo al guidatore. La sua trance di terrore fu spezzata da un urlo improvviso.

«*¡Toro! ¡Toro!*»

Ann si voltò e vide Pitt che correva verso di lei, agitando la *capa* lacera. Anche il toro si accorse dell'uomo alto che si avvicinava agitando il mantello color magenta. E si lasciò distrarre.

Ann poté sentire il fiato caldo della bestia che all'ultimo istante cambiava direzione per andare all'attacco del nuovo bersaglio.

Pitt si fermò, slittando sulla sabbia, e tese l'ampia *capa* di fianco a sé, scuotendola come uno straccio polveroso. Donatello seguì il movimento, investì il tessuto e proseguì la sua corsa. Le corna acuminate passarono a pochi millimetri dal corpo dell'uomo.

Pitt sollevò il mantello e ruotò su se stesso per affrontare di nuovo l'animale. Era troppo concentrato nel tentativo di sopravvivere per fare caso agli applausi e agli *¡Olé!* che si erano levati dalla folla. Agitò la *capa* e fece un passo di lato quando il toro ripartì alla carica.

«Mi permetta, *señor.*» Il matador si fece avanti, con un'espressione imbarazzata. Con l'aiuto di un *banderillero*, guidò il toro al centro dell'arena, mentre altri due uomini trascinavano fuori il corpo del guidatore.

Pitt si voltò verso Ann e vide che Giordino la stava sollevando di peso sulle gradinate. Si avvicinò e afferrò la mano sinistra che l'amico gli tendeva. Si arrampicò sulla barriera tra gli applausi degli spettatori.

Ann, pallida e scossa, gli si strinse a un braccio. «Il toro mi avrebbe sventrata, se non fossi intervenuto tu. È stata una pazzia, ma ti ringrazio.»

Pitt le rivolse un sorriso stanco. «Dimentichi che lavoro a Washington. Tutti i giorni combatto in una corrida.» Poi tornò serio e si guardò intorno. «Il tuo rapitore, Pablo?»

Ann scosse la testa. Anche Giordino stava scrutando le gradinate, senza esito.

Pablo si era dileguato in mezzo alla folla.

20

«Secondo me non ci conviene trattenerci a parlare con le autorità», disse Giordino, accennando con la testa a un funzionario della *plaza de toros* che si stava dirigendo verso di loro accompagnato da due guardie di sicurezza.

«Fai strada», disse Pitt, circondando la vita di Ann con un braccio.

Lei fece un passo esitante, ma una fitta di dolore alla caviglia la costrinse ad appoggiarsi alla spalla di Pitt.

«Carica il peso sul piede buono e ce la facciamo», la incoraggiò lui, che non avrebbe avuto difficoltà a reggere i cinquanta chili della donna.

Giordino si fece largo tra la folla come uno spazzaneve, aprendo la strada al suo barcollante seguito. Raggiunsero l'uscita posteriore e lasciarono in fretta l'arena. Le grida del pubblico si affievolirono dietro di loro. Gli uomini della sicurezza non riuscirono a raggiungerli: perplessi, guardarono i tre sconosciuti che saltavano su un taxi e sparivano a tutta velocità nella notte.

Ann avrebbe voluto essere portata al consolato degli Stati Uniti, ma i due della NUMA bocciarono la mozione. Avevano già negoziato una fornitura di benzina con il tassista. Mentre l'automobile attraversava rapidamente la città, la stanchezza del lungo inseguimento calò su di loro e la conversazione si spense. Pitt aveva parecchie domande da rivolgere all'agente dell'NCIS, ma non era il momento adatto.

Da quando aveva lasciato la nave, Ann aveva tenuto sotto controllo le proprie emozioni, rifiutando di cedere alla paura. Adesso che le minacce di morte di Pablo erano lontane ed era al sicuro in compagnia di Pitt e Giordino, la tensione cominciava a filtrare. Rabbrividì nell'aria calda della notte di Tijuana, ma cercò di riprendere il controllo. Pitt le passò un braccio sulla spalla, con fare rassicurante, e questo parve bastare a tranquillizzarla. Nel volgere di pochi minuti si era addormentata.

Il viaggio lungo la costa, senza violare i limiti di velocità, richiese circa un'ora. Erano le dieci quando raggiunsero la spiaggetta sabbiosa, dove Pitt fu lieto di trovare lo Zodiac dove lo avevano lasciato. Aiutarono Ann a salire a bordo, poi Giordino portò la tanica quasi vuota al tassista che, con una vecchia canna che teneva nel bagagliaio, la riempì di benzina pompata dal proprio serbatoio.

«*Gracias, amigo*», disse Giordino, separandosi da quanto gli restava della sua vincita a poker. Poi portò la tanica in spiaggia.

«*¡Buen viaje!*» augurò a gran voce il tassista, contando le banconote piovutegli dal cielo.

Pitt collegò il tubo dell'alimentazione alla tanica, poi, con l'aiuto di Giordino, spinse il canotto in acqua. Quando furono a bordo, il motore si avviò senza problemi e in pochi minuti uscirono dalla cala.

«Sei sicuro di riuscire a trovare la *Drake*?» domandò Ann, con lo sguardo rivolto al buio dell'orizzonte. I suoi occhi erano di nuovo attenti, ma venati di apprensione.

Pitt annuì. «Mi sa che Rudi ci ha lasciato le luci accese.» Allontanandosi dal promontorio, si diresse a nord lungo la costa. Dopo circa un miglio virò verso il mare aperto, per ripercorrere all'indietro la rotta originaria. Guardando indietro trovò un riferimento: le finestre di una casa isolata in cima a una collina, sulla verticale di un pallido lampione giallognolo in riva al mare. Manovrò in modo da tenere le luci allineate, finché riuscì a vederle. Per parecchi minuti proseguirono nel buio più completo e Ann cominciò a temere che si sarebbero persi in mare. Ma, quando le acque sembravano diventate ancora più oscure, un tenue bagliore apparve a prua, dividendosi un po' per volta in varie fonti luminose che, più da vicino, divennero riconoscibili come quelle di tre navi raggruppate.

La *Drake* e la chiatta erano l'una accanto all'altra, affiancate da una nave più grande. Pitt riconobbe lo scafo bianco e arancione caratteristico della US Coast Guard. Un paio di sentinelle sul ponte avvistarono il canotto e ne seguirono i movimenti, mentre accostava alla nave della NUMA, spegnendo il motore.

Quando scorse a bordo Ann, Rudi Gunn apparve visibilmente sollevato. Si appoggiò al parapetto. «Grazie al cielo sei salva.»

«Occhio, si è fatta male a una caviglia», avvisò Giordino, sollevando l'agente dell'NCIS verso la murata, da cui il comandante la aiutò a salire in coperta.

«Faccio venire a bordo il medico della *Edisto*», propose Gunn.

Ann scosse la testa. «Mi serve solo del ghiaccio.

«Anche a me», disse Giordino, issandosi sul ponte. «Con intorno un bicchiere di Jack Daniel's.»

Pitt rimase sul canotto, per andare a prendere il medico della nave della guardia costiera e portarlo sulla *Drake*. Ann fu portata nella sua cabina, dove ebbe a disposizione ghiaccio da mettere sulla caviglia e un paio di antidolorifici. Mentre il dottore saliva a bordo, Pitt legò il canotto a salì a sua volta sulla *Drake*.

Quando raggiunse Gunn sul ponte di comando, Giordino stava finendo di raccontargli le loro avventure a Tijuana.

«Pitt *el matador*, eh?» fece il comandante.

«Devo avere un po' di sangue spagnolo.» Pitt sospirò e guardò fuori dall'oblò, verso la *Edisto*. «Ottima mossa quella di far arrivare la guardia costiera. Ma perché non sono andati a caccia del cabinato messicano?»

«In mancanza di un'emergenza in cui siano in gioco vite umane, non sono autorizzati a incrociare in queste acque senza autorizzazione. Hanno chiamato la marina messicana, che guiderà le ricerche.» Gunn si tolse gli occhiali e si ripulì le lenti. «Purtroppo non ci sono imbarcazioni nell'area, per cui non la vedo bene. Ho pensato che fosse meglio tenere qui la *Edisto* finché non avevamo vostre notizie.»

«Decisione prudente.»

«A quanto pare i ladri stavano aspettando proprio che recuperassimo la cassa dal *Cuttlefish*. Che cosa c'era là dentro di così prezioso, Dirk?»

Pitt strinse gli occhi. «Questa è una domanda a cui vorrei anch'io una risposta.»

«Qualunque cosa fosse», intervenne Giordino, «il fatto che sia andata distrutta non piacerà a nessuno. È rimasto solo un inutile mucchio di cavi.»

«A proposito», disse Gunn, «abbiamo rimpiazzato la radio con un'unità di riserva. Forse dovrei comunicare all'*Edisto* che possiamo rientrare tutti a San Diego.»

«Rudi, non stai dimenticando che abbiamo un lavoro in sospeso, là sotto?» chiese Giordino, indicando il mare.

Gunn lo guardò da dietro il naso spigoloso. «Secondo te siamo rimasti a girarci i pollici, in vostra assenza?» Andò in fondo al ponte di comando e indicò la chiatta, fuori dagli oblò. Sotto la tenue luce della piccola imbarcazione si vedeva la sagoma del *Cuttlefish*, appoggiato su due sostegni di legno.

«L'avete riportata su senza di noi!» fece Giordino. «Come abbiamo fatto a non accorgercene?»

«Eravamo distratti dal cutter della guardia costiera. Bel lavoro, Rudi. Avete avuto problemi a tirarla su?»

«Nessuno. Abbiamo agganciato le cinghie alla gru della chiatta ed è risalita senza fastidi. Vuoi dare un'occhiata allo scafo?»

«Anche subito», disse Pitt.

Gunn prese alcune torce elettriche. Scesero sullo Zodiac e si diressero verso la prua della chiatta. Sul ponte dominava una calma spettrale. Il pilota dormiva nella sua cuccetta, con il bassotto accovacciato ai piedi.

Il *Cuttlefish* torreggiava sopra di loro. Le fiancate erano pulite e asciutte, la cromatura brillava alla luce delle torce. Non aveva l'aria di un'imbarcazione rimasta sommersa per una settimana.

Giordino si lasciò sfuggire un fischio quando scorse la grossa falla aperta sul fondo dello scafo. «Dev'essere affondata in un attimo.»

«Ho idea che i sospetti della DARPA siano ragionevoli. Non è stato un incidente.»

«I nostri amici della barca messicana devono avere minato lo scafo», ipotizzò Giordino. «Forse la carica è esplosa in anticipo e non hanno avuto il tempo di prendere la cassa.»

«Devono avere sistemato gli esplosivi a bordo», lo contraddisse Pitt, esaminando il danno con l'aiuto della torcia elettrica. «Le tracce indicano che c'è stata un'esplosione.»

Gunn appoggiò una mano al bordo seghettato della falla, che sporgeva all'infuori. «Hai ragione. L'esplosivo doveva essere nella cabina.»

Pitt si inginocchiò sotto lo squarcio e proiettò la luce all'interno. Vide i resti della cambusa, i portelli anneriti e un cratere nel soffitto. Tuttavia i danni a bordo gli sembravano minori rispetto a quello alla chiglia.

Notò un paio di cavi arancione, bruciacchiati, che spuntavano dalla falla. Ne seguì il percorso fino a un portello sull'angolo posteriore, da cui risalivano verso un foro praticato con il trapano nel soffitto. Si issò attraverso l'apertura, attraversò la cambusa verso poppa e salì una rampa di gradini. Continuò a seguire i cavi sino alla timoniera. Aprì un pannello di fronte al sedile del pilota: dentro c'era un labirinto di fili colorati cui faceva capo l'elettronica di bordo. In mezzo spuntavano i due cavi arancione, uno dei quali andava a un alimentatore, mentre l'altro proseguiva verso la leva dell'acceleratore. Un minuto dopo, Pitt scovò il punto d'arrivo: un paio di interruttori montati sotto il pannello del timone.

Giordino e Gunn, saliti a bordo del *Cuttlefish* da poppa, raggiunsero Pitt in timoniera. Il comandante della *Drake* gli chiese che cosa avesse trovato.

«Una smentita alla mia teoria», rispose Pitt. «Non sono stati i messicani ad affondare il *Cuttlefish*. È stato Heiland in persona.»

21

Quando entrò alla mensa della *Drake* appena dopo l'alba, Pitt si stupì di trovare Ann seduta con Gunn, intenta a finire la colazione. Lui prese una tazza di caffè e andò al loro tavolo. « Buongiorno. Posso sedermi con voi? »

Gunn gli indicò una sedia accanto a quella dell'agente dell'NCIS. « Mi interrompi sempre sul più bello. »

Pitt guardò Ann. « Dormito bene? »

« Abbastanza », rispose lei, distogliendo lo sguardo.

Pitt sorrise della sua improvvisa remissività. La notte precedente, di ritorno dalla chiatta, lui se n'era andato dritto in cabina per dormire. Poi aveva sentito bussare delicatamente alla porta, trovandosela di fronte con uno sguardo carico di aspettative. Ann indossava un accappatoio della nave, che a stento nascondeva la biancheria intima. Era scalza e si reggeva sul piede sano per alleviare la pressione sulla caviglia gonfia e fasciata. « Speravo che passassi a darmi la buonanotte », aveva sussurrato.

Pitt l'aveva guardata negli occhi, reprimendo un imbarazzante desiderio. « Negligenza da parte mia », aveva risposto con un sorriso, e si era chinato per prenderla in braccio. Ann gli aveva appoggiato la testa sul collo mentre lui la portava lungo lo stretto corridoio fino alla sua cabina. L'aveva deposta sulla cuccetta con delicatezza, poi le aveva dato un bacio sulla fronte. « Buonanotte, cara », le aveva detto. E, prima che lei potesse rispondere, era uscito dalla cabina chiudendosi dietro la porta.

« Il vostro cuoco è bravissimo », disse Ann al comandante della *Drake*, spingendo in avanti il piatto vuoto mentre cercava di cambiare argomento.

« Il cibo è un elemento chiave del morale dell'equipaggio, specie nei viaggi lunghi. Insistiamo per avere sempre cuochi ben preparati su tutte le nostre navi. » Gunn morse una fetta di pane tostato e si rivolse a Pitt. «Ann mi stava raccontando come l'esperienza di tuffatrice le sia tornata utile ieri sera, quando si è lanciata dal ponte di comando.»

«Le darei un 9.0», fece Pitt, strizzandole l'occhio. «Anche se potrei alzarti il punteggio se approfondissi i veri motivi di questa spedizione.»

Ann tossì nervosamente nel tovagliolo. «Che cosa intendi dire?»

«Stavamo cercando qualcosa di più di una barca scomparsa, o sbaglio?»

«Era importante trovare la barca e l'equipaggiamento che era a bordo.»

«E ci siamo riusciti», puntualizzò Pitt. «Perché non ci dici qualcosa sull'equipaggiamento?»

«Non sono autorizzata.»

Pitt serrò gli occhi. «A parte farti quasi ammazzare, hai messo in pericolo questa nave e il suo equipaggio. Abbiamo diritto ad avere risposte.»

Ann lo fissò per la prima volta e capì che non sarebbe riuscita a fargli cambiare idea. Si guardò intorno, per controllare che nessun altro nella sala li potesse sentire. «Come già sai, la compagnia del dottor Heiland era impegnata in un progetto di ricerca e sviluppo ad alto livello per la DARPA. Il suo lavoro contribuiva a un programma segreto della US Navy riguardante un sottomarino denominato *Sea Arrow*. Heiland si occupava, nello specifico, di un sistema avanzato di propulsione. Non posso dirti altro, se non che, quando il *Cuttlefish* è scomparso, si stava dedicando al test conclusivo di un prototipo che avrebbe potuto garantire sviluppi rivoluzionari.»

«E nella cassa c'era il prototipo?»

«Un modello in scala. Anche se avevamo sospetti sulla scomparsa del *Cuttlefish*, nessuno immaginava che ci sarebbero state interferenze nel recupero. Non volevamo diffondere troppo la voce sulle ricerche di Heiland. So che il vicepresidente non era d'accordo nel tenerti all'oscuro, ma ha dovuto assecondare la richiesta di Tom Cerny.»

«E chi erano quelli che hanno cercato di rubare il prototipo?» chiese Gunn.

Ann si strinse nelle spalle. «Al momento è un mistero. Dal loro aspetto non mi sono sembrati messicani, potrebbero venire dal Centro o Sud America. Ho già parlato con Washington e mi è stato garantito che le autorità messicane forniranno la massima collaborazione per quanto riguarda l'esame dei due cadaveri e la provenienza del pickup.»

«E noi abbiamo fornito alla marina messicana una descrizione dettagliata del loro cabinato», disse Gunn.

«Non sembrano i soliti sospetti per un furto di materiale della difesa», osservò Pitt. «Quando avete deciso di effettuare il recupero, pensavate che fossero già spariti con la scatola magica di Heiland?»

«Sì», rispose Ann. «Quando sono stati ritrovati i corpi di Heiland e del suo assistente, abbiamo presunto che fossero stati attaccati in mare e che il prototipo fosse stato rubato. Per questo ho tirato un sospiro di sollievo quando l'abbiamo trovato sul *Cuttlefish.*»

«A tale riguardo si deve ringraziare Heiland.» Pitt raccontò dei cavi e degli interruttori nascosti a bordo della barca affondata. «Ha capito che erano sotto attacco e ha volutamente affondato il *Cuttlefish.*»

«A giudicare dalle condizioni dei loro corpi, Heiland e il suo assistente sembrano essere rimasti vittime di un incendio o di una bomba. Non pensavamo che la barca si fosse autodistrutta.»

«Heiland li ha battuti sul tempo», spiegò Pitt. «E, per complicare la vita ai cattivi, il *Cuttlefish* si trovava in acque troppo profonde per un'immersione convenzionale. Probabilmente i nostri rivali stavano cercando di organizzare una propria operazione di recupero, quando siamo arrivati noi e gli abbiamo risparmiato la fatica.»

Gunn si rivolse ad Ann. «Il tuo tuffo ha salvato la situazione.»

«No, sono stati Dirk e Al, che hanno recuperato la cassa. Anche se la distruzione del contenuto ha impedito che il prototipo finisse in mani sbagliate, la sua perdita ha complicato un altro problema.»

«Cioè?» chiese Pitt.

«Mi è stato detto che né la DARPA né la US Navy dispongono del progetto dettagliato o delle specifiche. Carl Heiland era un ingegnere molto rispettato, un vero genio, e per questo lo lasciavano andare a briglia sciolta. Nel corso degli anni ha apportato modifiche brillanti alla progettazione dei sottomarini e allo sviluppo dei siluri. Di conseguenza, non era tenuto a sottoporre la solita montagna di documenti richiesti nella maggior parte degli appalti della difesa.»

«Quindi nessuno sa come completare il *Sea Arrow*?» chiese Pitt.

«Esatto», ammise Ann, con un'espressione triste.

«Con Heiland morto e il suo prototipo distrutto», considerò Gunn, «diventa essenziale recuperare il progetto.»

«Fowler mi dice che è la nostra priorità assoluta.» Ann guardò l'orologio, poi alzò gli occhi verso Pitt. «L'ufficio del vicepresidente ha organizzato il nostro rientro in jet a Washington. Dobbiamo partire all'una da San Diego. Prima di andare, vorrei visitare il quartier generale di Heiland a Del Mar. Potresti accompagnarmici in macchina mentre andiamo all'aeroporto?»

Pitt si alzò da tavola e le porse le sue stampelle. «Accolgo sempre le richieste di bambini, anziane signore e belle ragazze con una caviglia storta.» Fece un lieve inchino. «Devi solo indicarmi la strada.»

Un'ora più tardi entravano nella sede centrale della Heiland Research and Associates. Gli uffici erano in un palazzo in condivisione con altre compagnie a Del Mar, cittadina turistica a nord di San Diego, con vista a ovest sull'oceano e, nella vallata sottostante, sul famoso ippodromo locale.

Ann mostrò le sue credenziali all'ingresso e firmò per entrambi.

«Benvenuta, signorina Bennett», disse la receptionist. «La signora Marsdale la sta aspettando.»

Un minuto dopo apparve nell'atrio una donna elegante dai capelli corti e scuri, che si presentò come la direttrice delle operazioni della compagnia e accompagnò gli ospiti in una vicina sala riunioni. Ann la seguì con qualche difficoltà, reggendosi sulle stampelle.

«Non le faremo perdere troppo tempo, signora Marsdale», disse. «Faccio parte della squadra che sta indagando sulla morte del signor Heiland. La mia preoccupazione è di mettere al sicuro gli appunti del suo lavoro sul progetto *Sea Arrow.*»

«Non posso credere che non ci sia più.» Lo shock per la morte di Heiland era ancora visibile sul volto della donna. «Ma forse la sua morte non è stata accidentale.»

«Perché lo dice?»

«Carl e Manfred erano troppo competenti per morire in un incidente in mare. Carl era una persona molto prudente. Ed era sempre attento a mantenere un velo di segretezza sul suo lavoro.»

«In effetti, pensiamo che non sia stato un incidente», disse Ann. «Ma le indagini sono ancora in corso. Forse qualcuno ha cercato di impadronirsi del prototipo.»

La signora Marsdale annuì. «L'FBI è stata qui qualche giorno fa. Gli abbiamo dato quello che potevamo. Ma, come ho detto anche a loro, questa è la sede amministrativa della compagnia. Gestiamo i contratti con il governo e le questioni finanziarie, niente di più. Abbiamo un personale di dodici unità in tutto.»

«Dove sono le strutture di ricerca?» chiese Pitt.

«Non abbiamo strutture vere e proprie. Qui c'è un piccolo laboratorio con alcuni dipendenti che seguono le ricerche in corso, ma Carl e Manfred ci lavoravano di rado. Erano spesso in viaggio e di fatto svolgevano la maggior parte delle loro ricerche nell'Idaho.»

«Idaho?» fece Ann.

«Sì. C'è una base della US Navy a Bayview. Il dottor Heiland aveva una casa nelle vicinanze, dove lui e Manfred andavano a lavorare.»

«Si riferisce a Manfred Ortega, l'assistente del dottor Heiland?»

«Sì. Carl lo chiamava Manny. Un brillante ingegnere anche

lui. Insieme facevano magie. Erano loro i cervelli della compagnia. Non so cosa potremo combinare adesso.»

Seguì un momento di silenzio. Erano tutti consapevoli che la morte di Carl e Manny avrebbe comportato la probabile chiusura della Heiland Research and Associates.

«L'FBI ha raccolto tutto il materiale che si trovava in sede?» si informò Ann.

«La documentazione amministrativa e, per qualche giorno, anche i nostri computer. Tutti i dati tecnici li avevamo già inviati al quartier generale della DARPA. Gli agenti dell'FBI erano un po' come elefanti in un negozio di porcellane, perciò non li ho fatti entrare nell'ufficio di Carl. Ma sono stati in tutti gli altri.»

«Le spiace se diamo un'occhiata al suo ufficio?» chiese Ann. «Sono sicura che comprende cosa implica, dal punto di vista della sicurezza, mantenere segreto il lavoro di Heiland.»

«Certo. Non che qui lasciasse molto. Ma il suo ufficio è in fondo al corridoio.» La signora Marsdale prese un mazzo di chiavi da una scrivania e li accompagnò a un locale d'angolo.

Non era molto grande e sembrava poco usato. Come il suo proprietario, era sobrio nell'arredamento e i pochi elementi decorativi erano alcuni modellini di sommergibili e un dipinto raffigurante una goletta di contrabbandieri di rum in navigazione. L'unico dettaglio incongruente era una testa d'alce alle cui corna erano appesi vari berretti da pesca, sulla parete sopra la scrivania.

La signora Marsdale notò con sorpresa che alcuni cassetti della scrivania erano rimasti aperti. «È strano.» Si irrigidì. «Qualcuno è entrato e ha frugato nei cassetti. Ricordo che avevo lasciato un contratto da firmare sulla scrivania e adesso non c'è più.» Si voltò preoccupata verso Ann. «Sono l'unica ad avere le chiavi del suo ufficio.»

«C'erano documenti importanti?»

«Non ne sono sicura, ma direi di no. Come le dicevo, Carl non passava molto tempo qui.» La direttrice guardò il ripiano, poi alzò lo sguardo verso l'alce. «Teneva le foto della sua barca e del suo chalet sulla scrivania, ma sono sparite. E di solito quando era qui appendeva le chiavi dello chalet alle corna dell'alce, ma mancano anche quelle.»

«Ci sono videocamere di sicurezza nell'edificio?» chiese Pitt.

«Sì. Chiamo subito il nostro servizio di sicurezza.» La voce le venne meno. «Mi dispiace molto.»

«Se permette», disse Ann, «vorrei richiamare l'FBI perché esamini l'ufficio e controlli i video della sicurezza. L'uno e gli altri potrebbero fornirci qualche pista.»

«Sì, certo. Tutto quello che serve per scoprire chi c'è dietro.»

Tornarono alla macchina, Ann si fermò e guardò l'oceano. «Sono stati qui, vero?»

«Ci scommetto», confermò Pitt.

«Ho un favore da chiederti.» Ann si voltò a guardarlo. «Rimandiamo di un giorno il ritorno a Washington? Preferirei partire per l'Idaho. Se la Marsdale ha ragione, i progetti di Heiland potrebbero essere già al sicuro a Bayview senza che nemmeno lo sappiamo.»

«Ci sto», rispose Pitt. «E poi sono sempre stato curioso di vedere da dove vengono le famose patate dell'Idaho.»

22

Il Gulfstream discese da un cielo color zaffiro e atterrò sulla pista principale del Pappy Boyington Field dell'aeroporto di Coeur d'Alene. Nato in quella pittoresca città dell'Idaho, Gregory «Pappy» Boyington aveva pilotato gli F4U Corsair nel Pacifico, guadagnandosi una Medal of Honor per avere comandato la leggendaria squadriglia delle Pecore Nere. L'aeroporto a lui dedicato accoglieva ora innocui Piper Cubs e jet privati di ricchi turisti. Pitt prese le stampelle di Ann e l'aiutò a scendere dall'aereo.

Noleggiata un'auto al terminal, Pitt si mise al volante, diretto a nord sulla Route 95. Viaggiavano lungo la stretta striscia del territorio settentrionale dello Stato, una regione collinare ricca di foreste e laghi di un azzurro cristallino, lontano dai campi di patate delle pianure del Sud. Non c'era molto traffico e Pitt poté permettersi di superare il limite di centocinque chilometri orari. Dopo venti minuti raggiunsero la città di Athol, dove imboccarono una strada secondaria e proseguirono in direzione est. Un grande cartello li accolse nel Farragut State Park.

«Un parco statale intitolato a un ammiraglio della guerra civile?» chiese Pitt.

«Già», rispose Ann, leggendo da una brochure che aveva preso all'aeroporto. «All'inizio della seconda guerra mondiale la US Navy allestì qui una base sulla terraferma, nell'eventualità che i giapponesi bombardassero la West Coast: la Farragut Naval Training Station, intitolata proprio a David Farragut, eroe della battaglia di Mobile Bay e primo ammiraglio della marina americana. A un certo punto la base è arrivata a ospitare quasi cinquemila uomini. Dopo la guerra è stata chiusa, e il terreno è diventato di proprietà statale e convertito in un parco.»

« Un bell'aneddoto da raccontare al tuo prossimo party al Pentagono. »

La strada usciva dal parco e proseguiva tortuosa giù da una collina, fino a Bayview. La cittadina si trovava a un'estremità del grande lago glaciale di Pend Oreille. Pitt dovette passare attraverso una strettoia per lavori in corso prima di scendere sul lungolago. Il lato settentrionale era occupato da porticcioli con barchette a motore per la pesca, battelli turistici e case galleggianti. La costa meridionale era sotto il controllo del Navy Acoustic Research Detachment.

« Quello è l'ingresso del laboratorio », disse Ann, indicando una cancellata.

Pitt si fermò nel parcheggio riservato ai visitatori, vicino al gabbiotto delle guardie. Quando si furono registrati all'ingresso, si presentò un autista in uniforme che li accompagnò a bordo di una berlina grigia, percorrendo la strada lungo la riva del lago. Durante il tragitto, Pitt notò un sommergibile dalla foggia insolita; sul molo si leggeva la designazione SEA JET. Si fermarono davanti a una costruzione in metallo tra il beige e il verdazzurro che si innalzava sull'acqua.

Sulla porta li accolse un uomo dall'aria concitata, con i capelli di un rosso chiaro e occhi azzurri in continuo movimento. « Chuck Nichols, vicedirettore del laboratorio », si presentò, parlando a raffica. « Seguitemi, per favore. » Fece un cenno per congedare l'autista che aveva scortato i due ospiti alla porta e introdusse Ann e Pitt in un piccolo ufficio straripante di carte e riviste tecniche. Liberò un paio di sedie da cumuli di raccoglitori, in modo che si potessero accomodare. « Siamo rimasti sconvolti dall'incidente di Carl e Manny. Avete scoperto cos'è successo? »

« Non del tutto », rispose Ann, « ma secondo noi non è stato un incidente. Abbiamo ragione di credere che siano morti durante un tentativo di furto del prototipo che stavano testando. »

Nichols strinse le labbra. « Già, lo *Slippery Mumm*. Lo teneva segretissimo. Non so come qualcuno potesse esserne al corrente. »

« *Slippery Mumm*? »

«Si inventava sempre dei nomignoli per i suoi modellini. L'ultimo prototipo di scafo lo aveva battezzato *Pig Ghost*. Non ha fatto che lamentarsi quando noi abbiamo denominato *Sea Jet* il nostro prototipo sperimentale.»

«Il nomignolo voleva dire qualcosa?» domandò Pitt.

«Certo, ma forse solo per lui e Manny. Diceva che Mumm è una marca di champagne che gli piaceva. Parlava spesso di velocità e di bolle quando affrontava il tema della supercavitazione, dev'essere a questo che si riferiva.»

«Ci parli di questa struttura», disse Ann.

«Praticamente è stato Heiland a costruire questo posto. La sua famiglia aveva uno chalet sul lago Pend Oreille» – Nichols lo pronunciava *Pond-o-rey*, notò Pitt –, «ed era innamorato di questo posto. Quando dirigeva la sezione acustica del Naval Surface Warfare Center, convinse gli alti papaveri di Washington ad aprire un laboratorio di ricerca da queste parti, utilizzando qualche rimasuglio della vecchia base navale Farragut. Ha tirato su tutto dal niente. Dieci, dodici anni fa si è stancato della routine e ha deciso di ritirarsi. È stato allora che ha cominciato l'attività di consulenza. Carl è sempre stato prima di tutto un ingegnere.»

«Siete un po' lontani dal mare», commentò Pitt.

«Sì, ma il lago è l'ideale per i test. È grande, poco popolato e in alcuni punti raggiunge profondità di oltre trecento metri. Il nostro lavoro qui si concentra sulla progettazione avanzata di scafi e propulsori che permettano ai battelli di operare con una firma acustica minima. Il lago è un ambiente perfettamente controllato in cui collaudare tecnologie e design sperimentali.»

«E il *Sea Jet* è un prototipo sperimentale?» chiese Pitt.

«Proprio così. È quello che chiamiamo Dimostratore avanzato di nave elettrica. Anche se ha un po' l'aspetto di un sommergibile, in realtà è un modello in scala uno a quattro del nuovo cacciatorpediniere classe DD(X). Lo usiamo per collaudare nuovi schemi di scafo e propulsione. In origine è stato costruito con propulsione a idrogetto, ma poi siamo passati ad altre tecnologie di cui probabilmente non dovrei nemmeno parlare. Avevamo in programma un test delle ultime trovate di Carl per il progetto *Sea Arrow*, ma ora, be'... siamo un po' incerti sul da farsi.»

«Riguardo alla tecnologia dello *Slippery Mumm*?»

«Sì. Carl ha fatto i test sul lago qualche settimana fa. Ricordo che ha detto ai ragazzi che avrebbe spaventato i pesci. Un paio dei nostri affermano che ha raggiunto velocità pazzesche.»

«Non lavorava in questa struttura?»

«Poco. Veniva a fare calcoli sui nostri computer, ma era sempre tre passi avanti a noi. Quando era da queste parti, di solito si rintanava nello chalet con Manny a inventare diavolerie.»

«È essenziale mettere al sicuro tutte le sue ricerche sullo *Slippery Mumm*», sottolineò Ann.

«Me lo ha già chiesto la DARPA e sto raccogliendo tutto quello che abbiamo», disse Nichols. «Il fatto è che il novanta per centro dei dati era in mano a Carl. Quello che non era nella sua testa, dev'essere ancora nel suo chalet. Vi do l'indirizzo.» Lo controllò sulla sua Rolodex e lo trascrisse, fornendo alcune indicazioni. «Sul tavolino del portico, nel retro, c'è una campana arrugginita. Sotto ci sono le chiavi di riserva della casa e della barca.»

Ann lo guardò con un'espressione che sottintendeva: E lei come fa a saperlo?

«Ci siamo bevuti parecchie birre a casa sua e in barca», spiegò Nichols, con fare complice.

Ann lo ringraziò. Dopo che furono accompagnati di nuovo al cancello della base, per la prima volta mostrò un certo ottimismo. «Questa deviazione si rivelerà proficua. Andiamo a vedere lo chalet di Heiland, poi chiamo l'FBI a sigillarlo.»

«Che ne dici se prima mangiamo qualcosa?» propose Pitt. «Si sta facendo buio.»

«Solo se posso offrire io.»

A Bayview non c'era molta scelta. Pitt optò per un ristorante sul lago chiamato The Captain's Wheel, in fondo alla strada. Ann assaggiò un'insalata greca, mentre Pitt spazzò via un hamburger e una birra. Di fronte a loro si accendevano tremolanti le luci del piccolo porto.

Ann notò lo sguardo quieto di Pitt mentre guardava il lago. C'era qualcosa di enigmatico in lui, eppure la sua vicinanza la faceva sentire al sicuro. Lo conosceva solo da due giorni e non sapeva quasi niente sul suo conto, a parte aver scoperto con delusione che era sposato. «Non sono sicura di averti ringraziato per avermi salvato la vita a Tijuana.»

Pitt la guardò e sorrise. «Non so se saltare a bordo di una barca piena di sicari armati sia stata la tattica più saggia che abbia mai visto, ma sono contento che sia finita bene.»

«Ogni tanto sono un po' impulsiva.» Ripensò a quando la sera prima aveva bussato, non invitata, alla cabina di Pitt. «Spero che, quando questo caso sarà risolto e torneremo a Washington, potremo restare amici.»

«Mi farebbe piacere.» Poi, con un sorrisetto, fece scivolare il conto sul tavolo sino a lei. «Intanto ci conviene andare a casa di Heiland prima che faccia notte.»

Nichols aveva detto loro che non avrebbero corso il rischio di perdersi e non si sbagliava. Seguirono le sue indicazioni, imboccando una strada a una corsia che si allontanava dall'Acoustic Research Center e proseguirono lungo la riva meridionale dell'insenatura. Superarono gruppi di chalet che diventavano sempre più radi quanto più si allontanavano dalle luci della cittadina. Poi la strada svoltava a sud e proseguiva lungo la sponda irregolare del lago. Percorsero qualche altro chilometro, fino a un vicolo cieco in mezzo ai pini. Uno stretto sentiero ghiaioso conduceva a una casetta di legno dipinta di rosso, in riva al lago.

«Direi che siamo arrivati», confermò Ann, leggendo l'indirizzo sulla cassetta delle lettere.

Pitt parcheggiò l'auto in fondo al sentiero, accanto a un garage che sembrava grande abbastanza da contenere una decina di veicoli. Le luci nella casa erano spente e intorno aleggiava un silenzio desolato.

Ann vide le prime stelle che apparivano in cielo e sentì una brezza fresca che spirava dal lago. «Peccato non avere una torcia elettrica», disse, piantando le stampelle nella ghiaia del pendio che scendeva fino all'acqua.

«Perché non vai alla porta, mentre io cerco le chiavi sul retro?» suggerì lui. Girò intorno al garage e seguì un altro sentiero fino al retro della casa. Il cortile era separato dal lago da una striscia di pini molto alti. La casa sorgeva su un terreno scelto ottimamente, con una vista spettacolare.

Pitt schiacciò una zanzara che gli ronzava vicino a un orecchio ed entrò nell'ampio portico che correva lungo tutto il perimetro. Trovò subito la vecchia campana appoggiata al centro di un tavolino circondato da sedie Adirondack in legno. Sotto c'era un portachiavi galleggiante, del tipo usato da chi andava in barca. Pitt tornò sui suoi passi, guardando verso il lago: notò un piccolo molo a cui era ormeggiato un motoscafo di legno scuro.

Ann era arrivata alla porta e se ne stava appoggiata alle stampelle. «Trovate?»

Pitt le consegnò il portachiavi. «Dove dovevano essere.»

Lei aprì la porta ed entrò, cercando a tentoni un interruttore della luce. Pitt la seguì, mentre si accendevano i faretti sul soffitto, illuminando l'interno. Lo chalet era una costruzione antica, che nel corso degli anni era stata rimodernata con gusto. La cucina scintillava di mobili in acciaio con ripiani di granito; in salotto c'era un televisore a schermo piatto. Sopra il caminetto erano appese un'antica canna da pesca a mosca e due trote impagliate, a ricordo della passione del padrone di casa.

A disagio nel perlustrare il rifugio di un defunto, Ann girò per tutta la casa in cerca di uno studio o di un laboratorio. Trovò solo quattro grandi camere da letto. «Speriamo ci sia qualcosa in garage», disse guardando verso una porta in fondo al corridoio.

Pitt la seguì oltre la soglia, mentre lei accendeva la luce. Ebbero entrambi una grossa sorpresa.

Si aspettavano di trovare uno studio di qualche genere, ma non certo un laboratorio attrezzatissimo nascosto fra i boschi dell'Idaho. Il garage sembrava essere stato trasportato di peso da un centro ricerche nel cuore di Silicon Valley.

Sotto l'intensa illuminazione sul soffitto si vedeva una sala bianca e asettica con tavoli da lavoro in acciaio inossidabile. Su una parete si allineavano scaffali ingombri di apparecchiature elettroniche. Un angolo era destinato alla costruzione dei prototipi. Una vasca lunga e stretta, piena d'acqua e destinata ai test di scafi e propulsione, si estendeva per quasi tutto il garage. Ma lo spazio non era riservato interamente al lavoro: in un angolo, Pitt notò un flipper anni Cinquanta, accanto a una complicata macchina per il caffè espresso.

« Vediamo », disse.

Ann zoppicò fino a una grande scrivania, su cui c'erano due computer portatili aperti, di fronte a un paio di poltroncine. Lesse alcuni appunti scritti a mano su un diario. « Questo è datato poco prima della morte. Heiland descrive una serie di test su SM nel lago, riusciti alla perfezione, e la sua intenzione di fare un collaudo in acqua salata partendo da San Diego. »

« SM, che starà per *Slippery Mumm.* »

« Grazie al cielo. Gli appunti e i dati sono tutti qui. I progetti non sono andati persi. »

Aveva appena finito di dirlo quando le luci si spensero, lasciandoli nel buio più completo.

23

I due uomini si erano fermati a breve distanza dallo chalet, dopo avere avvistato l'auto parcheggiata sul sentiero. Quello al volante scese ad aprire il bagagliaio, da cui recuperarono ciascuno una Glock semiautomatica e un paio di occhiali per la visione notturna. Il buio di una notte senza luna si era ormai disteso sopra il lago di montagna.

Silenziosi, come erano stati addestrati a fare, i due uomini ispezionarono il perimetro dello chalet, trovando il quadro elettrico. Forzato lo sportello, uno di loro abbassò l'interruttore generale.

Nel laboratorio, privo di finestre, si fece buio come in una miniera a mezzanotte. Ann si lasciò sfuggire un grido soffocato. «Bel posto per un blackout», disse poi, con una punta di tensione nella voce.

«Può darsi che sia un calo di tensione momentaneo. Non ti muovere, così non rischi di cadere.» Passarono i secondi e Pitt cominciò a provare un certo disagio. «Accendi un computer. Se la batteria è ancora carica, farà un po' di luce.»

«Buona idea.» Ann depose il diario e tastò la scrivania, fino a trovare uno dei portatili. Premette vari tasti, sperando di indovinare quello di avvio.

Pitt sentì le tavole del pavimento che scricchiolavano dentro la casa. Non erano soli. Si diresse alla cieca verso uno dei piani di lavoro e passò la mano sulla superficie, in cerca di qualcosa da usare come arma. Ignorò alcuni cavi sparsi e sentì qualcos'altro sotto le dita: un paio di pinze, piccole ma appuntite. Le prese.

«Ecco, trovato», disse Ann. Il computer si avviò, mentre lei girava lo schermo verso Pitt. Nella sala balenò un bagliore turchese. La fioca luce raggiunse la porta nel momento in cui veniva spalancata. Due individui fecero irruzione, fermandosi per un istante a guardare la sala.

Erano entrambi bassi e muscolosi, vestiti di scuro ed equipaggiati con occhiali per la visione notturna. Puntavano in avanti le loro Glock, controllando meccanicamente la stanza fino ad avvistare Ann e Pitt.

«Non vi muovete!» gridò uno di loro, con accento spagnolo. Prese una torcia elettrica e la puntò su di loro. Ann socchiuse gli occhi quando la luce si fermò sul suo volto.

L'uomo con la torcia si fece avanti, senza abbassare la pistola che teneva fissa su Pitt. «Andate fino alla parete», ordinò, illuminando loro il cammino.

Ann si spostò sulle stampelle, seguendo Pitt, che la spinse gentilmente vicino a una porta che dava sul cortile, mentre l'uomo con la torcia chiamava il suo complice. Questi li raggiunse e li tenne sotto tiro. Nel frattempo il primo rimetteva l'arma nel fodero, sollevava gli occhiali ed esaminava il laboratorio alla luce della torcia.

Era molto coscienzioso, notò Pitt. E sapeva che cosa stava cercando. Per prima cosa controllò i computer e il diario che Ann aveva trovato poco prima. Quindi esplorò metodico il resto del laboratorio per una decina di minuti, prima di tornare alla scrivania e raccogliere ciò che gli interessava. Trovò un cestino di plastica e ci mise il diario.

Ann si strinse a Pitt, stupita di trovarsi sotto il tiro di una pistola per la seconda volta in due giorni. La rabbia cominciava ad avere il sopravvento sulla paura: stavano rubando il lavoro di Heiland proprio sotto i suoi occhi. Il ladro svuotò nel cestino i cassetti della scrivania e infine prese i due computer portatili.

«Fatto?» chiese l'altro.

«Quasi.» L'uomo alla scrivania guardò Ann e Pitt con aria infastidita. «Stai qui con loro, finché non torno.» Uscì dal laboratorio con il cestino sottobraccio.

Dopo qualche secondo, l'uomo di guardia lo chiamò, senza avere risposta.

Pitt sentì i passi dell'altro intruso mentre attraversava la casa e usciva dalla porta principale. Non aveva bisogno di essere un veggente per intuire che, al suo ritorno, le cose si sarebbero messe male.

Senza la torcia elettrica e il computer, nel laboratorio era tornato il buio più completo. Troppo buio, pensò Pitt, con un improvviso barlume di speranza: gli occhiali per la visione notturna richiedevano un minimo di luce da intensificare, anche solo quella delle stelle. Ma al chiuso, nel garage, l'unica fonte luminosa fino a poco prima era quella del computer acceso, che era stato portato via. Per questo l'uomo di guardia aveva chiamato il complice: non vedeva più niente neppure lui.

La teoria di Pitt fu confermata quando sentì scorrere la cerniera lampo della giacca dell'uomo. Probabilmente stava cercando la propria torcia elettrica. E lui non doveva lasciargli il tempo di prenderla.

Afferrò una delle stampelle di Ann e partì in avanti, usandola come un ariete. Poteva solo sperare che la guardia fosse rimasta dov'era, esattamente un metro e mezzo davanti a lui.

Mentre cercava la torcia, l'uomo aveva abbassato la pistola ed era del tutto impreparato al piedino gommato della stampelle che lo centrò allo sterno. Il colpo lo spinse all'indietro, facendolo cadere sulla scrivania di Heiland. Sparò più volte alla cieca, senza capire che mirava un metro sopra la testa di Pitt.

«Ann, esci subito dalla porta sul retro!» gridò questi. Poi si abbassò e, orientandosi con i lampi provenienti dalla canna della Glock, abbatté la stampella di alluminio sul polso dell'avversario. Si udì uno scricchiolio di ossa e la pistola cadde sul pavimento.

Ann, che si era buttata a terra al primo sparo, tastò il muro in cerca prima della porta, poi del chiavistello. Lo aprì, girò la maniglia e spalancò la porta. Reggendosi sull'unica stampella, si trascinò all'esterno e si allontanò dal garage. Prima che la porta si richiudesse alle sue spalle, fece in tempo a udire il lamento dell'uomo con il polso fratturato.

Nel buio, Pitt sentì che l'avversario cercava di sfuggire ai suoi colpi e di rimettersi in piedi. Sapeva che Ann non poteva muoversi rapidamente e tentò di guadagnare tempo. Buttò la stampella e si lanciò sopra la scrivania, da cui però l'avversario si era già sollevato da qualche secondo.

Pitt si girò, rimise i piedi a terra e tirò un pugno alla cieca, riuscendo solo a sfiorare con le nocche la giacca dell'altro, che si era spostato alla sua sinistra e rispondeva, colpendolo a una spalla.

Pitt indietreggiò e, ripresosi dal pugno, tornò subito all'attacco: ora sapeva dove si trovava l'avversario. Gli piazzò un sinistro e un destro al torace, facendolo barcollare all'indietro. L'uomo ringhiò, mentre inciampava in una sedia e cadeva a terra, accompagnato da un suono metallico.

Pitt non ebbe il tempo di continuare lo scontro: la porta di comunicazione con la casa si riaprì e l'altro uomo, messo in allarme dagli spari, entrò di corsa nel laboratorio. Illuminò l'interno con la torcia, che individuò prima l'altro scagnozzo steso a terra, poi Pitt, qualche passo più in là.

Questi reagì all'istante, gettandosi all'indietro sulla scrivania. L'uomo armato cercò di seguirlo con la torcia e sparò un colpo, troppo alto. Pitt scivolò oltre la scrivania e si buttò a terra, al riparo. Non perse tempo e, tenendosi basso, si diresse verso la porta sul retro. Urtò la stampella e la raccolse.

L'uomo armato si lanciò verso di lui. Il cerchio luminoso della torcia oscillò sul pavimento, fino a inquadrare il bersaglio.

Ma la luce mostrò anche l'uscita, a poco più di un metro da Pitt che, sempre chino in avanti, puntò dritto alla maniglia. La girò mentre lo slancio lo portava a urtare la porta, spalancandola.

Dal centro del laboratorio, l'uomo armato alzò il braccio e sparò tre colpi in rapida successione. Pitt sentì un dolore improvviso a una gamba, mentre spingeva la porta per richiuderla. Poi la bloccò piantando la stampella sotto la maniglia. Questo gli avrebbe garantito dieci, forse venti secondi di margine.

Ma non sarebbero bastati. Da qualche parte lì intorno, nel buio, c'era Ann. Doveva trovarla al più presto. Una volta fuori dal laboratorio, sarebbero stati bersagli facili per i due sicari con gli occhiali a intensificazione.

Si diresse verso l'auto a noleggio, ma poi sentì avviarsi un motore nelle vicinanze. Veniva da più in là, lungo il lago. Pitt cambiò direzione, pensando che forse, dopotutto, avrebbero avuto una possibilità di cavarsela.

24

Il motore prese vita. Non era il gemito metallico di quello di un'automobile, ma il gorgoglio più profondo di un motore nautico. Pitt corse verso il molo, ammirando l'idea di Ann di scappare a bordo del motoscafo di Heiland. Con la caviglia ancora dolorante, per lei era più facile scendere il pendio e raggiungere la barca. Aveva le chiavi in tasca, quindi doveva solo sperare di riuscire a farla partire.

Nel laboratorio, l'inseguitore era ancora dietro la porta, temporaneamente bloccata. Finché, a violente spallate, non riuscì a far cadere la stampella di alluminio dalla maniglia. Una volta all'esterno, si voltò verso il rumore del motoscafo e intravide la sagoma di Pitt in mezzo agli alberi. Si mise a correre.

Pitt ansimava quando, con la gamba sinistra ferita, raggiunse il sentiero ghiaioso che portava alla riva del lago. Riusciva appena a distinguere la sagoma di Ann che, al timone, guardava dalla sua parte. Dopo che si era sentito il fracasso della porta del laboratorio che cedeva, non occorreva voltarsi indietro per sapere che l'uomo armato non intendeva lasciarli scappare.

«Sciogli l'ormeggio, Ann! Non aspettare!»

Lei andò a poppa per disfare la cima, poi, zoppicando, sciolse anche quella a prua e occupò il sedile del passeggero mentre Pitt arrivava al molo.

Si sorprese di scoprire che il motoscafo era un vecchio modello in mogano. Con un po' più di luce, lo avrebbe riconosciuto come un Chris Craft Dual Cockpit degli anni Quaranta. Pitt saltò sul sedile posteriore, si risollevò e passò su quello anteriore, pronto a dare gas. Si lasciò cadere sul cuscino e in un attimo il vecchio motoscafo si staccò dal molo, con il ruggito sommesso dello stagionato motore Chrysler a sei cilindri.

«Sei stata pronta di riflessi», apprezzò Pitt, mentre si allontanavano dalla riva.

«Temevo che non ce l'avresti fatta.»

Lui si voltò verso il molo e scorse l'ombra dell'inseguitore. «Stai giù!» gridò, virando bruscamente verso sinistra.

Il pavimento era abbastanza spazioso perché entrambi potessero abbassarsi per cercare riparo. Pitt raddrizzò il timone e proseguì alla cieca. Ora il motoscafo correva parallelo alla sponda.

Il ladro sparò tutti i suoi colpi. Anche se il motore copriva gli spari, Pitt avvertì l'impatto di alcuni proiettili sullo scafo. Attese ancora un minuto prima di alzare la testa. Constatò che il molo era ormai nascosto dagli alberi, mentre la barca stava scarrocciando rapida verso riva. Si rimise a sedere e la riportò al largo. Solo allora aiutò Ann a rialzarsi. Concentrato sulla fuga, fino a quel momento aveva ignorato tanto il dolore alla gamba, quanto l'umidità appiccicosa che indicava che stava sanguinando. «Stai bene?» chiese ad Ann.

Lei annuì. «Ce la siamo cavata per un pelo.»

«Anche meno, se non avessi avuto la tua stampella a portata di mano. Scusa se ti ho fatto perdere l'equilibrio.»

«Ero così spaventata che non ho nemmeno pensato alla caviglia. Ho visto la barca in fondo al pendio e mi sono ricordata che le chiavi erano con quelle della casa.» D'istinto si massaggiò la caviglia, che cominciava a farle male. «Dove andiamo adesso?»

Pitt stava già pensando al contrattacco. «Semplice: gli tendiamo un'imboscata.»

C'era solo una strada per tornare indietro dallo chalet di Heiland. I ladri sarebbero dovuti passare da Bayview, per scappare con i documenti rubati. C'era la possibilità di fermarli, a patto che Ann e Pitt arrivassero per primi. Il che dipendeva da un motoscafo vecchio di settant'anni.

Ma, a dispetto dell'età, la barca di Heiland non era una tartaruga. Il tipo Custom Runabout era equipaggiato con il motore standard entrobordo Model M da centotrenta cavalli vapore, aveva una poppa *barrelback* inclinata e, con le sue finiture in mogano lucido, era tanto elegante quanto veloce: una barca da sogno quando era uscito dalla fabbrica di Algonac, Michigan, nel 1942, e ormai un prezioso oggetto da collezione per appassionati di motoscafi d'epoca.

Mentre il Chris Craft solcava il lago al massimo della potenza, Pitt rifletteva: anche se loro avevano un indubbio vantaggio, i ladri avevano di certo fretta di scappare e sulla strada potevano andare al doppio della velocità. Alla luce del cielo stellato, Pitt si avvicinò a terra per accorciare le distanze e, dopo qualche minuto, avvistò un'ampia insenatura sulla sinistra. Portò la barca da quella parte. Le luci di Bayview apparvero a prua, in fondo all'area chiamata a ben ragione Scenic Bay. Pitt guardò verso la strada, ma non vide fari di automobili.

« Come facciamo a fermarli? » chiese Ann.

Pitt ci stava pensando da quando avevano lasciato il molo. Non c'erano molte alternative quando ci si trovava disarmati su un vecchio motoscafo, con una donna che a stento poteva reggersi in piedi. La mossa più saggia sarebbe stata precipitarsi a chiedere aiuto alla struttura della US Navy; ma, se fossero arrivati dal lago a tutta velocità, avrebbero corso il rischio di farsi sparare addosso o finire arrestati, anziché ottenere aiuto immediato.

Vide davanti a sé una banchina, non lontana dal cancello del centro ricerche. Poco più in là, la strada dallo chalet di Heiland intersecava la via principale di Bayview. Pitt indicò la banchina. « Arriviamo fino a lì. Vedi se riesci a raggiungere il gabbiotto delle guardie e convincerle a far bloccare la strada dalla sicurezza della base. Io cercherò di rallentare i ladri. »

« Okay, ma stai attento. » Ann recuperò la stampella dal sedile posteriore e si preparò a sbarcare.

Il vecchio motoscafo superò rombando una zona con obbligo di velocità limitata e il porticciolo, sollevando le proteste dei residenti delle case galleggianti, scosse dalle onde della scia. Tra le barche da pesca ormeggiate alla banchina, Pitt vide un posto libero e ci si infilò. Tolse potenza all'ultimo momento ed entrò in scivolata, con solo un lieve urto al fianco dello scafo. Balzò sul molo e aiutò Ann a salire.

«Ce la faccio», disse lei. Si avviò sul pontile sostenendosi con la stampella.

Pitt la superò di corsa, dirigendosi verso la strada. Ann rabbrividì quando comprese che le impronte umide che lui si lasciava dietro erano di sangue, non di acqua del lago.

Le strade erano deserte e la città silenziosa. In lontananza, Pitt udì il motore di un'auto. Si voltò verso l'insenatura e vide una coppia di fari che balenavano tra gli alberi, sulla strada che proveniva dallo chalet.

Cercò qualcosa con cui improvvisare una barricata all'incrocio. Su un lato c'era la recinzione del centro ricerche, sull'altro il pendio di una collina. Non c'erano pietre, tronchi e nemmeno altre auto in vista, con cui bloccare la strada. Gli unici veicoli, parcheggiati più in alto sulla collina, erano un camion di ghiaia e una ruspa gialla.

Pitt guardò di nuovo le luci in avvicinamento. L'auto sarebbe arrivata all'incrocio in meno di un minuto.

«D'accordo: lavori in corso», mormorò, risalendo il pendio più veloce che poteva.

25

Ann si presentò al cancello del centro ricerche con la delicatezza di un tornado del Kansas. «C'è stato un furto al laboratorio!» gridò. «Ho bisogno del vostro aiuto, *subito*!»

La guardia di turno era seduta dietro il vetro di sicurezza, intenta a sfogliare un giornale sportivo. Scattò in piedi come se l'avessero pungolata. «Signora, non posso lasciare la mia postazione», balbettò. «Ora si calmi, mi dica chi è e cosa succede.»

Ann stava già premendo il suo tesserino di identificazione sul vetro. «Chiami rinforzi. Devo far bloccare tutte le strade della città immediatamente.»

La guardia notò una certa somiglianza tra la donna che gli stava urlando contro fuori dal gabbiotto e quella in ordine e ben pettinata della fotografia sul documento dell'NCIS. Fece un cenno di assenso e sollevò il telefono. Stava ancora componendo il numero quando sentì un forte stridore di pneumatici proveniente dall'esterno.

Si voltarono verso una berlina scura che sterzava sul lungolago, mentre una ruspa gialla scendeva lungo il pendio, apparentemente fuori controllo. Il mezzo era in rotta di collisione con l'auto e il guidatore se n'era accorto troppo tardi. Alla luce di un lampione, Ann intravide un uomo dai capelli neri alla guida della ruspa: Dirk Pitt.

Mentre saliva faticosamente sulla collina con un intenso dolore alla gamba sinistra, Pitt non aveva visto altre opzioni. Il camion della ghiaia era parcheggiato troppo vicino alla ruspa per poter fare manovra, lasciandogli la macchina operatrice gialla come unica scelta. Gli operai del cantiere non si erano preoccupati di chiudere né l'uno né l'altro veicolo. Lui si era messo ai comandi, aveva guardato in basso e aveva visto i fari della macchina che già illuminavano il centro ricerche. In pochi secondi, sarebbe stata sotto di lui.

Pitt schiacciò la frizione, mise in folle e, con l'altra mano, tolse il freno di stazionamento. Il mezzo pesante cominciò a muoversi, inducendolo a premere il pedale del freno. Lui strinse il volante gommato e constatò che non c'era un bloccasterzo: fintanto che fosse riuscito a girare il volante, avrebbe avuto una certa manovrabilità.

Guardo giù e vide l'auto spuntare dagli alberi. Non aveva tempo da perdere.

Sollevò il piede dal freno e lasciò che la ruspa prendesse velocità, poi sterzò rapido verso destra. Le ruote anteriori obbedirono, scavando il terreno, e la grande pala d'acciaio raschiò il ciglio della strada, rallentando il mezzo per un istante. Il goffo veicolo rischiò di capovolgersi, mentre imboccava il pendio, poi si riassestò e proseguì su una discesa ripida lunga una quindicina di metri, accelerando. Pitt raddrizzò le ruote, sperando che la ruspa non si rovesciasse. Il vetro destro della cabina fu illuminato dai fari.

Se non fosse stato di fretta, il guidatore avrebbe potuto frenare per tempo. Ma a quella velocità, combinata con lo shock di vedersi davanti il mezzo pesante che scendeva a rotta di collo, reagì in modo sbagliato. Anziché frenare, d'istinto girò il volante per evitare l'impatto. Solo dopo affondò il piede sul freno.

Fu la scelta peggiore. L'auto slittò per sei metri prima che il paraurti si scontrasse con un palo telefonico sulla destra. L'uomo che a casa di Heiland aveva fatto da guardia, ora, seduto sul sedile del passeggero senza cintura, volò attraverso il parabrezza. Si fratturò le vertebre cervicali e morì all'istante. L'altro si ruppe solo una gamba, ma il suo sollievo fu di breve durata. Guardò al di sopra dell'airbag che cominciava a sgonfiarsi e vide il mostro giallo ormai a pochi centimetri dalla macchina.

La ruspa investì in pieno la portiera dal lato del guidatore, strappando via l'auto dal palo e spingendola di lato. Pitt abbassò la pala, sollevando un geyser di scintille dall'asfalto e rallentando il mezzo. Ma la ruspa e l'auto si fermarono solo quando la fiancata destra della macchina urtò la recinzione del centro ricerche.

Ann stava già dirigendosi verso la scena, seguita a sirene spiegate da un veicolo della sicurezza della base. Raggiunse la ruspa mentre Pitt usciva dalla cabina, pallido e con la gamba insanguinata.

« La gamba », disse lei. « Stai bene? »

« Niente di serio », rispose lui, muovendosi con cautela.

Camminarono fino all'auto distrutta e guardarono all'interno. Il corpo del guidatore era proteso in avanti, gli occhi sgranati e senza vita. Il suo complice, anche lui congelato nella morte, era fuori per metà dal parabrezza.

« Sì, gli hai proprio tagliato la strada », sussurrò Ann. Li guardò in faccia, cosa che non aveva potuto fare nel buio del laboratorio di Heiland. « Soci del nostro amico di Tijuana, immagino. »

« Devono essere stati loro a entrare nell'ufficio di Heiland a Del Mar. Non so come, hanno localizzato lo chalet anche senza avere l'indirizzo. Forse grazie alle foto. » Guardò di nuovo lo spettacolo macabro nella macchina, mentre l'auto della sicurezza si fermava vicino a loro. « Spero che ne sia valsa la pena. »

Ann zoppicò fino al retro della macchina e aprì il bagagliaio. Dentro c'era il cestino contenente i computer e il diario di Heiland. Rivolse a Pitt uno sguardo di cupa soddisfazione. « Sì. »

SECONDA PARTE

Terre rare

La *Fortitude* lascia le Hawaii

26

Il carrello del Gulfstream toccò la pista con un sussulto che risvegliò Ann. Esausta dopo le emozioni degli ultimi giorni, aveva dormito fin dal decollo nell'Idaho. Sbadigliò e guardò Pitt, seduto al di là del corridoio, perso nella lettura di un romanzo di Jeff Edwards.

« Finalmente a casa », disse lei.

Pitt alzò gli occhi e sorrise. Poi guardò il cielo grigio della sera sopra il Reagan International Airport. « Cominciavo a temere che non saremmo più tornati. »

Aveva passato buona parte della mattinata sotto interrogatorio da parte della US Navy, dell'FBI e delle autorità locali dell'Idaho, per spiegare l'incidente fatale della notte prima. Ove possibile, Ann aveva risposto lei stessa alle domande, riuscendo alla fine a far rilasciare Pitt e a farsi consegnare i progetti di Heiland recuperati dall'automobile distrutta.

Il Gulfstream rullò sulla pista, superando i terminal dell'aviazione commerciale, diretto a un hangar riservato agli aerei di proprietà del governo. Apparve una Ford Taurus azzurra che si fermò accanto al jet appena gli addetti ne ebbero bloccato il carrello. Dan Fowler scese dalla macchina e attese che si aprisse il portello, battendo un piede sull'asfalto e guardando l'orologio. Poi salì di corsa la scaletta per aiutare Ann a scendere, prendendola per mano.

« Tutto okay? » le chiese.

« Dan, non mi aspettavo di vederti qui. Siamo un po' stanchi tutti e due, ma stiamo bene. »

« Ho pensato che avresti avuto bisogno di un passaggio sino a casa. »

Pitt apparve dietro Ann, porgendole un nuovo paio di stampelle.

Fowler gli tese la destra. «Felice di rivederti, Dirk.»

«Dopo gli ultimi due giorni, non sono sicuro di poter dire altrettanto», replicò Pitt, stringendogli la mano.

Fowler notò che zoppicava anche lui. «Sei stato ferito?»

«Un proiettile di striscio al polpaccio. Mi è andata meglio che ad Ann.»

«Non so dirti quanto mi dispiace. Ovviamente non avevamo idea dei pericoli che avreste dovuto affrontare. Abbiamo solo supposto che qualcuno avrebbe potuto cercare di impadronirsi delle ricerche di Heiland dopo la sua scomparsa. Ma non immaginavamo la serietà della minaccia.»

«Delle *minacce*», precisò Ann. «Per fortuna alla fine non hanno avuto seguito.»

Fowler le rivolse un'occhiata ansiosa. «Hai tu i progetti di Heiland?»

Pitt rientrò nell'aereo e tornò con il cestino contenente i due computer portatili e i documenti. «È tutto qui.»

Fowler si mostrò sollevato. Tornò alla macchina e aprì il bagagliaio. Pitt lo seguì e sistemò il materiale all'interno, rivolgendo un'occhiata severa al direttore della sicurezza.

«Forse non lo sai», disse Fowler, «ma qui dentro c'è una tecnologia navale che non ha prezzo.»

«Allora perché non sei venuto con una scorta armata, per sicurezza? C'è gente pronta a uccidere per questi dati.»

«Non preoccuparti. Li porto in una stanza sicura nei sotterranei del quartier generale della DARPA. Subito dopo aver accompagnato a casa Ann.»

Pitt tornò a bordo a prendere la borsa della donna e mise anche quella nel bagagliaio.

«Posso dare un passaggio anche a te?» gli chiese Fowler.

«No, grazie. Abito poco lontano da qui e, dopo essere rimasto seduto per ore, due passi mi faranno bene.» Si voltò a salutare Ann. «Buona fortuna per le tue indagini.»

Lei gli mise le braccia al collo e lo strinse forte, dandogli un bacio sulla guancia. «Grazie», mormorò.

«Stai attenta, con quella caviglia.» Pitt l'aiutò a salire in macchina e le fece un cenno di saluto mentre la Ford svaniva nella sera.

La gamba sinistra gli faceva ancora male per la ferita, così come lo stinco destro a causa della collisione in Cile. Si fermò, tirò un profondo respiro nell'aria fresca dopo una pioggia recente. Si mise in spalla la sacca che costituiva il suo bagaglio e si incamminò sull'asfalto, sciogliendo i muscoli delle gambe.

Udì il sibilo dei motori dalle piste mentre passava davanti a una serie di hangar privati, diretto a una zona poco usata dell'aeroporto. Attraversò un prato incolto e arrivò a un hangar isolato, che sembrava in disarmo da cinquant'anni. La struttura era rivestita da piante rampicanti e per il resto coperta in egual misura da ruggine e polvere. Sotto il cornicione della tettoia, una fila di finestre mostrava una linea continua di crepe, con schegge di vetro sparse a terra vicino a un bidone ammaccato dei rifiuti. Solo un occhio esperto, da vicino, si sarebbe accorto che l'apparenza decadente serviva solo a ingannare eventuali passanti.

Pitt andò a una porta laterale illuminata da una lampadina giallastra e premette un interruttore elettrico industriale. Sulla parete scattò uno sportello che nascondeva una tastiera. Lui digitò il codice, disattivando l'allarme e aprendo la porta.

Premette un altro interruttore all'interno e fu accolto da una flotta di rilucenti auto d'epoca che occupava l'intero hangar. Le cromature tirate a lustro brillavano alla luce artificiale. Era il culmine di una passione durata tutta la vita per quanto di più bello e veloce esistesse nel campo del design automobilistico: Pitt aveva raccolto una collezione eclettica che andava dall'alba del ventesimo secolo sino alla fine degli anni Cinquanta. A completare l'impressione di trovarsi in un museo contribuiva un aereo trimotore Ford, collocato a fianco di un vagone ferroviario completamente restaurato, che i suoi figli ormai adulti usavano ogni tanto come alloggio temporaneo.

Pitt attraversò l'hangar, accarezzando il paraurti di una Packard Speedster 8 Runabout del 1930, parcheggiata vicino a un piano di lavoro, con il lato destro del cofano sollevato. Salì una scala a chiocciola fino al piano superiore, dove abitava con Loren.

Buttò la sacca su una sedia, prese dal frigorifero una birra Shiner Bock e lesse il biglietto sullo sportello del congelatore.

Dirk,

sono al mio appartamento di Georgetown fino al tuo ritorno. Troppi fantasmi automobilistici qui dentro! Le udienze del comitato si protraggono e probabilmente mi tratterranno in Campidoglio fino a tardi.

Mi manchi.

Tanti baci,

Loren

Quando ebbe finito la birra, Pitt tornò al piano di sotto. C'era qualcosa che lo tormentava sul caso Heiland, ma non avrebbe saputo dire che cosa Ripensava agli ultimi avvenimenti, senza trovare nulla. Perciò indossò una vecchia tuta e andò alla Packard. Con attenta devozione cominciò a smontare il carburatore. Dopo averlo revisionato da cima a fondo, in un'ora o poco più, seppe esattamente che cosa lo disturbava.

27

« È una buona idea arruolare Pitt », commentò Fowler, mentre lasciavano l'aeroporto.

« È un uomo pieno di risorse. » Ann guardò fuori dalla finestra e considerò le impressioni che ne aveva tratto. « Mi ha salvato la vita due volte. »

« Ha fama di saper evitare i disastri. Sono sicuro che di lui ci si possa fidare. Ma, giusto per sapere, è al corrente del lavoro di Heiland e delle sue potenzialità? »

« Solo l'idea di base. Non ha insistito perché gli dicessi altro. Era preoccupato soprattutto per la sicurezza della sua nave e dell'equipaggio. » Ann si chinò a massaggiarsi la caviglia. « Avremmo dovuto informarlo fin dall'inizio. »

« Impossibile. Tom Cerny è stato categorico: qualsiasi discussione sulla tecnologia era off-limits. La tenacia di quelli che cercano di impadronirsene ha colto tutti di sorpresa. » Oltrepassati i cancelli dell'aeroporto, si fermò a un semaforo rosso. « Abiti ad Alexandria, giusto? »

« Sì, dalle parti di Old Town, vicino a King Street. Ti basta prendere la Jefferson Davis Highway. »

Fowler annuì e svoltò in direzione sud.

« Novità dall'FBI, mentre eravamo in volo? » chiese Ann.

« Ancora no. Ci vorranno giorni prima che le agenzie messicane ci dicano qualcosa. E probabilmente ne sai più tu di me dei due uomini in nero dell'Idaho. »

« Sembravano latinoamericani. Se hanno a che fare con quelli di Tijuana, potrebbero essere operativi dell'America centrale o meridionale. »

« Mercenari venezuelani? »

« Può essere. Di certo non mancano le potenze mondiali a

cui farebbe comodo questa tecnologia. Cina e Russia sono in cima alla lista. Potrebbero servirsi di qualche intermediario.»

«E non scordarti l'Iran.» Fowler accelerò per prendere al volo un semaforo giallo. Svoltò in King Street, il viale che tagliava in due Alexandria.

«In ogni caso erano molto aggressivi. E ben informati.»

«Sì, da quanto mi dici hanno mostrato una bella audacia.»

«Pensi anche tu quello che penso io?» chiese Ann.

«Cioè?» Fowler girò in una strada laterale.

«Aiuto dall'interno. Dev'esserci una fuga di notizie, forse anche ad alto livello.»

«Probabile. Ma sai quante informazioni segrete finiscono sui giornali. Per qualcuno potrebbe non essere stato difficile intuire che Heiland stesse lavorando a qualcosa di importante. Dato che non operava in un ambiente a elevata sicurezza, è diventato un bersaglio facile.»

«Forse hai ragione.» Ann indicò la strada. «Sono più avanti, sulla destra, dopo la grande quercia.»

Fowler vide uno spazio libero sul bordo del marciapiede e si fermò dietro una berlina Chrysler 300 con il motore acceso e le luci spente.

«Perché non ti prendi un giorno libero domani?» chiese Fowler. «Sei stata in tensione per quarantott'ore, ti farebbe bene un po' di riposo.»

«Grazie, ma non ce la farei a starmene tranquilla. Devo scoprire chi è quella gente.»

Fowler spense il motore e Ann scese dalla Ford. Mentre si chinava a prendere le stampelle, qualcuno l'assalì alle spalle. Riuscì appena a intravedere il suo aggressore – maschio, nero, alto – che la strinse con le braccia e la trascinò su un prato. Un attimo dopo l'uomo le teneva un ginocchio premuto sul coccige e con una mano grossa come un badile le schiacciava la faccia sull'erba. Lei cercò di ribellarsi, ma si arrese quando sentì la canna di una pistola sulla nuca.

«Non respirare nemmeno.»

Udì un urlo di Fowler, seguito dai tonfi sordi di un corpo preso a pugni. Poi, dopo qualche secondo, il tintinnio di un mazzo di chiavi e il bagagliaio della Ford che veniva aperto. Con la coda dell'occhio, Ann vide un secondo uomo che caricava qualcosa sul sedile posteriore della Chrysler.

Il tizio che la immobilizzava le avvicinò la bocca a un orecchio. «Adesso fai la brava e non ti muovere per cinque minuti», sussurrò, facendole sentire il suo alito cattivo, «altrimenti il vecchio Clarence dovrà tornare indietro e farti male.» Poi si alzò, andò alla Chrysler e si sedette dal lato del passeggero.

Con le ruote posteriori che stridevano sull'asfalto, l'auto partì a tutta velocità. Ann alzò la testa per leggere la targa, ma vide che era stata coperta con una striscia di nastro adesivo. Professionisti, pensò. Avrebbero tolto il nastro qualche isolato più in là, per poi confondersi in mezzo al traffico, guidando ben al di sotto del limite di velocità.

Ann scattò in piedi e zoppicò fino all'altro lato della Ford Taurus, dove trovò Fowler disteso a faccia in giù vicino alla ruota. «Dan!» gridò lei, inginocchiandoglisi accanto.

Lui aprì a fatica gli occhi e si mise a sedere. «Sto bene.» Si massaggiò il mento. «Non me l'aspettavo.» Mise a fuoco Ann. «Ti hanno fatto del male?»

«No, tutto a posto. Ma non è stata un'aggressione casuale.» Ann accennò con la testa al bagagliaio.

«No! I progetti!» esclamò Fowler, cercando di alzarsi. Sorreggendosi a vicenda, andarono a guardare nel bagagliaio.

A parte la borsa da viaggio di Ann, non era rimasto altro.

28

Al servizio funebre per Joe Eberson assistette una nutrita rappresentanza dei suoi colleghi scienziati della DARPA, molti dei quali si alternarono sul podio per esprimere la propria stima nei suoi confronti. Seduta su una panca a metà della chiesa, Ann si sentiva a disagio. Si era occupata di Eberson solo dopo la sua morte, ma era chiaro che da vivo era un uomo rispettato e questo aumentò la sua determinazione a scoprirne l'assassino.

Fowler le sedeva accanto, con un cerotto sul mento a ricordo dell'aggressione della sera precedente. L'ambulanza e la polizia di Alexandria erano accorsi rapidamente alla chiamata presso l'indirizzo di Ann. Erano entrambi pressoché indenni, ma il punto dolente era che le autorità non avevano alcuna pista. Ann aveva avvisato i funzionari federali del furto e la Chrysler usata per la fuga era stata segnalata a tutte le forze dell'ordine nell'area di Washington e dell'hinterland. Al mattino era stata ritrovata nel parcheggio di un negozio di alimentari. Risultava rubata il giorno prima e ripulita di qualsiasi impronta digitale, oltre che del materiale di Heiland. Una squadra speciale dell'FBI era stata incaricata dell'indagine, ma non disponeva di molto elementi.

« Vorrei fare le condoglianze alla famiglia di Joe », disse Fowler, alla fine della cerimonia. « Ci vediamo alla mia macchina? »

Ann assentì, grata che si fosse offerto di accompagnarla. Quando salirono in macchina, poco più tardi, lei fece qualche osservazione sulla popolarità di Eberson.

« Era in questo settore da molti anni », replicò Fowler. « Aveva moltissimi amici. E anche qualche nemico. »

« Di che genere? »

« Professionale. Di norma un progetto di ricerca della DARPA viene suddiviso tra diverse compagnie e università. Poi noi tiriamo le somme... e ci prendiamo tutti i meriti. A volte chi fa le vere scoperte passa inosservato.» Si voltò verso di lei. «Ma non è stato qualche ricercatore a fare fuori Eberson e Heiland, se è questo che intendi.»

«Giusto per essere sicura. Ne abbiamo già parlato, ma voglio chiedertelo di nuovo: che possibilità ci sono di fughe di notizie dalla DARPA?»

Fowler si accigliò. «Tutto è possibile, ma non è questo il caso. Il programma *Sea Arrow* è in mano a una squadra piuttosto ristretta. Buona parte del lavoro è all'esterno. Ed è qui che secondo me corriamo più rischi: con i subappaltatori. Certo, al cantiere c'è gente che sa molte cose e quello è uno dei luoghi in cui dobbiamo stare più attenti.»

«Sì, è per questo che l'NCIS ha già assegnato una squadra a Groton.»

«Potrebbe non voler dire niente», aggiunse Fowler, «ma trovo curioso che Heiland ed Eberson siamo stati uccisi poco dopo che il presidente ha fatto visita al cantiere. Io non ero presente, ma ho esaminato la lista di sicurezza.»

«Stai insinuando che potrebbe esserci di mezzo qualcuno alla casa Bianca?»

«Non direttamente. Ma sai che la Casa Bianca è un colabrodo. Anche se questa amministrazione è meglio di altre, non mi sorprenderei se proprio da lì i dettagli del *Sea Arrow* fossero arrivati alle persone sbagliate.»

«Mi puoi dare la lista delle persone autorizzate?» chiese Ann.

«Certo. Ce l'ho in ufficio. Se non hai già abbastanza carne al fuoco.»

«A questo punto dobbiamo gettare una rete molto larga. Vorrei verificare i casi di furti di informazioni tecnologiche di natura analoga avvenuti di recente. Hai mai avuto a che fare con qualche caso di spionaggio da parte di potenze straniere?»

«Non da quando sono alla DARPA. Ci occupiamo soprattutto di hard disk perduti e cose simili. Ma sono lì solo da un anno. Quando ero all'Army Research Laboratory avevamo sospetti su possibili spie, sia cinesi sia israeliane, ma non abbiamo mai trovato le prove.»

«In questo caso la manovalanza sembra un po' diversa da quella tipica delle operazioni di spionaggio», notò Ann.

«Sì. Ma non si può mai sapere chi paga il conto.»

«È vero. Hai idea dell'impatto che tutto questo può avere sul programma *Sea Arrow*?»

«Non ne capisco a sufficienza sul piano tecnologico, ma tutto ruotava intorno al modello di supercavitazione di Heiland, che avrebbe trasformato completamente le capacità del *Sea Arrow*. Ora che le ricerche originali sono andate perdute, il programma potrebbe tardare di parecchi anni. Nessuno si illude di poter duplicare il lavoro di Heiland senza avere in mano i suoi progetti.»

«Non posso credere che siano riusciti a derubarci ad Alexandria. Come facevano a saperlo?»

«Non saprei. Forse qualcuno ti seguiva da dopo i fatti di Tijuana. Dovrei pensare che ci fosse un terzo uomo nell'Idaho, qualcuno che teneva d'occhio la situazione e, non so in che modo, ha organizzato un'aggressione tempestiva.» Fowler guardò Ann, preoccupato. «Forse faresti bene ad andare in albergo per qualche giorno, tanto per stare tranquilli.»

«No, va bene», disse lei. Non era la propria sicurezza a preoccuparla.

«Be', contatterò la polizia di Alexandria, perché mettano casa tua nel loro giro di pattuglia.» Fowler si massaggiò il mento incerottato. «Vorrei farla pagare a quella gente.»

Entrò nel parcheggio del quartier generale della DARPA, nel centro di Arlington. Ann preferiva lavorare lì, dove aveva requisito un piccolo ufficio senza finestre accanto a quello di Fowler, anziché alla sede dell'NCIS sull'altro lato del fiume, ad Anacostia. Con il suo computer portatile, poteva accedere agli stessi database investigativi, mentre manteneva contatti diretti con la squadra della DARPA impegnata sul *Sea Arrow*.

Quando arrivò alla sua scrivania, si sentiva quasi galvanizzata. A parte l'importanza dal punto di vista della sicurezza nazionale, quel caso era diventato una questione che la riguardava personalmente. Si liberò delle tensioni fisiche ed emotive dei giorni precedenti, ben motivata a setacciare gli indizi e a scoprire chi ci fosse dietro i furti e gli omicidi.

La sua prima chiamata fu all'ufficio di San Diego dell'FBI, dove un agente di nome Wyatt si occupava dell'indagine locale. «Avete avuto notizie dal Messico?» domandò.

«Qualcuna», rispose l'agente. «I due maschi deceduti a Tijuana, entrambi sulla trentina, non erano cittadini messicani. Sui loro corpi sono stati trovati passaporti colombiani. Posso darle i nomi, ma con tutta probabilità sono falsi. Abbiamo controllato tramite il dipartimento di Stato a Bogotà ed entrambi i nomi hanno avuto risposta negativa dal governo della Colombia.»

«Falsi anche i passaporti?»

«Sì, contraffazioni di alta qualità. Abbiamo verificato le impronte, ma non risulta nessuna corrispondenza con i database né dell'FBI né dell'Interpol. Tirando a indovinare, si tratta di mano d'opera di basso livello. Le autorità di frontiera confermano che sono entrati negli Stati Uniti qualche settimana fa, insieme ad altri tre uomini. Hanno passato il confine a Tijuana con visti temporanei.»

«Qualcuno di questi si chiama Pablo?»

«No, niente del genere.»

«E per quanto riguarda il pickup e il cabinato?»

«Il pickup è stato comprato di recente a Tijuana, di seconda mano, pagato in contanti e registrato a nome di uno dei colombiani, che ha dato come indirizzo quello di un chiosco di *tacos* sulla spiaggia di Rosarito. Quanto alla barca, temo che i messicani non abbiano trovato niente.»

«Abbiamo qualcosa sulle loro attività negli Stati Uniti?»

«Stiamo ancora indagando. La cosa interessante è che cinque uomini hanno passato il confine, ma solo tre sono tornati indietro. Abbiamo seguito le sue indicazioni su una possibile intrusione alla sede della compagnia di Heiland. I video della sorveglianza mostrano che un guardiano è entrato nel suo ufficio fuori orario. Sembra corrispondere alla foto sul passaporto di uno dei colombiani.»

« Wyatt, le suggerisco di chiamare i suoi colleghi di Spokane quando abbiamo finito. Due uomini sono rimasti uccisi a Bayview, Idaho, dopo essere penetrati nella casa di Heiland sul lago. Scommetterei un mese di stipendio che sono i due uomini che mancano all'appello. »

« E un bonus se uno dei due è il guardiano? Di sicuro questa gente è dappertutto. »

« Proprio vero. C'è altro? »

« Un esperto di esplosivi ha esaminato la barca di Heiland. Conferma che vi è stata collocata una carica di plastico a bassa intensità, fatta detonare meccanicamente. I cavi dovevano essere stati preparati da tempo. »

« Quindi è stato proprio Heiland a far esplodere la barca », concluse Ann. Pitt aveva ragione, dopotutto. « Qualche idea del perché? »

« Forse si è reso conto del pericolo, o forse voleva proteggere a ogni costo il suo lavoro. Era qualcosa per cui vale la pena di uccidere? »

« Sembra di sì. »

« C'è un altro mistero in questa storia. »

« Cioè? »

« Il referto dell'autopsia di Eberson. Secondo le condizioni del cadavere e la sua posizione sul fondo della barca, riteniamo che non sia rimasto ucciso nell'esplosione. »

« Aveva i piedi intrappolati in un cavo », rammentò Ann. « Forse ha ceduto al panico perché non riusciva a liberarsi e alla fine è annegato. »

« Secondo il medico legale, era già morto prima di finire sott'acqua. »

« Gli hanno sparato? »

« No... » Wyatt stava cercando la descrizione precisa. « Il decesso è attribuito al trauma per le gravi ustioni riscontrate sulla sua pelle. »

Ann aveva notato le mani orribilmente annerite del cadavere, ma aveva presunto che fosse un effetto dell'immersione a grande profondità. « Perché secondo il medico non è stato ucciso dall'esplosione? »

« Perché le ustioni superficiali non sono quelle tipiche di una vittima di incendio. Ed erano estese al di sotto della pelle. In altre parole, era cotto dentro. »

Ann scosse il capo. « Cotto *dentro*? »

« Il danno è imputabile a un'intensa irradiazione da microonde. »

Ann rimase senza parole. Stava cercando di capire il senso del referto.

« Può avere a che fare con le attrezzature che Heiland stava collaudando? »

« Non ne ho idea. Erano ancora chiuse nella cassa. »

« Capisco. Anche qui siamo tutti perplessi. Le mando il referto, poi ne riparleremo. »

« Grazie, Wyatt. E mi faccia sapere se arrivano altre notizie dal Messico. »

Le circostanze della morte di Eberson erano un colpo di scena imprevisto e incomprensibile. Se la banda di Pablo lo voleva morto, perché non spararargli, semplicemente? E che cosa poteva avere provocato l'irradiazione da microonde?

Prima ancora che lo facesse Wyatt, Ann chiamò l'FBI a Spokane ed ebbe conferma di ciò che aveva immaginato: anche i due uomini uccisi a Bayview avevano indosso passaporti colombiani. Erano arrivati in Idaho noleggiando un aereo privato, il che spiegava come avessero fatto a portarsi le armi. La compagnia di charter era al momento sotto indagine, ma sembrava non avere alcun collegamento con i colombiani.

Ann aprì il suo computer e cominciò a esaminare i database delle varie agenzie, in cerca di attività criminali negli Stati Uniti attribuite a cittadini colombiani. Nel sistema del National Crime Information Center raccolse una lista di soggetti finiti sotto processo negli ultimi cinque anni. A parte alcuni omicidi sparsi e una rapina a una banca, la maggior parte dei reati erano connessi al traffico di droga, con le maggiori concentrazioni a Miami e New York. Nemmeno una ricerca sul Guardian Threat Tracking System dell'FBI portò alla luce collegamenti significativi. Finché l'FBI non fosse riuscita a completare i test del DNA sui cadaveri nell'Idaho, sarebbe stato come dare la caccia ai fantasmi. Perciò Ann si concentrò su un'altra questione: le potenziali fughe di notizie.

Fowler le aveva fornito i profili dettagliati di quindici tra scienziati e amministratori della DARPA assegnati al progetto *Sea Arrow*. Ann trascorse le ore successive a sfogliare i dossier, con un occhio di riguardo per le tre D della sovversione nonideologica: debiti, droga, divorzio. Prese nota che doveva chiedere a Fowler di fare un controllo su una fisica che in quel periodo stava affrontando un divorzio piuttosto complesso, così come su un ingegnere di grado inferiore che di recente aveva acquistato una Corvette nuova. Ma, a un primo esame, nessuno dei dipendenti dell'agenzia sembrava rappresentare un rischio per la sicurezza.

«Hai un momento?» le chiese Fowler, affacciandosi sulla soglia. Entrò e depose un pesante fascicolo sulla scrivania di Ann. «Qui ci sono i dossier sul personale dei subappaltatori della DARPA che hanno a che fare con il *Sea Arrow*. Groton sta controllando i suoi e anche l'Office of Naval Research ha i propri.»

«Di quanti parliamo?»

«Otto compagnie private, senza contare quella di Heiland, più tre programmi universitari di ricerca.»

«Abbastanza da tenerci impegnati per un po'. Grazie, Dan. Puoi farmi un altro favore?»

«Dimmi pure.»

«Puoi indicarmi gli spostamenti dei membri della squadra DARPA assegnata al progetto *Sea Arrow*? Voglio sapere se qualcuno di loro è andato in viaggio in uno dei punti caldi: Estremo Oriente, Russia, Medio Oriente.»

«Nessun problema. A proposito, ho anche la lista di sicurezza della visita del presidente al cantiere navale di Groton, qualche settimana fa.» Le consegnò un foglio, che Ann appoggiò su un lato della scrivania. «Ti va di mangiare qualcosa?»

«No, sto bene così», rispose lei, aprendo il fascicolo dei subappaltatori. «Grazie per i dossier.»

Mentre cominciava a esaminare gli incartamenti, capì che i legami tra le varie compagnie coinvolte e quella di Heiland erano solo marginali. Per la maggior parte, le ricerche degli altri subappaltatori riguardavano la progettazione dello scafo o i sistemi elettronici di bordo, con interazioni minime o nulle con il sistema di supercavitazione di Heiland. Il lavoro di quest'ultimo passava principalmente attraverso Eberson.

Ann si alzò e si stirò i muscoli, prima di prendere in esame la lista dei presenti alla visita del presidente a Groton. C'erano solo sette nomi, quattro della casa Bianca e tre del Pentagono. Saltava subito all'occhio quello di Tom Cerny. Chiamò un collega dell'NCIS e, ispirandosi solo a quanto le aveva detto Fowler, gli dettò i nomi, richiedendo un controllo online del curriculum di ciascuno. I risultati le sarebbero arrivati via e-mail.

Cominciò a riflettere sugli elementi insoliti del caso Heiland. Era raro che il furto di segreti industriali o militari arrivasse a implicare l'omicidio. Eppure Heiland, Eberson e Manny erano morti a causa del loro lavoro sul *Sea Arrow*. E per poco lei stessa e Pitt non si erano aggiunti all'elenco delle vittime. Solo un numero limitato di nazioni incontrollabili avrebbero corso il rischio di agire in modo così aggressivo. Ma poteva capitare anche ad altre, se si servivano di intermediari. Di certo il governo colombiano non era in competizione con gli Stati Uniti in materia di armamenti, dunque era chiaro che i ladri lavoravano per qualcun altro. Ma chi?

Ann si mise a studiare altri casi di spionaggio in territorio statunitense, cercando uno schema comune. Lasciò perdere terroristi o hacker e trovò varie vicende riguardanti segreti diplomatici o politici, a seguito delle quali erano stati arrestati individui o gruppi al servizio dei vecchi antagonisti: Mosca, Pechino, L'Avana. Di maggiore interesse era un certo numero di episodi di agenti cinesi che avevano sottratto tecnologia militare o commerciale. Anche se nessuno aveva punti in comune con il caso Heiland, era chiaro che la Cina, più di qualsiasi altro paese, stava manifestando un acceso interesse nei confronti della tecnologia militare straniera.

Constatò che Pechino aveva una lunga storia di furti o imitazione delle tecnologie straniere, a partire da quella russa. Sistemi di artiglieria, missili antiaerei, persino cacciatorpediniere erano stati copiati dagli armamenti di Mosca, destando l'ira del

Cremlino. Ma i russi non erano l'unico bersaglio. Molti elementi dell'arsenale cinese mostravano una somiglianza sospetta con le loro controparti americane. Gli esperti di aviazione notavano quando il caccia stealth cinese J-20 ricordasse da vicino l'F-22 Raptor statunitense. La nazione asiatica aveva da poco annunciato l'adozione di un sistema di controllo antisommossa identico a quello impiegato dall'US Army. E si riteneva imminente un nuovo elicottero cinese che replicava l'Apache americano.

Presa dal suo lavoro, Ann si accorse che si erano quasi fatte le sei solo quando suonò il telefono. Si era data molto da fare, ma non aveva concluso granché. Sollevò il ricevitore e rispose in tono stanco, ma si riprese appena riconobbe una voce familiare.

«Ciao, Ann. Sono Dirk. Sei ancora in miniera?»

«Sì, a picconare. Tu come stai?»

«Bene. Senti, mi chiedevo se verresti a cena con me domani sera. C'è una cosa che dovremmo discutere.»

«Domani? Va benissimo. È una cosa importante?»

«Forse sì.» Pitt esitò. «Vorrei sapere se ti andrebbe di venire in crociera con me.»

29

Ann notò che diversi uomini la fissavano, mentre attraversava la sala del ristorante del Bombay Club, zoppicando solo lievemente. Indossava un vestito di lino color zafferano che le aderiva alle curve e aveva più l'aria di un'indossatrice fuori passerella che di un'investigatrice. Senza far caso agli sguardi, uscì in un patio elegante che guardava su Lafayette Park e vide subito Pitt a un tavolo d'angolo.

Lo trovò seduto accanto a una donna alta e attraente che aveva qualcosa di familiare. Con un pizzico di disagio, Ann si obbligò a sorridere mentre si avvicinava.

Pitt si alzò e la salutò calorosamente. «Niente stampelle?»

«No, per fortuna la caviglia sta migliorando.»

«Ann, ti presento mia moglie Loren.»

La donna si alzò a sua volta e abbracciò Ann con fare amichevole. «Dirk mi ha raccontato delle vostre disavventure in Messico e in Idaho. Anche se ha scordato di dire che sei molto bella», disse, senza traccia di ostilità.

Qualsiasi risentimento istintivo Ann potesse provare verso Loren svanì dopo quel complimento inatteso. «Purtroppo tutto quello che abbiamo passato non è servito a niente.» Rivolse a Pitt uno sguardo colpevole e raccontò di come lei e Fowler fossero stati derubati di tutto il materiale di Heiland.

«Non è certo una coincidenza», disse lui, inquieto.

«Direi che è un evidente caso di spionaggio», aggiunse Loren. «Dobbiamo far intervenire le massime autorità.»

«Ci sono già almeno tre squadre dell'FBI assegnate al caso», replicò Ann, «oltre alla sicurezza della DARPA e a parecchi investigatori dell'NCIS, senza contare me.» Guardò Loren e i suoi occhi si illuminarono quando la riconobbe. «Lei è la rappresentante al Congresso del Colorado.»

«Attenta, o le farai saltare la copertura», disse Pitt, ridendo.

«Mi sembrava un viso familiare», disse Ann. «Ricordo i suoi sforzi per far approvare indennità e licenze per genitori arruolati. Lei è un mito per le donne delle forze armate.»

Loren scosse la testa. «Erano solo piccole riforme che avrebbero dovuto essere messe in atto da tempo. Ma dico sul serio: se posso intervenire in favore del tuo caso presso la Homeland Security, non hai che da dirlo.»

«Grazie. Abbiamo il sostegno del vicepresidente e anche della Casa Bianca, quindi possiamo già disporre di tutte le risorse necessarie. Dobbiamo solo fare uno o due passi avanti, per capire chi sia questa gente.»

Si avvicinò un cameriere e ordinarono una portata al curry, mentre Pitt si occupava di una bottiglia di sauvignon Saint Clair della nuova Zelanda.

«Siete sposati da molto?» chiese Ann.

«No, da qualche anno», rispose Loren. «Con tutti i nostri programmi di viaggio, spesso sembriamo due navi che si incrociano nella notte...»

«Il trucco», spiegò Pitt, «è far entrare regolarmente le due navi in collisione.»

«C'è qualcuno di speciale nella tua vita?» chiese Loren ad Ann.

«No, al momento sono felicemente single.»

Arrivarono le portate, così piccanti da richiedere una seconda bottiglia di vino bianco.

«Questi gamberi al curry mi solleticano la lingua, ma non riesco a smettere di mangiarli», confessò Ann. «Sono una delizia.»

Più tardi si scusò per alzarsi e andare in bagno. Una volta che fu lontana, Loren si protese verso il marito. «Quella ragazza è attratta da te.»

«Non posso farci niente se ha buon gusto per gli uomini», rispose lui, con un sorriso.

«No, ma se ti fai venire qualche idea, ti pianto un coltellino arrugginito per il burro nella milza.»

Pitt si mise a ridere e diede un lungo bacio alla moglie.

«Non preoccuparti. Sono molto affezionato alla mia milza e vorrei conservarla com'è.»

Quando Ann tornò al tavolo, ordinarono sorbetti come dessert. Infine Pitt prese di tasca una pietra argentea e la depose sul tavolo.

«Una sola, non due?» fece Loren.

«È un souvenir del Cile», disse Pitt. «Potrebbe avere qualcosa a che fare con il caso Heiland.»

«Che cos'è di preciso?»

«Uno dei geologi della NUMA l'ha identificato come un minerale chiamato monazite. L'ho trovato su una nave abbandonata che stava per schiantarsi sulla costa di Valparaíso.»

«L'ho sentito! Hai deviato il cargo prima che speronasse una nave da crociera.»

«Più o meno. Il mistero è: cos'è successo all'equipaggio? E perché la nave è finita fuori rotta di migliaia di miglia?»

«È stata dirottata?»

«Era un mercantile e in teoria trasportava bauxite proveniente da una miniera in Australia, un carico in apparenza di scarso valore. Abbiamo scoperto che, delle cinque stive, tre trasportavano bauxite, mentre le due di poppa erano vuote.» Pitt prese in mano il minerale. «Ho trovato questo frammento di monazite vicino a una delle stive vuote.»

«Secondo te a bordo c'era monazite ed è stata rubata?»

«Proprio così.»

«E perché qualcuno dovrebbe rubare quella, invece della bauxite?» chiese Loren.

«Ho fatto analizzare il campione. I risultati sono molto interessanti. Questa particolare monazite contiene una concentrazione elevata di neodimio e lantanio.»

La moglie di Pitt sorrise. «Sembrano nomi di malattie.»

«Sono due dei diciassette elementi conosciuti come terre rare, metalli molto richiesti a scopo industriale.»

«Ma certo!» commentò Loren. «C'è stata un'udienza in Congresso sulle scorte limitate di terre rare. Sono usate in prodotti high-tech, come i veicoli ibridi e le turbine a vento.»

«E alcune tecnologie fondamentali in campo militare», aggiunse Pitt.

«Se non ricordo male», continuò sua moglie, «la Cina è il produttore numero uno di terre rare. In effetti le miniere nel resto del mondo si contano sulla punta delle dita.»

«Russia, India, Australia e la nostra miniera in California coprono il resto della produzione mondiale», confermò lui.

Ann scosse la testa. «Non vedo però che cosa c'entri questo minerale con il caso Heiland.»

«Niente, in apparenza», ribatté Pitt, «se non fosse per due coincidenze interessanti. La prima è quel pezzo di monazite che hai in mano. Si dà il caso che contenga neodimio, un elemento chiave per i propulsori del *Sea Arrow*.»

«E tu come fai a saperlo?» fece Ann.

«Il direttore dei miei sistemi informatici alla NUMA ha scoperto che molte terre rare sono componenti critici della propulsione del nuovo cacciatorpediniere classe Zumwalt della US Navy. Ulteriori indagini e un po' di intuito ci hanno portati a concludere che sia ancora più determinante per i motori elettrici del *Sea Arrow*.»

«Questo dovrei verificarlo, ma non dubito che sia vero», disse Ann. «Però ancora non vedo un legame significativo.»

«Può darsi che non ci sia. Eppure c'è un'altra coincidenza: lo scienziato della DARPA ucciso sul *Cuttlefish*, Joe Eberson. Scommetto che non è morto annegato, ma è stato vittima di una dose intensa di radiazioni elettromagnetiche.»

Ad Ann caddero la pietra e, subito dopo, la mascella. «E a te chi l'ha detto? Ho appena ricevuto il referto dell'autopsia che dice esattamente questo.»

«Ci siamo arrivati dalle condizioni di Eberson. Aveva le estremità rigonfie e la pelle annerita e coperta di vesciche. Il gonfiore non è insolito in un annegato, ma la pelle annerita era precedente. A bordo della nave abbandonata, in Cile, abbiamo trovato un marinaio morto che mostrava le stesse caratteristiche. Le autorità locali hanno stabilito che è morto per danni termici conseguenti a irradiazione di microonde.»

«La stessa causa», osservò Ann. «Il medico legale che ha esaminato Eberson non è riuscito a identificare una possibile fonte delle radiazioni. Come possono essere morti in quel modo?»

«A parte addormentarsi su una parabolica a microonde, è difficile a dirsi. Ho chiesto a molti miei scienziati e siamo giunti a una teoria debole ma plausibile.»

«Vorrei sentirla.»

«Negli ultimi anni sono stati adottati alcuni congegni per il controllo antisommossa che utilizzano radiazioni a microonde allo scopo di provocare lievi ustioni alla pelle. Il nostro esercito dispone del cosiddetto 'sistema di difesa attiva', spesso chiamato 'raggio del dolore'. Non è letale, ma ci risulta che, con semplici modifiche, potrebbe diventarlo.»

«E potrebbe essere utilizzato in mare?» domandò Loren.

«Di solito è montato su un camion e non sarebbe difficile portarlo sul ponte di una nave. L'apparecchio agisce nel raggio di settecento metri. L'equipaggio sulla nave sarebbe avvertito, chiunque si trovasse sul ponte o vicino a un oblò, per esempio sul ponte di comando, resterebbe esposto. Una versione potenziata potrebbe persino danneggiare i sistemi di comunicazione. Oppure potrebbe essere utilizzato contro una grande nave per dare copertura a un arrembaggio.»

«E secondo te qualcosa di simile è stato usato sul cargo e sul *Cuttlefish*?» chiese Ann.

«Potrebbe essere servito a mettere fuori combattimento l'equipaggio della *Tasmanian Star* per rubare la monazite. Poi sul *Cuttlefish* con l'intenzione di portare via il prototipo di Heiland.»

«E ci sarebbero riusciti, se Heiland non avesse fatto esplodere la barca. Qualche indizio sulla nave usata per l'attacco?»

«Stiamo indagando, ma ancora non abbiamo trovato niente.»

«Allora questo non ci porta più vicini a identificare i responsabili.»

Pitt la guardò con l'aria di chi la sa lunga. «Al contrario. Intendo scoprirlo entro questa settimana.»

«Ma non hai idea di dove trovarli», obiettò Loren.

«In realtà voglio che siano loro a trovare me. Come il formaggio per attirare un topo in trappola. Solo con la monazite al posto del formaggio.» Pitt prese dalla tasca della giacca una carta geografica mondiale, che dispiegò sul tavolo. «Hiram Yaeger e io volevamo capirne di più sul dirottamento della *Tasmanian Star*, per cui abbiamo condotto una ricerca sulle navi affondate o scomparse nel corso degli ultimi tre anni. I registri delle assicurazioni mostrano che almeno dodici mercantili sono spariti nel nulla con i loro equipaggi. Di questi, ben dieci trasportavano terre rare o i relativi minerali grezzi.» Indicò un punto sulla carta. «Sette di queste navi sono sparite al largo del Sudafrica, le altre nel Pacifico orientale.»

Ann notò che sulla carta erano indicate le ultime posizioni conosciute delle varie navi. Alcune di queste erano vicine a un piccolo atollo chiamato Clipperton Island. «Perché le compagnie di assicurazione non hanno indagato?»

«Molte di queste navi erano vecchie, appartenevano a diverse società e probabilmente erano sottoassicurate attraverso vari operatori. Posso solo tirare a indovinare, ma è probabile che nessuna compagnia abbia subito danni così rilevanti da far caso agli elementi in comune tra i singoli episodi.»

«Ma perché qualcuno dovrebbe prendersi la briga di affondare o dirottare le navi, quando potrebbe acquistare i minerali sul mercato?»

Pitt si strinse nelle spalle. «Le risorse a livello globale sono limitate. Forse qualcuno sta cercando di controllare le scorte e manipolare il mercato.»

«E il tuo piano è scoprire chi è?» chiese Ann.

Pitt indicò la monazite. «Questo campione proviene dalla miniera di Mount Weld, nell'Australia occidentale, temporaneamente chiusa per espandere la produzione. Abbiamo scoperto che l'ultimo carico da esportare è stato imbarcato la settimana scorsa su una nave diretta a Long Beach.»

«E prevedi che sarà assaltata?» chiese Loren.

«Percorre la stessa rotta su cui sono scomparse altre due navi e sulla quale è avvenuto l'attacco alla *Tasmanian Star*. È l'ultima consegna di terre rare dall'Australia per almeno sei mesi. A naso, direi che sia un ottimo bersaglio.»

«Sarebbe questa la crociera a cui mi hai invitato?» disse Ann, con un luccichio nello sguardo.

Pitt annuì. «La nave è di proprietà di una compagnia il cui CEO è, per puro caso, un amico del vicepresidente Sandecker. Il quale ha preso accordi per un incontro con noi e una squadra SWAT della guardia costiera a sud delle Hawaii.»

«Basterà a proteggervi?» chiese sua moglie. I suoi occhi viola mostravano la preoccupazione.

«Non dovremo affrontare una nave da guerra. E poi sarò in contatto costante con Rudi al quartier generale, se dovessero occorrerci rinforzi.» Si rivolse ad Ann. «Dovremo partire per le Hawaii tra due giorni. Ci stai?»

Lei prese la monazite e la rigirò in una mano. «Vorrei, ma sono nel pieno delle indagini e non posso lasciarle in sospeso proprio adesso. E poi non sarei di grande aiuto a bordo.» Guardò Pitt negli occhi. «Ma ti dico una cosa. Se hai ragione, Loren e io ti aspetteremo sul molo a Long Beach.»

Pitt sorrise alle due belle donne e sollevò il bicchiere di vino. «Una vista che renderebbe felice qualsiasi marinaio.»

30

Vista dall'alto, la fitta giungla si estendeva al di là dell'orizzonte come un tappeto verde e nodoso. Solo qualche occasionale voluta di fumo o l'apparizione fugace di una baracca in una radura tradiva presenze umane al di sotto del fogliame.

Per quanto l'elicottero fosse decollato solo pochi minuti prima dall'Aeropuerto Internacional de Tocumen di Panamá, a Pablo il rumore delle turbine stava già dando sui nervi. Guardò in avanti a vide l'ampia distesa delle acque verdi del lago Gatún, formatosi durante la costruzione del canale. Erano vicini alla meta.

Il pilota portò l'apparecchio in linea con la sponda orientale del lago, vicino alla quale si trovavano parecchie grandi isole note per il loro assortimento di primati. Più in là spuntava una lunga penisola. L'elicottero diminuì la velocità mentre sorvolava un altro tratto di giungla, per poi restare sospeso sopra il centro della lingua di terra.

Pablo guardò le cime degli alberi sotto di loro. E si accorse che si muovevano. Il fenomeno non era dovuto all'aria mossa dal rotore: gli alberi si stavano letteralmente facendo da parte, aprendo uno spiazzo quadrato al centro del quale brillavano varie luci e il cerchio bianco fluorescente che indicava una zona di atterraggio.

Il pilota centrò l'elicottero sul cerchio e discese lentamente in verticale. Appena ebbe spento il motore, Pablo si strappò la cuffia e uscì dalla cabina. Una volta lontano dal rotore ancora in movimento, alzò la testa e osservò il portellone idraulico ricoperto di vegetazione che si richiudeva sopra di lui. La tettoia, costruita in una radura nella giungla, si reggeva su pilastri. Al pannello di controllo, su un lato, si vedevano due uomini armati in uniforme.

Mentre il cielo scompariva, un piccolo veicolo simile al cart di un campo da golf emerse dalla giungla circostante e si fermò a un passo da Pablo. «*El jefe* ti aspetta», annunciò il guidatore, con un vago accento svedese. Robusto, biondo, con la pelle chiara e gli occhi azzurri, sembrava fuori posto nella foresta panamense. Indossava una divisa da ufficiale di un esercito imprecisato e portava una Beretta alla fondina.

I due uomini si guardarono l'un l'altro con un misto di rispetto e disprezzo. Erano entrambi mercenari e tra loro sussisteva una tregua fredda e formale. «Buongiorno anche a te, Johansson. E, sì, ho fatto buon viaggio, grazie.»

Lo svedese premette l'acceleratore prima ancora che Pablo si fosse accomodato sul sedile. Percorsero in silenzio un sentiero lastricato nella giungla, entrando in una radura protetta dagli alberi, punteggiata di altri individui in uniforme. Alla loro destra c'era un cumulo a piramide di pietre grigie. Un gruppo di uomini vestiti di stracci sporchi e macchiati di sudore le caricavano su carrelli che poi spingevano lungo un'altra pista.

Il veicolo si inoltrò in un nuovo tratto di vegetazione molto fitta, per poi fermarsi davanti a una grossa costruzione in cemento priva di finestre. Il tetto piatto e rinforzato, tappezzato di vegetazione, lo nascondeva a eventuali sguardi dall'alto in modo ancora più realistico della pista di atterraggio. Solo un portico e due filari di palme ai due lati dell'ingresso si sforzavano di rendere accogliente la struttura.

Pablo balzò a terra. «Grazie del passaggio. Non serve tenere il motore acceso.»

«Non mi aspetterei una visita molto lunga, se fossi in te», rispose Johansson, prima di ripartire.

Mentre Pablo saliva la breve rampa di gradini fino alla porta, la brezza dal lago allentò per un istante il peso dell'afa. Una guardia gli aprì la porta e lo scortò dentro.

In netto contrasto con le pareti grigie e anonime all'esterno, l'interno della struttura era uno sfoggio di opulenza. Costruita come residenza privata, era decorata a vivaci colori tropicali, con un'intensa illuminazione dal soffitto. Mentre veniva condotto lungo un corridoio dal pavimento in marmo bianco, Pablo superò un ammezzato arredato come un salotto, con quadri di arte moderna da una parte e una piscina a sfioro chiusa da una vetrata dall'altra. Il retro della casa si trovava sul pendio di una bassa collina che scendeva verso il lago Gatún, un'ampia sezione del quale era visibile attraverso le enormi finestre che andavano dal pavimento al soffitto.

Pablo fu accompagnato fino a uno studio con vista sugli scogli sottostanti. In lontananza scorse una portacontainer che percorreva il canale in direzione sud, diretta al Pacifico. Si fermò sulla soglia, in attesa di avere l'attenzione dell'uomo seduto dietro un'antica scrivania di mogano. Edward Bolcke alzò lo sguardo da dietro gli occhiali da lettura e gli fece cenno di entrare.

A cominciare dal suo abbigliamento, con giacca e cravatta, ogni dettaglio nell'aspetto di Bolcke denotava la sua natura di uomo esigente. I capelli argentei erano pettinati alla perfezione, le unghie ben curate, le scarpe lucidissime. Il suo ufficio era arredato in modo spartano e la scrivania ordinatissima. L'uomo si tolse gli occhiali, si appoggiò allo schienale e rivolse all'ospite lo sguardo da falco dei suoi occhi castani.

Pablo si sedette di fronte alla scrivania e attese che il capo parlasse.

«Allora, cos'è andato storto a Tijuana?» domandò Bolcke, con un lieve accento tedesco.

«Sa già che Heiland ha distrutto la barca durante la nostra prima operazione, impedendoci il recupero. Prima che potessimo riorganizzarci sono arrivati gli americani, che hanno riportato il prototipo in superficie: se n'è occupata l'agenzia civile chiamata NUMA e non abbiamo avuto problemi a sottrarglielo. Solo che due dei loro sono riusciti a seguirci in Messico. C'era anche di mezzo un'investigatrice.»

«Sì, così ho sentito.»

Sorpreso dal commento di Bolcke, Pablo si schiarì la gola. «Abbiamo avuto un incidente d'auto a Tijuana, mentre stavamo andando all'aeroporto. Il prototipo è andato distrutto e Juan è rimasto ucciso. Mentre cercavamo di allontanarci ho perso anche Eduardo.»

« Un'occasione sprecata », sentenziò il capo, con gli occhi come due fessure. « Se non altro non sembrano esserci ripercussioni. »

« Tutti gli uomini con cui lavoro sono mercenari colombiani addestrati, con identità fabbricate e senza fedina penale. Nessuno può risalire a lei. »

« Meglio così, dato che anche i due della squadra che hai mandato in Idaho sono rimasti uccisi. »

Pablo si irrigidì sulla sedia. « Alteban e Rivera sono morti? »

« Sì. In un... *incidente d'auto*, dopo avere lasciato lo chalet di Heiland. » L'espressione di Bolcke era impassibile. « Ne sono responsabili l'investigatrice, una certa Ann Bennett, e il direttore della NUMA, con cui sembra che tu abbia avuto a che fare a Tijuana. Per fortuna sono riuscito a organizzare il recupero dei progetti a Washington. » Il capo aprì un cassetto della scrivania e posò una grossa busta sulla scrivania. « Un buon giorno di paga, per te: ti spetta il tuo compenso, più quello dei tuoi quattro compagni morti. »

« Non posso accettare », disse Pablo.

« No. Io pago il lavoro, non i risultati. Alla luce dell'accaduto, però, ho deciso di annullare il bonus che intendevo darti per l'ottimo lavoro alla miniera di Mountain Pass. »

Pablo annuì, lieto di poter mettere le mani sulla busta. « È sempre stato generoso. »

« Non lo sarò più, in caso di altri fallimenti. Presumo che tu sia pronto al prossimo incarico. » Intrecciò le dita sulla scrivania e fissò il mercenario, che evitò il suo sguardo e si concentrò sulle mani di Bolcke. Erano grosse, contorte, macchiate dal sole. Non erano quelle di un uomo che avesse passato la propria vita tra i consigli di amministrazione, come lasciava pensare il resto dell'aspetto del capo. Piuttosto, quelle di un uomo che aveva passato la vita a spaccare pietre.

Nato e cresciuto in Austria, Edward Bolcke aveva passato gli anni della giovinezza a esplorare le Alpi in cerca di oro e minerali rari. Era la sua valvola di sfogo, dopo che la madre era scappata con un militare americano, abbandonandolo nelle mani di un padre alcolizzato e incline alla violenza. Le escursioni in montagna gli avevano fatto nascere una passione per la geologia che lo aveva condotto a laurearsi in ingegneria mineraria all'università austriaca di Leoben.

Bolcke aveva trovato lavoro in Polonia, presso una miniera di rame, ma ben presto aveva cominciato a girare il mondo, passando a miniere di stagno in Malesia, d'oro in Indonesia, d'argento in Sudamerica. Con la sua stupefacente abilità nel localizzare le più ricche concentrazioni di minerale, ovunque andasse faceva innalzare produzione e profitti. Ma era stata la Colombia a riservargli le sorprese maggiori: Bolcke aveva acquisito la proprietà di una piccola miniera d'argento nel distretto di Tolima. La sua attenta analisi dei terreni gli aveva permesso di scoprire un deposito di platino molto più prezioso nelle vicinanze: se n'era assicurato i diritti e, una volta portata alla luce un'ingente riserva, si era arricchito nell'arco di pochi mesi. Mentre celebrava il suo colpo di fortuna a Bogotá, aveva incontrato la vivace figlia di un industriale brasiliano, che in breve tempo aveva portato all'altare.

Per diversi anni aveva condotto un'esistenza da favola, espandendo le sue ricchezze a prescindere dalle attività minerarie. Fino al giorno in cui, rientrando a casa a Bogotá, aveva sorpreso la moglie a letto con un funzionario dell'ambasciata americana. Con una furia che ignorava di possedere, aveva sfracellato il cranio dell'uomo con un martello da minatore. Poi aveva strangolato la moglie con le sue stesse mani, grosse e tozze. Una giuria colombiana, oliata dai suoi avvocati, lo aveva assolto in quanto temporaneamente incapace di intendere e di volere. Bolcke l'aveva fatta franca.

Era libero fisicamente, ma l'episodio aveva riaperto vecchie ferite dell'infanzia, a partire dal senso di abbandono, generando nuovi fantasmi; divorato da un'implacabile e inesausta sete di sangue aveva cercato vendetta, scegliendo le vittime più facili: ragazze deboli e indifese. La notte vagava per le strade di Bogotá, in cerca di giovani prostitute, su cui sfogava la sua rabbia picchiandole senza pietà. In un'occasione un protettore particolarmente attento gli aveva sparato; sfuggito per un soffio alla morte, Bolcke aveva rinunciato a sfogare la sua furia e aveva lasciato la Colombia, vendendo i suoi interessi nelle miniere.

Nel frattempo aveva investito il suo denaro in una miniera d'oro panamense, le cui rendite erano al di sotto delle loro possibilità. Anni prima aveva studiato il terreno e sapeva che non era stata gestita a dovere. Era di proprietà di una compagnia americana consociata con altri azionisti. Per poter prendere il controllo della miniera, Bolcke era stato costretto ad acquisire l'intera società. Ma, per poter portare a termine l'affare, aveva dovuto pagare una quota forfettaria al governo corrotto di Manuel Noriega. Quando quest'ultimo era stato abbattuto dall'intervento militare americano, il nuovo governo aveva reclamato la miniera e tormentato Bolcke, costretto ad arricchire i suoi avvocati per tornarne in pieno possesso. Aveva attribuito la colpa di tutto agli americani, infiammando un odio già radicato nei loro confronti.

Ironia della sorte, nel gruppo che aveva acquisito c'erano anche varie piccole imprese negli Stati Uniti: una ditta di trasporti, diverse navi di carico e un'agenzia di sicurezza privata. Ciò che era cominciata come una modesta seccatura si sarebbe rivelato una grande occasione per la sua vendetta. Ogni notte i suoi sogni erano tormentati dalla visione della moglie con il funzionario americano e dai ricordi del suo abbandono da bambino; ogni mattina si svegliava in preda alla furia. I colpevoli erano morti da tempo, ma per associazione il loro paese d'origine restava il bersaglio del suo odio, che non lo lasciava mai un istante. Anziché abbandonarsi a una violenza casuale, aveva imboccato una nuova strada. Con l'aiuto del suo talento e della sua competenza in campo minerario, aveva dato inizio a una rappresaglia sul piano economico...

Gli occhi scuri e cupi sul viso asciutto e indurito dell'austriaco sondavano il visitatore, mentre Bolcke appoggiava le mani sulla scrivania.

Pablo non smetteva di parlare. «Non muoio dalla voglia di tornare subito negli Stati Uniti. Mi era parso di capire che sarei rimasto a Panamá per settimane, prima che cominciasse la nuova fase.»

«I tempi di consegna sono cambiati e abbiamo dovuto accelerare il programma. Aspettiamo il carico tra quattro giorni. Devi tornare subito.»

Pablo non fece obiezioni. In qualità di ex membro delle forze speciali colombiane, non discuteva mai un ordine. Erano oltre dodici anni che lavorava per il vecchio austriaco, da quando era stato arruolato per sedare un tumulto fra i lavoratori della miniera di Tolima. La sua lealtà incrollabile era stata ricompensata in modo adeguato nel corso del tempo, specie da quando il suo capo aveva incrementato le proprie attività illegali. «Dovrò radunare una nuova squadra», comunicò.

«Non c'è tempo. Avrai assistenza da due contractor americani.»

«Non ci si può fidare degli aiuti esterni.»

«È un rischio che dovremo correre», tagliò corto Bolcke. «Hai perso tutta la tua squadra. Potrei darti qualcuno degli uomini di Johansson, ma non sono addestrati a svolgere il tuo lavoro. Il mio referente a Washington assicura che questi sono elementi affidabili. E poi», aggiunse, «sono riusciti dove la tua squadra ha fallito. Hanno recuperato i dati della supercavitazione.» Consegnò a Pablo una seconda busta, più piccola. «Il telefono del nostro uomo a Washington. Contattalo al tuo arrivo e lui ti organizzerà un incontro con i contractor. Tutto il resto è già organizzato, quindi dovrai solo occuparti dell'acquisizione e della consegna.»

«Sarà fatto.»

«Il jet della compagnia ti aspetta domani per il viaggio. Domande?»

«L'investigatrice e la gente della NUMA... sono ancora un problema?»

«La donna non ci preoccupa.» Bolcke si appoggiò di nuovo allo schienale, riflettendo sulla risposta. «Per quanto riguarda la NUMA, non ne sono sicuro. Forse vale la pena di tenerla sotto controllo. Me ne occuperò io. Tu procedi con il piano, io nel frattempo sarò a Pechino, in attesa della conferma.» Gli occhi dell'austriaco si fecero più scuri, mentre si protendeva in avanti. «Sto aspettando questo momento da anni e mi è costato parecchio lavoro. Tutto è pronto. Non mi deludere, Pablo.»

Il colombiano gonfiò il petto. «Non si preoccupi, *jefe*. Sarà come rubare le caramelle a un bambino.»

31

Ann arrivò di corsa in ufficio alle sette del mattino, colpita dalle ipotesi di Pitt sul legame con la nave dirottata. La sua prima visita fu al sostituto di Joe Eberson come direttore delle tecnologie marine, il dottor Roald Oswald. Lo conosceva da qualche giorno e non si stupì di trovarlo già alla scrivania, intento a preparare un rapporto sugli sviluppi dei progetti. Si affacciò sulla porta. « Posso disturbare il silenzio mattutino? »

« Ma certo, signorina Bennett. Devo dire che non mi dispiace prendermi una pausa e bere un caffè. Il ritardo nella consegna del nuovo sottomarino è deprimente. »

« Mi chiami pure Ann, la prego. Ci sarà un varo senza supercavitazione? »

« È il nostro dilemma. La perdita simultanea di Eberson e Heiland ci ha rimandati indietro di mesi, se non di anni. Le potenzialità del sottomarino sono molto ridotte, senza la supercavitazione. Ma dovrebbe valere lo stesso la pena di collaudare il sistema propulsivo, se riusciamo a completare il montaggio finale. »

« Che cosa vi trattiene? »

« Il ritardo dei materiali, mi dicono. »

« Tra questi materiali in ritardo... ci sono per caso terre rare? »

Oswald bevve un sorso di caffè e sondò Ann con i suoi occhi azzurro chiaro. « Non ho informazioni sufficienti per rispondere. In ogni caso, sì, alcune terre rare hanno un ruolo significativo nel progetto del *Sea Arrow*, specie nel sistema di propulsione, nel sonar e nell'elettronica. Perché me lo chiedi, Ann? »

« Sto valutando un possibile collegamento tra la morte del dottor Heiland e il furto di un carico di monazite con elevate concentrazioni di neodimio e lantanio. Quanto possono essere importanti per il *Sea Arrow*? »

«Molto. La nostra propulsione si basa su due motori elettrici altamente innovativi, che alimentano due idrogetti esterni, così come ogni altro sistema di bordo. Gli uni e gli altri contengono elementi di terre rare, ma soprattutto i motori.» Oswald sorseggiò il caffè. «Che utilizzano magneti permanenti a elevata intensità, consentendoci un balzo in avanti di parecchie generazioni quanto a efficienza e rendimento. I magneti sono prodotti sotto standard severissimi all'Ames National Laboratory e contengono una miscela di diverse terre rare, tra cui senz'altro il neodimio.» Esitò un istante. «Secondo noi anche il sistema di supercavitazione di Heiland si basa su alcune terre rare. Mi sa che hai colpito nel segno.»

«Perché?»

«I motori del *Sea Arrow* devono ancora essere installati. Il primo è stato appena completato presso il Naval Research Lab a Chesapeake Bay ed è pronto per essere trasportato a Groton. Il secondo è in ritardo, per un'interruzione della fornitura dei materiali. Non conosco i dettagli, ma a quanto ho capito c'è una penuria di terre rare.»

«Riesce a scoprire quali?»

«Faccio qualche telefonata e ti so dire.» Oswald si abbandonò sulla sedia, pensoso. «Joe Eberson era un amico. Andavamo a pescare in Canada tutte le estati. Era un brav'uomo. Trova chi l'ha ucciso.»

Ann assentì, solenne. «È mia intenzione.»

Era arrivata alla sua scrivania da pochi minuti quando Oswald la chiamò per fornirle una lista degli elementi la cui carenza stava ritardando i lavori del *Sea Arrow*: gadolinio, praseodimio, samario e disprosio. Ma in cima alla lista c'era il neodimio, l'elemento principale nel campione di monazite raccolto da Pitt in Cile.

Una rapida ricerca online rivelò che negli ultimi tempi i prezzi di quei materiali erano saliti alle stelle. Secondo gli analisti del mercato, gli aumenti erano dovuti a due fattori: un incendio che aveva devastato la miniera di terre rare di Mountain Pass, in California, l'unica attiva negli Stati Uniti; e, cosa di cui Ann era già al corrente, l'annuncio da parte dei proprietari di

Mount Weld in Australia che avrebbero cessato temporaneamente l'estrazione per espandere la miniera.

Mentre rifletteva, Ann aprì gli allegati di un'e-mail che le era arrivata dall'NCIS: erano i file delle biografie di tutto il personale non militare che aveva visitato il cantiere del *Sea Arrow*. Saltò per il momento quelle di chi lavorava alla DARPA o all'Office of Naval Research e controllò i nomi restanti. Sgranò gli occhi quando lesse i trascorsi dell'assistente della casa Bianca Tom Cerny. Li rilesse, prese qualche appunto e stampò tutto il file.

Fowler apparve sulla porta con una tazza di caffè in una mano e una ciambella nell'altra. «Già al lavoro così presto! Dove ti porta oggi la caccia?»

«Pacifico meridionale, pensa un po'.» Gli raccontò dei sospetti di Pitt sulla nave cargo in Cile e il suo piano di proteggere il mercantile partito dall'Australia.

«Trasporta terre rare?»

«Sì. Credo che si chiami *Adelaide*, salpata da Perth.»

«Non intenderai andarci anche tu, vero?»

«Ci ho pensato. Ma Pitt parte domani. Temo che sia un tentativo a vuoto e, francamente, ho la sensazione di fare qualche progresso qui.» Gli passò la stampata del curriculum di Tom Cerny. «Non sono ancora pronta a sostenere che la fuga di notizie arrivi dalla casa Bianca, ma dà un'occhiata ai trascorsi di Tom Cerny.»

Fowler lesse ad alta voce alcune delle note biografiche dell'assistente della Casa Bianca. «Ex ufficiale dei Berretti Verdi, opera come consigliere militare a Taiwan, Panamá e Colombia. Lascia l'esercito per andare a lavorare alla Raytheon come direttore del programma per le armi a energia diretta. Quindi passa al Campidoglio come specialista di questioni militari. Fa parte del consiglio di amministrazione di tre compagnie sotto contratto per la difesa, prima di entrare alla Casa Bianca. Sposato con la cittadina taiwanese Jun Lu Yi. Dirige un'organizzazione benefica per l'istruzione infantile a Bogotá.» Fowler depose i fogli sulla scrivania. «Interessante assortimento di esperienze.»

«Per cominciare, sembra avere avuto a che fare con alcuni sistemi difensivi che i cinesi hanno avuto modo di duplicare», rilevò Ann. «E non ho potuto non notare il dettaglio della Colombia.»

«Vale la pena di approfondire. Dovresti provare a fare qualche domanda con discrezione, senza allarmare nessuno.»

«D'accordo. Non posso giocarmi la carriera con un attacco diretto alla Casa Bianca, senza prima avere fatto qualche altra indagine. Come vanno i tuoi controlli interni?»

Lui scosse la testa. «Ho passato al setaccio tutti gli elementi della DARPA che hanno avuto a che fare col programma. Nessuno ha fatto niente di minimamente sospetto. Quando finisco i colloqui ti passo i file.»

«Grazie. Ma mi bastano le tue valutazioni. La tua mossa successiva?»

«Fare visita ai tre subappaltatori principali. Ti andrebbe di venire con me? Ce la caveremmo più in fretta.»

«Volevo verificare qualcuno dei subappaltatori minori. Ce ne sono tre che non mi convincono del tutto.»

«Troppo in basso nella catena alimentare», commentò Fowler. «È difficile che abbiano accesso a materiale classificato.»

«Un controllino non fa mai male. Mai sentito il proverbio: 'È il maiale cieco che trova la ghianda'?»

Fowler sorrise. «Allora procedi. Se scopri qualcosa, mi trovi qui per tutto il giorno.»

Più tardi Ann fece un altro passo avanti. Dopo altri contatti con l'FBI, tornò alla lista dei subappaltatori. Le prime due compagnie erano a gestione pubblica e non fu difficile raccogliere informazioni sul loro conto. Ma la terza era privata e la ricerca si rivelò più impegnativa. Dopo avere trovato un articolo su una rivista di ingegneria, Ann corse nell'ufficio di Fowler.

«Dan, dai un'occhiata qui. Uno dei subappaltatori, una ditta che si chiama SecureTek, fornisce linee dati di sicurezza agli ingegneri per lo scambio di informazioni. Senza bisogno di un'autorizzazione, loro potrebbero avere accesso ai vari progetti.»

«Non è così facile.»

«C'è un'altra cosa interessante. La SecureTek appartiene a

un piccolo gruppo panamense, che controlla sia una compagnia di trasporti negli Stati Uniti, sia una miniera d'oro a Panamá.»

«Okay, ma non vedo dove questo ci possa portare.»

«Lo stesso gruppo controlla una quota di minoranza nella Hobart Mining. E la Hobart è proprietaria di una miniera chiamata Mount Weld, in Australia.»

«D'accordo, sono quelli che vogliono espandere le loro operazioni.»

«Mount Weld è uno dei maggiori produttori di terre rare al di fuori della Cina. Stamattina il dottor Oswald mi ha spiegato quanto questi elementi siano vitali nello sviluppo del *Sea Arrow*... e che la carenza di materiali sta rallentando i lavori. Potrebbe esserci un legame.»

«Mi sembra un po' debole», obiettò Fowler, scuotendo la testa. «Quale sarebbe il movente? Il proprietario della miniera dovrebbe essere contento che compriamo i suoi prodotti, non certo tagliare fuori uno dei suoi migliori clienti. Ti stai facendo traviare da Dirk Pitt.»

«Può darsi che tu abbia ragione», ammise Ann. «È come pescare pagliuzze.»

«Cose che capitano. Forse domani le cose ci sembreranno diverse. L'esercizio fisico mi aiuta a risolvere i problemi. Tutte le mattine faccio una corsa lungo il Potomac: è un gran bel modo per rilassare la mente. Dovresti provare.»

«Potrebbe essere un'idea. Ma fammi un ultimo favore, vuoi? Aggiungi la SecureTek alla lista dei subappaltatori cui vai a fare visita.»

«Provvedo.»

Ann accettò il consiglio di Fowler e, lasciato l'ufficio, si fermò in palestra, per correre qualche chilometro di tapis roulant prima di andare a una tavola calda e ordinare un'insalata di pollo. Lungo la strada le tornò in mente Pitt e lo chiamò appena entrata in casa. Non ebbe risposta e gli lasciò un lungo messaggio sulla segreteria, aggiornandolo sulle ultime scoperte e augurandogli buona fortuna con il suo viaggio.

Quando ebbe riagganciato, una voce profonda risuonò dall'anticamera. «Spero che ti sia ricordata di dire addio.»

Ann sobbalzò. Si voltò di scatto e vide due uomini che uscivano dal buio della camera da letto. Riconobbe il primo e cominciò a tremare.

Clarence fece un sorriso di ghiaccio mentre si avvicinava, puntandole una calibro .45 alla testa.

32

Zhou Xing aveva la faccia di un campagnolo. Gli occhi vicini, il mento sfuggente, il naso deviato a destra da una vecchia frattura, insieme alle orecchie a sventola e a un misero taglio di capelli completavano l'aria da sempliciotto. Era un aspetto ideale per un agente dei servizi di informazione cinese sotto copertura: gli permetteva di infiltrarsi ovunque e induceva anche i suoi superiori al ministero della Sicurezza dello Stato a sottovalutare la sua astuzia e la sua abilità.

In quel momento contava di fare lo stesso effetto su un pubblico meno sofisticato. Con indosso gli abiti polverosi e malconci di un operaio non specializzato, era difficile distinguerlo dagli abitanti di Bayan Obo, nella Mongolia Interna, regione della Repubblica Popolare Cinese: una città non meno polverosa e malconcia di lui. Zhou attraversò una strada asfaltata brulicante di camion e autobus, fino a un bar. Poteva sentirne il brusio già dall'esterno. Inspirò a fondo e aprì la porta di legno, decorata dalla figura di uno sbiadito cinghiale rosso.

Al suo ingresso l'odore stantio di tabacco e birra scadenti gli riempì le narici. Ispezionò l'angusto locale con occhi allenati. C'era una decina di tavoli occupati da un assortimento di gente grezza, lavoratori fuori servizio della locale miniera a cielo aperto. Un grasso barista con un occhio solo riempiva i bicchieri al banco, davanti al quale si allineavano i bevitori più forti del posto. L'unica decorazione del bar era la testa impagliata e spelacchiata di un cinghiale appesa alla parete.

Zhou ordinò un *baijiu*, il liquore di grano fermentato amato dalla gente del luogo, e si spostò verso una sedia d'angolo per studiare la clientela. I minatori dai volti induriti, a gruppi di due o tre, avevano già cominciato a stordirsi per dimenticare le fatiche della giornata. L'agente li esaminò in cerca di un bersaglio adatto. Ne trovò uno qualche tavolo più in là, un giovane aggressivo che assordava il suo compagno di bevute, silenzioso e più alto di lui.

Zhou attese che il ragazzo chiassoso avesse quasi finito di bere prima di avvicinarsi. Finse di barcollare, si appoggiò al tavolo con un gomito e fece cadere il bicchierino.

« Ehi, stavo bevendo! »

« Mille scuse, amico. » L'agente strascicava le parole. « Accompagnami al banco e te ne offro un altro. »

Il giovane minatore, consapevole di aver guadagnato una bevuta gratis, scattò in piedi, per quanto malfermo sulle gambe. « Sì, un altro. »

Poco dopo, con una bottiglia di ceramica in mano piena di *baijiu*, Zhou fu accolto al tavolo.

« Sono Wen », si presentò il ragazzo. « E il mio amico silenzioso è Yao. »

« Io sono Tsen. Lavorate tutt'e due alla miniera? »

« E certo. » Wen gonfiò i bicipiti. « Non ci siamo fatti questi muscoli spennando polli. »

« Che cosa fate alla miniera? »

« Spacchiamo pietre », disse il ragazzo, ridendo. « Gettiamo il grezzo nell'impianto di frantumazione primario. Sono apparecchi grandi come case, che riducono un masso a pezzi grossi così. » Mostrò il pugno chiuso.

« Io vengo da Baotou », raccontò Zhou, « e sto cercando lavoro. Serve qualcuno alla miniera? »

Wen gli appoggiò una mano su un braccio. « Uno come te? Non sei abbastanza forte per lavorare in miniera. » Rise, spruzzando saliva sul tavolo. Poi, notando l'espressione triste sulla faccia del nuovo arrivato, se ne dispiacque. « Ogni tanto qualcuno si fa male e servono sostituti. Ma ci sarà una coda lunga prima di te. »

« Capisco », disse Zhou. « Ancora un po' di *baijiu*? » Non aspettò una risposta e versò altro liquore.

Il minatore silenzioso, Yao, lo guardò con occhi apatici e fece cenno di sì con la testa. Wen sollevò il bicchierino e lo svuotò in un sorso.

Zhou sorseggiò il proprio. «Ma è vero che a Bayan Obo c'è anche una miniera che lavora per il mercato nero?»

Yao si irrigidì e guardò l'agente cinese con sospetto.

«No.» Wen si pulì la bocca con la manica. «Viene tutto dallo stesso posto.»

«Non è bene parlarne», consigliò Yao, rompendo il proprio silenzio con voce cupa.

Wen alzò le spalle. «Tanto non è nella parte che riguarda noi.»

«In che senso?» chiese Zhou.

«Le mine, gli scavi, la frantumazione sono tutti gestiti dallo Stato, che paga Yao e me. È solo dopo la frantumazione che qualcun altro ci mette le mani.»

«E chi è?»

Yao sbatté il bicchiere sul tavolo. «Fai troppe domande, Tsen.»

Zhou gli rivolse un lieve inchino. «Sto solo cercando un lavoro.»

«Yao è nervoso solo perché suo cugino Jiang guida un camion per quella gente», spiegò Wen.

«E cosa fanno?»

«Secondo me, pagano un extra a certi camionisti della miniera», proseguì Wen. «Di notte qualcuno dei camion che portano il grezzo all'impianto raccoglie un po' di frantumato e lo deposita a parte. Poi arrivano Jiang e i suoi camionisti privati a portarlo via. Ehi, eccolo lì.»

Fece un cenno a un individuo tarchiato, dal volto rugoso, appena entrato nel bar, che si avvicinò al tavolo con passo deciso.

«Stavo proprio raccontando al mio amico come fai a rubare alla miniera», disse Wen.

Jiang gli diede uno schiaffo, buttandolo quasi giù dalla sedia. «Impara a tenere la bocca chiusa, o perderai la lingua. Sei peggio di una vecchia pettegola.» Scrutò Zhou, poi suo cugino Yao, che gli fece un lieve cenno di saluto con la testa.

Il camionista girò intorno al tavolo, piazzandosi vicino all'agente cinese. Poi lo afferrò per il colletto e lo costrinse ad alzarsi. Zhou tenne le braccia lungo i fianchi e sorrise con aria innocente.

«Chi sei?» domandò Jiang, con la faccia a pochi millimetri da quella di Zhou.

«Tsen; sono un contadino di Baotou. E tu come ti chiami?»

Jiang lo fissò, offeso dalla sua audacia. «Ascoltami, contadino.» Strinse più forte il colletto. «Se vuoi ancora mettere piede a Bayan Obo, è meglio se dimentichi di essere mai entrato qui. Non hai visto nessuno e non hai parlato con nessuno. Hai capito?»

Il fiato di Jiang puzzava di fumo e aglio, ma Zhou non batté ciglio. Annuì con un sorriso. «Certo. Ma se non sono stato qui, non ho mai speso ottanta yuan per bere con i tuoi amici.» Tese il palmo della mano, come per chiedere un rimborso.

Jiang si fece rosso in viso. «Non entrare mai più in questo bar. E adesso vattene.» Lasciò la presa dal colletto, in modo da sottolineare la minaccia con un pugno chiuso. Poi fece un passo indietro.

Zhou lo aveva previsto e gli agganciò un piede dietro la caviglia. Jiang barcollò, ma riuscì a tirare ugualmente un pugno di destro. L'agente si scostò verso sinistra, assorbendo l'impatto con una spalla, poi diede uno spintone al torace dell'altro, che perse l'equilibrio e cadde all'indietro. Zhou lo afferrò e lo tirò verso il tavolo, facendogli battere la testa contro il bordo. Il camionista, privo di sensi, crollò a terra come una sequoia abbattuta.

Vedendo il cugino esanime, Yao si alzò e afferrò Zhou alle spalle. L'agente cinese, più basso e più sobrio, si liberò facilmente, assestando un calcio al ginocchio del minatore, che vacillò. Zhou colpì fulmineo l'avversario alla testa e infine alla gola. Yao cadde in ginocchio e si portò le mani al collo, in preda a una sensazione di soffocamento.

Nel locale calò il silenzio. Tutti gli occhi erano puntati su Zhou. Attirare l'attenzione su di sé non era mai prudente, ma certe volte non se ne poteva fare a meno.

«Niente risse!» gridò il barista, che tuttavia era troppo impegnato a servire per avere il tempo di buttare fuori i responsabili.

Zhou gli rivolse un cenno di assenso, poi prese dal tavolo il suo bicchierino di *baijiu* e ne mandò giù un sorso con noncuranza. Gli altri avventori tornarono a bere e a scherzare, senza fare troppo caso ai due uomini sul pavimento.

Wen aveva assistito alla scaramuccia in preda ai fumi dell'alcol, senza alzarsi dalla sua sedia. «Hai le mani veloci, per un contadino», balbettò.

«Ho zappato tanto.» Zhou mimò il gesto. «Che ne dici se il tuo amico Jiang ci offre da bere?»

«Certo», farfugliò Wen.

L'agente frugò in tasca al camionista incosciente e gli prese il portafogli. Trovò la sua carta di identità e memorizzò il nome completo e l'indirizzo. Rimise a posto il portafogli, non prima di avere sfilato una banconota da venti yuan, che passò a Wen. «Bevi alla mia salute. È tardi e devo andare.»

«Sì, amico Tsen. Come dici tu.» Wen si sollevò dalla sedia con qualche difficoltà.

«Ci vediamo in miniera», si congedò Zhou.

«In miniera?» chiese Wen. Alzò gli occhi sorpreso, ma il piccolo contadino di Baotou se n'era già andato.

33

Alle sette e mezzo del mattino seguente Jiang Xianto, il camionista, si trascinò fuori dal caseggiato in cui abitava. Aveva una garza sulla fronte e camminava rigido, per minimizzare le fitte che gli trapassavano il cranio a ogni passo. Se avesse avuto meno pensieri per la testa, avrebbe notato che l'uomo che lo aveva assalito al Cinghiale Rosso leggeva il *Quotidiano del Popolo* a bordo di una Toyota di fabbricazione cinese.

Zhou sorrise tra sé mentre lo vedeva arrancare per la strada. Non gli aveva fatto piacere atterrare Yao, ma nei confronti di Jiang non provava alcuna empatia. Aveva riconosciuto il tipo all'istante: una testa calda, ma anche un fallito che se la prendeva con quelli più deboli per sentirsi meglio.

Il camionista del mercato nero si fermò davanti a una fermata dei mezzi pubblici, piena di gente. Fedele a se stesso, sgomitò fino a essere il primo della fila e, quando arrivò l'autobus, occupò uno dei pochi posti a sedere.

Zhou avviò il motore e si immise nel traffico, tenendosi a una decina di metri di distanza dall'autobus.

Quando il mezzo pubblico si fermò di fronte a un edificio malridotto al confine sud della città, la maggior parte dei passeggeri era già scesa. Zhou svoltò un angolo e parcheggiò dietro un chioschetto, senza perdere di vista Jiang che scendeva dall'autobus. Si calò la tesa di un cappello sugli occhi, chiuse la macchina e lo seguì a piedi.

Il camionista percorse un tratto di una strada laterale, per poi svoltare in un vicolo ingombro di rifiuti. La brezza del mattino rinfrescava l'aria; lui si tirò su la cerniera lampo della giacca mentre si avvicinava a una recinzione sormontata da filo spinato. Passò attraverso un varco nella rete e superò i pallet vuoti ammonticchiati in un angolo di un parcheggio polveroso. In fondo, sotto una tettoia di laminato plastico, si trovavano cinque camion coperti da teloni e un pickup pieno di ammaccature. Intorno c'erano alcuni individui che bevevano tè caldo da bicchieri di plastica.

«Jiang», disse uno di loro, «stamattina tua moglie ti ha spazzolato i capelli con un wok?»

«Ti pettino i tuoi con una chiave inglese», rispose Jiang. «Dov'è Xao?»

Un uomo alto con una giacca nera da marinaio apparve tra due camion. «Eccoti, Jiang. Sei di nuovo in ritardo, vedo. Continua così e torni a scavare fossi.» Si voltò verso gli altri. «Va bene, siamo pronti a muoverci.»

Gli uomini gli si raccolsero intorno, mentre Xao prendeva di tasca un foglio piegato. «Scarichiamo al molto 27. Io prendo il primo camion, voi seguitemi. Passeremo da un'entrata secondaria. Ci aspettano per le otto, per cui sbrighiamoci.»

«Dove ci fermiamo a fare benzina?» chiese un tipo con un logoro berretto di lana.

«Alla solita stazione di Changping.» Xao si guardò intorno, nel caso ci fossero altre domande, poi fece un cenno verso i camion. «Muoviamoci.»

Xao, Jiang e altri tre salirono sui camion, mentre i rimanenti si stipavano nel pickup. Jiang era l'ultimo della fila. Si mise al volante e avviò il motore, che sputò una nube di fumo nero. Regolò il riscaldamento e attese che gli altri uscissero dal parcheggio. Quando partì il veicolo accanto, innestò la marcia e si mise in moto a sua volta. Intravide appena una sagoma scura nello specchietto retrovisore laterale.

I camion passavano attraverso un cancello sorvegliato da un omone calvo con una pistola Makarov russa sotto la giacca. Quando gli passò vicino, Jiang frenò, si sporse dal finestrino e batté una mano sulla portiera per attirare l'attenzione dell'uomo di guardia. «Controlla dietro!» disse.

Il sorvegliante annuì e andò verso il retro del camion. Fece per sbirciare dentro e fu accolto da Zhou con un calcio in faccia. L'uomo cadde a terra, ma questo non gli impedì di prendere la Makarov e puntarla sul camion. Zhou tuttavia gli era già addosso: gli tolse l'arma di mano con un calcio, poi si chinò su di lui e gli diede una gomitata alla mascella. L'impatto fu accompagnato da uno schiocco sommesso e la guardia crollò priva di sensi.

Zhou si rimise in piedi e si voltò. Jiang, sceso dal camion, si stava facendo avanti con un coltello che portava alla cintola. L'agente cinese vide il bagliore della lama puntata al proprio torace e cercò di schivare il colpo. Ma il coltello gli si agganciò alla manica e lo sentì tagliare il bicipite destro.

Ignorò la ferita e colpì Jiang di sinistro alla tempia. Il camionista imprecò, capendo che aveva di fronte lo stesso uomo che lo aveva messo al tappeto la sera prima. Zhou non gli diede il tempo di rifletterci sopra. La Makarov era troppo lontana perché potesse recuperarla, perciò fece qualcosa di inaspettato e ripartì all'attacco. Al pugno fece seguire un calcio rotante che colpì Jiang alla coscia. L'obiettivo, più che di procurare dolore all'avversario, era di sollecitarne una reazione. Funzionò. Jiang ritrasse il coltello in attesa di un nuovo fendente, e si lanciò verso il ventre dell'agente cinese.

Zhou era pronto. Con la mano sinistra colpì l'avversario alla destra, deviandone la traiettoria. Poi, usando lo slancio di Jiang, gli afferrò il polso e lo torse, spingendo l'uomo in avanti. Continuò la rotazione, appoggiando la spalla al braccio dell'avversario e facendo forza con il proprio peso.

Il braccio sembrò lussarsi e Jiang barcollò in avanti in preda a un dolore lancinante. Il coltello gli sfuggì e cadde a terra. In un batter d'occhio l'arma fu in mano a Zhou, diretta verso la testa dell'avversario. L'agente cinese avrebbe voluto ucciderlo, cosa che gli sarebbe riuscita facile, ma resistette all'impulso: Jiang avrebbe sofferto di più a marcire in una cella di prigione. Rigirò il coltello, colpendo l'uomo sotto l'orecchio con il manico. Il mondo di Jiang divenne buio nel momento in cui il taglio alla carotide gli interruppe il flusso di sangue al cervello. Zhou torreggiò sopra di lui, riprendendo fiato. Una telefonata alla polizia popolare avrebbe garantito al prepotente Jiang una spiacevole sorpresa al suo risveglio. Ma prima l'agente doveva raggiungere la carovana.

I camion erano spariti in fondo alla strada. Zhou trovò la Makarov e se la mise in tasca. Poi sollevò Jiang e gli tolse la giacca. Usò il coltello per strappare una striscia di tela dalla camicia del camionista e improvvisare una benda. Il braccio destro dell'agente era umido e appiccicoso di sangue, ma l'emorragia si era già arrestata. Avrebbe dovuto medicarsi al volo.

Saltò sul camion e partì a tutto gas, inondando di polvere i due uomini stesi a terra, mentre usciva dal parcheggio, alla volta dell'autostrada. La miniera era a nord della città: svoltò in quella direzione e affondò il piede sull'acceleratore. Tagliava il traffico senza fermarsi, sollevando una sinfonia di clacson e di urla dagli automobilisti. Più si avvicinava alla periferia nord, meno erano i veicoli intorno a lui. La strada cominciava a inerpicarsi sulle colline spoglie di vegetazione. Una volta in cima, avvistò i camion, un chilometro e mezzo più avanti. Ben presto guadagnò terreno sull'ultimo della fila.

La processione entrò dall'ingresso principale della miniera di Bayan Obo e dopo tre chilometri svoltò su una strada di terra battuta che curvava verso sud. Oltrepassarono una recinzione abbattuta ed entrarono nell'area della miniera vera e propria. Un paio di grandi pozzi a cielo aperto apparvero davanti a loro. Il convoglio, con il pickup in testa, ci girò intorno e raggiunse un magazzino che aveva l'aria di essere stato abbandonato dopo un incendio. Si fermarono sul retro dell'edificio, dove era stata depositata una montagna di minerale frantumato.

Le modalità del furto erano semplici: in certi turni di notte, un camion su tre di quelli diretti dall'impianto di frantumazione a quello di estrazione si perdeva per strada, scaricando il grezzo dietro il vecchio magazzino. Bastava solo allungare qualche mancia cospicua a un certo numero di camionisti e ad alcuni amministratori che provvedevano a ritoccare le cifre di produzione. Il minerale era pronto per essere asportato. A distanza di qualche giorno, il convoglio passava a raccoglierlo per immetterlo sul mercato.

Gli uomini del pickup scesero ad aprire una porta sul retro del magazzino, dove era nascosto un nastro trasportatore mobile. Lo portarono al cumulo di grezzo e lo collegarono a un generatore portatile. Zhou assistette alla scena, mentre il primo camion faceva marcia indietro fino al nastro, in modo che un'estremità si affacciasse sopra il pianale. La squadra si mise a spalare il grezzo per gettarlo sul nastro, che lo portava fino al camion. Ci vollero meno di quindici minuti per riempirlo. Poi fu il turno del secondo.

Zhou si ripulì il braccio e si aggiustò la benda di fortuna intorno alla ferita. La perdita di sangue gli faceva girare la testa; si rifocillò con le polpette di riso che aveva trovato in un sacchetto di carta sul sedile accanto. Indossò la giacca di Jiang e alzò il bavero. Sbuffò sul finestrino per appannare il vetro, in modo che gli altri non potessero vedere dentro e attese il proprio turno.

Quando il quarto camion si allontanò, Xao gli indicò di avvicinarsi, guidandolo fino al nastro trasportatore. Zhou tenne le mani alte sul volante per nascondere la faccia, mentre il capo gli faceva cenno di andare indietro.

Il minerale grezzo cominciò a rovesciarsi sul pianale, con il rombo di una valanga. I minuti passavano e Zhou tratteneva il respiro, nel timore che qualcuno cercasse di parlare con lui. Infine il rumore cessò e il nastro trasportatore smise di girare. L'agente sbirciò nello specchietto retrovisore esterno e vide il gruppo di uomini che riportava il macchinario in magazzino. Xao batté le nocche sul paraurti del camion e proseguì verso il suo; salì e, sporgendo un braccio dal finestrino, fece cenno al convoglio di muoversi. Tutti i camion avviarono i motori e seguirono il primo.

Ripercorsero la strada sterrata, più lentamente ora che erano a pieno carico, e raggiunsero l'autostrada. Si diressero a sud, attraversando la città polverosa sorta a margine della miniera. Poi si lasciarono alle spalle quel piccolo avamposto della civiltà e proseguirono tra le steppe desolate della Mongolia Interna, le stesse che Gengis Khan aveva conquistato otto secoli prima. Zhou immaginò che intendessero scaricare il grezzo al più vicino deposito ferroviario. Quando giunsero alla popolosa città di Baotou parecchie ore dopo e svoltarono verso est, capì che le cose stavano diversamente.

Il convoglio imboccò l'affollata superstrada Jingzhang, che

portava fino alla capitale. Fuori Pechino, ormai al crepuscolo, si fermarono a un'area di servizio nel sobborgo di Changping. Si era levato un vento leggero che portava vortici di sabbia dal deserto del Gobi. Zhou si coprì la faccia con una sciarpa che aveva trovato nella tasca della giacca di Jiang. Si sgranchì le gambe, tenendosi lontano dagli altri mentre i camion facevano rifornimento.

Ripartirono, rallentati dal traffico crescente in prossimità della capitale. Evitarono la zona ovest di Pechino, per sfuggire alla congestione, e proseguirono verso sud-est. Ci vollero quasi due ore per arrivare alla città portuale di Tianjin. Xao condusse il convoglio in un labirinto di strade fino al centro dei grandi dock commerciali.

Si fermarono in un vicolo vicino a un vecchio magazzino. Due uomini spuntarono dall'ombra e presero una borsa piena di yuan che Xao passò loro dal finestrino. Un cancello si aprì in fondo al vicolo e i camion attraversarono rombando un altro grande magazzino semibuio che sull'altro lato si affacciava sul molo. I camion si fermarono di fianco a un mercantile di medie dimensioni le cui luci illuminavano la banchina. Da questa partiva un grande nastro trasportatore che entrava nella stiva aperta della nave. Xao fece manovra mentre un gruppo di uomini muniti di pale si apprestava a dare inizio al trasferimento del carico. In fondo al convoglio, Zhou decise che aveva visto tutto ciò che gli serviva. Scese dal lato del passeggero e andò verso il retro del suo camion.

Fu notato da un ufficiale di coperta che stava controllando gli ormeggi sul molo. Zhou fece la parte del camionista affaticato: allungò le braccia e sbadigliò mentre si dirigeva verso di lui. «Buonasera», disse, con un lieve inchino. «Bella nave.»

«La *Graz* è vecchia e stanca, ma sul mare è forte come un bue.»

«Dove andate?»

«Facciamo uno scambio di carico a Shanghai, poi proseguiamo per Singapore.» L'ufficiale guardò meglio Zhou sotto le luci e si accorse della striscia rossa sulla manica della sua giacca.

L'agente la guardò e sorrise. «È il fluido di trasmissione. Me lo sono rovesciato addosso mentre lo mettevo nel camion.» Intanto osservò che il veicolo di Xao aveva finito di scaricare e quello successivo stava prendendone il posto. Fece un cenno di saluto all'ufficiale. «Faccia buon viaggio.» Sorrise, voltò le spalle al convoglio e si incamminò.

L'ufficiale lo guardò perplesso. «E il suo camion?»

Zhou ignorò la domanda, allontanandosi di buon passo dalla banchina fino a scomparire nella notte.

34

Il propulsore del *Sea Arrow* ricordava una limousine finita sotto un enorme schiacciasassi. Il parallelepipedo che sembrava un abitacolo era in realtà la cassa di induzione che raccoglieva l'acqua e la espelleva attraverso tre scarichi sul retro, montati su sospensioni cardaniche. Più avanti, al centro del motore, una struttura a forma di ciambella alloggiava la sofisticata pompa a getto in grado di spingere il sottomarino ad alte velocità. Il tutto era rivestito di una sostanza nera e scivolosa, idrorepellente, che dava all'intero apparecchio un aspetto futuristico.

Dall'alto le luci si riflettevano sul prototipo, mentre una gru lo sollevava dai sostegni e lo collocava sul lungo pianale di un semirimorchio. Un esercito di operai l'assicurò con cavi di acciaio e lo coprì con teloni. Un trattore, di proprietà di una compagnia specializzata in trasporti a elevata sicurezza, fece marcia indietro fino a poter essere agganciato al semirimorchio.

Erano le sei e mezzo del mattino quando il camion uscì dall'installazione del Naval Research Laboratory di Chesapeake Beach, Maryland, lasciandosi dietro la baia. I boschi e i campi circostanti erano umidi di rugiada e un cielo plumbeo oscurava l'alba.

«Quanto ci metteremo ad arrivare a Groton?» fece l'uomo sul sedile accanto al guidatore, soffocando uno sbadiglio.

Il collega al volante guardò l'orologio. «Il GPS dice sette ore. Probabilmente di più, se non arriviamo alla Beltway prima dell'ora di punta.»

In quella regione poco popolata del Maryland meridionale, di primo mattino il traffico verso Washington era molto scarso. Dopo una curva, entrambi gli uomini avvistarono una colonna di fumo che si levava più avanti. Quando fu chiaro che proveniva dalla strada, il guidatore scalò la marcia.

« È una macchina in fiamme? » chiese il secondo guidatore.

« Credo di sì. Ha l'aria di essere un vecchio catorcio. »

In effetti si trattava di una Toyota Camry degli anni Novanta che aveva subito gravi danni. Ora se ne stava in mezzo alla strada, ferma sulle quattro gomme lisce, con le fiamme che si sprigionavano da sotto il cofano contorto.

L'uomo al volante rallentò sino a fermarsi a pochi metri dal veicolo incendiato e si guardò intorno per vedere se ci fossero vittime. Poco più avanti vide un furgone bianco fuori strada, ma non si notavano segni di vita vicino a nessuno dei due veicoli.

« È meglio avvisare », decise il guidatore, mentre il suo compagno si girava per prendere un estintore da dietro il sedile.

All'improvviso una mazza fracassò il finestrino dal lato del passeggero, una mano guantata passò attraverso il vetro in frantumi e gettò dentro una bombola di gas lacrimogeno.

In un attimo la cabina si riempì di fumo bianco e acre che procurava conati di vomito e faceva bruciare gli occhi come se vi avessero gettato del peperoncino. I due uomini a bordo cercarono le maniglie delle portiere per sfuggire al tormento.

Il primo a riuscirci fu il guidatore, che balzò sull'asfalto. Un uomo con un passamontagna lo colpì con una pistola elettrica, lasciandolo disteso sulla strada in preda alle convulsioni. Dall'altro lato, il secondo guidatore era riuscito a estrarre la propria arma mentre usciva dalla cabina, ma con gli occhi ancora chiusi per proteggersi dal gas non vide l'altro aggressore, armato anche lui di pistola elettrica, pronto a neutralizzarlo con una scossa.

Un terzo individuo, con indosso una maschera antigas, entrò nella cabina, raccolse la bombola ancora fumante e la lanciò fuori, in un campo. Si piazzò dietro il volante e conficcò la lama di un coltello nel poggiatesta del sedile. Squarciò il tessuto fino a trovare un filo, che tagliò con cura, disabilitando il trasmettitore GPS montato sul tetto, mediante il quale la compagnia avrebbe potuto seguire il percorso del camion. Innestò la marcia e partì in avanti, fino a toccare con il paraurti cromato la macchina in fiamme. Poi premette a fondo l'acceleratore, sterzando verso destra, spingendo la Toyota di lato come se fosse un insetto e facendola volare in un fosso.

Raddrizzando il lungo veicolo sulla strada, l'aggressore cambiò marcia e abbassò il finestrino. In pochi secondi i residui di fumo si erano dispersi. Pablo si tolse la fastidiosa maschera antigas e la gettò sul sedile accanto.

Guardò l'ora e provò una certa soddisfazione. In due soli minuti si era impadronito della tecnologia più segreta d'America. Prese di tasca un cellulare, compose una lunga serie di cifre e sorrise, pensando al profitto che ne avrebbe ricavato.

35

Pablo proseguì per un altro chilometro e mezzo prima di lasciare l'autostrada e imboccare una stretta pista sterrata che correva tra pascoli punteggiati da mucche assonnate. Poco meno di un chilometro più avanti oltrepassò una distesa di acqua stagnante, oltre la quale si trovava una costruzione abbandonata.

Era una fattoria distrutta decenni prima da un incendio, di cui si vedevano ancora i resti carbonizzati. A fianco un grosso granaio, in condizioni poco migliori, pendeva da una parte come in attesa che la prossima ventata da nord-est finisse di abbatterlo. Pablo condusse il camion fin dentro il granaio, dove lo aspettava un cumulo di balle di fieno fresco, vegliato da un piccolo carrello elevatore. In fondo al granaio c'era un'altra motrice per semirimorchio. Pablo parcheggiò accanto al fieno e uscì dalla cabina per esaminare l'oggetto sotto i teloni.

Pochi minuti dopo entrò il furgone bianco, da cui scesero due neri alti e robusti.

«Avete sistemato i guidatori?» chiese Pablo.

«Clarence li ha ammanettati insieme intorno a una grossa quercia», disse uno dei due. «Entro un paio di giorni li troverà qualche contadino.»

«Bene. Adesso al lavoro. I miei tempi sono stretti.»

I due sicari tolsero i teloni che coprivano il motore del *Sea Arrow*. Poi indossarono grossi guanti e si misero all'opera. Clarence operava al carrello elevatore, utilizzando un apparecchio per comprimere il fieno in blocchi che sollevava fino al pianale; l'altro collocava le balle intorno al propulsore. Nel frattempo, Pablo separava il semirimorchio dal trattore, sostituendolo con l'altro, un Kenworth blu. In dieci minuti il nuovo camion era pronto. Verificò che a bordo del semirimorchio non si trovasse un altro GPS, quindi cambiò la targa.

Gli altri due avevano quasi finito di occultare il propulsore con una muraglia di fieno. Pablo li aiutò a coprire il tutto con un altro telone, che fu agganciato ai bordi del semirimorchio, completando il travestimento.

Clarence, il più grosso dei due sicari, si tolse i guanti. «Questo conclude la nostra parte del lavoro», disse a Pablo, con la sua voce rauca. «Ce li hai i soldi?»

«Sì. E voi avete i progetti?»

«Sul retro del furgone. Insieme a un regalino per te.» Clarence fece un sogghigno.

«Porta i documenti al camion. Io prendo i soldi.»

Clarence aprì i portelli del furgone e recuperò il cestino di plastica contenente i progetti di Heiland. Seguì Pablo al Kenworth e lo depositò sul sedile del passeggero. Pablo prese una grossa busta da dietro il sedile e la consegnò al sicario.

Clarence ne strappò un lembo, rivelando parecchie mazzette di biglietti da cento dollari. «Questo sì che è un bello spettacolo.» Ripiegò il bordo della busta. «Adesso, se vuoi ritirare il tuo regalo, noi ce ne andiamo.»

Il colombiano lo guardò dubbioso. Clarence indicò il furgone, accanto al quale l'altro uomo stava in piedi, sorridente. Quando Pablo si avvicinò, i suoi occhi si accesero di rabbia.

Sul pavimento del veicolo, legata e imbavagliata, c'era Ann Bennett.

Appena il suo sguardo incrociò quello del colombiano, la rabbia sul viso della donna evaporò, lasciando il posto allo shock. Pablo era l'ultima persona che si sarebbe aspettata di vedere. Si agitò sul fondo del furgone.

«Che cosa ci fa lei qui?»

«Ci hanno detto di prenderla», spiegò Clarence. «E di non ammazzarla. Per cui, eccola qui.»

Pablo prese una Glock da sotto la giacca e la puntò sulla donna.

«Ehi, uomo, non ucciderla nel furgone. Lo abbiamo preso a nolo.»

«Okay.» Pablo si girò e sparò a bruciapelo in faccia a Clarence.

Mentre il sicario stramazzava al suolo, l'altro killer si lanciò verso il colombiano, che tuttavia fu più veloce. Si voltò e gli piazzò tre colpi al torace. L'uomo, morente, riuscì solo ad aggrapparsi al colletto di Pablo, gravandogli addosso con il suo peso. Il mercenario lo accompagnò a terra, inginocchiandosi.

Ann lanciò un grido, soffocato dal nastro adesivo sulla bocca. Pablo la guardò per un istante, poi con calma rimise la Glock nella fondina. Salì sul furgone, trascinò fuori la donna e la gettò su una balla di fieno. « Non è proprio il caso di ucciderti qui. » Sotto lo sguardo terrorizzato di Ann, caricò i due cadaveri sul retro del furgone e chiuse le portiere. Gettò la busta macchiata di sangue verso di lei. « Non ti muovere », le ordinò.

Pablo si mise alla guida del furgone e lo portò fuori dal granaio. Percorse una breve distanza, poi si fermò parcheggiando il veicolo nella giusta posizione. Abbassò i finestrini, tolse dal mazzo la chiave dell'accensione, poi girò intorno alla ricerca di un grosso sasso piatto. Ne trovò uno, che piazzò sull'acceleratore. Scese dal furgone e, protendendosi attraverso il finestrino, avviò il motore. Prima che i giri salissero, innestò la marcia avanti e sgusciò via.

Le ruote posteriori girarono frenetiche sul terreno e il veicolo partì a tutta velocità. Proseguì per una quindicina di metri prima di uscire di strada. Lo slancio lo fece volare sopra un fosso e superare un argine, per poi precipitare nel vicino stagno.

Un'oca solitaria si allontanò protestando rabbiosa, mentre il furgone sprofondava sotto la superficie verdastra. Dopo qualche secondo si era riempito di acqua e scompariva con un'evanescente scia di bolle.

Pablo non attese che fosse sommerso e tornò al granaio a passo sostenuto. Raccolse la busta e la gettò nel camion. Poi tornò a prendere Ann. Senza pronunciare una parola, la portò di peso alla cabina e la gettò nello spazio dietro i sedili. « Ti conviene metterti comoda », le disse infine. « Ci aspetta un lungo viaggio. »

36

L'elicottero volava poco sopra le cime degli alberi, scendendo verso gli hangar per sorprendere i notabili in attesa, seduti lungo la pista. Era un apparecchio militare, con la fusoliera dagli angoli affilati e un rivestimento assorbente che lo rendeva pressoché invisibile ai radar. Il rotore principale a cinque pale e quello di coda aggiungevano alle sue qualità anche una drammatica riduzione della sua firma acustica. A un esperto di aviazione di *Jane's Defence Weekly* sarebbe bastato uno sguardo per riconoscere uno Stealth Hawk, uno degli UH-80 Black Hawk dell'US Army, notevolmente modificato, come quello impiegato nel raid che aveva portato alla cattura di Osama bin Laden. Con la differenza che questo apparecchio era costruito interamente in Cina.

L'elicottero sorvolò più volte la base aerea di Yangcun, a sud di Pechino, prima di posarsi a terra. La folla di generali e ufficiali si alzò e applaudì l'esibizione del più grande trionfo della tecnologia nazionale. Le manifestazioni di gioia si acquietarono quando un funzionario di partito prese posto su un podio e si lanciò in un'apologia della grandezza della Repubblica Popolare.

Edward Bolcke si protese verso un uomo dagli occhi penetranti, con l'uniforme tappezzata di medaglie. «Splendido apparecchio, generale Jintai.»

«Davvero», rispose il militare. «E non abbiamo neppure avuto bisogno del suo aiuto per costruirlo.»

L'austriaco sorrise alla frecciata. Aveva appena ricevuto la chiamata di Pablo dal Maryland e si sentiva molto fiducioso.

La folla degli astanti dovette sopportare altri lunghi discorsi prima di essere condotta in un hangar aperto, dove l'aspettava un buffet. Con Bolcke al seguito, Jintai, vicepresidente della

Commissione militare centrale cinese, si soffermò con altri ufficiali dell'esercito di Liberazione del Popolo. Dopo avere chiesto a un altro generale della sua nuova destinazione a Hong Kong, tornò a rivolgersi all'austriaco. «I miei doveri di ospitalità sono conclusi. Abbiamo affari da discutere?»

«Se non le spiace», rispose Bolcke.

«Molto bene. Cerco il nostro capo dello spionaggio, poi parleremo in privato.»

Jintai guardò tra la folla, fino a scorgere un uomo magro con gli occhiali che stava bevendo una birra Heineken: Tao Liang, capo direttorato presso il ministero della Sicurezza dello Stato, l'agenzia che si occupava delle attività di spionaggio e controspionaggio cinesi. Stava parlando con Zhou Xing, l'agente che aveva operato sul campo a Bayan Obo. L'uomo dalla faccia da campagnolo, che stava scrutando con calma i dignitari riuniti alla base, avvertì il capo direttorato che Jintai lo stava cercando quando il generale era ancora a metà dell'hangar.

«Tao, eccoti», disse Jintai. «Dobbiamo valutare una proposta d'affari del nostro vecchio amico Edward Bolcke.»

«Il nostro vecchio amico Edward Bolcke», gli fece eco il capo direttorato, in tono acido. «Sì, sono curioso di sapere cosa offre stavolta.»

Seguiti da Zhou, si trasferirono in un piccolo ufficio, in cui era stato preparato per loro un armadietto di liquori e un vassoio di *dim sum*. Jintai si versò un whiskey e si sedette con gli altri a un tavolo circolare di teak.

«Posso farle le mie congratulazioni per la vostra ultima conquista tecnologica?» cominciò Bolcke. «È un giorno memorabile per i guardiani della Cina. Nel loro piccolo.» Fece una pausa, lasciando che l'offesa facesse effetto. «Io vi propongo invece un domani rivoluzionario per la difesa del vostro paese.»

«Ha intenzione di evirare le forze militari di Russia e America?» ribatté Jintai, ridacchiando tra sé mentre svuotava il bicchiere.

«In un certo senso, sì.»

«Lei è un minatore e un ladruncolo, Bolcke. Che cosa sta dicendo?»

L'austriaco guardò il generale con gli occhi stretti. «Sì, sono un minatore. Conosco il valore dei minerali più importanti, come l'oro, l'argento... e le terre rare.»

«Lo capiamo anche noi», gli fece notare Tao. «È per questo che per manipolare i prezzi la usiamo come broker per le acquisizioni sul mercato.»

«Non è un segreto che la Cina ha praticamente il monopolio dell'estrazione delle terre rare», disse Bolcke. «Ma questa condizione è stata messa a repentaglio da due grandi miniere all'estero. Da qualche tempo gli americani hanno a disposizione Mountain Pass, e Mount Weld in Australia è in fase di espansione.»

Jintai gonfiò il petto. «Domineremo sempre il mercato.»

«Può darsi. Ma non riuscirete più a controllarlo.» Bolcke prese una fotografia dalla sua valigetta. Era una veduta aerea di una miniera a cielo aperto, circondata da edifici fumanti. «Questo è ciò che rimane di Mountain Pass, dopo che gli impianti di estrazione sono stati distrutti da un incendio la scorsa settimana. Per almeno due anni non saranno in grado di produrre neppure un grammo di terre rare.»

«Lei sa qualcosa dell'incendio?» chiese Tao.

Bolcke lo guardò in silenzio, la bocca curvata in un sorriso subdolo. Mise sul tavolo una seconda fotografia: un'altra miniera in un deserto. «Questa è la miniera di Mount Weld, nell'Australia occidentale, di proprietà della Hobart Mining Company, di cui posseggo una piccola quota.»

«Ho sentito che gli australiani hanno sospeso la produzione per modernizzare gli impianti», ricordò Tao.

«È così.»

«Tutto molto interessante», intervenne Jintai. «Ma questo cosa ha a che fare con noi?»

L'austriaco inspirò a fondo e guardò il generale di sottecchi. «Ha a che fare con due azioni che state per intraprendere. La prima: mi fornirete cinquecento milioni di dollari, con i quali potrò acquisire la proprietà completa di Mount Weld. La seconda: porrete subito fine alle esportazioni cinesi di terre rare.»

Il silenzio calò nella stanza. Poi Jintai scoppiò a ridere. «Ha altre richieste?» domandò, alzandosi per versarsi altro whiskey. «Vuole diventare governatore di Hong Kong, forse?»

Tao invece guardava Bolcke con interesse. «Ci spieghi perché dovremmo fare queste due cose.»

«Economia e sicurezza. Insieme, possiamo controllare l'intero mercato mondiale delle terre rare. Come sapete, buona parte del resto della produzione mondiale passa dalle mie mani: India, Brasile, Sudafrica. E io la vendo a voi, tenendo alti i prezzi sul mercato. Posso contrattualizzare consegne a lungo termine da quelle fonti prima del vostro annuncio di un blocco delle esportazioni, in modo da avere il controllo delle loro forniture. Quanto a Mount Weld, se finanziate il mio acquisto, sarete ripagati in minerale, che potrete rivendere sottobanco a partner commerciali con profitti esorbitanti. Con gli americani fuori gioco, la Cina avrà virtualmente il controllo globale delle terre rare.»

«Controlliamo già la maggior parte del mercato», obiettò Jintai.

«La maggior parte, ma non *tutto* il mercato. L'incendio di Mountain Pass non è scoppiato per caso. Mount Weld non ha sospeso le operazioni di propria spontanea volontà. È tutto dovuto alla mia influenza.»

«Lei è un partner prezioso tanto per i minerali quanto per la tecnologia militare americana», disse Tao. «Quindi... i prezzi salgono e alla fine noi possiamo trarre profitto dalla vendita di terre rare.»

«No», lo smentì Bolcke. «Potete fare di meglio. Con il pieno controllo del mercato, potete costringere ogni compagnia del mondo che impiega le terre rare a consegnarvi prodotti e tecnologia. Vuol dire avere a vostra disposizione ogni smartphone, computer portatile, generatore eolico o satellite spaziale. Ed è questa la chiave: tutta la tecnologia più innovativa, oggi, fa uso di terre rare. Sarete in una posizione dominante non solo nei prodotti destinati al largo consumo, ma anche, cosa più importante, negli armamenti.» Guardò Jintai. «Non preferireste presentare il *vostro* elicottero d'attacco più moderno del mondo, anziché copiare quello di qualcun altro?»

Il generale si limitò ad annuire.

«Invece di correre dietro alla tecnologia occidentale, la Cina sarebbe all'avanguardia. Inoltre, con il controllo assoluto della fornitura di terre rare, porreste una fine immediata al progresso militare dell'Occidente. Le nuove generazioni di missili, laser e radar americani... persino i loro sistemi di propulsione navale, si basano sulle terre rare. Interrompendo la fornitura, cancellate l'inferiorità tecnologica. Invece di essere voi a imitare le armi straniere, saranno gli occidentali a dovervi copiare.» Bolcke raccolse con noncuranza le fotografie e le ripose nella valigetta. «Come ho detto, è una questione di economia e sicurezza. I due aspetti sono legati strettamente. E voi potete dominare il mondo su entrambi i campi.»

L'ultimo commento aveva fatto effetto su Jintai, che si lamentava spesso dell'inferiorità delle armi messe in campo dall'esercito di Liberazione del Popolo. Si rivolse a Tao. «Forse è il momento opportuno per agire.»

«Forse», rispose il capo direttorato. «Ma non si rischia il disastro con i nostri partner commerciali in Occidente?»

«È possibile», ammise Bolcke. «Ma cosa potranno fare? Per mantenere in piedi le loro economie vacillanti, non avranno altra scelta che accettare le vostre condizioni e condividere i loro progressi.»

Con aria noncurante, Tao prese di tasca un accendino lussuoso e si accese una sigaretta. «Che cosa ci guadagna lei, signor Bolcke?»

«Le vostre azioni aumenteranno i profitti delle mie attività di broker. E confido che mi permetterete di vendere una percentuale della produzione di Mount Weld a partner commerciali amichevoli, traendone un sano guadagno.» Non disse nulla della sua intenzione di rifornire con la miniera australiana il crescente mercato nero di terre rare, né del fatto che aveva la possibilità di acquisire la proprietà per duecento milioni in meno di quelli richiesti.

Tao assentì. «Presenteremo la proposta all'ufficio politico del Comitato centrale del partito come questione urgente», promise.

«Grazie. Nella speranza di raggiungere un vantaggio reciproco, ho qualcos'altro da offrirvi. In passato sono stato in grado di passarvi alcune tecnologie militari grazie alla mia società di sicurezza americana, cosa per cui mi avete ricompensato con generosità.»

«Sì», disse Jintai. «Abbiamo già impiegato il sistema antisommossa per reprimere disordini nelle province dell'Ovest.»

«A bordo di due mie navi ne ho installato unità modificate, che si sono rivelate letali. Sarò lieto di condividere con voi le modifiche, se vi interessa. Ma si tratta di tecnologia irrilevante, rispetto a quella che posso offrirvi ora.»

Depose sul tavolo due disegni.

«Queste sono ricostruzioni del *Sea Arrow* fatte da un disegnatore.» Bolcke indicò il primo lucido. «Il sottomarino che sta per diventare il più moderno battello stealth del mondo.»

Jintai guardò incuriosito il disegno. Tao annuì, riconoscendo di cosa si trattava.

«Il *Sea Arrow* sarà in grado di operare ad alta velocità, utilizzando un propulsore complesso associato a un sistema di supercavitazione.» Bolcke indicò il secondo disegno. «Porterebbe la flotta sottomarina degli Stati Uniti avanti di parecchie generazioni rispetto alla vostra.»

Il volto di Jintai si fece rosso. «Siamo sempre tre passi indietro!»

«Non stavolta», lo rassicurò l'austriaco, con un sorriso da squalo. «Meno di un'ora fa sono venuto in possesso del prototipo di propulsore che avrebbe dovuto essere installato sul *Sea Arrow* la prossima settimana. Inoltre ho in mano l'unica copia dei progetti e dei disegni del sistema di supercavitazione del sottomarino.» Si protese sul tavolo, con fare compiaciuto. «Gli americani possono duplicare il propulsore solo con elementi di terre rare. E, senza i progetti della supercavitazione, il loro battello è inutile.»

I due ufficiali cinesi fecero del loro meglio per non mostrarsi troppo ansiosi. «E intende condividere prototipo e progetti con noi?» chiese Tao, fingendo indifferenza.

«Secondo le mie fonti, gli americani hanno speso più di un

miliardo di dollari nello sviluppo del *Sea Arrow*. Se abbiamo un accordo sugli altri argomenti che abbiamo discusso, sarò lieto di vendervi il motore e i progetti per un supplemento di cinquanta milioni di dollari.»

Tao non batté ciglio. «Quando ce li potrebbe consegnare?»

«Il prototipo e i progetti arriveranno via mare a Panamá tra cinque giorni. Sarò lieto di effettuare lo scambio laggiù.»

«La proposta è interessante», ammise Tao. «La prenderemo in seria considerazione.»

«Eccellente.» Bolcke raccolse i disegni e guardò l'orologio. «Temo di dover correre a prendere un volo per Sydney. Ho dato inizio alle discussioni preliminari per l'acquisizione di Mount Weld, quindi non vedo l'ora di conoscere la vostra risposta.»

«Gliela daremo il prima possibile», disse Jintai.

Il generale chiamò un suo assistente e, dopo che tutti si furono alzati e scambiati strette di mano, l'austriaco fu accompagnato fuori dalla base. Jintai riempì un bicchiere di whiskey per il capo direttorato e uno per sé.

«Bene, Tao, il nostro amico austriaco ha fatto una proposta interessante. Dato che la nostra economia è forte, possiamo permetterci di imporre le nostre condizioni al mercato. E perché non cercare di fare il balzo tecnologico in avanti che ci garantirà la sicurezza per i prossimi cento anni?»

«Potrebbero esserci ripercussioni economiche sgradite al segretario generale», rifletté Tao. «Ma sono d'accordo che valga la pena di correre il rischio.»

«Pensi che non approverà il finanziamento e i pagamenti in contanti?»

«Non quando gli avrò spiegato il valore della tecnologia del *Sea Arrow*. Abbiamo cercato di infiltrare agenti nel programma, ma senza successo. Non ho messo in dubbio le stime di Bolcke sugli investimenti americani. In effetti, potrebbero essere persino approssimate per difetto.» Fissò il bicchiere di whiskey. «Dobbiamo fare tutto il possibile per avere quei progetti.»

Jintai sorrise. «Allora siamo d'accordo. Sosterremo insieme la proposta presso il segretario generale.»

«C'è un solo problema con il nostro amico austriaco.» Tao si voltò verso Zhou, che per tutta la riunione era rimasto seduto in silenzio. «Per favore, racconta al generale che cos'hai scoperto.»

Zhou si schiarì la gola. «Generale, sono stato incaricato di indagare sul furto di terre rare dalla nostra miniera principale, a Bayan Obo. Ho trovato una rete criminale organizzata che rubava in modo sistematico il minerale grezzo frantumato, trasportandolo a Tianjin. Ho seguito una consegna clandestina fino a quando è stata caricata a bordo di un mercantile chiamato *Graz.*» Fece una pausa, in attesa che Tao gli confermasse che doveva continuare.

«Il nome dovrebbe significare qualcosa, per me?» gli chiese Jintai.

«La *Graz* è di proprietà della compagnia di trasporti di Bolcke», rispose Tao.

«Bolcke sta orchestrando il furto delle nostre terre rare?»

«Sì», disse il capo direttorato. «Anni fa è stato chiamato come consulente alla miniera e ha avuto la possibilità di organizzare la rete criminale. Ma c'è di più.» Fece un cenno a Zhou.

«Ho controllato diversi registri portuali per verificare la rotta del mercantile», raccontò l'agente. «Da Tianjin la *Graz* è salpata per Shanghai e da qui a Singapore, dove ha scaricato trenta tonnellate di bastnaesite che il ministero del Commercio aveva acquistato sul mercato. L'acquisto è stato effettuato tramite una società di Bolcke, le Habsburg Industries.»

«Bolcke sta vendendo le nostre terre rare?» Jintai era sul punto di scattare dalla sedia.

Zhou annuì.

«Quell'avido porco!» Il generale riprese fiato, poi si rivolse a Tao. «Che cosa facciamo adesso?»

«La tecnologia americana dev'essere ottenuta a ogni costo. Manderemo Zhou a Panamá per procedere all'acquisizione.»

«E le terre rare? Dobbiamo bloccare le esportazioni e finanziare l'acquisto della miniera?»

«Insisteremo per il blocco delle esportazioni. Quanto al finanziamento...» Sul volto severo di Tao apparve un sorriso ambiguo. «Vedremo di ripagare il signor Bolcke in un modo che porti allo stesso obiettivo.»

37

Il profumo di boccioli di plumeria, mescolato all'odore del carburante da aviazione, riempiva l'aria del terminal dell'Honolulu International Airport. Il sole splendente e la brezza tropicale scacciarono il peso del volo di dodici ore da Washington. Giordino fece cenno a un taxi, su cui salì con Pitt per il breve tragitto fino a Pearl Harbor.

I viali bordati di palme facevano riaffiorare vecchie memorie. Pitt aveva passato parecchio tempo alle Hawaii nei suoi primi anni alla NUMA. Era qui che si era innamorato di una radiosa creatura di nome Summer Moran. Anche se erano passati decenni dall'ultima volta che l'aveva vista, il volto delicato e gli occhi brillanti di lei erano ancora un'immagine limpida nella sua mente, né più né meno del cielo sopra la sua testa. La madre, defunta, dei suoi due figli ormai grandi era sepolta in un cimitero all'altro capo di quell'isola.

Pitt tornò al presente quando si avvicinarono all'ingresso della base navale. Un giovane guardiamarina li attendeva all'entrata dei visitatori e si preoccupò cortesemente di caricare i loro bagagli su una jeep. Li accompagnò lungo i moli e si fermò accanto a una nave dalla piatta fiancata verticale, sormontata da un'agile sovrastruttura circolare che sembrava essere stata tagliata con un coltello affilato.

«Che cos'è?» chiese Giordino. «Un traghetto pieno di steroidi?»

«Non hai sbagliato di molto», rispose Pitt. «Il progetto della *Fortitude* si basa su un traghetto ad alta velocità costruito da una compagnia australiana.»

«Catamarano?» Giordino notò che la prua arrotondata era sorretta da due scafi gemelli verticali.

«Sì, realizzato in alluminio. La *Fortitude* ha un motore a

idrogetto, fa parte del Military Sealift Command ed è progettata per trasportare truppe e attrezzature di pronto intervento. La marina ne sta costruendo una piccola flotta.»

Mentre prendevano i bagagli dalla jeep, un uomo in divisa con la faccia quadrata li avvicinò. «Signor Pitt?»

«Sì, sono io.»

«Tenente Aaron Plugrad, sicurezza marittima della guardia costiera.» L'uomo strinse la mano di Pitt come in una morsa. «I miei uomini sono già a bordo della *Fortitude*. Mi è stato detto che possiamo salpare in qualsiasi momento.»

«Di quanti elementi è la sua squadra, tenente?»

«Otto uomini, addestrati per operazioni antipirateria. Se c'è un tentativo di arrembaggio, noi lo fermiamo.» Plugrad e i suoi uomini provenivano da un gruppo poco conosciuto, denominato Coast Guard Deployable Operations Group, essenzialmente una squadra SWAT del mare. Erano addestrati in azioni antiterrorismo, imbarchi su navi ad alto rischio e ricerca di esplosivi. «Una domanda», disse Plugrad. «Abbiamo ricevuto dalla NUMA una cassa contenente una decina di tute protettive. L'abbiamo caricata sulla nave.»

«Sono per i suoi uomini», rispose Pitt. «Si assicuri che ciascuno ne prenda una quando saliremo a bordo dell'*Adelaide*. Sospettiamo che l'attacco possa avvenire con l'impiego di un'arma a microonde, simile all'apparecchiatura antisommossa dell'esercito, ma molto più potente.»

«Conosco l'apparecchiatura», garantì Plugrad. «Prenderemo le necessarie precauzioni.»

Pitt e Giordino salirono a bordo della nave dalla curiosa foggia aerodinamica e furono accolti dal capitano di fregata Jarrett, un uomo dai capelli prematuramente ingrigiti, che accompagnò gli ospiti della NUMA al ponte di comando. Qui mostrò loro la rotta prevista su un monitor.

«Prevediamo l'incontro con l'*Adelaide* qui», disse Jarrett, appoggiando l'indice su uno spazio vuoto dell'oceano a sud-est delle Hawaii. «A circa millecento miglia da Oahu. Aggiusteremo la rotta per intercettare la nave quando saremo più vicini, ma dovremmo raggiungerla in meno di ventiquattr'ore.»

«Ventiquattr'ore?» Giordino scosse il capo. «Avete i jet su questa nave?»

«No, solo quattro grossi turbodiesel. Se il tempo è buono, possiamo raggiungere i quarantacinque nodi. Dato che non abbiamo molto carico, dovremmo poter mantenere una velocità su quell'ordine di grandezza.»

«Perché volare e perdersi la brezza marina?» scherzò Giordino.

«È per questo che è stata progettata la *Fortitude*. Possiamo portare un battaglione da una costa all'altra dell'Atlantico in due giorni.» Jarrett diede un'occhiata a un cronografo tra gli strumenti. «Se i signori non hanno obiezioni, salpiamo.»

I motori diesel si avviarono con un rombo. Gli ormeggi furono levati. I cento metri della nave fecero manovra verso la stretta imboccatura di Pearl Harbor, per poi virare a sud-est. La *Fortitude* doppiò Waikiki e la parete torreggiante di Diamond Head prima di aumentare la velocità. La nave accelerò rapidamente, sollevandosi sul doppio scafo. Il mare era calmo, permettendo a Jarret di ordinare quasi l'avanti tutta. Pitt osservava stupito il monitor di navigazione, mentre la nave superava i quarantadue nodi.

In poche ore le Hawaii erano scomparse a poppa e la nave procedeva nell'oceano aperto. Pitt e Giordino raggiunsero Plugrad e la sua squadra in coperta, scambiando opinioni su ciò che li aspettava e passando in esame le procedure antiarrembaggio. Dopo la cena alla mensa di bordo si prepararono alla notte.

Il mattino seguente, mentre esplorava la stiva con Giordino, Pitt sentì che i motori della *Fortitude* stavano rallentando. I due salirono sul ponte di comando, da dove avvistarono l'*Adelaide* a un miglio di prua. Era una portarinfuse da carico solido lunga centottantadue metri, con uno scafo verde foresta e una sovrastruttura dorata. Il fumaiolo annerito e la ruggine intorno al foro del pozzo della catena erano gli unici indizi che tradivano l'età del mercantile, per il resto in ottime condizioni. La linea di galleggiamento era bassa, segno che le stive erano piene fino all'orlo.

«Il comandante dell'*Adelaide* segnala ricevuto ed è pronto ad accogliervi a bordo», riferì Jarrett.

«Grazie per il viaggio rapido, comandante», disse Pitt. «La sua nave è una vera gemma.»

«Sicuri che non potete rimanere con noi?» chiese Giordino, rivolto a Jarrett. «Se l'*Adelaide* non ha carico liquido, potrei aver bisogno di un giro di birre.»

«Mi dispiace, ma dobbiamo raggiungere la costa entro trentasei ore.» Jarrett strinse la mano ai due ospiti. «Ho fatto preparare la lancia. Buona fortuna e buon viaggio.»

Plugrad e il contingente della guardia costiera erano già radunati in coperta quando arrivarono Pitt e Giordino. Si imbarcarono su una lancia coperta, che un pilota condusse fino al mercantile. Una scaletta era stata calata sulla fiancata dell'*Adelaide*. Plugrad e i suoi uomini balzarono sulla piattaforma e salirono a bordo, senza dar cenno di sforzo nonostante le armi e gli zaini da quasi trenta chili che avevano in spalla. Per ultimo, dietro Giordino, salì Pitt, che fece un cenno al pilota della lancia.

In coperta furono accolti da un paio di marinai dall'aria cupa, con indosso tute troppo larghe. «I vostri quartieri sono da questa parte», disse uno di questi, accennando alla sovrastruttura di poppa. «Il comandante vi raggiungerà tra venti minuti alla mensa.» I marinai fecero strada, mentre i motori dell'*Adelaide* aumentavano di giri e la grande nave riprendeva velocità. Giordino guardò la *Fortitude* che si allontanava rapida in direzione nord-est e d'un tratto ebbe una gran voglia di birra.

38

Il comandante dell'*Adelaide* era molto diverso da come Pitt se lo aspettava. Di norma quelli delle grandi navi commerciali erano veterani esperti e compassati. In questo caso si trattava di un giovane magrissimo, con gli occhi in perenne movimento. Quando entrò nel quadrato, scrutò freddamente Pitt, Giordino e Plugrad prima di stringere loro la mano e sedersi al tavolo.

«Mi chiamo Gomez», si presentò. «Mi hanno detto che vi aspettate un attacco di pirateria.» Se la notizia lo preoccupava, la sua espressione non ne dava segno.

«Abbiamo rilevato uno schema ricorrente nel Pacifico», spiegò Pitt. «Tutte le navi trasportavano un carico di terre rare, proprio come voi.»

«Dev'esserci un errore», obiettò Gómez. «Il nostro carico è di manganese.»

«Manganese?» fece Giordino. «Non avete caricato monazite a Perth?»

«Siamo partiti da Perth, ma a bordo abbiamo manganese.»

«Non è quello che dice la sede della vostra compagnia», ribatté Pitt.

Gómez alzò le spalle. «Una svista in buona fede. Devono essere stati scambiati i dati sul computer con quelli di un'altra nave della compagnia. Cose che capitano. Posso chiamare la vostra nave e chiedere che vengano a riprendervi.»

«Impossibile», rispose Pitt. «La *Fortitude* ha una tabella di marcia da rispettare.»

«E poi», fece presente Giordino, «potremmo non essere i soli ad avere avuto un'informazione sbagliata.»

«Ha ragione», intervenne Plugrad. «Non vorrei ritirare i miei uomini, per poi scoprire che vi è capitato qualcosa. Abbiamo ordine di restare a bordo fino a quando arrivate a Long Beach, quindi ci atterremo al piano.»

«Molto bene», disse Gómez, con una punta di irritazione. «Vi prego di non muovervi a bordo della nave oltre il ponte di coperta e le cabine del secondo livello.»

«Al e io faremo turni sul ponte di comando, pronti ad avvisare il tenente nel caso dovessimo incrociare un'altra nave.»

A Gómez non sfuggì il tono deciso di Pitt. Fece un cenno di assenso. «Come volete. Ma non consentirò la presenza di uomini armati sul ponte.» Si alzò dal tavolo. «Devo tornare ai miei doveri. Benvenuti a bordo. Confido che vi godrete un viaggio tranquillo e di routine.»

Quando il comandante se ne fu andato, Giordino guardò Pitt e Plugrad, scuotendo la testa. «Be', che ne dite? Niente terre rare e un comandante rompicoglioni a tenerci compagnia per tutto il viaggio.»

«Non possiamo farci niente, ora», commentò Pitt. «E, se ci siamo sbagliati, tranquillità e routine non sono proprio il destino peggiore.»

La verità era che il suo istinto lo aveva messo in allarme appena era salito a bordo. C'era qualcosa che non gli tornava nell'equipaggio e nel comandante. Era stato su parecchi mercantili, con equipaggi di ogni genere e di per sé un'accoglienza poco calorosa non aveva niente di strano. Ma erano le circostanze a renderla sospetta. Con il rischio di dover affrontare una minaccia mortale, l'equipaggio dell'*Adelaide* avrebbe dovuto essere contento di avere una scorta. O almeno mostrarsi incuriosito. Pitt e gli altri, invece, erano stati trattati come una seccatura.

Dopo che ebbero preso posto nelle rispettive cabine, i marinai parvero sorvegliare ogni loro movimento. Al tempo stesso, tuttavia, si rifiutavano anche solo di scambiare due chiacchiere. In coperta Pitt e Giordino venivano evitati e ignorati. Le loro richieste di informazioni non ricevevano risposta. Gómez faceva quasi finta che non esistessero e si rifiutava di cenare con gli ospiti, chiudendosi in cabina quando non era in servizio.

Durante la seconda notte a bordo, Pitt camminava avanti e indietro sul ponte di comando, come al solito senza che nessuno gli rivolgesse la parola. Poco prima della fine del turno, prevista per mezzanotte, comparve un marinaio che si avvicinò al comandante: parlarono sottovoce, voltandosi di tanto in tanto verso l'ospite.

Sullo schermo del radar, Pitt notò l'immagine di una nave a prua, su una rotta simile alla loro. Si avvicinò allo schermo dell'AIS: l'Automatic Identification System era un programma satellitare, obbligatorio per tutte le navi commerciali al di sopra delle trecento tonnellate, che forniva dati su velocità, direzione e identità. Ma quella sul radar non mostrava alcuna indicazione.

«Non ha l'AIS acceso», rilevò Pitt, rivolgendosi a Gómez. «Mi sembra sospetto.»

«A volte il segnale si perde», replicò il comandante. «Oppure è una nave militare. Non vuol dire niente.» Si avvicinò al timoniere per dirgli qualcosa all'orecchio, poi andò dalla parte opposta del ponte.

Pitt non gli fece caso e continuò a controllare velocità e direzione dell'*Adelaide*. Non si sorprese quando la nave misteriosa rallentò di uno o due nodi e scomparve dallo schermo radar.

Dopo quaranta minuti di silenziosa tensione, Giordino si presentò per dare il cambio a Pitt. «I mari sono tranquilli stasera?»

«Navighiamo sulle onde dell'isteria.» Pitt gli riferì dell'incontro con la nave non identificata.

Un nuovo timoniere venne a rilevare quello di turno, mentre il comandante rimase al suo posto.

Prima di andarsene, Pitt diede un'altra occhiata allo schermo radar. Qualcosa attirò la sua attenzione e si trattenne a esaminare i dati. Era la direzione a insospettirlo: l'*Adelaide* era passata da una rotta est-nord-est a un'altra est-sud-est. «Perché andiamo a sud-est?» chiese Pitt.

«A questa latitudine c'è una forte corrente», rispose Gómez. «Ci manterremo più a sud per un giorno o due, per poi riprendere la rotta verso Long Beach.»

Pitt ricordava che la corrente equatoriale settentrionale era un po' più a sud della loro attuale posizione, ma non perse tempo a discutere. Si voltò verso Giordino, con uno sguardo scettico. «Vado a dormire. Ci vediamo al prossimo turno.»

Lasciò il ponte di comando e scese la scaletta. Anziché fermarsi al secondo livello per tornare alla propria cabina, decise di uscire in coperta per prendere un po' di aria fresca. Incrociò Plugrad, che saliva le scale con aria preoccupata.

«Già alzato?» gli chiese Pitt.

«Sto cercando due miei uomini che non si sono presentati per il loro turno. Li ha visti per caso sul ponte di comando?»

«No. Provi alla mensa. Magari sono andati a prendere un caffè per tenersi svegli.»

Plugrad borbottò una risposta affermativa e si diresse al quadrato.

In coperta, Pitt sentì una brezza fresca che spirava da sinistra. Dopo parecchie ore nell'atmosfera poco amichevole del ponte di comando, l'aria fredda lo rilassò. Si sgranchì le gambe e arrivò sino a prua, da dove rivolse lo sguardo all'orizzonte. Vide apparire per un istante una debole luce, che scomparve e ritornò, mentre l'*Adelaide* saliva e scendeva sulle onde. La nave misteriosa era ancora laggiù, proprio davanti a loro, ai margini del campo visivo tanto dell'occhio nudo quanto del radar.

Pitt rimase a osservarla per parecchi minuti, fino ad avere conferma che la nave manteneva la propria posizione. Poi tornò alla sovrastruttura. Mentre passava vicino alla stiva di prua, notò alcuni detriti sul ponte. Parte del manganese doveva essersi rovesciato intorno al portellone durante le operazioni di carico. Pitt raccolse un frammento grande quanto un pugno e lo esaminò alla luce più vicina: era argenteo e sembrava identico alla monazite che aveva trovato in Cile, a bordo della *Tasmanian Star*.

Gómez aveva mentito riguardo al manganese. Ma perché? E perché tutto l'equipaggio si comportava in modo strano? Che cosa significava la nave davanti a loro? Pitt era molto inquieto.

Plugrad. Doveva avvisarlo.

Fece un passo verso la sovrastruttura, ma si fermò quando ne vide uscire diverse figure. Si nascose dietro il portellone e distinse due uomini che ne trascinavano un terzo. Il gruppo passò sotto una luce e per un istante poté vederli bene: due marinai armati, con un corpo quasi inerte in mezzo a loro. L'uomo, con una macchia di sangue sulla fronte, era il tenente Plugrad.

I due marinai lo trascinarono fino al lato di sinistra della tuga, dove aprirono una porta e lo buttarono dentro. Quando scomparvero alla vista, Pitt corse verso il lato opposto della sovrastruttura. Si precipitò sulla scala e uscì al secondo livello, dove si trovavano le quattro cabine in cui era alloggiata la squadra della guardia costiera.

Bussò alla prima porta, la spalancò, ma non trovò nessuno. Quando constatò che anche la seconda cabina era vuota, cominciò a temere il peggio. Ne ebbe conferma trovando deserte anche la terza e la quarta. L'intera squadra era stata neutralizzata.

Pitt stava per uscire dalla quarta cabina quando udì voci in corridoio. Indietreggiò e si nascose dietro la porta aperta. Attraverso la fessura poté vedere due marinai armati che si fermavano proprio davanti alla cabina che era stata assegnata a lui. Uno dei due girò la maniglia, dopodiché fecero irruzione, armi alla mano.

Dal momento che era deserta, tornarono in corridoio, parlando sottovoce in spagnolo. Uno dei due si diresse con passo deciso verso le scale, mentre l'altro restava davanti alla cabina. Muovendosi lentamente, si avvicinò alla porta di fronte, quella di Giordino. Entrò cauto, non trovò nessuno e passò alla cabina successiva.

Pitt trattenne il respiro quando l'uomo raggiunse quella in cui si era nascosto. Vide spuntare la canna del fucile d'assalto, mentre il marinaio faceva un passo verso l'interno.

Un secondo più tardi, Pitt entrò in azione. Investì il marinaio con la porta, lo costrinse contro la parete e, con il frammento di roccia che ancora teneva in mano, lo colpì a una tempia. L'uomo perse conoscenza e scivolò a terra, prima di poter appoggiare il dito sul grilletto.

Pitt lo trascinò nella cabina e tese le orecchie, nel caso il suo compagno stesse tornando. Non sentì nulla. Prese l'AK-47 che il marinaio imbracciava e tornò in corridoio, chiudendosi la porta alle spalle. Si diresse alla scala, con l'intenzione di scendere a liberare Plugrad. Stava per mettere il piede sul primo gradino quando udì una detonazione proveniente dall'alto. Se il colpo era stato sparato sul ponte di comando, poteva significare solo una cosa.

Giordino.

Pitt cambiò direzione e salì i gradini a due a due, cercando di fare meno rumore possibile. Si fermò fuori dalla plancia e sbirciò dentro. Le luci erano state abbassate per la navigazione notturna, riducendosi quasi al bagliore dei monitor. Una console gli copriva la visuale di buona parte dell'interno, ma tutto sembrava tranquillo. Forse, pensò, lo sparo veniva da qualche altro punto della nave. Da dove si trovava, riusciva a vedere solo il timoniere. Avanzò.

« Signor Pitt », lo accolse la voce di Gómez. « Immaginavo che sarebbe venuto a cercare il suo amico. » Il comandante era accovacciato a terra. Si rialzò, tenendo una pistola con il braccio teso. Non era puntata su Pitt, bensì al pavimento.

Lui fece un passo avanti e vide che a essere sotto tiro era Giordino, steso a terra, che si stringeva una gamba.

« Posi quell'arma », intimò Gómez. « O morirete entrambi. »

Pitt colse un movimento con la coda dell'occhio. L'uomo armato che aveva salito le scale si era materializzato da dietro un'altra console e gli premeva la canna del proprio AK-47 sulla schiena.

Pitt rivolse un'occhiata al suo amico ferito, poi guardò con odio il comandante dell'*Adelaide* mentre lasciava cadere l'arma.

39

Il presidente rigirava un sigaro spento tra pollice e medio. «Perché?» domandò in tono seccato. «Perché di punto in bianco i cinesi devono interrompere l'esportazione di terre rare?»

Un silenzio imbarazzante scese sulla Stanza ovale.

«Il mio sospetto è che sia una mossa tattica», rispose il segretario di Stato. «E che intendano usarle come moneta di scambio per contrastare le nostre pressioni sui loro commerci con l'Iran o sulla loro politica economica.»

«È questo che ti hanno detto?»

«No. Il ministero degli Esteri dice solo che è una 'necessità strategica'.»

«Certo», intervenne il vicepresidente Sandecker. «La necessità di silurare la nostra economia.» Da grande appassionato di sigari, guardava quello in mano al presidente con una certa invidia.

«È una mossa azzardata», aggiunse il segretario di Stato. «Mi aspettavo qualche disponibilità al negoziato, ma i cinesi non svelano nulla.»

Il presidente si rivolse alla sua consigliera in materia di sicurezza nazionale, una donna dai capelli corvini di nome Dietrich. «Quanto ci danneggia?»

«Più del novanta per cento delle nostre importazioni di terre rare proviene dalla Cina», rispose lei. «Sul piano commerciale, ha effetti devastanti su diverse industrie, in particolare nei campi dell'elettronica e delle energie alternative. Ne sarà condizionata quasi ogni attività industriale ad alta tecnologia.»

«Stiamo parlando di prezzi più alti?» si informò Tom Cerny.

«Il primo impatto saranno i prezzi alle stelle. Fino a quando non si riuscirà ad aggirare l'ostacolo, i prodotti saranno scarsi o troppo costosi. In ogni caso, ci sarà un calo della richiesta e quindi dei posti di lavoro. Questa politica potrebbe riportare l'economia alla recessione. »

« E altre fonti di terre rare? » domandò il presidente. « So che abbiamo quella miniera in California. Ditemi che non ci sono solo i cinesi. »

« La miniera di Mountain Pass è stata aperta qualche anno fa e stava incrementando la produzione », rispose la Dietrich. « Ma di recente un incendio ha distrutto gli impianti estrattivi, portando a una chiusura a tempo indeterminato. Forse due anni. Era la nostra unica fonte interna. »

« Qualcuno ha indagato sulle cause dell'incendio? » intervenne Sandecker.

« Si pensava che fosse accidentale, ma ora i proprietari si sono rivolti all'FBI per chiarire se sia stato doloso. »

« E altre fonti all'estero? »

« Una parte delle nostre importazioni non viene dalla Cina », riprese la Dietrich. « L'Australia è al secondo posto tra i fornitori, con quantità minori da Russia, India e Malesia. Ma ci sono problemi anche agli antipodi. Il principale produttore australiano ha annunciato una chiusura temporanea nell'ambito di un programma di espansione. »

Il presidente gettò il sigaro in un posacenere. « Quindi noi dobbiamo restare a guardare inerti mentre si blocca la nostra economia? »

La consigliera annuì, desolata. « Non abbiamo alcun controllo sulla situazione delle forniture. »

« E non c'è solo questo », aggiunse Sandecker. « La carenza di materie prime assesta anche un duro colpo a diverse tecnologie chiave della nostra difesa. »

« Il vicepresidente ha ragione », confermò la Dietrich.

« A quali tecnologie? » chiese il presidente.

« La marina subisce un duro colpo », rispose lei. « Il sistema propulsivo per il cacciatorpediniere classe Zumwalt e il nuovo battello stealth dipendono in misura notevole dalle terre rare. Due programmi che resteranno paralizzati. Sto aspettando le valutazioni da parte dell'aeronautica militare, ma mi dicono che ci sarà un forte impatto sul nuovo caccia e su molti programmi di sviluppo satellitare.»

«Stiamo parlando di programmi con un budget di miliardi di dollari», osservò Cerny.

«A me sembra», giudicò il presidente, «che i cinesi potrebbero sfruttare il loro monopolio come opportunità per mettersi alla pari sul piano militare.»

I presenti annuirono.

«E se dicessimo loro che il bando sulle esportazioni è inaccettabile?»

Il segretario di Stato cambiò posizione sulla sedia. «Non funzionerebbe. I leader cinesi non prendono bene le minacce. Se diamo inizio a una guerra commerciale, saremo noi a rimetterci. E se loro smettessero di comprare il nostro debito, si creerebbero problemi ancora peggiori.»

«Quindi ci aspetta una picchiata economica nel momento in cui meno ce lo possiamo permettere», concluse il presidente. «Oltretutto dobbiamo sacrificare il nostro potenziale militare ritardando lo sviluppo di nuove navi, aerei e satelliti spia.»

«C'è un'altra vittima», disse Sandecker. Si avvicinò al presidente e gli sussurrò: «Il *Sea Arrow*».

Il presidente assentì. «Naturale.» Andò alla scrivania e guardò fuori dalle alte vetrate per parecchi minuti. Quando si voltò verso gli astanti, parlò con voce bassa e in tono sconfitto. «Scoprite cosa vogliono i cinesi. E dateglielo.»

40

La sparizione del motore del *Sea Arrow* portò a una caccia serrata a livello nazionale. Su tutte le strade e autostrade principali in direzione nord o sud da Washington furono istituiti posti di blocco. Squadre dell'FBI vennero inviate in tutti gli aeroporti dell'area e in ogni porto dell'East Coast da cui, secondo gli analisti, il propulsore avrebbe potuto essere trasportato clandestinamente fuori dagli Stati Uniti. La sicurezza fu potenziata alla frontiera settentrionale con il Canada.

Eppure il prototipo rubato non venne trovato in nessuno di questi luoghi. Era stato portato a ovest, lontano dai maggiori porti e aeroporti, oltre la regione rurale degli Appalachi, nascosto su un camion di fieno. Quando entrò a Lexington, Kentucky, Pablo rallentò, guardandosi intorno nel caso ci fossero veicoli della polizia di passaggio.

Ann era ancora relegata nel retro, con un polso ammanettato a uno stretto sedile. Si poteva distendere ma, per guardare fuori dal finestrino, doveva contorcersi in modo piuttosto scomodo. Viaggiavano in silenzio. Pablo non aveva ascoltato il suo iniziale fuoco di fila di domande e lei aveva deciso di risparmiare energie. Con un piccolo sforzo di immaginazione, poteva collegare il furto dei piani del *Sea Arrow* da parte di Pablo con il grande apparecchio nascosto sul semirimorchio: doveva trattarsi del nuovo propulsore del sottomarino.

Il colombiano era soddisfatto della tabella di marcia: in sette ore aveva coperto seicentoquaranta chilometri, prima di fermarsi lungo una tranquilla strada secondaria e lasciare che Ann si sgranchisse le gambe. Poco dopo entravano a Lexington, dove Pablo trovò un'area di servizio in cui riempì il serbatoio a una pompa a self-service sul fondo. Poi aprì la portiera. «Vuoi qualcosa da mangiare?» chiese ad Ann.

« Sì, per favore. Muoio di fame. »

« Torno subito. » Sbatté la portiera e la chiuse a chiave.

Ann lo guardò entrare nella tavola calda. Ispezionò il parcheggio, in cerca di qualcuno che potesse aiutarla. Ma era tardi e vide solo un camionista con la barba che lavava il parabrezza del suo veicolo una decina di metri più in là, con il motore acceso.

Lei gli fece cenno con la mano libera, gridò a pieni polmoni, ma i vetri oscurati la rendevano invisibile e le sue urla, soffocate nello spazio chiuso della cabina, erano coperte dal rumore del motore. Cercò di raggiungere il clacson, ma era troppo lontano. Il camionista risalì sul suo veicolo e ripartì, ignaro delle richieste di aiuto.

Allora Ann esplorò l'interno della cabina sperando di trovare qualcosa da usare come arma. Ma non c'era niente, neppure nel cassetto del cruscotto. Trovò solo una carta stradale e un computer portatile. Lo aprì con la mano libera e lo avviò. Vedeva Pablo alla cassa. Aveva pochissimo tempo per cercare di mandare un messaggio, a patto che l'area di servizio disponesse di wi-fi.

Trattenne il fiato mentre lo schermo del computer prendeva vita con estrema lentezza. Dopo un'eternità, una finestra sullo schermo le chiese se volesse connettersi alla rete del Lexington Diesel & Dine.

« Sì! » Cliccò sull'icona. Qualche secondo dopo vide apparire una pagina di ricerca di Internet.

La sua gioia fu di breve durata. Quando alzò lo sguardo verso i finestrino, vide Pablo che usciva dalla tavola calda. Il cuore le batteva forte mentre valutava le possibilità. Non aveva tempo per entrare nel suo account e-mail o inviare un messaggio attraverso il sito dell'NCIS. Le venne un'idea dettata dalla disperazione. Batté in fretta quattro parole e attese la risposta. Quando apparve una nuova schermata, scese sul fondo e trovò un link per le richieste.

Pablo era a una decina di passi dal camion.

Le dita di Ann corsero sulla tastiera, fermandosi solo per premere INVIO. La serratura della portiera scattò. Chiuse il computer e lo spinse sul sedile anteriore un attimo prima che Pablo aprisse la portiera.

Il cuore le batteva all'impazzata e si sentiva rossa in viso, mentre lo vedeva piazzarsi sul sedile. Il mercenario si voltò e la guardò con aria interrogativa, muovendo le mani.

«Prosciutto e formaggio oppure tonno?» chiese, mostrando due involucri di carta.

«Tonno, per favore.» Espirò e prese il suo sandwich.

Pablo ripartì e si immise di nuovo sull'autostrada, mangiando mentre guidava. La sosta lo aveva rilassato. Si voltò indietro per un attimo e parlò ad Ann. «Sei innamorata di me», disse, sorridendo.

«Cosa?»

«Sì. Devi essere innamorata di me. Altrimenti perché continui a comparire da tutte le parti?»

«Non ho chiesto io di partecipare a questa gita. Per favore, lasciami andare.»

Pablo scoppiò in una risata profonda. «Sei troppo sveglia perché ti lasci andare... e troppo carina per morire.»

Ann provò un improvviso senso di ripugnanza, ma non volle interrompere la conversazione. «È il motore del *Sea Arrow* quello che ci stiamo tirando dietro?»

«Forse.»

«Perché hai ucciso gli uomini che ti hanno aiutato a rubarlo?»

«Erano serviti allo scopo e sapevano più del necessario. Ma adesso basta domande.» Accese la radio e regolò la sintonia fino a trovare una stazione locale che trasmetteva bluegrass.

Attraversarono le colline del Kentucky occidentale, ascoltando il ritmo sincopato di Flatt e Scruggs. Quattro ore dopo entravano a Paducah. Il mercenario si fermò a una stazione di servizio e fece una telefonata. Pochi minuti più tardi apparve un pickup rugginoso con al volante un uomo pieno di tatuaggi, che scortò il camion sino alla sponda del fiume Ohio. Un rimorchiatore e una chiatta carica di container erano ormeggiati a un vecchio pontile di legno. Pablo parcheggiò vicino alla chiatta.

Era passata da tempo la mezzanotte e c'era un silenzio irreale. Il colombiano sganciò il semirimorchio e portò il trattore in un parcheggio vicino. Quando tornò, l'uomo tatuato aveva agganciato una serie di cavi al rimorchio e lo stava sollevando con una gru. Pablo saltò sulla chiatta e si preoccupò di assicurarlo al ponte, prima di tornare a prendere l'ostaggio.

Ann si finse insonnolita quando lui la liberò dall'armatura del sedile e la riammanettò con i polsi davanti al corpo. Lei comprese che le manette avevano un sensore. Pablo la trascinò verso il pontile.

Le luci di Paducah brillavano alla sua destra sulla riva del fiume, che scorreva come un flusso di melassa. Il mercenario le stringeva un braccio con forza mentre la guidava verso il vecchio rimorchiatore, pronto a trainare la chiatta a valle sul fiume. Per salire a bordo bisognava percorrere una stretta passerella sospesa sopra l'acqua. Ann esitò, finché Pablo non le diede una delicata spinta in avanti.

Non che lei avesse paura di camminare sulla passerella. Piuttosto, si preoccupava di cosa l'aspettasse. Prima ammanettata a un camion, ora a un rimorchiatore, e dopo? Ovunque la portassero, il momento in cui avere paura sul serio sarebbe stato quando le avessero tolto le manette. Fu questo pensiero a indurla ad agire.

Si preparò mentalmente e tirò un profondo respiro mentre Pablo le dava una nuova spinta. Finse di barcollare, fece due passi in avanti e piegò le ginocchia. Saltò sulla passerella, che si fletté, dandole ulteriore spinta, e volò agilmente oltre il corrimano. Il mercenario cercò di afferrarla, ma riuscì solo a sfiorarle una caviglia.

Ann sprofondò nel fiume sollevando un lieve spruzzo e scomparendo sotto l'acqua torbida.

41

Il magazzino di servizio dell'*Adelaide* era un forno rovente e poco illuminato. Pitt sentì un odore di carne in decomposizione e sudore appena la porta fu spalancata e, insieme a Giordino, fu costretto a entrare sotto la minaccia delle armi. Aveva dovuto reggere l'amico ferito nella discesa fino al ponte di coperta e sforzarsi di non cadere sotto il suo peso. Vide un telone sul pavimento e vi depose sopra Giordino, mentre la porta veniva chiusa a chiave.

« C'è un medico fra voi? » chiese Pitt, rivolto agli uomini della guardia costiera accovacciati nella stanza.

Un giovane si alzò e gli si avvicinò.

« Simpson, giusto? » disse Pitt.

« Signorsì. Se posso essere d'aiuto... » L'uomo si chinò su Giordino, notando subito la pozza di sangue che gli si allargava sotto la gamba destra. « Gli hanno sparato? »

« Sì. » Pitt allargò lo strappo dei pantaloni dell'amico. « Ha perso molto sangue. »

Simpson localizzò la ferita alla coscia di Giordino e fece pressione con il palmo della mano. « Mi serve qualcosa per fasciarlo. »

Pitt si tolse la camicia e lacerò una manica, ricavandone lunghe strisce di tela. Qualcuno passò loro una bottiglietta d'acqua, che il medico usò per pulire l'area insanguinata. Poi prese una striscia e ne fece una compressa, che applicò alla ferita, legandola con gli altri brandelli di tela.

Giordino aprì gli occhi e alzò lo sguardo. « Dov'è andato? »

« A prendere una birra », rispose Pitt. « Fatti un sonnellino. Ti sveglio quando è ghiacciata. »

Il ferito fece un sorriso sghembo e in pochi secondi si assopì.

Simpson lo coprì con un lembo del telone, poi prese in disparte Pitt. «Ha avuto fortuna. C'erano due ferite, il che vuol dire che il proiettile è entrato e uscito. Con tutta probabilità ha mancato l'osso. Ma deve avere colpito l'arteria femorale, il che spiega la perdita di sangue. L'emorragia potrebbe causare uno shock, sarà meglio tenerlo d'occhio.»

«È un vecchio caprone resistente», commentò Pitt.

«Per ora dovrebbe stare bene. Il suo problema principale sarà evitare l'infezione, in questo buco.»

Nella penombra, Pitt notò che Simpson aveva un livido su uno zigomo. «A te cos'è successo?»

«Un marinaio mi ha colto di sorpresa in corridoio, mentre stavo per cominciare il mio turno. Il bastardo mi ha colpito con una catena. Ma ho avuto più fortuna di altri.»

Pitt si guardò intorno alla luce incerta di una singola lampadina che pendeva dal soffitto. Oltre alla squadra della guardia costiera, in fondo al magazzino c'era un altro gruppo: i membri del vero equipaggio dell'*Adelaide*. Due sagome oblunghe avvolte in teloni e collocate in un angolo erano responsabili del tanfo.

«Il comandante e il nostromo», spiegò Simpson, «uccisi nell'attacco prima del nostro arrivo.»

Pitt annuì, rivolgendo la propria attenzione alla squadra della guardia costiera. Avevano tutti lividi o ferite. Plugrad sedeva in mezzo ai suoi con la testa appoggiata a una paratia e un'espressione vacua negli occhi.

«Come sta il tenente?»

«Lo hanno colpito alla testa con violenza», rispose Simpson. «Ha un trauma commotivo, ma per il resto sta bene.»

Pitt si avvicinò all'altro gruppo. I marinai apparivano stanchi ma illesi.

Un uomo con le spalle grosse e un paio di baffoni grigi si alzò e si presentò con un marcato accento australiano. «Frank Livingstone, comandante in seconda. Come sta il vostro compagno?»

«Gli hanno sparato a una gamba. Ha perso molto sangue, ma il medico dice che se la caverà.»

«Mi dispiace di non potervi essere d'aiuto. Il nostromo era

anche il nostro medico di bordo. Ora è lì con il comandante.» Indicò i due cadaveri.

«Come hanno fatto a impadronirsi della nave?»

«Tre sere fa una nave molto veloce ci ha affiancati, facendo prendere un accidente al nostro timoniere. Non rispondevano alla radio e il comandante è andato in coperta con il nostromo. A bordo della nave misteriosa c'era una specie di radar che li ha uccisi entrambi.» Torse la bocca in una smorfia. «Mai visto niente del genere: era come se fossero stati bolliti vivi. Poco dopo un gruppo di uomini è salito a bordo. Non c'era molto che potessimo fare. Da quel momento siamo rimasti chiusi qui dentro.»

«Mi spiace che siamo arrivati tardi», disse Pitt. «Sospetto che qualcuno li abbia avvisati del nostro intervento, per cui vi hanno attaccati prima del previsto.»

Negli occhi di Livingstone balenò un lampo di rabbia. «Chi è quella gente?»

Pitt scosse la testa. «Fanno parte di un'organizzazione che riteniamo abbia assaltato parecchi mercantili che trasportavano terre rare.»

«Abbiamo un carico di una cosa che si chiama monazite», disse Livingstone. «Mi sa che hanno trovato quello che cercavano. Ha qualche idea su dove siamo diretti?»

Pitt si guardò intorno, per assicurarsi che nessuno degli altri li sentisse. «Crediamo che di solito trasferiscano il carico in mare, poi affondino le navi. Almeno altre due sono naufragate in queste acque.»

Livingstone annuì, ma non aveva l'aria di rassegnarsi a morire su una nave affondata. «Mi dica, signor Pitt, quanto erano grandi le altre navi?»

«Non molto. Erano vecchie portarinfuse da diecimila tonnellate al massimo. Perché me lo chiede?»

«L'*Adelaide* è di quarantamila tonnellate. Ho guardato bene l'altra nave prima che mi chiudessero qui. È un guscio di noce, rispetto a noi. Non ci starebbe nemmeno metà del carico.»

«È tutto di monazite?»

«Fino all'ultima oncia. Nossignore, non affonderanno l'*A-*

delaide. Non subito, almeno. Il nostro carico è troppo prezioso.»

Pitt guardò gli uomini feriti e duramente provati rinchiusi in quella prigione maleodorante. «Signor Livingstone, spero proprio che lei abbia ragione.»

42

Ci vollero solo pochi secondi perché Ann cedesse al panico.

Tuffatasi in acqua, batté i piedi con le braccia distese davanti a sé, sprofondando nel fiume Ohio. L'acqua era più calda di quanto si aspettasse, forse al di sopra dei venti gradi. Discesa sul fondo, Ann rallentò e inarcò la schiena, cercando d'istinto di muovere le braccia per risalire. Ma con i polsi ammanettati le era impossibile.

Fu preda di un'angoscia improvvisa, con la certezza che sarebbe annegata.

Rilassati, rilassati, rilassati, ripeté una voce nella sua mente.

Con il cuore che le martellava nel petto, si costrinse a fermarsi, lasciandosi trascinare dalla corrente per qualche secondo, fino a placare i nervi. Poi cominciò a remare con le mani unite, per dirigersi verso la superficie. Ma, in quelle acque nere come l'inchiostro, non era più sicura di dove fossero l'alto o il basso.

La risposta arrivò presto, quando con una spalla sfiorò il fondo corroso della chiatta. Si spinse verso il bordo, trattenendo il fiato ancora per qualche secondo prima di riemergere nell'aria fresca della notte.

La corrente la portò rapidamente lontano dalla chiatta e dal rimorchiatore. Ann si guardò indietro e vide Pablo che correva sul pontile, guardando in acqua. Il mercenario scorse la sua testa e sfoderò la Glock.

Lei si immerse di nuovo, ora più calma, trattenendo il fiato per quasi un minuto, nuotando nel verso della corrente. Quando tornò in superficie era già a quasi mezzo miglio dalla chiatta e Pablo non si vedeva più. Rivolse la sua attenzione al fiume davanti a sé, in cerca di un punto in cui tornare a riva e cercare aiuto. Ma il pontile era alla periferia della città e le sponde erano buie e deserte. Poco più avanti, tuttavia, sulla riva opposta balenavano le luci della cittadina di Metropolis, Illinois.

Nella speranza di trovare la salvezza, Ann riprese a nuotare verso le luci, lottando contro la corrente. Ma poi capì che i suoi sforzi per raggiungere la città erano vani. Il fiume era largo più di un chilometro e mezzo e la corrente l'avrebbe trascinata oltre le luci molto prima che potesse raggiungere l'altra sponda.

Nuotare con i polsi ammanettati era faticoso. Ann si mise sul dorso e si riposò. In cielo notò un paio di bagliori rossi intermittenti in lontananza: luci di sicurezza per velivoli di passaggio. Nei brevi intervalli in cui erano accese, constatò che erano installate su un paio di alte ciminiere di cemento. Potevano far parte di una centrale elettrica in riva al fiume.

Mentre superava le luci di Metropolis, riprese a nuotare verso la riva più vicina. Per oltre un chilometro il fiume era buio e Ann cominciò a provare freddo e solitudine. Ma non smise di seguire con lo sguardo i bagliori rossi intermittenti, sempre più vicini. Un alone chiaro alla base si materializzò un po' per volta in una profusione di luci brillanti che inghiottivano l'intera centrale. La costruzione non si affacciava direttamente sul fiume, tuttavia Ann, costeggiando la sponda coperta di cespugli, vide che una sottile insenatura artificiale collegava l'Ohio alla centrale elettrica.

Quando fu all'imbocco dell'insenatura, prese a battere i piedi con forza. La corrente dell'Ohio cercava di strapparla via, ma lei riuscì a sfuggirle. Entrò in acque più calme, che si estendevano per mezzo chilometro verso la centrale, dove alimentavano i boiler a carbone. Esausta dopo l'ultima battaglia contro la corrente, Ann raggiunse la riva e si abbandonò sul fango. Dopo essere rimasta immobile per parecchi minuti, a riprendere fiato, si arrampicò sull'argine, fino a un sentiero percorribile da veicoli.

Rabbrividì nei vestiti bagnati mentre si incamminava verso la centrale elettrica, sentendo nell'aria il forte odore di carbone bruciato. Contò numerosi veicoli nel parcheggio: doveva esserci molta gente in servizio per il turno di notte. Alla sua sinistra brillò una coppia di fari: un pickup bianco sormontato da un lampeggiatore arancione stava uscendo lentamente dal parcheggio. Ann affrettò il passo, agitando le braccia ammanettate per farsi vedere dal guidatore.

Il pickup stava accelerando e svoltò sul sentiero, sobbalzando sul terreno sconnesso. Si fermò davanti ad Ann, sollevando una nube di polvere. Lei alzò i polsi e si avvicinò. «Può aiutarmi?»

La voce le venne meno quando dal finestrino aperto vide spuntare la testa di Pablo. Teneva in mano la Glock e un GPS portatile collegato al segnalatore nelle manette.

«No, amore mio», disse lui, con voce crudele. «Sei tu che puoi aiutare me.»

TERZA PARTE

Viaggio a Panamá

Chiusa di Miraflores

43

Summer Pitt alzò gli occhi dal portablocco che teneva in grembo e guardò fuori dalla cupola in polimero acrilico del batiscafo. Il buio assoluto dava un senso di claustrofobia. «Che ne dici di un po' di illuminazione esterna?»

Il fratello gemello, seduto ai controlli, fece scattare una serie di interruttori, attivando una batteria di LED. Un chiarore si diffuse nelle acque nere come il carbone. Ma c'era lo stesso ben poco da vedere, oltre alle particelle in sospensione fuori dalla cupola, comunque a Summer interessava farsi un'idea della loro velocità di discesa.

«Hai ancora paura del buio?» le chiese il fratello.

Mentre Summer aveva ereditato la pelle perlacea e i capelli rossi della madre, Dirk Pitt Jr assomigliava al padre. Era alto e snello come lui, aveva gli stessi capelli neri e persino lo stesso sorriso tranquillo.

«Qui sotto, quello che non puoi vedere può farti male», obiettò lei. Controllò l'indicatore di profondità su un monitor sopra di sé. «Cinquanta metri al fondale.»

Dirk regolò le cisterne di zavorra per rallentare la discesa. Il batiscafo fluttuò in assetto neutro prima di toccare il fondale, che a novanta metri sotto la superficie era una desolazione marroncina popolata solo da piccoli pesci e crostacei.

«La faglia dovrebbe essere a zero-sei-cinque gradi», comunicò Summer.

Dirk attivò i propulsori elettronici del batiscafo, dirigendosi verso nord-est.

Summer rilevò un flusso sottomarino trasversale. «La Agulhas è forte, oggi. Abbastanza da portarci in Australia.» La corrente di Agulhas partiva dalla costa orientale africana e proprio in quell'area incontrava sia quella del Madagascar orientale, sia alcuni flussi provenienti dall'oceano Indiano, creando vortici imprevedibili. «Dobbiamo avere scarrocciato parecchio durante la discesa. Ma, se restiamo sulla rotta, riusciamo lo stesso a passare sopra la faglia.» Premette il naso sulla cupola e studiò le lievi ondulazioni del fondale sotto di loro. Dopo diversi minuti distinse un crinale. «Quello è il nostro rilievo.»

Dirk risalì, in modo da sospendere il batiscafo tre metri sopra il crinale. «Pronto per il video.»

Summer azionò una coppia di videocamere montate all'esterno sui pattini del batiscafo e controllò la ricezione su un monitor. «Videocamere in funzione. Portaci lungo la linea.»

Dirk spinse in avanti il batiscafo, seguendo il crinale. Stavano lavorando di concerto con una nave di ricerca della NUMA che in precedenza aveva scandagliato l'area con un sonar multiplo, per esaminare una faglia attiva al largo dell'estremità meridionale del Madagascar. L'obiettivo era migliorare le previsioni sugli tsunami provocati da terremoti. Il video della faglia avrebbe fornito ai geologi a bordo della nave un riferimento di base per quella zona. In seguito il batiscafo avrebbe sepolto nel fondale piccoli sensori per rilevare con precisione l'attività sismica.

Il progetto richiedeva un misto di talenti interdisciplinari che aveva destato l'interesse di entrambi i fratelli. Dirk era un ingegnere navale, Summer era specializzata in oceanografia ed entrambi avevano ereditato dal padre l'amore per il mare. Lo avevano raggiunto nella NUMA solo da qualche anno, dove avevano colto al volo l'occasione di viaggiare per il mondo per risolvere i misteri degli oceani. Il loro lavoro era ancora migliore se collaboravano tutti e tre, com'era avvenuto di recente quando a Cipro avevano scoperto alcuni antichi manufatti collegati a Gesù Cristo.

«Stiamo passando il chilometro numero otto del crinale sommerso senza fine», comunicò Dirk due ore dopo. Contrastare la spinta costante della corrente era faticoso e sentiva che i muscoli delle braccia cominciavano a irrigidirsi.

«Ti stai annoiando?» gli chiese Summer.

Dirk rivolse uno sguardo al monotono fondale marrone.

«Non mi dispiacerebbe se qualcuno portasse in scena uno squalo balena o un calamaro gigante.»

Continuarono a seguire il rilievo per un'altra ora, poi Dirk cominciò a preoccuparsi per le loro riserve di batteria. «La corrente ha imposto uno sforzo extra ai motori. Suggerisco di finire al più presto la gita.»

Summer controllò la distanza che avevano coperto. «Facciamo ancora seicento metri? Così arriviamo a dodicimila giusti.»

«D'accordo.»

Completato il percorso stabilito, Dirk fermò il batiscafo e, mentre Summer spegneva le videocamere, cominciò a svuotare le zavorre.

In quel momento la sorella indicò qualcosa fuori dalla cupola. «Quello è un relitto?»

Oltre la portata delle luci esterne, si intravedeva una sagoma oscura. «Potrebbe essere.» Dirk disattivò la pompa e condusse il batiscafo in quella direzione.

Un'imponente massa nera si delineò gradualmente, assumendo la sagoma di uno scafo. Da vicino si poteva distinguere una nave depositatasi in verticale, in condizioni di perfetta conservazione. Il batiscafo, mantenendosi a un paio di metri dal fondale, si accostò alla parte centrale della misteriosa nave. Le luci si riflettevano sulla vernice rossa dello scafo, rivelando nel dettaglio giunture e rivettature.

«Sembra quasi che sia appena affondata», notò Dirk. Risalì lungo la fiancata, fin sopra la coperta. Verso prua si vedevano tre grandi portelli aperti. Dirk ci passò sopra: nelle stive non c'era altro che acqua di mare. Non si notavano danni sulla prua appuntita della nave. Tornarono indietro e ispezionarono la coperta e la sovrastruttura a dritta, sollevandosi fino al ponte di comando. Da una distanza di poche decine di centimetri, sbirciarono dagli oblò, ancora intatti. La sala di controllo era vuota.

«Hanno tolto la maggior parte degli apparecchi elettronici», osservò Pitt. «Il che fa pensare che sia stata affondata intenzionalmente.»

«Bisogna avvisare i Lloyd's di Londra», disse Summer. «Mai

visto un relitto così ben conservato. Dev'essere davvero affondata da poco.»

«Pochi mesi, a giudicare dalla scarsità di incrostazioni.»

«Ma perché qualcuno dovrebbe affondare apposta una nave?»

«Non saprei. Forse la stavano rimorchiando per portarla in cantiere.» Dirk controllò le batterie. «È ora di riemergere. Ma prima vediamo se riusciamo a scoprire come si chiama la nave.»

Girò intorno alla sovrastruttura e si diresse a poppa, per poi discendere. La bandiera sull'asta contorta era ormai troppo sbiadita perché se ne distinguessero i colori. A una distanza di cinque metri il batiscafo ruotò sul proprio asse, puntando le luci sulla poppa in modo da leggere il nome.

«Be', accidenti», fece Dirk, a bassa voce. «Allora l'hanno proprio affondata apposta.»

Di fronte a loro c'era una parete rossa tagliata da una striscia di ruggine, nel punto in cui un tempo erano scritti il nome e il porto di origine. Qualcuno aveva raschiato via il nome e la vernice intorno, mandando la nave negli abissi in totale anonimato.

44

La nave da ricerca *Alexandria* della NUMA si trovava a quattro miglia di distanza quando il batiscafo tornò in superficie e Summer le inviò un messaggio radio perché venisse a recuperarli. Mentre si lasciavano trascinare dalla corrente, passarono il tempo a osservare le coste marroni e sabbiose del Madagascar, che sembravano salire e scendere al di là delle onde.

L'*Alexandria* non tardò ad arrivare. Lo scafo turchese che contraddistingueva la flotta della NUMA luccicava sotto il sole. Un uomo muscoloso, con un vistoso paio di baffi e un accento texano ancora più appariscente, diresse le operazioni di recupero dal ponte di poppa. Jack Dahlgren aprì il portello posteriore e diede a Dirk e Summer il benvenuto all'aria fresca. «Fatta una bella nuotata?»

«Ottima», rispose lei, con un disco rigido portatile in mano. «Abbiamo riprese fantastiche del crinale e dovremmo poter identificare i punti adatti per l'inserimento dei sensori.» E si affrettò a raggiungere i geologi per guardare con loro il video del fondale.

«Vuol dire che bisogna subito preparare un'altra immersione?» chiese Dahlgren, deluso.

Dirk gli batté una mano sulla spalla. «Proprio così, amico.» Aiutò il texano a rimuovere le pesanti batterie che alimentavano il batiscafo e a sostituirle con un blocco appena ricaricato. Mentre lavoravano sul ponte di poppa, una grossa motovedetta giunse dalla costa e girò intorno all'*Alexandria*. A bordo due uomini in borghese esaminarono la nave di ricerca con aria seccata. Quando la videro ripartire, tornarono a riva.

«Chissà che cosa volevano», disse Dahlgren.

«Non sembravano della guardia costiera.» Dirk seguì con lo

sguardo la motovedetta. « Pensavo che da queste parti, a terra, ci fosse solo il deserto. »

« Mentre eravate sotto è passato un piccolo mercantile diretto verso la costa. Dev'esserci una specie di porto nelle vicinanze. »

Sostituite le batterie e completato un controllo generale prima della nuova immersione, i due uomini andarono a cercare Summer in uno dei laboratori di bordo. Lei aveva già preparato una cassa di piccoli sensori a batteria che avrebbero registrato tremori e movimenti lungo la faglia. Ognuno di essi si trovava in un contenitore di acciaio inossidabile da cui spuntava una bandierina metallica di un arancione brillante.

« Abbiamo trovato una posizione perfetta », annunciò Summer. « Ora dobbiamo tornare là sotto e sistemare dieci sensori a intervalli regolari, lungo la stessa linea. » Guardò Dahlgren. « Ce la fai a calarci nello stesso punto di partenza? »

« Ce la fa un coleottero a trovare un campo di cotone del Mississippi? Entrate nel batiscafo, prima che decida di farvi scendere senza. » E Jack uscì dal laboratorio per andare a parlare con il comandante.

« Perché è così suscettibile? » chiese Summer.

« Ho commesso l'errore di dirgli del relitto », confessò Dirk. « Lo fa arrabbiare che l'abbiamo trovato con il suo batiscafo senza che ci fosse anche lui. »

Lei scosse la testa. « Bambini capricciosi, che litigano per i giocattoli. » Prese i sensori e li portò a una gabbia collocata nella parte frontale del batiscafo. Una volta sistemati, raggiunse Dirk all'interno per la checklist preliminare.

Dahlgren arrivò dopo qualche minuto e si affacciò allo sportello. « Se ci siete, possiamo cominciare. »

« Pronti al lancio », rispose Dirk. « Metti in fresco un paio di bottiglie per quando torniamo. »

« Certo, ma non è detto che le troviate piene. C'è altro? »

« Sì. Controlla se risultano navi affondate a sud del Madagascar negli ultimi cinque anni. »

« Sarà un piacere. Buona semina. » Dahlgren sigillò il portello e andò alla gru per sollevare il batiscafo giallo dalla poppa dell'*Alexandria*. Attese una chiamata per avere conferma che si trovassero nel punto stabilito, quindi calò il batiscafo in acqua. Una volta sganciato, Dirk ebbe l'okay per riempire la zavorra e dare inizio alla discesa.

Il fondale apparve dopo pochi minuti. Dirk condusse il batiscafo lungo la stessa rotta nord-est dell'immersione precedente. Questa volta navigarono per meno di cinquanta metri prima di raggiungere il crinale ormai familiare.

«Punti extra a Jack», commentò Summer. «Ha calcolato le correnti quasi alla perfezione.»

«Depositiamo il primo sensore?» chiese Dirk.

Summer verificò la posizione, calcolata da un programma avviato alla discesa. «Dovremmo spostarci di trenta metri più a est.»

Dirk fece le correzioni opportune e scese su un'area pianeggiante del fondale adiacente al rilievo. Azzerò la spinta e lasciò che le nubi turbinanti di sedimenti che avevano sollevato tornassero a depositarsi. Dopodiché spettava a Summer mettersi al lavoro utilizzando due arti robotici articolati: con un braccio scavò un pozzetto verticale sul fondo marino, con l'altro recuperò un sensore. Lo infisse nella buca e lo ricoprì di sabbia, lasciando spuntare solo la bandierina arancione.

«Questo è venuto bene», approvò Dirk. Riattivò la spinta e proseguì a tutta velocità lungo il crinale.

«Hai fretta di andare da qualche parte?»

«Pensavo che quando abbiamo finito potremmo dare un'altra occhiata al relitto.»

La sorella sorrise. Aveva avuto anche lei la stessa idea e si era portata un disco rigido per il backup, in modo da poter fare una copia delle riprese della nave sommersa.

Proseguirono lungo la faglia, collocando gli altri nove sensori su una distanza di undici chilometri. Terminata l'operazione, non dovettero fare molta strada per ritrovare la massa scura del relitto.

«Proprio dove l'abbiamo lasciato», fece Dirk.

«Questa volta lo riprendo», disse Summer, accendendo le videocamere anteriori.

Il batiscafo risalì, dirigendosi subito verso il ponte di coperta, permettendo di filmare la nave in tutta la sua larghezza e le stive aperte, prive di portelloni. Poi Dirk orientò la prua verso l'alta sovrastruttura, la cui forma avrebbe potuto fornire indizi sull'identità del relitto, l'età della nave e il suo costruttore.

Il batiscafo si sollevò di fronte alla sovrastruttura e passò davanti al ponte di comando e al fumaiolo, su cui spesso le navi commerciali riportano il logo della compagnia. Ma questo era tutto dipinto di nero.

«Strano che non sia scrostato neanche un po'», osservò Summer. «Forse perché la verniciatura è recente.» Mentre si avvicinavano, attivò un braccio robotico e, portatolo a contatto con il fumaiolo, raschiò la superficie per una trentina di centimetri.

«Non incidere le tue iniziali», disse il fratello. «Non vorrei avere un agente dei Lloyd's che mi bussa alla porta alle due del mattino.»

«Guardo solo cosa c'è sotto.»

Mentre le scaglie di vernice si allontanavano nella corrente, venne alla luce una striscia dorata.

«In origine era color oro, o aveva una banda dorata.»

«Un altro indizio.»

Filmarono il relitto per un'altra mezz'ora, in modo che se ne potessero cogliere la lunghezza, la configurazione del ponte di coperta e altri dettagli utili all'identificazione.

«Le batterie stanno per entrare in riserva», avvisò Summer.

«Basta così. Abbiamo visto tutto quello che c'era da vedere. E poi Jack non sarà contento se torniamo in superficie quando è buio.»

Dirk svuotò le cisterne di zavorra, cominciando l'ascesa controllata. Dopo alcuni minuti riemersero in un mare agitato dalle raffiche di vento da ovest. Il sole stava già calando dietro un banco di nubi all'orizzonte, striando il cielo di rosa e arancione. Mentre le onde lambivano la cupola del batiscafo, Dirk notò una motovedetta in avvicinamento. Era la stessa che aveva visto prima con Dahlgren. «Sembra che qualcuno ci stesse aspettando.»

La motovedetta stava accelerando verso di loro.

«Credo sia il caso di chiamare l'*Alexandria* perché ci venga a raccogliere», suggerì lui.

«Mi sembra di vederla all'orizzonte.» Summer allungò il collo per guardare tra le onde. «Ma sono ancora a qualche miglio di distanza.» Stava per premere il pulsante di trasmissione della radio, ma si bloccò. «Dirk, cosa stanno facendo?»

Il fratello stava già tenendo d'occhio la motovedetta, che si avvicinava a una velocità troppo elevata. Lo scafo di acciaio era a meno di trenta metri. A quella distanza avrebbe già dovuto rallentare.

«Vogliono speronarci!» gridò Summer.

Dirk aveva avviato il motore, ma con una velocità massima di tre nodi non sarebbero stati in grado di seminare neppure una tartaruga. Non potevano schivare la motovedetta e non avevano tempo sufficiente per immergersi. Non restava che un'alternativa. Dirk puntò il batiscafo verso la barca in avvicinamento.

Summer lo guardò come se fosse impazzito e si preparò all'impatto. Il fratello teneva gli occhi fissi sulla motovedetta, puntando come un kamikaze verso la minacciosa prua. Attese l'ultimo istante, poi spostò bruscamente la cloche, cambiando nel contempo la direzione della spinta a dritta.

Il batiscafo rispose come se fosse impantanato nelle sabbie mobili e Dirk ebbe il timore di avere reagito troppo tardi. Ma, dopo una breve esitazione, virò a dritta, sfuggendo di stretta misura alla prua degli assalitori.

Come sperava Dirk, il timoniere della motovedetta aveva fissato la rotta e rispose in ritardo alla manovra improvvisa del batiscafo, che fu colpito di striscio.

Dirk e Summer sentirono l'impatto, che fece vibrare l'intera struttura. L'urto fu abbastanza violento da distruggere uno dei motori di poppa e per un attimo l'alimentazione elettrica si interruppe, disattivando tutti i sistemi di bordo. Mentre Dirk cercava di riavviare frenetico i motori, guardò fuori dalla cupola: dal parapetto della motovedetta un uomo in mimetica verde puntava un fucile d'assalto sul batiscafo. Ma non aprì il fuoco, limitandosi a un sogghigno minaccioso.

Summer resistette alla tentazione di rispondere con un gesto osceno. «Abbiamo rischiato grosso.» Rivolse la sua attenzione alla radio. «Riesci a farci immergere?»

«Sto cercando.» Il fratello aveva cominciato ad allagare le zavorre già prima della collisione, ma aveva dovuto riavviare le pompe dopo la momentanea perdita di energia. Avevano solo pochi secondi prima che la pattuglia tentasse un secondo assalto.

«La radio è ancora in blackout», comunicò Summer, manovrando gli interruttori dietro il suo sedile. Guardò all'esterno, mentre il batiscafo tornava a immergersi tra le onde. «La motovedetta ha già virato», disse, con voce stranamente calma. «È quasi su di noi.» Tornò subito a sedersi e si allacciò la cintura di sicurezza.

«Avanti, scendi.» Dirk spinse la leva in avanti tutta, ma con metà dei motori ancora in disarmo non poteva affrettare ulteriormente l'immersione.

Sentivano il rombo della barca, sempre più vicina. E poi la ebbero sopra. Il batiscafo era già sott'acqua, ma il timoniere della motovedetta aveva preso bene la mira. La prua mancò il bersaglio, ma la chiglia lo centrò.

Lo schianto produsse un'esplosione di bolle, mentre la cupola si incrinava e le zavorre si squarciavano. Il batiscafo sobbalzò sotto la chiglia, ricevendo una serie di colpi devastanti, prima di essere spinto di lato.

La struttura rimase sospesa per un istante, poi cominciò a discendere in una lenta spirale senza ritorno verso il fondale.

45

Il batiscafo emise un lamento straziante mentre la pressione aumentava con la profondità. Urtò il fondale con la prua, sollevando una densa coltre di sedimenti marroni che si disperse rapida nella corrente.

Dirk si sentiva come se fosse stato centrifugato in una lavatrice: con le cisterne di zavorra distrutte, il batiscafo si era rigirato un'infinità di volte durante la discesa. Un monitor si era staccato, colpendo il giovane alla testa: Dirk si portò una mano alla fronte, tastando il taglio che gli decorava la fronte. Ma, a parte quello e qualche livido, era illeso e lieto di essere vivo.

Era stata la poppa del batiscafo a subire il grosso dell'impatto, che aveva danneggiato i motori, le batterie e le bombole dell'ossigeno. Nonostante le crepe superficiali, la cupola era rimasta integra, risparmiando un rapido annegamento agli occupanti. Da una decina di piccole falle la cabina si stava riempiendo di acqua gelida, ma era arrivata sino in fondo senza perdere la sua riserva di aria.

«Stai bene?» chiese Dirk, nell'oscurità. Cercò una piccola torcia elettrica che di norma era fissata alla console, ma si era staccata finendo chissà dove.

«Sì», rispose la voce scossa di Summer. «Credo di sì.»

Il fratello sganciò la cintura di sicurezza e piombò in trenta centimetri di acqua fredda. Il batiscafo aveva toccato il fondale di prua, creando un certo disorientamento. Da diversi punti si sentivano giungere sibili, forse acqua che filtrava da microfessure, forse residui di ossigeno dai serbatoi. Dirk non avrebbe saputo dirlo. Si arrampicò sullo schienale del suo sedile e cercò a tentoni il pannello di un armadietto in cui sapeva trovarsi un'altra torcia elettrica.

Trovarsi al buio e al freddo in un batiscafo affondato che si stava riempiendo di acqua avrebbe scatenato il panico in chiunque, ma lui provava uno strano senso di calma. In parte, perché era stato addestrato ad affrontare emergenze del genere. Ma c'era anche un fattore personale. Un anno prima aveva perso la donna che amava in un attentato a Gerusalemme. Da allora, distrutto dal dolore, vedeva il mondo con uno sguardo più cinico e freddo. E, soprattutto, la morte era divenuta una compagna che non temeva più.

«Dovremo aspettare che la cabina si riempia per intero, prima di aprire lo sportello», disse, senza tradire la minima emozione. «Le bombole pony dovrebbero portarci in superficie.» Trovò lo sportello e recuperò la piccola torcia che cercava. L'accese e la puntò sulla sorella.

Gli bastò un'occhiata per capire che c'era qualcosa di grave. Summer aveva gli occhi sgranati in un'espressione di dolore e spavento, e le labbra contratte in una smorfia. La donna sganciò la cintura di sicurezza e cercò di mettersi in piedi, ma riuscì solo a piegarsi in avanti in una strana posizione.

Dirk puntò il fascio di luce sulla gamba destra della sorella, che sembrava inchiodata al sedile. Una macchiolina di sangue le spiccava sui pantaloni poco sopra la caviglia. «Non è il momento di restare attaccati a questo posto», disse lui.

Summer tentò di muoversi, stringendo gli occhi mentre tirava la gamba, ma senza esito. «Ho un piede intrappolato.»

Dirk si avvicinò per vedere meglio. La collisione aveva spinto in avanti una delle bombole di ossigeno, che aveva sfondato il pavimento, piegando una piastra di acciaio rinforzato che ora inchiodava il piede di Summer alla base del sedile.

L'acqua le aveva già raggiunto il polpaccio quando Dirk si chinò per esaminare la lamiera ritorta. «Ce la fai a tirarlo fuori?»

Lei ci provò. «Niente.»

Lui le girò intorno. «Cerco di muovere la base.» Con la schiena appoggiata alla cupola, puntò un piede contro la base del sedile e fece pressione con le gambe. Ma la posizione era scomoda e riusciva solo a usare una frazione della sua forza. La base oscillò appena, non quanto sarebbe servito a liberare il piede della sorella. Dirk cercò di provare da altre angolazioni, ma senza successo. «Non ho spazio sufficiente.»

«Va bene.» Summer parlava con calma, nel tentativo di nascondere la propria paura e non mettere il fratello sotto pressione più del necessario. «L'acqua sta salendo. Meglio se prendi le bombole.»

Il livello le aveva già raggiunto la vita. Le crepe erano aumentate e la cabina si stava riempiendo sempre più in fretta. Dirk si buttò in acqua – una morsa ghiacciata – e oltrepassò i sedili dirigendosi alla porta posteriore del batiscafo. A una rastrelliera vicino allo sportello erano appese le attrezzature per l'evacuazione di emergenza: due piccole bombole munite di erogatori e maschere.

Passò una bombola a Summer e si sistemò l'altra in spalla. Poi frugò in una cassetta degli attrezzi, imprecando. Le tenaglie e le pinze di cui disponevano erano destinate solo a piccole riparazioni elettriche. L'attrezzo più grosso era un martello dalla bocca arrotondata, insieme a un seghetto. Quest'ultimo gli evocò l'immagine del coraggioso alpinista Aron Ralston, che si era amputato un braccio dopo essere rimasto intrappolato sotto un masso vicino a Moab. Mozzare il piede alla sorella con il seghetto avrebbe potuto essere la misura estrema per salvarle la vita.

«Qualche idea?» chiese Summer, quando lui le si avvicinò con gli attrezzi.

«Cerco di smantellare il sedile, così puoi scivolare fuori.» Dirk le passò la torcia. Lei non si doveva essere accorta del seghetto.

«Okay.» La sorella rabbrividì, mentre l'acqua le arrivava al petto.

Dirk si mise maschera ed erogatore e si chinò sott'acqua. Infilò il manico del martello nello spazio accanto alla caviglia di Summer. Vide subito che c'era troppo poco spazio. Nondimeno, si mise orizzontale e premette sul manico con tutto il suo peso. La struttura oscillò, ma senza piegarsi né tantomeno cedere. Dirk ci provò ancora, ma con lo stesso risultato. Per poter piegare le lamiere doveva poter esercitare più forza, ma non aveva niente a disposizione. Frustrato, diede una martellata alla struttura, riuscendo solo ad ammaccarla.

Quando riemerse, vide che l'acqua arrivava al mento della sorella, che aveva già indossato la maschera e gli ripassò la torcia con un'espressione delusa. Pitt diresse la luce verso il portello. La cabina stava per riempirsi. Mentre muoveva la torcia, notò un oggetto all'esterno della cupola.

Sentì che Summer gli stringeva un braccio, mentre piegava la testa per poter parlare fuori dall'acqua. «Vai senza di me.»

Non c'erano né ira né panico nella sua voce, solo rassegnazione. Sapeva che Dirk le aveva provate tutte. Come gemelli, tra loro c'era un legame sconosciuto alla maggior parte dei fratelli. Si fidavano completamente l'uno dell'altra. Summer non dubitava che, se la situazione lo avesse richiesto, lui non avrebbe esitato a dare la propria vita per lei ed era contenta che almeno uno dei due potesse sopravvivere.

Lui la guardò negli occhi e scosse il capo.

«Allora taglia», gridò Summer. «Subito!»

Dunque aveva già visto il seghetto. Dirk non poteva che ammirare il suo coraggio, mentre lei estraeva una bandana dalla tasca della tuta e se l'annodava intorno al polpaccio.

Dirk dovette tirare fuori la testa dall'acqua prima di rispondere. «Non sono ancora pronto a fare il dottor Kildare.» Si costrinse a sorridere. «Aspettami qui.»

Prima che lei capisse cosa stava facendo, lui aveva aperto il portello, nuotando fuori dal batiscafo e lasciandola sola, intrappolata nel buio.

46

Summer non ricordava di avere mai provato tanta paura. Intrappolata nel buio sul fondo dell'oceano, sentiva il cuore battere all'impazzata. Una volta che l'interno del batiscafo si era allagato completamente, suo fratello era uscito, portando con sé la torcia elettrica impermeabile. Tra la paura e l'acqua gelida, Summer tremava senza controllo. Cominciava a perdere sensibilità alle dita e alle orecchie.

Ma il peggio era il silenzio quasi assoluto. China sul sedile inclinato, poteva sentire solo il battito delle proprie pulsazioni e il gorgoglio del suo respiro attraverso l'erogatore. Mentre la mente cominciava a fare un inventario dei suoi timori, il problema più urgente balzò al primo posto: il suo consumo di aria a quella profondità era superiore a quello in superficie. La bombola poteva garantirle solo pochi minuti di sopravvivenza. Ammesso che fosse completamente piena. Una voce diabolica nella sua testa le domandava se il suo prossimo respiro sarebbe stato anche l'ultimo.

Serrò le palpebre e fece il possibile per rilassarsi, allungando l'intervallo tra ogni inspirazione e imponendosi un ritmo respiratorio più regolare. Quando sentì rallentare anche le pulsazioni, spalancò di nuovo gli occhi, ma si ritrovò ugualmente avviluppata da un manto di oscurità. Non aveva mai sofferto di claustrofobia, ma in quel momento ebbe la sensazione di essere rinchiusa in uno spazio ristrettissimo, oltre che buio.

Cominciò a chiedersi se il fratello non avesse cambiato idea e fosse risalito in superficie. Poi vide un tenue bagliore fuori dalla cupola. La luce si fece più intensa, ma Summer riuscì a distinguere solo la torcia elettrica. Sembravano passate ore, ma si era trattato solo di pochi minuti.

Quando un istante più tardi Dirk si infilò di nuovo attraverso il portello, vide che aveva con sé un palo d'acciaio lungo un metro e mezzo, con una sfera di ottone a un'estremità. Era l'asta spezzata di una bandiera: il batiscafo era sprofondato nelle vicinanze del relitto e Dirk l'aveva scorta attraverso la cupola.

Il fratello si fece avanti, incuneò il palo tra la struttura del sedile e la lamiera che intrappolava il piede di Summer, dopodiché fece forza come un vogatore olimpionico. Il metallo del sedile cedette immediatamente, liberandole il piede. Lei si strinse a lui, poi gli fece cenno di salire con un pollice.

Dirk puntò la luce verso lo sportello e le diede una spinta. Avevano trascorso un tempo pericolosamente lungo a una profondità di circa novanta metri e sapevano che non dovevano trattenersi oltre.

Summer attese che anche il fratello uscisse dal batiscafo, poi, tenendosi per un braccio, cominciarono insieme l'ascesa. Muovevano i piedi a un ritmo misurato, usando come tachimetro le bolle che espellevano: risalire troppo in fretta avrebbe di sicuro innescato la malattia da decompressione e Dirk si assicurava che non superassero la velocità di ascesa delle bolle.

Sembrò volerci un'eternità. Summer apprezzava lo sforzo fisico, che riscaldava lentamente il suo corpo congelato, ma la mente le giocava brutti scherzi, dicendole che in realtà non stavano risalendo, ma sprofondando ancora di più. Doveva essere il freddo, si disse, che le rendeva ancora insensibili le estremità. Si tenne stretta a Dirk, che si muoveva come un robot, apparentemente immune alla temperatura e all'oscurità.

A una profondità di circa cinquanta metri le acque si rischiararono notevolmente: la luce cominciava a filtrare dalla superficie. A quaranta passarono un termoclino e la temperatura aumentò. A venticinque Dirk si ritrovò senz'aria.

Non ne fu sorpreso. Dopo lo sforzo della nuotata dal batiscafo al relitto e ritorno, si aspettava che la sua riserva si esaurisse prima di quella di Summer. Si passò un dito sulla gola per fare un segnale alla sorella, poi si liberò della bombola. Lei gli passò il proprio erogatore e cominciarono ad alternarsi a respirare, continuando a nuotare rapidi e meccanici verso l'alto.

Dirk alzò lo sguardo e vide una striscia argentata in alto sopra di loro. Qualora la riserva d'aria di Summer fosse venuta meno, ormai erano abbastanza vicini alla superficie. Ma ora avevano un altro problema.

L'esposizione alla pressione in profondità provoca la formazione di emboli nei tessuti corporei. Se la pressione non viene ridotta in modo graduale, anziché dissiparsi le bolle di gas rimangono in circolo, creando la dolorosa e talvolta fatale malattia da decompressione. Dirk stimava che fossero rimasti sul fondo per quasi un quarto d'ora. In caso di risalita da simili profondità, le tabelle della marina per le immersioni imponevano una serie di soste destinate alla decompressione. Ma quello era un lusso che, date le circostanze, non si potevano permettere.

Ascesero fino a sei, sette metri dalla superficie, secondo le stime di Dirk, e mantennero la posizione. Non era facile lottare con l'istinto di uscire e respirare e con la corrente piuttosto forte, ma lui tenne d'occhio la distanza dalla superficie e si sforzò di non risalire ulteriormente. Continuarono ad attaccarsi a turno alla bombola rimasta prima che Summer sputasse l'erogatore, indicando verso l'alto. Si precipitarono entrambi in superficie, espirando mentre nuotavano.

Le loro teste spuntarono tra le onde dalle creste imbiancate. Il sole era ormai tramontato, lasciando il cielo di una sfumatura color peltro. Il mare mosso e la crescente oscurità, combinati insieme, li avrebbero resi pressoché invisibili a qualsiasi natante, anche se qualcuno li avesse cercati. Ma non fu questo il primo pensiero nella mente di Summer. Dopo avere risucchiato aria nei polmoni, disse: «Un'asta da bandiera?»

«Non potevo fare di meglio, vista la situazione. Come va il piede?»

«Abbastanza bene, ma ho un crampo doloroso alla caviglia.» Guardò il fratello, preoccupata. «Non ci siamo avvicinati neanche per sbaglio ai tempi minimi di decompressione.»

Dirk scosse la testa fra le onde. «No, siamo molto al di sotto. Senti qualche formicolio?»

«Non ho abbastanza sensibilità per sentire qualsiasi cosa.»

«Stanotte ci converrà dormire nella camera di decompressione dell'*Alexandria.*» Dirk scrutò l'orizzonte. «Il nostro prossimo problema.»

Riuscirono ad avvistare la nave della NUMA in lontananza, verso ovest. La striscia scura della costa del Madagascar era più vicina, a nord.

«L'*Alexandria* è controcorrente», continuò Dirk. «Non ce la faremo mai ad arrivarci a nuoto.»

«Devono avere già perlustrato l'area e ora staranno esplorandola con il sonar per localizzare il batiscafo. Prima che ripassino di qui la corrente ci avrà portati in Australia.»

«Allora andiamo a riva», decise Dirk. «Ce la fai a nuotare?»

«Ho un'altra scelta?» Summer guardò verso la costa, tuffò il viso in acqua e diede le prime bracciate.

Erano entrambi nuotatori eccellenti e in ottima forma. In circostanze normali quella nuotata in mare aperto sarebbe stata poco più che una sfida faticosa. Ma lo sforzo mentale della loro fuga dal batiscafo, unito all'esposizione all'acqua gelida, la rendeva una questione di vita o di morte. La stanchezza ebbe molto presto il sopravvento su tutti e due. Summer si stupì di come d'un tratto braccia e gambe le sembrassero diventate di piombo. Il mare turbolento non aiutava: le onde li scuotevano, riempiendo loro la bocca di acqua salata. E anche per dirigersi verso la costa dovevano vincere la corrente. A ogni bracciata si spostavano ancora più a est, sempre più lontani dall'*Alexandria.*

Procedevano fianco a fianco, fermandosi a riposare a intervalli di una decina di minuti. In quei momenti Dirk prendeva di tasca la torcia elettrica, puntandola verso la nave. Alla terza sosta, tuttavia, la torcia gli sfuggì dalle dita intorpidite e sprofondò come una candela in un pozzo. Ormai l'*Alexandria* era solo una luce che di tanto in tanto si scorgeva all'orizzonte.

Dirk incoraggiò la sorella. «Coraggio. Manca meno di un miglio.»

Lei fece appello alla forza di volontà, ma ormai i suoi arti avevano una volontà tutta loro. Sentì un dolore profondo alla gamba sinistra, che svanì gradualmente con qualsiasi altra sensazione. Doveva fermarsi a riposare sempre più spesso.

Dirk si accorse che Summer stava perdendo il controllo.

«Fai finta che siamo alle Hawaii. Ti sfido a chi arriva prima a Waikiki.»

«Okay», fu tutto quello che riuscì a dire lei.

Anche nella semioscurità il fratello notò che gli occhi di Summer erano sempre più assenti.

L'afferrò per la tuta e nuotò su un fianco, nonostante anche lui cominciasse a perdere le forze. Il freddo gli gelava le ossa e, al pari di lei, anche lui cominciò a battere i denti senza interruzione. Dirk sentì il corpo di Summer afflosciarsi e comprese che la sorella non ce la faceva più a muoversi. Anche nella sua mente offuscata dalla stanchezza si rese conto di cosa stesse accadendo: ipotermia. Dovevano uscire dall'acqua al più presto.

Nonostante non avesse quasi più fiato, continuava a parlare con lei, a incoraggiarla, a rivolgerle domande cui ormai non otteneva risposta. Quando lei rimase immobile, lui la rovesciò sul dorso e l'afferrò per il colletto. Non intendeva più fare soste. Insistette, una dolorosa bracciata dopo l'altra, anche se era privo di forze e i muscoli lo imploravano di fermarsi. Ma in qualche modo riuscì a ignorare il dolore e continuò a nuotare. La costa si faceva più vicina, al punto da riuscire a sentire il rumore delle onde, il che lo esortò a sforzarsi ancora di più, dando fondo alle ultime riserve di energia.

Un'onda li sommerse. Dirk tornò a galla sputando acqua salata. Summer tossì, mentre l'onda successiva si infrangeva su di loro. Lui non lasciò la presa mentre toccavano il fondo. Se non altro, avevano raggiunto la riva.

Spinto dal susseguirsi di onde, Dirk arrivò alla spiaggia e, barcollante, trascinò Summer dietro di sé, allontanandola dalla battigia. Poi crollò esausto sulla sabbia.

«Come ti senti?» mormorò, a fatica.

«F-f-freddo», sussurrò lei.

Era positivo che Summer fosse ancora in grado di parlare. Ma bisognava trovare il modo di asciugarla. L'aria notturna era ancora calda e già questo faceva una notevole differenza.

Quando Dirk ritrovò la forza di alzarsi, per quanto malfermo sulle gambe, si guardò intorno. Erano approdati su una striscia deserta della costa meridionale del Madagascar, nella zona disabitata del parco naturale di Cape Sainte Marie. La spiaggia e l'entroterra erano nel buio completo. Non aveva idea di quale fosse il luogo più vicino in cui chiedere aiuto, ma non importava: non avrebbe avuto la forza di arrivarci.

Si voltò verso il mare, ma vide solo l'oceano scuro e deserto. La costa curvava in direzione ovest, gli nascondeva le luci dell'*Alexandria.* Fece dietro-front e risalì la spiaggia, cercando un possibile rifugio. La sabbia sotto i suoi piedi lasciò il posto a un terreno più solido. Davanti a sé poteva vedere scogli e colline basse, ma nulla che assomigliasse a un riparo.

Tornò alla spiaggia e notò una sporgenza che si alzava a formare una sorta di tettoia lunga qualche metro, sul lato sottovento. Poteva servire da riparo al vento. Dirk raccolse dalla sabbia un cespo di alghe secche e lo sparpagliò al suolo come isolante. Poi raggiunse Summer, la sollevò da terra e la depose sul letto improvvisato.

Le alghe servivano ad asciugarla. Dirk camminò sulla spiaggia per cercarne altre. Ne raccolse più che poté, non molte, e tornò al rifugio. Le usò per assorbire l'acqua, poi le sparpagliò ancora sul fondo. Quando si alzò, fece cadere un mucchio di sabbia dal bordo della sporgenza, portando allo scoperto una striscia di materiale semisepolta.

Non ci fece troppo caso, stava pensando di togliersi la tuta, per asciugarsi al vento dell'oceano. Passati i brividi di freddo, si distese accanto alla sorella, per darle ulteriore riparo dall'aria. Summer stava mormorando qualcosa e la sua pelle non era più gelida. La serata era calda e Dirk confidava che presto si sarebbe ripresa.

La stanchezza lo sopraffece e le palpebre divennero pesanti. Da dietro una nube spuntò una falce di luna che proiettò un bagliore argentato sulla spiaggia. Sopra la sua testa, Dirk vide più chiaramente l'oggetto che spuntava dalla sporgenza: era di un giallo sbiadito e vi si leggeva sopra una scritta a lettere nere. Nella sua mente affaticata si formò un nome che continuò a echeggiare mentre lui scivolava nel sonno.

Barbarigo.

47

Summer si svegliò sentendo qualcosa che strisciava vicino all'orecchio. Spalancò gli occhi e scorse una sagoma informe che si muoveva a poche decine di centimetri dalla sua testa.

«Dirk!» gridò allora, scuotendo il fratello addormentato accanto a lei.

Lui si svegliò di soprassalto e sorrise nel vedere che cosa aveva spaventato Summer: una testuggine raggiata, con la corazza cotta dal sole. «Volevi preparare brodo di tartaruga per colazione?»

L'antico rettile puntò lo squamoso muso a becco verso Dirk, guardandolo come infastidito. Poi abbassò la testa, affondò gli artigli nella sabbia e continuò il suo lento cammino sulla spiaggia.

Summer rise del proprio spavento, osservando la testuggine che si allontanava. «Come potrei fare del male a una creatura così imponente?»

«Dipende da quanta fame hai.» Dirk si alzò e si guardò intorno alla luce del sole. La spiaggia era piatta e sabbiosa, circondata da colline di roccia calcarea, La vegetazione era scarsa, dato che in quella regione cadevano solo pochi centimetri di pioggia all'anno.

Summer si mise a sedere. «Riesci a vedere l'*Alexandria*?»

Dirk si voltò verso il mare, ma vide solo una distesa azzurra punteggiata di creste bianche. Non c'era segno della nave della NUMA o di qualsiasi altra. «Ho idea che ci siamo spostati più a est di quanto immaginassi. Se ce la facciamo a risalire la costa, forse possiamo riuscire a far loro dei cenni.»

Nel frattempo, Jack Dahlgren e due marinai avevano esplorato la costa per tutta la notte, con un riflettore montato su uno Zodiac. Erano passati ben due volte davanti alla spiaggia, ma dal loro rifugio Summer e Dirk non se n'erano accorti e avevano continuato a dormire. Il rumore delle onde aveva coperto quello del motore del canotto.

«Dirk?»

Lui capì subito dal tono di voce che qualcosa non andava. «Cosa c'è?»

«Non riesco a muovere la gamba sinistra.»

Dirk impallidì. Aveva capito subito di cosa si trattava: malattia da decompressione. Di solito i sintomi erano dolori alle articolazioni, ma a volte includevano anche la paralisi. E, quando ciò riguardava le gambe, implicava che una bolla si fosse formata nel canale midollare.

Le si avvicinò, inginocchiandosi al suo fianco. «Sei sicura?»

Summer annuì. «Non ho nessuna sensazione alla gamba sinistra. Ma la destra è a posto.» Lo guardò preoccupata.

«Ti fa male?»

«Poco, a dire la verità. Ma mi serve aiuto se voglio tornare alla nave.» Sapevano entrambi che occorreva un ricovero immediato in una camera iperbarica ed era una fortuna che l'*Alexandria* fosse attrezzata per questa emergenza. Probabilmente era l'unica esistente nel raggio di centinaia di chilometri. Ma dovevano raggiungere la nave.

Dirk si voltò verso una collina rocciosa che dominava la spiaggia. «Vado là sopra a dare un'occhiata. Se riesco a vedere la nave, possiamo decidere il da farsi.»

«Non mi muovo di qui», disse Summer, cercando di sorridere.

Il fratello attraversò di corsa la spiaggia e si inerpicò sul pendio desertico. Il terreno roccioso gli tagliava i piedi, protetti solo da un paio di calze, e lui si pentì di avere scalciato via le scarpe quando aveva nuotato fuori dal batiscafo. Il pendio era piuttosto ripido e una volta in cima poté godere di una vista estesa della costa.

Avvistò la nave, un puntino in lontananza. Doveva essere all'ancora sopra il batiscafo, immaginò. Valutò che avrebbe dovuto percorrere otto chilometri per raggiungere una posizione da cui l'equipaggio potesse vederlo. Nell'entroterra c'era una regione collinare, che doveva far parte del parco naturale di Cape Sainte Marie. Le uniche risorse in quell'area, destinata a preservare la fauna, erano pochi camping isolati.

Verso est notò con sorpresa una nave alla fonda in una stretta insenatura a quattro o cinque chilometri. A terra scorse alcuni edifici, mentre nelle vicinanze era ormeggiata una piccola draga. Gli tornò in mente la motovedetta che li aveva speronati, ma non la vide nell'insenatura. Non c'erano altri segni di civiltà. Tornò di corsa in spiaggia.

«Vuoi prima la notizia buona o quella cattiva?» domandò a Summer, che giocherellava con un pezzo di legno raccolto dalla sabbia.

«Sono un'inguaribile ottimista. Prima quella buona.»

«L'*Alexandria* non ci ha abbandonati. Purtroppo ci credono ancora a bordo del batiscafo. Mi sembra che siano sopra il punto in cui siamo affondati. Il piano B è che io percorra otto o nove chilometri lungo la costa, sperando di attirare la loro attenzione.»

«Mi sfugge il piano A.»

«A neanche cinque chilometri a est c'è un'insenatura con un piccolo porto e una nave mercantile.»

«E una motovedetta con il muso ammaccato?»

«Non l'ho vista. Posso arrivarci in meno di un'ora e chiamare l'*Alexandria*. In un attimo saresti a bordo a farti un sonnellino nella camera di decompressione.»

«Voto per il piano A.»

Dirk le appoggiò una mano su una spalla. «Sei sicura che starai bene qui?»

«Sì, a patto che a quella non venga in mente di rintanarsi qua sotto.» Indicò la vecchia testuggine, che in tutto quel tempo aveva percorso una ventina di metri e ora se ne stava ferma ad agitare la sabbia con le pinne.

«Non riuscirà ad arrivare qui in tempo.»

Dirk si incamminò lungo la spiaggia. Il sole del mattino stava già cuocendo il terreno, ma restando vicino al mare l'aria doveva essere più fresca. Il calore e la gola arida gli facevano desiderare un sorso d'acqua. Sapeva di essere disidratato, cosa che contribuiva alla sua stanchezza. Ma cercò di allontanare quel pensiero dalla mente e concentrarsi sul cammino, per quanto glielo potessero consentire le gambe deboli e i piedi scalzi.

La sottile striscia di sabbia era interrotta all'improvviso da una sporgenza rocciosa che si protendeva verso il mare. Dirk dovette deviare verso l'interno, fino a trovare un punto in cui gli fosse possibile arrampicarsi. In cima la scogliera era piatta e si fondeva con una serie di colline che proseguiva per circa tre chilometri. In lontananza la sovrastruttura bianca del mercantile alla fonda sembrava un miraggio.

Dirk non riusciva a smettere di pensare alle condizioni di sua sorella. Affrettò la marcia. Non erano ancora passate dodici ore da quando erano sfuggiti alla morte nel batiscafo e le speranze di una piena ripresa erano ancora buone, a patto che Summer arrivasse al più presto alla camera iperbarica. Dopo quaranta minuti, si trovò in cima a una scogliera che si affacciava su una piccola laguna circondata da colline basse. Una protezione naturale per il porticciolo.

Mentre discendeva il pendio sul lato occidentale dell'insenatura, constatò che il complesso edilizio era ridotto al minimo: una specie di dormitorio nell'entroterra e un magazzino vicino al molo. In mezzo c'era una struttura in metallo con un tendone che, a distanza, aveva scambiato per un terzo edificio. Il tendone copriva l'intera lunghezza della banchina e faceva ombra a diversi cumuli di sedimenti granulari. A prima vista pensò che fossero di sale, ma poi notò che erano di colore grigio.

Il mercantile, una portarinfuse di medie dimensioni, occupava da solo tutto il pontile. Dirk non riusciva a leggerne il nome, ma notò che sul fumaiolo giallo spiccava l'immagine di un fiore bianco. Un gruppo di uomini stava caricando i cumuli di minerale a bordo della nave servendosi di ruspe e di un nastro trasportatore. L'operazione, accompagnata dal rumore di un generatore, riempiva l'aria di un frastuono incessante. Nessuno si accorse di Dirk, mentre scendeva dalla collina e si avvicinava al magazzino aperto. Dentro vide un meccanico che stava revisionando un motore. Entrò nella costruzione, ma si bloccò dopo pochi passi.

Con la coda dell'occhio aveva scorto un'altra nave nella laguna. Con il mercantile che occupava tutta la banchina, era stata costretta a ormeggiare sull'altro lato. Era rimasta nascosta alla vista mentre Dirk scendeva dalla collina, ma ora le acque in movimento della laguna l'avevano spostata in avanti e se ne vedeva spuntare la prua, con il segno vistoso di una collisione e una striscia di vernice gialla. La motovedetta.

Nel magazzino il meccanico alzò gli occhi, vide l'intruso e lanciò un grido. Dal retro della costruzione apparve un giovane in mimetica verde, armato di un AK-47 che puntò subito su Dirk. Gli rivolse un fiume di parole in un dialetto incomprensibile, ma il senso generale era chiarissimo.

Dick guardò con stupore il ragazzo armato, poi alzò lentamente le mani con i palmi aperti.

48

Per distogliere la mente dalla preoccupazione della gamba paralizzata, Summer cercò di pensare ad altro. Fissò la testuggine raggiata che arrancava sulla sabbia, poi rivolse uno sguardo malinconico alla distesa del mare, quindi fece caso all'oggetto sepolto vicino a dove aveva dormito.

Il materiale che Dirk aveva portato allo scoperto era spesso e gommoso. Alla luce del giorno, Summer constatò che la sporgenza aveva una forma oblunga, come se si fosse formata intorno alla sagoma che aveva ricoperto. Ne studiò la superficie, passandovi le dita sopra la scritta nera a stencil.

BARBARIGO. Sembrava un nome italiano, il che suscitò la sua curiosità. Servendosi del pezzo di legno piatto che aveva trovato sulla spiaggia, raschiò la sabbia che incrostava la superficie al di sopra della scritta, rivelando un rotolo compresso di materiale gommoso. Intuì che una volta serviva per essere gonfiato. Scavò ancora un po' ed ebbe conferma che si trattava di una scialuppa di gomma, vecchia ma ben conservata dagli strati di sabbia che l'avevano ricoperta.

Continuò il lavoro, fino a trovare qualcosa di piatto e duro, che si dimostrò essere una panca di legno solido, presumibilmente una di tante, il che le dava un altro indizio sull'età dell'imbarcazione. Venne alla luce un'altra sezione di gomma, il fondo della scialuppa. Spuntò una striscia blu, che attirò la sua attenzione. Dopo poco riportò alla luce la sagoma circolare di un berretto della marina. Lo tirò a sé per estrarlo dalla sabbia, ma un attimo dopo si fermò, lasciandosi sfuggire un gemito soffocato. Oltre al berretto, aveva dissepolto anche il teschio sogghignante del suo proprietario.

*

Il magazzino ospitava una piccola officina e alcuni banchi da lavoro con attrezzi di falegnameria. Bidoni di lubrificante e gasolio si allineavano a una parete, vicino a un grosso generatore che continuava a ronzare. Un carrello elevatore e due quad erano parcheggiati accanto a un portaattrezzi, vicino all'entrata. L'ambiente era poco illuminato, ma riscaldato dalla musica di percussionisti africani che suonava a tutto volume da un lettore cd.

Dirk osservò tutto questo mentre veniva condotto dentro e gli veniva ordinato di restare in piedi rivolto a una parete di lamiera ondulata. Il meccanico e il ragazzo in divisa parlavano tra loro in una lingua che immaginò essere malagasy. Poi il meccanico corse via, per comunicare a chi di dovere la presenza dell'intruso.

Il giovane con l'AK-47 rimase accanto al piano di lavoro che ospitava il motore smontato, oscillando sui talloni mentre teneva l'arma puntata su Dirk. Doveva essere sui diciassette anni, aveva i capelli lunghi e se ne stava silenzioso e ingobbito. Saltava subito all'occhio che non aveva ricevuto un vero addestramento militare. Sulla mimetica e sulle dita si vedevano macchie di grasso. Probabilmente era l'assistente del meccanico, con compiti supplementari di guardia armata.

Con fare rilassato, Dirk portò una mano aperta alla bocca e fece cenno di bere. «Acqua?» chiese, rauco. «*Eau?*»

Il ragazzo lo guardò più da vicino. L'intruso non portava addosso armi visibili, aveva i capelli pieni di sabbia e indossava una tuta incrostata di polvere. Non aveva neppure le scarpe, solo un paio di calze lacere. In quelle condizioni, aveva ben poco di minaccioso.

Il giovane cominciò a rilassarsi. Si voltò verso uno sgabello su cui era appoggiato uno zainetto kaki. Prese una borraccia da una tasca laterale e la gettò al prigioniero.

Dirk svitò il coperchio e bevve parecchie sorsate. L'acqua era calda e aveva un pessimo sapore, ma ne avrebbe bevuto volentieri qualche litro. Sorrise al ragazzo e ne prese qualche altro sorso. «Grazie», disse infine, riavvitando il coperchio.

Fece un passo in avanti, cauto, porgendo la borraccia con il braccio teso. Il giovane esitò prima di avvicinarsi a sua volta e allungare la mano libera. Dirk attese che le dita del ragazzo fossero a pochi millimetri dalle sue, poi lasciò scivolare la borraccia.

Il giovane scattò in avanti, ma la borraccia gli sfuggì di mano e cadde sul pavimento. Fece per raddrizzarsi, ma ricevette un gancio sinistro che lo fece barcollare fino al tavolo da lavoro. Fu svelto a sollevare l'arma, ma Dirk non gli diede il tempo di farne uso: gli si gettò addosso, intrappolando il fucile d'assalto tra i loro due corpi. Il ragazzo cercò di liberarsi, ma non ne aveva la forza.

Senza far caso alla canna dell'AK-47 vicino alla faccia, Dirk afferrò con una mano l'uniforme dell'avversario, tenendolo stretto a sé, mentre con l'altra mano tastava il tavolo. Trovò un pensante oggetto metallico, lo afferrò e lo abbatté sul cranio del giovane. Ci vollero tre colpi perché questi perdesse i sensi e crollasse a terra.

Dirk guardò cosa aveva preso in mano e vide che era un pistone del motore smontato. «Eh, sì. Batte in testa», commentò, gettandolo sul tavolo.

Corse ai quad parcheggiati vicino alla porta. Ciascuno aveva un piccolo rimorchio per il trasporto di attrezzature, ma, cosa più importante, le chiavi appese al cruscotto. Dirk si mise in sella a uno dei veicoli e avviò il motore, nel preciso istante in cui tre uomini entravano nel magazzino. Ebbe il tempo di sporgersi verso l'altro quadriciclo per strappare i cavi dell'accensione, prima di partire a tutta velocità verso il portone aperto. Davanti a lui vide il meccanico, uno degli scaricatori e un uomo in uniforme armato di pistola. Puntò dritto su di loro.

Il meccanico si gettò alla destra di Dirk, gli altri si misero al riparo. Con il rimorchio che sferragliava dietro il quad, Pitt uscì dal magazzino e spostò il manubrio a sinistra, lanciandosi di nuovo sui due uomini. Lo scaricatore si diede alla fuga appena in tempo, mentre il tipo in uniforme esitò. Il largo paraurti del quad lo colpì a una gamba, atterrandolo. Dirk dovette svoltare a destra per schivare un cumulo di bidoni di carburante. Le ruote del rimorchio passarono sopra l'uomo in divisa, striandolo di polvere e strappandogli un urlo.

Dirk sperava di poter fare inversione e dirigersi verso la

spiaggia, ma cambiò idea quando vide lo scaricatore sbucare dal magazzino, imbracciando l'AK-47. Si maledisse per non avere preso lui l'arma e, girato a sinistra il manubrio, proseguì la sua corsa verso la banchina. Si aspettava una scarica di piombo alle spalle, che tuttavia non arrivò. E non tardò a capirne il motivo.

Proprio davanti a lui cinque o sei lavoratori stavano caricando il minerale sulla nave. L'uomo armato non voleva aprire il fuoco, a rischio di colpire i propri compagni. Dirk mantenne la rotta per distanziarsi da lui, ma di fatto la strada era sbarrata: il nastro trasportatore occupava tutta la larghezza della banchina e a sinistra c'erano gli alti cumuli di minerale grigiastro.

Gli operai lo videro arrivare e lo indicarono, urlando. Probabilmente pensavano che si volesse suicidare e lui stesso se lo chiese, per un istante. Ma non aveva altra scelta. Proseguì a tutta velocità. Quando ormai mancavano solo pochi metri all'impatto, sterzò a sinistra e schivò una ruspa, mentre gli scaricatori si rifugiavano dietro la rampa.

Le robuste gomme da fuoristrada del quad slittarono sulla sabbia che ricopriva la banchina. Poi fecero di nuovo presa e il veicolo si lanciò verso la montagna di pietrisco che veniva caricata sul nastro. Dirk fu quasi sbalzato dal sellino quando le ruote anteriori raggiunsero la base, ma il quad mostrò il proprio temperamento cominciando a scalarla. Dopo sei metri sulla pendenza ripida e friabile, il veicolo cominciò a perdere lo slancio. Dirk girò il manubrio verso destra, a rischio di rovesciarsi, ma il rimorchio fece da ancora, aiutandolo nella manovra.

Uno degli scaricatori lanciò un grido, vedendolo cominciare a scendere dall'altra parte della montagna, al di là del nastro trasportatore. Una piccola valanga di pietrisco si rovesciò sulla banchina e gli operai corsero al riparo. Poi, finalmente, il quad piombò velocissimo sul molo, rimbalzò in aria e atterrò sulle quattro ruote. Il rimorchio fu meno artistico: si sganciò e andò a urtare la fiancata del mercantile, per poi scivolare in acqua.

Dirk dovette sterzare a sinistra, per evitare lo stesso destino. Frenò e riuscì per miracolo a tenersi aggrappato al manubrio mentre il veicolo sobbalzava e sbandava. Una delle ruote posteriori urtò una bitta e l'impatto rimise il quad in carreggiata. Dirk tornò ad accelerare lungo la banchina. Davanti a sé poteva osservare la libertà del deserto, nello spazio aperto tra il molo e il dormitorio. Ma, mentre puntava in quella direzione, vide comparire un altro quad da dietro l'angolo dell'edificio. Rallentò e fece un cenno di saluto mentre incrociava il veicolo. A bordo riconobbe l'individuo in mimetica che aveva visto sogghignare sulla motovedetta.

L'altro lo fissò perplesso, poi dovette capire di chi si trattava. Ma intanto Dirk era ripartito a tutta velocità e stava superando l'edificio. Dietro di loro, gruppi di uomini correvano urlando sulla banchina, indicandolo. L'uomo in mimetica fece un'inversione a U e si lanciò all'inseguimento.

Il confine della laguna era segnato da un'impervia scogliera e Dirk fu costretto a deviare verso una collina più abbordabile, parallela alla banchina. Dal basso cominciavano a partire colpi di arma da fuoco e i proiettili rimbalzavano sul terreno circostante. Lui si mise a zigzagare, sollevando una cortina di polvere che nascose la sua posizione. Si tenne basso sul manubrio, fino a quando arrivò in cima e discese dall'altro lato, scomparendo alla vista.

Mentre svoltava verso la spiaggia, azzardò uno sguardo alle proprie spalle. L'uomo in mimetica lo stava inseguendo, una cinquantina di metri più indietro.

Dirk accelerò lungo un tratto in secca della laguna. Quando lo aveva incrociato, aveva notato che l'uomo portava una fondina. Una volta di più si trovava ad affrontare un avversario armato. Ma almeno ora aveva un quad e sapeva dov'era diretto.

Di fatto l'uomo in mimetica aveva una pistola carica nella fondina. Sul tratto pianeggiante e sabbioso, sfilò l'arma con una mano. Tenendo il manubrio con la destra, sparò alcuni colpi con la sinistra, nessuno dei quali però andò a segno.

Dirk si mise a serpeggiare, sollevando alte scie di sabbia umida e marrone. La manovra andò tuttavia a vantaggio dell'inseguitore, che guadagnò terreno fino a trovarsi a una ventina di metri da lui. Dirk virò a sinistra, su un lieve pendio che scendeva verso la spiaggia. Quando l'uomo in mimetica ebbe superato la soffocante cortina di sabbia, poté vedere chiaramente il bersaglio. Sparò altri due colpi. Uno dei quali andò a segno.

Dirk sentì scoppiare uno pneumatico e si ritrovò alle prese con i pesanti sobbalzi del veicolo. Dovette lottare con il manubrio per mantenerne il controllo.

Ormai la partita era persa. L'avversario poteva raggiungerlo facilmente e finirlo con un colpo solo. Dirk valutò le alternative e considerò la possibilità di sbandare e provocare una collisione tra i due quad. Ma sulla sabbia, davanti a sé, vide una serie di impronte dirette verso l'entroterra. Erano quelle che lui stesso aveva lasciato al suo arrivo e gli suggerirono un'altra opzione. L'unica che gli avrebbe potuto permettere di passare al contrattacco.

49

La superficie sabbiosa cedette il passo a un terreno roccioso e ondulato, coperto di polvere. La pendenza graduale nascondeva la sporgenza rocciosa che Dirk aveva dovuto aggirare poche ore prima e che, questa volta, intendeva usare a proprio vantaggio.

Sulla roccia, la scia di polvere del quad era più leggera. Dirk fu costretto a una manovra pericolosa: anziché eludere l'inseguitore, si tenne dritto davanti a lui, sperando di oscurargli la vista.

Ripercorse le proprie impronte, poi rallentò. L'orlo del precipizio apparve un attimo dopo. Lui esitò, lasciando che l'uomo armato guadagnasse ancora terreno, prima di scalare la marcia e frenare all'improvviso. Il quad sobbalzò, mentre le ruote slittavano sulla roccia. Dirk scavalcò il sellino, lasciò il manubrio e saltò.

A tre metri dal burrone, il suo quad riprese lo slancio e volò nel vuoto. L'uomo in mimetica arrivò qualche secondo dopo. Si accorse troppo tardi del precipizio, frenò e girò il manubrio, stringendolo fino a sbiancarsi le nocche, ma senza esito. Il quad slittò sulla roccia polverosa e proseguì la sua corsa oltre l'orlo del burrone. L'uomo volò in aria, urlando mentre precipitava.

Dirk si era perso la scena. Dopo essere balzato via dal sellino, si era chiuso a riccio, prima di colpire il terreno con violenza, rotolando diverse volte. Stava slittando verso il burrone con i piedi avanti. Si ancorò alla roccia con le mani, un attimo prima di trovarsi con le gambe sospese a mezz'aria. Si issò sul terreno e si distese sulla schiena per riprendere fiato, con la testa che gli pulsava di dolore. Era coperto di lividi e graffi, ma era riuscito a non rompersi le ossa. Dopo un minuto si rimise in piedi e si affacciò sul precipizio.

Il suo quad era una decina di metri più in basso, con il muso nella sabbia e la carrozzeria deformata. L'altro era rovesciato poco più in là, con le ruote che ancora giravano. Sulle prime Dirk non vide l'uomo in mimetica, poi scorse una gamba immobile che spuntava da sotto il veicolo capovolto.

Dirk camminò sulla scogliera, sciogliendo lentamente le gambe. Guardò verso il piccolo porto e notò movimento. Un drappello si era messo in marcia sulle sue tracce, mentre la motovedetta stava salpando. Avevano preso molto sul serio il furto del quad, pensò lui.

Seguì le proprie orme fino a ritrovare il punto da cui era salito al mattino. Discese in spiaggia e raggiunse i due quad. Quello rovesciato, nonostante le ammaccature, sembrava pressoché intatto. Dirk piantò i piedi nella sabbia, appoggiò una spalla a un lato del veicolo e lo rimise sulle ruote. Il corpo sfracellato dell'uomo in mimetica rimase sprofondato nella sabbia; la testa e la schiena erano contorte in modo innaturale.

Dirk recuperò la pistola del morto e salì sul quad. Il sellino e il manubrio si erano distorti, i paraurti si erano staccati, ma la trasmissione era integra. Cercò di avviare il motore, che stentò a partire. Con il veicolo capovolto, si era drenato il carburante nel tubo di alimentazione. Ma, dopo vari tentativi, finalmente il quad partì e si lanciò in avanti, in un turbine di sabbia.

Giunto in fondo alla spiaggia, Dirk si fermò al rifugio. Summer spuntò da una grossa buca al centro e lo salutò con un cenno della mano. Aveva liberato dalla sabbia circa un terzo della scialuppa.

«Stai bene?» chiese lui, scendendo dal quad e correndole incontro.

«Sì, a parte la gamba morta.» Notò che il fratello era più malconcio di quando se n'era andato e che il veicolo con cui era arrivato era ridotto anche peggio. «Mi era parso di sentire uno schianto. Cos'è successo?»

«Un conoscente ha fatto un salto a trovarmi.» Indicò con il pollice alle proprie spalle. «Quelli del porto sono gli stessi che ci hanno speronato. Ho preso in prestito un loro quad e non l'hanno presa bene.»

Summer notò l'urgenza nel suo sguardo. «Dobbiamo andare?»

«Ottima idea.» Dirk la prese in braccio e la portò al veicolo.

«Aspetta», disse lei. «Il diario di bordo del *Barbarigo.*»

Lui le rivolse un'occhiata interrogativa.

«Il gommone sepolto nella sabbia», indicò la scialuppa, «viene da un sommergibile chiamato *Barbarigo*. Sotto la panca ho trovato un volume avvolto nella tela cerata. Non ci capisco niente perché è scritto in italiano, ma ha l'aria di essere il diario di bordo.»

Dirk si avvicinò alla scialuppa sepolta. Si fermò di colpo quando vide lo scheletro, di cui non si era accorto sino a quel momento. La parte superiore giaceva vicino alla panca, su cui Summer aveva appoggiato il volume avvolto nella tela cerata. Lo recuperò e lo consegnò alla sorella, salendo sul quad dietro di lei. «Non mi hai detto che c'era ancora in giro l'autore.»

«Ci sono almeno altri due cadaveri. Dovremmo farli esaminare dall'archeologo della nave.»

Dirk allungò le braccia intorno alla sorella fino a raggiungere il manubrio. «Meglio un altro giorno», suggerì, accelerando.

Si lasciarono alle spalle gli scheletri e la spiaggia, risalendo un costone roccioso che si allungava verso il mare. In cima poterono vedere la curva della costa dall'altra parte, con una distesa di zone sabbiose e pianeggianti. A diverse miglia di distanza si scorgeva lo scafo turchese dell'*Alexandria*. Dirk si concentrò sul terreno roccioso durante la discesa, scendendo più veloce che poteva ma tenendo presente che Summer poteva fare forza su una gamba sola per restare seduta.

Fu lei la prima a notare il piccolo Zodiac che costeggiava la spiaggia, più avanti. Quando le ruote del quad toccarono la sabbia, Dirk poté finalmente accelerare fino al massimo della velocità. Il canotto si stava allontanando, ma il veicolo lo raggiunse rapidamente, richiamando l'attenzione degli uomini a bordo con il clacson. Erano Jack Dahlgren e un marinaio della NUMA. Dirk portò il quad fino al mare, mentre lo Zodiac prendeva terra.

«Vedo che avete fatto i turisti», disse il texano, a mo' di saluto. Ma nei suoi occhi era evidente il sollievo.

«Più di quanto avremmo voluto», rispose Dirk. «Abbiamo il permesso di salire a bordo?»

Dahlgren assentì e avvicinò il canotto al quad.

«Summer ha perso la sensibilità alla gamba sinistra», spiegò Dirk. «Probabile malattia da decompressione.»

Dahlgren la prese in braccio e la caricò sullo Zodiac. Lei teneva stretto il diario del *Barbarigo*.

«A bordo saranno tutti ansiosi di sapere cos'è successo. Ci siamo preoccupati quando abbiamo trovato il batiscafo sul fondo, senza nessuno dentro. Ma avrete tutto il tempo di raccontarci la storia dalla camera iperbarica.»

Dahlgren si sedette sul fondo del canotto e sollevò il motore, per evitare che si piantasse nella sabbia. Rigirato lo Zodiac, quando Dirk saltò a bordo il texano notò la sua tuta lacera e i lividi. «Scusa se te lo dico, ma sembra che tu abbia fatto un giro di valzer con una motozappa.»

«In effetti è così che mi sento.»

«Non vuoi parcheggiare il quad sulla terraferma?»

«No, il proprietario ha fatto storie. È meglio se torniamo sulla nave al più presto.»

Dahlgren avviò il fuoribordo e fece rotta verso l'*Alexandria*. Dirk guardò all'orizzonte, scorgendo la motovedetta che si avvicinava. Ma un attimo dopo un rombo cupo coprì il ronzio del fuoribordo dello Zodiac e un'ombra passò sopra di loro. Dirk alzò gli occhi. Un C-130 lo stava sorvolando a bassa quota. Era grigio e sulla coda era dipinta la bandiera multicolore del Sudafrica.

Dahlgren fece un ampio cenno di saluto e rallentò lo Zodiac per farsi sentire sopra il fuoribordo. «Un aereo di soccorso che abbiamo fatto arrivare da Pretoria. Era ora che si facessero vedere. Sarà bene che gli diciamo che siete sani e salvi.» Prese una radio portatile, si mise in contatto con l'*Alexandria* e comunicò il ritrovamento.

Mentre aspettavano che il messaggio fosse riferito, Dirk gli batté una mano sulla spalla e indicò la motovedetta. «Richiamali e chiedi che l'aereo passi sopra quella gente. Digli che sospettiamo facciano parte di una banda di pirati.»

«Siamo un po' fuori dalla giurisdizione dell'aviazione federale», disse Dahlgren, riferendo il messaggio.

Il C-130 era ormai un puntino all'orizzonte. Poi virò e divenne più grande. Il pilota scese a una quindicina di metri sopra le onde e, avvicinandosi alla motovedetta da poppa, colse l'equipaggio di sorpresa. Molti uomini armati si stesero sul ponte di coperta quando il rombo dei quattro motori a turboelica da quattromiladuecento cavalli vapore avvolse l'imbarcazione.

L'aereo li superò, fece una lenta virata e ripassò sopra la motovedetta da dritta. Stavolta alcuni degli uomini più coraggiosi sollevarono i fucili, ma nessuno sparò un colpo. Imperturbabile, il pilota del C-130 li sorvolò altre tre volte, a quota sempre più bassa. La motovedetta raccolse il messaggio e, seppure con una certa riluttanza, fece rotta verso terra. Per sicurezza, l'apparecchio continuò a seguirne i movimenti, volando basso per quasi un'ora prima di rientrare alla base.

Dirk guardò il texano. «Ricordami di mandare una cassa di birra all'aviazione sudafricana.»

«I ragazzi sanno il fatto loro, eh?»

Pochi minuti dopo accostarono alla fiancata dell'*Alexandria*. Mentre venivano issati a bordo, Dirk e Summer videro con sorpresa il loro batiscafo disastrato che riposava sul ponte di poppa.

«L'abbiamo localizzato con il sonar e imbracato con un ROV per recuperarlo», raccontò Dahlgren. «Dato che non eravate a bordo, abbiamo ricominciato a cercarvi sulla costa.»

Una volta sulla nave, i due fratelli furono salutati calorosamente, ma Summer avvertì un certo nervosismo, anche da parte di Dahlgren, mentre veniva distesa su una barella. Il medico dell'*Alexandria* li accompagnò subito alla camera di decompressione, in cui erano già stati preparati cibo e attrezzature.

Dirk cercò di evitarla, ma il dottore glielo ordinò a scopo precauzionale. Prima che il portello si chiudesse, Dahlgren si affacciò per verificare che fossero a loro agio.

«È meglio se non ci tratteniamo troppo da queste parti», raccomandò Dirk. «Prima che la motovedetta ci attaccasse abbiamo depositato tutti i sensori sismici. Il lavoro è finito. Con quella gente ce la vedremo un'altra volta.»

«Il comandante è pronto a partire per Durban al massimo della velocità.» L'espressione di Dahlgren era tesa e seria.

«Perché Durban? Non dovevamo andare in Mozambico?»

Da fuori il medico insistette perché si chiudesse subito il portello.

«Brutte notizie, temo», annunciò il texano. «Tuo padre e Al sono scomparsi nel Pacifico.»

Prima che Dirk avesse il tempo di assorbire le parole, la pesante porta metallica si chiuse e gli occupanti furono pressurizzati allo stesso livello delle profondità marine.

50

Anche Pitt era sotto pressione, solo che la sua era una camera degli orrori. Col passare delle ore, la malsana prigione sull'*Adelaide* era sempre più claustrofobica e rovente. Oltretutto, il calore rendeva ancora più intenso il fetore sprigionato dai prigionieri e dai due cadaveri.

Pitt continuava ad avere fame, ma se non altro non mancava l'acqua da bere: la porta veniva spalancata periodicamente e due uomini armati gettavano pane e cibi secchi provenienti dalla cambusa. I prigionieri apprezzavano quelle brevi ventate di aria fresca tanto quanto gli alimenti.

Pitt e la squadra SWAT avevano cercato di elaborare un piano di fuga, ma le loro possibilità erano pressoché nulle. Dal magazzino erano stati asportati gli attrezzi e qualsiasi altro equipaggiamento che potesse essere utile a trovare un altro modo di uscire. Lo sportello, come avevano avuto modo di verificare, era sotto sorveglianza ininterrotta: a qualsiasi tentativo facessero di saggiare la maniglia o i cardini, da fuori rispondeva la canna di un fucile che batteva sul metallo. Ogni volta che il portello si apriva per la consegna di cibo o acqua, si vedevano due uomini di guardia che imbracciavano AK-47.

Dopo avere provato a masticare i pezzi di pane raffermo che venivano dati da mangiare ai prigionieri e che avevano la consistenza del granito, Giordino aveva suggerito di usarli per attaccare le guardie. Al si era ripreso in fretta e la ferita non mostrava segni di infezione. Dopo avere dormito per quasi tre giorni, l'amico di Pitt si era risvegliato molto irritabile ma in forma e sembrava aver recuperato le forze a dispetto della dieta.

La maggior parte degli uomini sembrava essersi rassegnata alla prigionia, ma qualcuno cominciava a perdere il controllo. Tra l'equipaggio dell'*Adelaide* scoppiava di tanto in tanto qualche rissa, mentre un marinaio si abbandonava a occasionali urla isteriche. Pitt, benché a disagio, fu quasi contento quando avvertì una diminuzione dei giri del motore della nave, che indicava l'arrivo in acque protette.

Aveva contato le ore trascorse da quando erano stati rinchiusi e, stimando una velocità di sedici nodi, giudicava che avessero percorso almeno quattromila miglia, il che li collocava in un punto imprecisato fra l'Alaska e il Perú. La temperatura elevata, tuttavia, lasciava pensare a un clima equatoriale. Se la nave aveva mantenuto la direzione sud-est, era probabile che si trovassero all'altezza del Messico meridionale o dell'America centrale.

Non tardarono a verificarlo di persona. L'*Adelaide* si fermò e ripartì diverse volte, e si sentirono attività in coperta. Poi ripresero la navigazione per tre ore, prima di fermarsi una volta per tutte. Infine i prigionieri vennero fatti uscire. Passarono dal magazzino caldo e umido al ponte di coperta, altrettanto caldo e umido.

La nave era ormeggiata di poppa a un molo circondato su tre lati da una giungla fittissima. Solo una macchia azzurra a prua lasciava intendere che fossero passati dall'oceano a una stretta insenatura appena sufficiente a contenere il mercantile. Il chiarore del giorno feriva i loro occhi abituati alla penombra, anche se Pitt non riusciva a vedere il sole da nessuna parte.

«A qualcuno la giungla deve piacere moltissimo», osservò Giordino, puntando un dito verso il cielo.

Riparandosi gli occhi con una mano, Pitt alzò la testa e vide una tettoia di vegetazione sopra di loro. Gli occorse qualche secondo per capire che era una vasta copertura mimetica estesa su tutta l'insenatura. «Forse sono fanatici della privacy.» Si diede un'occhiata intorno e i suoi sospetti ebbero conferma. Il nome della nave era stato coperto dalla scritta LABRADOR. Anche sovrastruttura e fumaiolo erano stati ridipinti in colori diversi. I dirottatori erano molto abili non solo a commettere furti su vasta scala, ma anche a camuffare le loro prede.

I prigionieri furono indirizzati a una passerella e fatti sbarcare. Sulla banchina li attendeva un plotone di uomini in divisa, alcuni dei quali accompagnati da cani da guardia, che li lasciarono in attesa per parecchi minuti. Pitt e Giordino ebbero il tempo di studiare le installazioni. Il porto era molto piccolo e consisteva in due piccole gru, un nastro trasportatore e due piattaforme in cemento coperte di sedimenti grigi; queste ultime dovevano essere le aree di carico e scarico del minerale grezzo e lavorato in arrivo e partenza. Oltre il fogliame si intravedevano alcuni edifici. Pitt suppose che si trattasse degli impianti di separazione, estrazione e raffinazione dei carichi di terre rare rubati.

Lo scoppiettio di un motore preannunciò l'arrivo di un piccolo veicolo che sembrava uscito da un campo da golf, guidato da un uomo con un'uniforme aderente ai muscoli e una pistola in una fondina sull'anca. Da un gancio alla cintura, sul lato opposto, pendeva una frusta arrotolata. Pitt notò che le guardie si irrigidivano al suo arrivo.

« Sembra un domatore di leoni », commentò Giordino.

« In un circo di cui non vorrei far parte », rispose Pitt.

Il supervisore, Johansson, percorse la banchina e andò a parlare con Gómez, sceso dalla nave dietro i prigionieri. Lo svedese rivolse al mercantile uno sguardo soddisfatto.

« Tutta carica di monazite frantumata », annunciò il falso comandante dell'*Adelaide*. « Gli esami confermano concentrazioni elevate di neodimio, cerio e disprosio. »

« Eccellente! L'impianto di estrazione era in attesa di altro materiale. Useremo i nuovi prigionieri per lo scarico. »

« E la nave? »

« Sarebbe una bella aggiunta alla flotta. Stabilisci come riconfigurarla in modo da renderla irriconoscibile e, quando l'avremo scaricata, ne discuteremo con Bolcke. »

Johansson voltò la spalle a Gómez e andò a esaminare i nuovi prigionieri. Li passò in rassegna con occhio critico, mostrando particolare interesse per gli uomini della squadra SWAT.

« Benvenuti a Puertas del Infierno », disse. « Ora siete di mia proprietà. » Fece un cenno verso gli edifici. « Questo è un centro di raffinazione, in cui ricaviamo minerali di alto valore dalla materia grezza. Voi sarete impiegati nel processo. Se lavorate sodo, vivrete. Se non vi lamentate, vivrete. Se non tentate la fuga, vivrete.» Abbassò lo sguardo sulla fila di uomini debilitati. «Ci sono domande?»

Un marinaio dell'*Adelaide*, che aveva avuto seri problemi durante la prigionia, si schiarì la gola. «Quando saremo rilasciati?»

Johansson gli si avvicinò e fece un sorriso. Poi, tranquillissimo, estrasse la pistola e gli sparò alla fronte. Gli uccelli nella vegetazione circostante si misero a stridere, mentre il marinaio cadeva in avanti, precipitando in acqua con un tonfo. Gli altri prigionieri ammutolirono.

Johansson allargò il sorriso. «Ci sono altre domande?»

Nessuno fiatò. Lo svedese rinfoderò l'arma. «Bene. Come vi dicevo, siete i benvenuti a Puertas del Infierno. E adesso, al lavoro.»

51

Il ritmo basso del motore si acquietò, lasciando sentire il suono più sommesso delle onde sullo scafo. Svegliata dal silenzio improvviso, Ann si alzò dalla cuccetta a bordo del rimorchiatore e allungò le braccia. Si massaggiò i polsi, irritati dalle manette che continuava a portare, e andò a un piccolo oblò a dritta.

Era ancora buio. Sull'altra sponda del fiume, a un chilometro e mezzo o poco più, si vedevano poche luci sparse. Dunque avevano preso terra sulla riva est. Il fiume, ne era certa, era il Mississippi. Una volta partiti da Paducah, c'era una sola direzione da prendere se si viaggiava lungo la corrente: la confluenza dell'Ohio con il Mississippi nelle vicinanze di Cairo, Illinois. La notte prima aveva scorto le luci brillanti di una grande città, chiedendosi se si trattasse di Memphis. A giudicare dalla sagoma di un grosso mercantile che risaliva il fiume, immaginò che ora potessero trovarsi dalle parti di New Orleans.

Si lavò la faccia in una bacinella e tornò a guardarsi intorno nell'angusta cabina, alla ricerca di un oggetto che potesse fungere da arma. Un esercizio inutile cui si era già dedicata almeno venti volte ma che, se non altro, manteneva attiva la sua mente. Riuscì ad arrivare solo a uno scrittoio vuoto, prima che la chiave girasse nella serratura e la porta si aprisse.

Pablo apparve sulla soglia con un'espressione divertita e una mazza da baseball in mano. « Vieni, forza. Cambiamo nave. »

La condusse sul ponte, dove le tirò indietro i gomiti, inserendo la mazza da baseball tra le braccia e la schiena.

« Così stavolta non ci saranno esibizioni di nuoto. » Tenendo una mano su un'estremità della mazza, la fece scendere dal rimorchiatore, su un molo appena illuminato.

La posizione forzata le faceva dolere le spalle. Il mercenario la guidò oltre la chiatta, da cui una gru semovente aveva sollevato il semirimorchio. Filamenti di paglia svolazzavano nell'aria, mentre Pablo e la sua prigioniera seguivano il mezzo lungo i binari della banchina, fino a un piccolo mercantile. Nella penombra, Ann ne distinse il nome: SALZBURG. La zona era deserta, a parte l'operatore della gru e un gruppo di uomini armati in tuta militare, che si allineavano alle murate del mercantile.

«Per favore, lasciami andare», disse Ann, mostrandosi più spaventata di quanto fosse in realtà.

Pablo rise. «Non prima di avere effettuato la consegna. Poi, forse, potrai guadagnarti la libertà», rispose, con uno sguardo lascivo. La condusse alla passerella che saliva in coperta. Si trovarono di fronte una sorta di scudo installato su una piattaforma su rotelle. Accanto a esso, un marinaio ne stava controllando i collegamenti con un sistema munito di un generatore e di monitor. Mentre i due gli passavano davanti, l'uomo alzò gli occhi e incrociò quelli di Ann.

Lei rispose con uno sguardo remissivo, quasi di supplica.

Il marinaio sorrise. «Non farti cuocere», disse.

Pablo la spinse avanti, fino alla sovrastruttura di poppa, salendo le due rampe di scale che conducevano agli alloggi dell'equipaggio. La nuova cabina era poco più grande della precedente e l'oblò era altrettanto minuscolo.

«Spero che ti piaccia la tua nuova sistemazione.» Il colombiano le sfilò la mazza da baseball dalla schiena. «Può darsi che più avanti, durante il viaggio, passeremo un po' di tempo insieme.» Uscì dalla cabina e chiuse a chiave la porta dall'esterno.

Ann si sedette sulla cuccetta, durissima, e guardò la porta. Nonostante l'esibizione che aveva fatto davanti a Pablo, la paura era stata quasi completamente rimpiazzata dalla rabbia. Era chiaro che il mercantile stava per lasciare il paese, portando via tanto il motore quanto i progetti del *Sea Arrow*. Quella cabina sarebbe stata la sua prigione per giorni, forse per settimane. Invece di commiserarsi, rifletté su come ciò fosse stato possibile.

La sua mente analitica si mise al lavoro, ragionando sui furti. Per Pablo era stato troppo facile impadronirsi dei progetti e appropriarsi del prototipo. Doveva per forza avere avuto aiuti dall'interno. Lo confermava il coinvolgimento dei due uomini che l'avevano sequestrata. Anche se ancora le sfuggiva perché lo avessero fatto. Poteva trarne un'unica conclusione: doveva essersi avvicinata troppo alla soluzione. Si scervellò, ripensando ai subappaltatori e alle persone di interesse. Continuava a tornarle in mente Tom Cerny. Possibile che l'assistente della Casa Bianca si fosse messo in allarme per la sua inchiesta?

Camminò avanti e indietro per la cabina, notando parecchie bruciature di sigaretta sul piano della piccola scrivania in un angolo. Le ricordarono il marinaio e lo strano modo in cui l'aveva salutata. «Non farti cuocere», ripeté a bassa voce. Quelle parole continuarono a tormentarla finché il loro significato non le fu chiaro all'improvviso.

«Ma certo!» disse, rimproverandosi per non averlo capito prima. «Non farti cuocere, sul serio.»

52

Un volo commerciale a tarda notte da Durban via Johannesburg si dimostrò il modo più rapido per tornare a Washington. Il mattino dopo Dirk e Summer scesero esausti e con lo sguardo annebbiato al Reagan National Airport. Summer camminava senza difficoltà, un po' anchilosata dal viaggio, ma libera dalla paralisi conseguente alla malattia da decompressione.

La permanenza nella camera iperbarica a bordo dell'*Alexandria* era stata la sua salvezza. Mentre la nave della NUMA lasciava la punta meridionale del Madagascar diretta a Durban, Summer e Dirk erano stati portati a una pressione pari a quella di centoventi metri di profondità. La paralisi alla gamba era svanita. Poi la squadra medica di bordo aveva ridotto gradualmente la pressione, in modo che le bolle di azoto nei tessuti si dissipassero. Quando erano stati fatti uscire dalla camera, quasi due giorni dopo, Summer poteva camminare, soffrendo solo di un lieve dolore residuo.

Dal momento che un volo poteva aggravare i sintomi, il medico di bordo aveva insistito che non salissero su un aereo per almeno ventiquattr'ore. Del resto quello era più o meno il tempo ancora necessario per raggiungere Durban. Una volta usciti dalla camera di decompressione, avevano avuto il tempo di informare gli altri del loro lavoro a bordo del sommergibile, di ispezionarne i danni e prenotare i biglietti di ritorno a casa, prima di correre al King Shaka International Airport nel preciso momento in cui l'*Alexandria* attraccava in porto.

Recuperati i bagagli, presero un taxi e si fecero portare all'hangar del padre in fondo all'aeroporto. Entrarono, deposero le valigie e si ripulirono nell'appartamento al piano di sopra.

«Secondo te papà si arrabbia se prendiamo una delle sue auto per andare in ufficio?» chiese Summer.

«Ha sempre detto che potevamo guidare tutte quelle che volevamo», rispose Dirk. Indicò una vecchia macchina scoperta dai colori argento e borgogna. «In un'e-mail prima di partire per il Pacifico ha scritto che aveva sistemato la Packard. Perché non prendiamo quella?»

Controllò che il serbatoio fosse pieno, mentre Summer apriva il portone. Seduto al posto del guidatore, Dirk tirò l'aria, regolò la leva del gas sul volante e premette il pulsante di avviamento; il grosso motore a otto cilindri in linea prese vita con un mormorio. Dopo averlo lasciato scaldare per un momento, portò la macchina fuori dall'hangar e attese che la sorella chiudesse il portone.

Summer si sedette, portando con sé una borsa da viaggio. Non fece caso al furgone bianco parcheggiato sull'altro lato. «Strani questi sedili.»

Nello stretto abitacolo scoperto c'erano due sedili rigidi, di cui quello destinato al passeggero era arretrato in modo permanente di diversi centimetri rispetto all'altro.

«Più spazio per il guidatore, quando deve sterzare o cambiare marcia ad alta velocità», spiegò Dirk, indicando la leva del cambio alla sua destra.

«E più spazio per le mie gambe, il che non guasta.»

Costruita nel 1930, la Model 734 ostentava una scocca tra le più singolari realizzate dalla Packard, con il bagagliaio inclinato che dava al veicolo una linea aerodinamica. Su ogni fiancata era montata una gomma di scorta. La carrozzeria riluceva di un colore metallico, che contrastava con il borgogna dei parafanghi e una striscia che correva per tutta la lunghezza dell'auto. Davanti c'era una coppia di stretti fari Woodlite che, combinati con il parabrezza angolato, davano la sensazione che la macchina fosse in movimento anche quando era parcheggiata.

Dirk si diresse a nord fino alla George Washington Parkway, constatando che la Packard si muoveva agevolmente anche nel traffico autostradale. Ci volevano solo dieci minuti per raggiungere il quartier generale della NUMA, un'alta struttura di vetro sulle rive del Potomac. Lasciarono la macchina nel garage sotterraneo, poi presero l'ascensore riservato al personale fino all'ultimo piano. La segretaria di Rudi Gunn li indirizzò al centro ricerche informatiche, quindi dovettero scendere di tre piani per raggiungere la tana high-tech di Hiram Yaeger.

Trovarono Gunn e Yaeger seduti di fronte a uno schermo video che occupava tutta una parete, intenti a esaminare foto satellitari di un tratto di mare deserto. Con i capelli spettinati e le occhiaie, entrambi gli uomini sembravano non dormire da giorni. Ma si alzarono subito appena videro entrare i figli di Pitt.

«Felice di vedervi», disse Gunn. «Ci avete fatto prendere un bello spavento quando è sparito il batiscafo.»

Summer sorrise. «Mai quanto il nostro.»

«Pensavo di dover sedare Rudi», disse Yaeger. «Come va la gamba, Summer?»

«Ora bene. Il sedile del volo da Johannesburg è stato peggio della malattia da decompressione.» Lei notò una collezione di tazzine sporche di caffè sul tavolo e pose fine alle chiacchiere. «Notizie di papà e Al?»

I due uomini si incupirono. «Purtroppo no», annunciò Gunn. Raccontò della missione di Pitt, destinata a proteggere il mercantile, mentre Yaeger caricava una carta nautica del Pacifico orientale.

«Sono saliti a bordo dell'*Adelaide* circa mille miglia a sud-est delle Hawaii», illustrò l'informatico. «Era previsto che una fregata della US Navy incontrasse il mercantile vicino alla costa e lo scortasse fino a Long Beach. Ma l'*Adelaide* non è mai arrivata.»

«Tracce di detriti?» chiese Dirk.

«No», rispose Gunn. «Abbiamo fatto sorvolare per giorni l'area tra le Hawaii e la terraferma dagli aerei di soccorso. La marina ha inviato due navi in zona, l'aviazione ha persino mandato dei droni da ricognizione a lungo raggio. Non hanno trovato niente.»

Dirk notò una linea bianca orizzontale che cominciava a sinistra dello schermo e si interrompeva poco dopo l'intersezione con una linea rossa che partiva dalle Hawaii. «Quella è la rotta dell'*Adelaide*?»

«Il suo segnale AIS ha indicato la rotta fino a quel punto, poco dopo che vostro padre e la squadra SWAT sono saliti a bordo», spiegò Yaeger. «Poi il segnale è sparito.»

«Dunque sarebbe affondata?» chiese Summer, con voce rotta.

«Non è detto», rispose Gunn. «Potrebbe semplicemente avere disattivato il segnale. Una mossa prevedibile, in caso di dirottamento.»

«Abbiamo tracciato due grandi cerchi intorno all'ultima posizione conosciuta, per cercare di stabilire dove possa essere andata.» Yaeger sostituì la carta con uno *split screen* diviso tra due immagini da un satellite. In basso era sovrapposta la fotografia di un grande mercantile dipinto di verde con la scritta ADELAIDE. «Stiamo cercando lungo la costa, nel caso possa essere spuntata da qualche parte.»

«Hiram ha controllato ogni fonte, pubblica e non solo, di ricognizione via satellite. Purtroppo l'area in cui è sparita la nave è in mezzo a un'ampia zona non monitorata, per cui siamo passati alle coste.»

«Nord, Centro e Sudamerica, per cominciare.» Yaeger soffocò uno sbadiglio. «Abbastanza da impegnarci fino a Natale.»

«Come possiamo aiutarvi?» chiese Summer.

«Abbiamo foto satellitari di quasi tutti i porti principali della costa occidentale negli ultimi quattro giorni. Ce le dividiamo e vediamo se qualcuno riesce a trovare una nave che somigli all'*Adelaide*.»

Yaeger preparò due computer portatili e scaricò le immagini. Si misero tutti al lavoro, passando in rassegna le fotografie alla ricerca di un grosso mercantile dipinto di verde. Ci si dedicarono per tutto il giorno, studiando le immagini fino a sentire gli occhi che bruciavano. Ma le speranze furono alimentate dalle undici foto – a volte confuse o buie – di navi che potevano corrispondere al profilo dell'*Adelaide*.

«Tre a Long Beach, due a Manzanillo, quattro nel canale di Panamá, una a San Antonio, in Cile, e l'ultima a Puerto Caldera, nella Costa Rica», elencò Yaeger.

«Dubito che possa essere una di quelle di Long Beach»,

considerò Dirk. «A meno che non siano passati prima a scaricare in un altro porto.»

Gunn guardò l'orologio. «All'Ovest è ancora presto. Perché non facciamo una pausa per mangiare qualcosa? Poi possiamo chiamare le autorità portuali di ogni località. Dovrebbero essere in grado di dirci se l'*Adelaide* è passata di lì.»

«Buona idea», approvò Dirk. «Non ho più energie, dopo la dieta a base di caffè e spuntini in volo.»

«Solo un momento», intervenne Summer. «Prima della pausa, mi servirebbe un rapido favore da Hiram. E poi il tuo aiuto per una consegna.» Raccolse la borsa da viaggio, che tintinnò come se dentro ci fossero alcune bottiglie.

«Avrei un po' fame. Possiamo fermarci a mangiare qualcosa per strada?»

«Dove andiamo», rispose lei, «posso garantire che ci sarà qualcosa di buono da mangiare.»

53

La Packard uscì rombando dal garage sotterraneo e superò un furgone bianco in fondo al parcheggio esterno, per poi immettersi nel traffico dell'ora di punta serale. Dirk attraversò Georgetown, con la brezza che agitava i capelli di Summer. Svoltarono in una strada poco illuminata, su cui si affacciavano varie case eleganti. Dirk si fermò di fronte a una vecchia rimessa per carrozze che una ristrutturazione aveva trasformato in una suggestiva residenza.

Avevano appena suonato il campanello che la porta si spalancò e apparve un uomo dall'aspetto gargantuesco con una lunga barba grigia. Gli occhi di St Julien Perlmutter brillarono quando salutò Summer e Dirk, invitandoli a entrare. «Stavo per mangiare senza di voi.»

«Ci aspettavi?» chiese Dirk.

«Ma certo. Summer mi ha inviato un'e-mail con i dettagli del vostro mistero del Madagascar. Ho insistito per avervi entrambi a cena appena foste tornati. Ma voi due non vi parlate?»

Summer rivolse al fratello un sorriso imbarazzato, poi seguì Perlmutter attraverso un salotto invaso dai libri, fino a un'elegante sala da pranzo al centro della quale un tavolo antico in legno di ciliegio traboccava di cibo. Il padrone di casa era uno storico navale, uno dei migliori del mondo, ma era anche un gourmet. I suoi occhi si illuminarono quando dalla borsa da viaggio di Summer apparvero tre bottiglie.

«Uno chardonnay Vergelegen e un paio di monovitigno rosso De Toren.» Esaminò le etichette, deliziato. «Eccellente selezione. Vogliamo accomodarci?» Senza por tempo in mezzo, stappò lo chardonnay e cominciò a versarlo nei bicchieri. «S'intende che sono preoccupato per la sparizione di vostro padre.» Levò il suo bicchiere. «Che possa trovarsi in un porto sicuro.»

Mentre discutevano della scomparsa di Pitt, cenarono con costolette di maiale al *chipotle* con asparagi e patate, cui seguirono pesche fresche della Georgia in salsa di crema e brandy come dessert. Dato che il cuoco e maggiordomo francese di Perlmutter aveva la serata libera, Summer e Dirk lo aiutarono a sparecchiare e a lavare i piatti, prima di tornare a sedersi a tavola.

« Il vino era delizioso, Summer », disse il padrone di casa, « ma non giocare con me. Sai bene su che cosa voglio mettere le mani. »

« Pensavo che non l'avresti mai chiesto. » Lei aprì la borsa da viaggio e ne sfilò il volume avvolto nella tela cerata, recuperato sulla spiaggia. « Il diario di bordo del *Barbarigo*. »

« Ecco cosa c'era sotto », commentò Dirk. « E io che pensavo fossi contento di vederci. »

La risata di Perlmutter risuonò in tutta la casa. Amico di vecchia data di Pitt, per i gemelli era una sorta di simpatico zio. « Ragazzo mio, la vostra compagnia è sempre la benvenuta. » Versò altro vino da una bottiglia di Summer. « Ma un bel mistero navale è anche meglio del vino. »

Prese il pacchetto e aprì con cautela l'involucro. Il diario rilegato in pelle era un po' consumato, ma per il resto intatto. Perlmutter lo aprì e lesse il frontespizio, scritto a mano a lettere maiuscole. « 'Viaggio del sommergibile Barbarigo, giugno 1943. Capitano di corvetta Umberto de Julio.' » Alzò gli occhi verso Summer. « Ecco il nostro sommergibile. »

« Un sommergibile? » fece Dirk.

« La scialuppa sulla spiaggia », replicò Summer, « ospitava i marinai di un sommergibile italiano della seconda guerra mondiale. »

« Il *Barbarigo* », disse Perlmutter, « era un sommergibile di grosse dimensioni, classe Marcello, con un illustre curriculum nell'oceano Atlantico all'inizio della guerra: sei navi affondate e un aereo abbattuto. Ma divenne meno combattivo nel 1943, quando fu assegnato a un progetto denominato in codice 'Aquila'. »

« Dal latino », disse Dirk.

Summer lo guardò, sorpresa.

«Astronomia», spiegò lui. «Me lo ricordo per una costellazione vicino all'Acquario.»

«'Mulo' sarebbe stato un nome più adatto», riprese lo storico. «I tedeschi erano preoccupati per le loro numerose perdite di navi di superficie che trasportavano materiale bellico in Giappone, per cui convinsero gli italiani a convertire otto dei loro sommergibili, tra i più grossi e, in un certo senso, più datati, al servizio di trasporto. Gli interni furono eviscerati e la maggior parte degli armamenti fu asportata affinché potessero trasportare il massimo del carico.»

«Sembra piuttosto rischioso», osservò Dirk.

«Difatti. Quattro sommergibili furono affondati molto presto, un altro fu lasciato andare a fondo dal suo stesso equipaggio e gli altri tre vennero catturati in Asia prima di completare la loro missione. Perlomeno, questo è quanto dicono i libri di storia.» Perlmutter prese a sfogliare le pagine, esaminando i dati.

«Dunque cos'accadde al *Barbarigo*?»

«Designato Aquila Cinque, lasciò il porto di Bordeaux il 16 giugno 1943, con destinazione Singapore e un carico di mercurio, acciaio e barre di alluminio. Pochi giorni più tardi si persero i contatti radio e fu dato per scomparso in prossimità delle Azzorre.» Passò all'ultima pagina. «Il mio italiano è scarsissimo, ma leggo che l'ultima annotazione è datata 12 novembre 1943.»

«Quasi cinque mesi dopo», osservò Dirk. «C'è qualcosa che non torna.»

«Credo di avere qui la risposta.» Summer mostrò loro alcuni fogli stampati. «Ho chiesto a Hiram di fare una scansione del diario e passarla al suo computer. Dice che tradurlo in inglese è stato un gioco da ragazzi. Mi ha stampato tutto prima di venire qui.» Distribuì le pagine sul tavolo.

Dirk e Perlmutter si misero a divorarle come un paio di coyote affamati.

«Eccoci», disse il primo. «Qui dice che due aerei li attaccano nel golfo di Biscaglia poco dopo la partenza. Se la cavano, ma l'albero radio rimane danneggiato, impedendo loro di comunicare con il comando centrale.»

Grazie al diario, seguirono il viaggio del *Barbarigo* oltre il capo di Buona Speranza e attraverso l'oceano Indiano. Il sommergibile aveva scaricato il metallo a Singapore, per poi fare rotta verso un piccolo porto malese, vicino a Kuala Lumpur.

«Il 23 settembre caricammo centotrenta tonnellate di minerale ossidato che i locali chiamano Morte rossa», lesse Summer. «Uno scienziato tedesco di nome Steiner che aveva presieduto alle operazioni s'imbarcò per il viaggio di ritorno.»

«Più avanti», intervenne Dirk, «il primo ufficiale annota che Steiner rimane rintanato nella sua cabina con un mucchio di libri di fisica per tutto il resto del viaggio.»

«Morte rossa?» fece Perlmutter. «Mi domando se riguardi l'epidemia di cui parla Edgar Allan Poe. Dovrò darci un'occhiata. E anche a questo Steiner. Di sicuro è un carico curioso.»

I tre fecero scorrere le annotazioni di varie settimane, in cui si descriveva il viaggio di ritorno attraverso l'oceano Indiano. Il 9 novembre la grafia si faceva confusa e le pagine mostravano tracce di acqua salata.

«È qui che si trovano nei guai, al largo del Sudafrica», disse Perlmutter. Lesse una descrizione lucida di come il sommergibile si fosse immerso per sfuggire a un attacco aereo notturno. Dopo avere eluso le bombe, l'equipaggio si credeva ormai al sicuro, solo per scoprire che l'elica del *Barbarigo* aveva cessato di funzionare, o forse era stata tranciata.»

Dirk e Summer rimasero in silenzio mentre lo storico leggeva la tragedia che ne era risultata. Privo di propulsione, il sommergibile era rimasto sommerso per dodici ore, nell'angoscia che altri aerei alleati potessero sopraggiungere sulla scena. Erano tornati in superficie verso mezzogiorno, con il mare deserto, alla deriva in direzione sud-est. Ormai lontani dalle rotte commerciali, impossibilitati a comunicare a lunga distanza, gli ufficiali temevano che sarebbero stati trascinati dalle correnti fino in Antartide. Il comandante De Julio ordinò allora di abbandonare la nave. L'equipaggio prese le quattro scialuppe gonfiabili stivate sotto il ponte di prua e salutò il proprio amato battello. Nella confusione del momento, non fu rispettato l'ordine di affondare il sommergibile: l'ultimo ufficiale sulla quarta scialuppa si limitò a sigillare lo sportello. Anziché sparire nell'oceano di fronte a loro, il *Barbarigo* proseguì alla deriva all'orizzonte.

Perlmutter smise di leggere e inarcò vistosamente le sopracciglia. «Parola mia», disse a voce bassa. «Questo è assai curioso.»

«Cos'è successo alle altre tre scialuppe?» chiese Summer.

«Da qui le annotazioni diventano più rare. Tentano di raggiungere il Sudafrica e arrivano persino in vista della terraferma, quando sono investiti da una tempesta. Le scialuppe perdono il contatto visivo. Il comandante De Julio scrive che gli uomini sul suo gommone non vedono più gli altri tre. Nella burrasca perdono cinque marinai, e tutte le scorte di acqua e cibo, oltre a vela e remi. La scialuppa viene trasportata verso est, spinta lontano dalla costa dalla corrente. Poi il clima si fa caldo e secco. Senza riserve di acqua fresca, perdono altri due uomini. Rimangono solo il comandante, il primo ufficiale e due macchinisti.

«Stravolti dalla sete, avvistano di nuovo terra e remano con le mani. Poi un forte vento e le onde alte li portano a riva, facendoli approdare sulla spiaggia. Si ritrovano in un deserto rovente, assetati. Nell'ultima annotazione il comandante dice che andrà da solo alla ricerca di acqua, perché gli altri sono troppo deboli per incamminarsi. L'ultima frase è: 'Dio benedica il *Barbarigo* e il suo equipaggio'.»

«Possiamo confermare: è una regione desertica», disse Summer, dopo qualche istante di silenzio. «Che tragedia. Erano quasi riusciti a riparare in Sudafrica e si sono ritrovati mille miglia più a est, in Madagascar.»

«Gli è andata poco meglio che alle altre tre scialuppe», commentò Dirk.

Lo storico annuì, anche se appariva perso nei propri pensieri. Si alzò dalla sedia e andò in salotto, da cui tornò con una bracciata di libri e l'espressione pensosa. «Congratulazioni, Summer. A quanto sembra hai appena risolto due vecchi misteri del mare.»

«Due?» chiese lei.

«Sì. Il destino del *Barbarigo* e l'identità dello Spettro del Sud Atlantico.»

«Capisco il primo», fece Dirk. «Ma questo Spettro cos'è?»

Perlmutter aprì il primo libro e ne sfogliò le pagine. «Dal diario di bordo del mercantile *Manchester*, al largo delle isole Falkland, 14 febbraio 1946. 'Mari calmi, venti da sud-ovest tre o quattro. Alle undici zero zero il primo ufficiale riportava un oggetto a dritta. A prima vista sembrava la carcassa di una balena, ma riteniamo che si trattasse di un vascello fabbricato dall'uomo.'» Chiuse il volume e ne aprì un altro. «Il mercantile *Southern Star*, 3 aprile 1948, vicino a Santa Cruz, Argentina. 'Oggetto sconosciuto, probabile vascello, avvistato alla deriva a due miglia di distanza. Scafo nero, piccola sovrastruttura al centro. Sembra abbandonato.'»

Poi prese un terzo libro. «Resoconto da una stazione baleniera della Georgia del Sud. Nel febbraio 1951 la *Paulita* si presenta con tre balene grigie adulte appena uccise. Il comandante riferisce l'avvistamento di una nave fantasma: basso scafo nero, una piccola vela al centro, alla deriva cento miglia a nord. L'equipaggio lo chiama 'lo Spettro del Sud Atlantico'.»

«E secondo te il *Barbarigo* è lo Spettro?»

«È possibilissimo. Per un periodo di ventidue anni ci furono avvistamenti di una presunta nave fantasma alla deriva nell'Atlantico meridionale. Per una ragione o per l'altra, nessuno riusciva a vederla da vicino, ma tutte le descrizioni si assomigliano. Mi sembra plausibile che un sommergibile sigillato possa galleggiare in mare aperto per un bel po'.»

«A quella latitudine», ragionò Dirk, «la torretta del sommergibile poteva ricoprirsi di ghiaccio. E, a distanza, sembrare una piccola vela.»

«Il che potrebbe trovare conferma nell'ultimo avvistamento registrato.» Perlmutter aprì l'ultimo libro. «Nel 1964. Un velista solitario di nome Leigh Hunt stava facendo il giro del mondo quando ha avvistato qualcosa di strano. Ah, eccolo qui.» Si mise a leggere il passaggio. «'Mentre mi avvicinavo allo stretto di Magellano, incontrai una tempesta spaventosa. Per trenta ore affrontai onde alte sei metri e venti furiosi che cercavano di spingermi verso gli scogli di capo Horn. Fu nel pieno di questo duello che incontrai lo Spettro del Sud Atlantico. Al principio lo scambiai per un iceberg, perché era incrostato di ghiaccio, ma poi notai il contorno di acciaio scuro. Mi passò accanto velocemente, trasportato dai venti e dalle onde, verso una morte sicura sulle coste della Terra del Fuoco.'»

«Wow», commentò Summer. «Ancora a galla nel 1964.»

«Ma a quanto pare non per molto ancora, se quanto dice Hunt è accurato», replicò Perlmutter.

«Hunt è ancora vivo?» chiese lei. «Gli potremmo parlare.»

«Purtroppo finì disperso in mare qualche anno dopo. Ma forse la famiglia dispone ancora dei suoi diari di bordo.»

Dirk svuotò il suo bicchiere di vino e guardò la sorella. «Be', Summer, ho idea che ci rimangano ancora due misteri irrisolti.»

«Sì», disse lei, completando il ragionamento del gemello. «Dov'è affondato il *Barbarigo* e che cosa trasportava.»

54

Dirk e Summer lasciarono la casa di Perlmutter sazi di cibo e vino e stuzzicati dallo strano destino del *Barbarigo*. La cena aveva fatto dimenticare loro per un momento la preoccupazione per il padre, che tornò a divorarli appena si congedarono.

« Sarà meglio tornare a vedere se Rudi e Hiram hanno avuto fortuna con le autorità portuali », disse Dirk.

« Stavo pensando che dovremmo riesaminare la possibilità che l'*Adelaide* si sia diretta a ovest. »

Mentre camminavano lungo la strada, sentirono chiudersi la portiera di un'auto. Dirk notò due uomini seduti a bordo di un furgone bianco, qualche posto dietro la Packard.

Si mise al volante, avviò il motore – che rispose all'istante – e accese i fari. I Woodlite erano spettacolari, visti di giorno, ma di notte il loro rendimento non era paragonabile a quello del resto della macchina. La Packard si staccò dal marciapiede e cominciò a percorrere la strada del ritorno. Prima di arrivare all'incrocio, nello specchietto retrovisore Dirk vide accendersi i fari del furgone.

Svoltò a destra e premette l'acceleratore, prendendo velocità lungo il viale alberato. Dopo qualche secondo il furgone girò lo stesso angolo, con gli pneumatici che stridevano sull'asfalto.

Summer notò gli sguardi del fratello nello specchietto e si voltò. « Non vorrei sembrare paranoica, ma mi sembra lo stesso furgone che era parcheggiato davanti alla NUMA quando ce ne siamo andati. »

« Non solo. Ho l'impressione che stamattina fosse anche davanti all'hangar di papà. »

Dirk continuò a percorrere le vie di Georgetown, svoltando sulla O Street e dirigendosi a ovest. Il furgone non smetteva di seguirli, mantenendosi a pochi metri di distanza.

«Chi può volerci seguire?» chiese Summer. «Qualcuno che ha a che fare con quella gente in Madagascar?»

«Non so immaginarlo. Ma potrebbe essere qualcuno interessato a papà. Forse glielo dovremmo chiedere.» Dirk rallentò prima dell'incrocio successivo, oltre il quale c'era il cancello dell'entrata pedonale della Georgetown University. Di solito era transennato, per impedire l'ingresso ai veicoli, ma in quel momento le barriere erano state rimosse, per consentire l'uscita al camion di un fornitore. Appena il veicolo si fu allontanato, Dirk premette l'acceleratore e si infilò nel cancello.

Una guardia di sicurezza guardò con stupore la vecchia Packard. Pochi secondi dopo dovette farsi da parte per non essere investita dal furgone bianco che la inseguiva. Dirk percorse la strada che attraversava il campus fino alla rotatoria davanti all'entrata principale. Al centro si trovava una statua del fondatore dell'università, John Carroll; alcuni riflettori la illuminavano di un bagliore giallastro che formava una sorta di aura intorno alla figura del vescovo.

Dirk rallentò quando fu dietro la statua, fece una doppietta e innestò la prima. Vide i fari del furgone che stava imboccando la rotatoria, spense i Woodlite e schiacciò l'acceleratore a tavoletta. La vecchia Packard balzò in avanti mentre lui sterzava e ingranava la seconda senza sollevare il piede dall'acceleratore.

Il furgone stava rallentando, mentre l'auto prendeva velocità. Anziché tornare al cancello, Dirk continuò a stringere il volante e a seguire la rotatoria. Vide davanti a sé i fanali sul retro del furgone e fu costretto a frenare per non investirlo. Summer allungò una mano per accendere i Woodlite e segnalare agli inseguitori che il gioco continuava.

Il guidatore del furgone esitò, probabilmente confuso, poi dovette riconoscere le luci fioche della Packard nello specchietto retrovisore. Non era preparato a un confronto. Premette l'acceleratore, con le gomme che stridevano mentre lasciava la rotatoria alla prima uscita disponibile: un rettilineo che passava dietro una struttura monumentale chiamata Healey Hall, proseguendo verso il centro del campus.

«Seguilo», disse Summer. «Non ho ancora preso il numero di targa.»

Dick innestò la marcia superiore e partì a razzo. Un tempo la Packard era considerata un'auto veloce, con il motore a otto cilindri in linea che vantava centocinquanta cavalli vapore. Il furgone avrebbe potuto seminarla su un'autostrada senza traffico, ma non nei confini ristretti di un campus universitario.

Il veicolo bianco superò il grosso palazzo di pietra. I pochi studenti in giro si scansarono per non essere investiti. La strada svoltava di colpo a sinistra, per attraversare un complesso di edifici, ma era bloccata da un'auto di pattuglia i cui occupanti si erano fermati a parlare con uno studente.

Impossibilitato a girare, il furgone proseguì in linea retta, imboccando un sentiero di cemento che attraversava un prato. Una ragazza in bicicletta lanciò un urlo, mentre evitava per un soffio di essere investita. La Packard seguiva a pochi metri di distanza. L'auto di pattuglia ripartì, con i lampeggiatori a pieno regime.

«Dalla padella alla brace», commentò Summer.

Dirk strinse il volante, mentre la Packard sussultava sul terreno irregolare. Seguì il furgone lungo il sentiero, poi lo vide passare sopra un marciapiede ed entrare nel parcheggio di un dormitorio studentesco. Due matricole stavano cercando di contrabbandare un fusto di birra nell'edificio, quando videro il veicolo bianco puntare su di loro. Corsero al riparo abbandonando il fusto, che rimase sulla traiettoria del furgone. La birra esplose in una fontana schiumosa, che inondò la fiancata e l'interno della Packard, compresa Summer.

«Questo a papà non andrà giù», commentò Dirk.

Lei si ripulì la faccia. «Certo che non gli andrà giù. È birra light.»

I due veicoli accelerarono nel parcheggio, inseguiti dall'auto di pattuglia. Slittando sull'asfalto, il furgone sbucò su un'altra strada. Incerto se svoltare a sinistra o a destra, il guidatore andò dritto, imboccando un sentiero ricoperto di ghiaia che scendeva lungo una collina fino al campo sportivo dell'università. Era in corso un allenamento della squadra maschile di lacrosse. I ragazzi si dispersero, mentre il furgone invadeva il terreno artificiale.

Vedendo la vecchia Packard e l'auto di pattuglia all'inseguimento, alcuni giocatori lanciarono palle contro il furgone, ammaccandone la carrozzeria. Qualcuno stava già mirando sulla Packard, ma fu disarmato da un sorriso e da un cenno di saluto di Summer.

Il furgone, distanziati gli inseguitori, si diresse all'estremità opposta del campo. Dopo aver passato il cancello aperto svoltò a sinistra, seguendo l'indicazione dell'uscita dal campus su Canal Road. « Forza », esortò l'uomo sul sedile del passeggero. « Li possiamo seminare. »

Dirk non intendeva arrendersi, ma dovette rallentare per lasciar passare tre studentesse che attraversavano la strada verso il campo da tennis. Dietro di loro, la polizia del campus li aveva quasi raggiunti.

La strada curvava intorno a un altro dormitorio prima di scendere verso l'uscita, ai piedi di una collina. Dirk vide il furgone che accelerava lungo il pendio e cercò di tenergli dietro. In fondo, un semaforo segnava l'incrocio con Canal Road, un'arteria trafficata che portava verso il Maryland.

La luce era verde e Dirk ebbe il timore che cambiasse prima che potesse arrivarci. Vide il semaforo che passava al giallo e pensò che il furgone si sarebbe dovuto fermare.

Ma non lo fece.

Con il passeggero che lo incalzava, appena scattato il giallo l'uomo al volante aveva premuto l'acceleratore a tavoletta. Era ancora a più di quindici metri quando il semaforo diventò rosso. Forse per caso, o forse perché gli altri automobilisti avevano notato i fari del furgone che scendeva il pendio a rotta di collo, il traffico all'incrocio esitò a ripartire.

Il veicolo bianco passò il semaforo a più di centodieci chilometri orari, irrompendo nelle corsie di destra della strada e cercando poi di portarsi sulla sinistra. Ma andava troppo veloce. Il guidatore cedette al panico e frenò di colpo. Il furgone sbandò, urtando il bordo del marciapiede con la ruota anteriore destra. Lo pneumatico scoppiò, ma il veicolo continuò la sua corsa, balzando sopra il marciapiede e strisciando il paraurti contro il basso muretto di lato. Il furgone si rovesciò su un fianco sopra il muretto e scivolò in avanti di un paio di metri, prima di cadere dall'altra parte ribaltandosi. Il tetto del veicolo colpì le acque del Chesapeake and Ohio Canal, da cui prendeva il nome Canal Road.

La Packard si era fermata al semaforo, slittando sull'asfalto. Dirk e, alle sue spalle, Summer attraversarono la strada e corsero al muretto a guardare. Il canale aveva già inghiottito quasi completamente il furgone, di cui restava in superficie solo una parte delle ruote, che seguitavano a girare. Si intravedeva sott'acqua il chiarore dei fari, che ancora non erano andati in cortocircuito.

Dirk si sfilò la giacca e scalciò via le scarpe. «Cerco di tirarli fuori. Vedi se riesci a chiedere aiuto alla pattuglia del campus.» E si tuffò nel canale.

Nuotò verso il furgone, in direzione della portiera del passeggero. La luce dei fari non migliorava la visibilità e dovette trovare al tatto il finestrino aperto. Si accorse che, in tutto, l'intelaiatura doveva essere alta una trentina di centimetri, il che significava che il tetto aveva ceduto all'impatto con l'acqua. Non prometteva bene per i due occupanti.

Allungò un braccio verso l'interno e sentì un corpo inerte assicurato al sedile dalla cintura. Trovò la fibbia a tentoni e lo liberò, poi lo afferrò per le spalle e a fatica lo fece uscire attraverso il varco ristretto del finestrino. Tornò in superficie affamato di aria, sostenendo l'uomo in modo che avesse la testa e il torace fuori dall'acqua. Ma, quando dalla riva uno degli agenti di pattuglia puntò la luce di una torcia su di loro, Dirk capì che era stato tutto inutile: la testa del passeggero ciondolava dal collo fratturato.

Trascinò il cadavere sulla sponda e chiese all'agente di passargli la torcia, mentre questi accorreva ad aiutarlo. Dirk si tuffò di nuovo, raggiunse l'altro lato del furgone e lo illuminò con la torcia. Anche il guidatore era morto e il suo corpo era rimasto incuneato fra il tetto e il volante. A differenza del suo complice, non aveva allacciato la cintura di sicurezza.

Benché ormai a corto di fiato, Dirk illuminò l'interno del furgone alle spalle del cadavere. Su uno scaffale erano montati diversi componenti elettronici e poco più in là si vedeva l'ampio disco di una parabolica, del tipo utilizzato per le intercettazioni. Si spostò verso il retro per leggere il numero di targa e finalmente risalì in superficie. Nuotò verso la riva, dove Summer gli tese una mano.

«Andata male anche all'altro?»

«È morto pure lui.»

«Ho chiamato un'ambulanza», annunciò l'agente. Dal volto pallido si capiva che non aveva familiarità con le vittime di incidenti. Ma cercò di ricomporsi e assumere un tono deciso e autoritario. «Chi erano? E perché li stavate inseguendo?»

«Non so chi fossero, ma ci hanno portato via qualcosa.»

«Soldi? Gioielli? Apparecchi elettronici?»

«No», rispose Dirk, guardando il cadavere. «Le nostre parole.»

55

Dirk e Summer arrivarono ormai esausti alla sede della NUMA solo dopo mezzanotte. Gunn e Yaeger stavano ancora esaminando immagini sul megaschermo.

« Non pensavo che aveste intenzione di fare una cena a sette portate », commentò Gunn. Poi notò le loro condizioni: Dirk era spettinato e aveva i vestiti bagnati, mentre quelli di Summer erano macchiati ed emanavano un forte odore di birra. « Ma che diavolo vi è successo? »

Fu Summer a riassumere l'accaduto, comprese le due ore di interrogatorio da parte della polizia del District of Columbia.

« Avete idea di chi fosse a seguirvi? » domandò Yaeger.

« Nessuna », rispose Dirk. « Sospetto che possa riguardare papà. »

« Può essere », disse Gunn. « Specie se vi hanno visto uscire dall'hangar stamattina. Da una certa distanza vi somigliate moltissimo. »

Summer passò un foglietto a Yaeger. « Questa è la targa del furgone. La polizia non ci ha detto niente, ma forse tu puoi identificare il proprietario. »

« Nessun problema », assicurò l'informatico.

« Come procede la ricerca dell'*Adelaide*? » chiese Dirk.

« Male », ammise Gunn. « Abbiamo contattato tutte le principali autorità portuali sulla costa americana da nord a sud. Nessuno ha registrato il suo arrivo nell'ultima settimana. »

« Il che lascia due opzioni », ragionò Dirk. « O hanno preso terra in un porto privato, oppure sono andati nella direzione opposta. » Omise una terza opzione: che la nave fosse affondata.

« Ci abbiamo pensato », disse Yaeger. « Ma non crediamo che siano andati a ovest. Primo: non ha molto senso dirottare nel Pacifico orientale una nave partita dall'Australia, se l'intenzione è di portarla nel Pacifico occidentale. Il secondo problema è il carburante: a pieno carico, è poco probabile che l'*Adelaide* possa attraversare due volte l'oceano senza fare rifornimento.»

«È vero. Ma questo ci lascia circa un migliaio di altri posti in cui possono avere preso terra lungo la costa.»

I due uomini della NUMA assentirono. Stavano cercando un ago trasparente in un pagliaio immenso. Gunn riferì nel dettaglio le loro ricerche presso le autorità portuali e mostrò le nuove immagini dai satelliti, mentre Yaeger si metteva alla tastiera di un computer. Pochi minuti dopo chiamò gli altri.

«Ho qualcosa sul vostro furgone», disse, mentre sullo schermo compariva una pagina del registro automobilistico della Virginia. «È di proprietà della SecureTek di Tysons Corner.» Aprì un altro sito sullo schermo. «Secondo la camera di commercio della Virginia la loro attività è fornire sistemi di protezione informatica. Hanno otto dipendenti e il loro principale cliente è il governo.»

«Non ha l'aria di una compagnia che intercetta le conversazioni altrui», commentò Summer.

«A meno che», obiettò Dirk, «l'attività che dichiarano sia solo una facciata.»

«Sembrerebbe di no», disse Yaeger, continuando la ricerca. «Hanno un certo numero di contratti in corso con l'esercito e la marina per l'installazione di linee dati.» Tornato sul sito della compagnia, osservò che la SecureTek era a sua volta di proprietà delle Habsburg Industries. «È una società privata e le informazioni sono scarse. Hanno sede a Panamá e interessi in miniere e trasporti navali.» Fece altre ricerche, ma trovò solo brevissimi cenni sulla Habsburg. Un periodico sui trasporti riportava la fotografia di un mercantile della compagnia, la *Graz*, nel porto di Singapore.

Dirk guardò la foto e si raddrizzò sulla sedia. «Hiram, puoi ingrandire l'immagine?»

L'informatico fece cenno di sì con la testa e allargò l'immagine fino a riempire lo schermo.

«Cosa c'è?» chiese Summer.

«Lo stemma sul fumaiolo.»

Guardarono tutti il logo, raffigurante un fiore bianco in campo dorato.

« Mi sembra una stella alpina », disse Summer. « In linea con il nome austriaco della nave, immagino. »

« Ho visto lo stesso logo sul mercantile in Madagascar », rammentò Dirk.

Il silenzio calò nella sala. Poi Gunn chiese: « Hiram, puoi stabilire che tipo di miniere controllano queste Habsburg Industries? »

« Hanno una piccola miniera d'oro a Panamá, vicino al confine colombiano, e sono attivi come broker di minerali particolari, quali samario, lantanio e disprosio. »

« Terre rare? » chiese Summer.

« Terre rare », confermò Gunn. « D'un tratto queste Habsburg Industries si fanno interessanti. »

« Scommetto che la loro attività in Madagascar consiste nel furto di terre rare », concluse Dirk. « Il motivo per cui ci hanno attaccati è che stavamo lavorando nei pressi di una nave dirottata e affondata. »

« Abbiamo trovato un relitto recente », spiegò Summer. « Non c'erano segni visibili di danni e il nome della nave era intenzionalmente oscurato. »

« Jack Dahlgren ha fatto una piccola indagine e sospetta che si tratti di una portarinfuse chiamato *Norseman* », aggiunse Dirk, « scomparsa quattro mesi fa nell'oceano Indiano. Era partita dalla Malesia con un carico di bastnaesite che, se non l'avete già indovinato, contiene terre rare. »

« È possibile che anche la nave della Habsburg in Madagascar sia stata dirottata? » chiese Summer.

Yaeger controllò sul registro navale panamense. « La Habsburg è proprietaria di quattro navi, tutte portarinfuse, chiamate *Graz*, *Innsbruck*, *Linz* e *Salzburg*. »

« Perché tutti nomi austriaci? » chiese Dirk.

« Il proprietario è un certo Edward Bolcke, un ingegnere minerario di origine austriaca », rispose Yaeger. « Non trovo niente in merito a una loro nave che possa essere scomparsa. »

«Il che fa della Habsburg il principale sospettato per la sparizione dell'*Adelaide*», stabilì Summer.

«La chiave», disse Gunn, «è nelle loro quattro navi.»

Yaeger fece scrocchiare le dita sopra la tastiera. «Vediamo cosa viene fuori.»

Summer portò caffè per tutti mentre Yaeger metteva al lavoro i circuiti del suo mainframe, indagando sulle navi della compagnia e sulle loro posizioni recenti. Ci volle quasi un'ora perché potesse restringere il campo. Alla fine mandò sullo schermo una carta geografica del mondo, con una miriade di puntini colorati a indicare i porti in cui le navi avevano attraccato negli ultimi tempi.

«Le luci azzurre rappresentano la *Graz*», cominciò. «Al momento dovrebbe trovarsi in Malesia. Nelle ultime tre settimane è stata vista a Tianjin, Shanghai e Hong Kong.»

«Quindi non è in gioco», disse Gunn.

«Le luci gialle rappresentano la *Innsbruck*. È transitata dal canale di Panamá tre settimane fa ed è stata vista a Città del Capo, Sudafrica, otto giorni fa.»

«Potrei scommettere che è questa la nave che ho visto in Madagascar», disse Dirk.

«Probabile. Ci restano la *Linz* e la *Salzburg*. La prima risultava in bacino di carenaggio a Giacarta dieci giorni fa e dovrebbe essere ancora in riparazione.»

«Quindi le luci verdi sono le posizioni della *Salzburg*?» chiese Summer.

«Sì. È apparsa a Manila un mese fa, poi nel canale di Panamá diretta a nord, quattro giorni fa. La sorveglianza portuale della Homeland Security indica che proprio ieri era nel porto di New Orleans.» Yaeger tracciò sullo schermo una linea che tagliava l'oceano da Manila a Panamá. Quindi inserì un triangolo rosso in un punto del Pacifico orientale. «Il segno rosso è l'ultima posizione conosciuta dell'*Adelaide*, circa sei giorni fa.»

Il tragitto della *Salzburg* passava a meno di duecento miglia dalla posizione dell'*Adelaide*.

«Non sarebbe stato difficile effettuare una deviazione per incrociare le rotte», notò Dirk.

«La tempistica corrisponde», valutò Gunn. «La *Salzburg* poteva essere in quell'area cinque o sei giorni prima di raggiungere il canale, il momento in cui si sono perse le tracce dell'*Adelaide.*»

Yaeger tornò a uno dei database precedenti. «I registri dell'autorità del canale di Panamá mostrano che è passata venerdì scorso, entrando dalle chiuse del Pacifico alle tre del pomeriggio. Potrei trovarne un archivio video.»

Pochi minuti dopo proiettò un filmato ripreso da una delle chiuse. Era in bianco e nero e sgranato, ma mostrava chiaramente un mercantile di medie dimensioni in attesa che la chiusa si riempisse. Sul fumaiolo si distingueva una stella alpina.

Dirk esaminò l'immagine speranzoso. «Guardate la linea di galleggiamento. È molto alta sull'acqua. Deve avere le stive vuote.»

«Hai ragione», convenne Gunn. «Se hanno dirottato l'*Adelaide*, non hanno trasferito il carico da una nave all'altra.»

Yaeger mostrò sullo schermo un profilo della *Salzburg*. «L'*Adelaide* è più lunga di una trentina di metri. Se l'avessero saccheggiata e affondata, avrebbero dovuto rinunciare a una buona parte del carico.»

«Le terre rare a bordo sono troppo preziose», disse Gunn. «No, dev'essere ancora a galla. Comincio a pensare che l'abbiano portata da qualche parte per scaricarla con tranquillità.»

«Ma dove?» chiese Summer. «Avete già controllato i porti principali.»

«Potrebbero averla portata in una struttura privata di cui non sappiamo niente.»

«C'è un'altra possibilità.» Dirk si alzò dalla sedia. «Il relitto che abbiamo scoperto in Madagascar, il *Norseman*. Tutte le tracce della sua identità sono state coperte. E se avessero fatto lo stesso con l'*Adelaide*, in modo da farla passare per un'altra nave?»

Yaeger e Gunn annuirono. Dirk raccolse le sue cose e si diresse alla porta.

«Dove credi di andare?» lo richiamò Summer.

«Panamá. E tu vieni con me.»

« Panamá? »

« Certo. Se la *Salzburg* è collegata alla sparizione dell'*Adelaide*, allora qualcuno alle Habsburg Industries deve saperne qualcosa. »

« Può darsi. Ma non sappiamo niente delle Habsburg Industries. Nemmeno dove si trovano. »

« Vero. » Dirk rivolse un'occhiata carica di aspettative a Gunn e Yaeger. « Ma mentre saremo in viaggio qualcuno lo scoprirà. »

56

La frusta schioccò e tutti gli uomini intorno sobbalzarono, temendo di sentirne addosso l'estremità nodosa. Di tanto in tanto Johansson mostrava compassione e si limitava a colpire l'aria, giusto per fare effetto. Ma la maggior parte delle volte l'abbatteva sul torso nudo di un forzato, strappandogli urla di dolore.

Erano settanta gli schiavi catturati a bordo delle navi dirottate cariche di terre rare. Ora erano loro a trasportare il prezioso minerale fino ai vari centri di estrazione nascosti nella giungla. Indeboliti da un regime di duro lavoro e da una dieta al limite della sopravvivenza, erano ridotti alle condizioni di zombi denutriti. I prigionieri dell'*Adelaide* rimasero sconvolti dallo spettacolo di quei disgraziati dai vestiti sporchi e laceri, che fissavano impassibili i nuovi arrivi. A Pitt e Giordino bastò un'occhiata per decidere che rimandare la fuga non sarebbe stato opportuno.

« Non mi sembra che da queste parti l'assistenza medica sia raccomandabile », commentò Al, mentre venivano divisi in gruppi di lavoro per scaricare il minerale dall'*Adelaide*.

« Sono d'accordo », replicò Pitt. « Mi sa che dovremmo cercare impiego altrove. »

« A cosa servono i collari? »

Anche Pitt aveva notato che tutti i forzati avevano un anello d'acciaio intorno al collo. Si tenevano tutti ai margini della banchina, senza osare avventurarsi oltre l'area che era stata loro assegnata.

Johansson fece schioccare la frusta e l'equipaggio dell'*Adelaide* fu condotto a una radura. Su un tavolo li aspettava uno scatolone contenente i collari, che vennero imposti a ciascuno dei nuovi prigionieri.

«Volete anche marchiarci come bestiame?» domandò Al, rivolto all'uomo che glielo aveva stretto con molta fatica intorno al collo taurino. Come risposta ebbe solo una risata sprezzante.

Quando tutti i nuovi arrivati furono muniti di collare, Johansson li passò in rassegna. «Nel caso ve lo stiate chiedendo, si tratta di un apparecchio protettivo. Protegge dalla fuga.» Fece un sorriso malevolo. «Se guardate la banchina, noterete un paio di strisce bianche.»

Pitt vedeva due linee sbiadite, a distanza di qualche metro l'una dall'altra. Partivano dal molo e sparivano nella giungla.

«Le strisce delimitano un'area di due ettari che comprende il deposito del minerale, il frantoio e i vostri alloggi. È la vostra isola. Al di fuori di questi confini, ci sono cavi elettrificati che trasmettono ai vostri collari scariche da cinquantamila volt. In altre parole, morirete. Volete una dimostrazione?»

Gli uomini rimasero immobili, sperando di non dover assistere a un altro sacrificio umano.

Johansson rise. «Vedo che ci capiamo! E ora al lavoro.»

L'equipaggio di Gómez sistemò il nastro trasportatore in corrispondenza della prima stiva dell'*Adelaide* e cominciò lo scarico della monazite. Il minerale veniva raccolto su una piattaforma di cemento all'interno delle strisce bianche, dove formò ben presto una piccola montagna. Un gruppo di prigionieri consegnò badili e carrelli con ruote gommate ai nuovi schiavi, che cominciarono il lavoro. A Plugrad e agli uomini della guardia costiera fu ordinato di riempire i carrelli, mentre Pitt, Giordino e gli altri avevano il compito meno arduo di spingerli fino al frantoio e svuotarli.

Il calore e l'umidità equatoriale cominciarono presto a gravare sugli uomini, privandoli delle forze. Pitt e Giordino lavoravano più piano che potevano, cercando di serbare un po' di energia, mentre il sudore colava sulle loro facce. La frusta schioccava incessante, per mantenere il ritmo.

Con la gamba ferita, Giordino aveva difficoltà con il carrello e avanzava piano, spingendolo a piccoli balzi. Johansson spuntò dalla giungla e fece schioccare la frusta, lasciandogli un segno sull'avambraccio. Giordino reagì come se gli si fosse posato addosso un moscerino e si voltò con un sorriso poco amichevole.

« Perché il tuo carrello è solo mezzo pieno? » gridò lo svedese, mentre due guardie si affrettavano ad affiancarlo.

Pitt, appena più indietro, vide lo sguardo negli occhi di Giordino e capì che l'amico era pronto a scattare, ma le due guardie avrebbero vanificato qualsiasi tentativo. Passò accanto ad Al con il proprio carrello e lo urtò leggermente, per segnalargli di stare calmo. Giordino allora mostrò a Johansson le bende insanguinate intorno alla coscia.

« Vuoi darti malato? » gli disse lo svedese. « La prossima volta riempi bene il carrello, altrimenti ti faccio lo stesso all'altra gamba. Poi si voltò verso Pitt e fece saettare la frusta. « Vale anche per te. »

La sferzata arrivò sulla gamba. Come l'amico, anche Pitt ignorò il dolore bruciante e fissò Johansson con odio. Stavolta fu Giordino a urtarlo mentre passava. I due ripresero il cammino con le carriole, mentre lo svedese rivolgeva la propria attenzione al gruppo successivo di prigionieri.

« Povero me, sono uno scansafatiche », mormorò Giordino.

« Ho qualche idea su cosa fare con quella frusta. »

« Anch'io, fratello. »

Scaricarono le carriole vicino al frantoio, poi tornarono alla banchina, cercando di capire come fosse organizzato il campo. Quattro edifici allungati dal tetto basso di fianco a quello cui avevano portato il materiale grezzo costituivano gli impianti di estrazione e separazione; più in là, appena visibile in mezzo al fogliame, c'era una costruzione su due piani che ospitava le guardie e il personale. Gli alloggi dei prigionieri, sul lato opposto del frantoio, erano in una struttura aperta, con una mensa a un'estremità e, intorno, un muro alto tre metri sormontato da filo spinato. Più in profondità nella giungla, e ben lontano dalle strisce bianche, c'era un generatore che forniva energia all'intero complesso.

I prigionieri lavoravano sino al crepuscolo, quando ormai crollavano senza forze. Mentre riconsegnava il carrello vuoto, Pitt sentì un urlo acuto proveniente dalla banchina. Uno degli uomini di Plugrad era inciampato nel riporre una pala ed era caduto vicino alla striscia bianca. Una scarica ad alto voltaggio gli aveva attraversato il corpo, prima che potesse rotolare indietro. Tremava e aveva il cuore che batteva all'impazzata, ma era sopravvissuto alla scarica e ora serviva da monito vivente agli altri.

Pitt e Giordino si trascinarono alla mensa mentre cominciava a piovere. Il tetto di foglie di palma non era di grande riparo e gocciolava ovunque. Si misero a un tavolo con il pane e la minestra annacquata che avevano ricevuto come cibo. Li avvicinarono due uomini emaciati.

«Sono Maguire e lui è Brown», disse uno dei due, con accento neozelandese. Era un uomo dai capelli chiari e dalla barba filamentosa. «Eravamo sulla *Gretchen*. Voi siete appena arrivati con la *Labrador*?»

«Sì, solo che si chiamava *Adelaide* quando ci siamo imbarcati.» Pitt presentò se stesso e Giordino.

«È la prima volta che ne vedo arrivare qui una dirottata», disse Maguire. «Di solito prendono il carico e affondano la nave. È così che hanno fatto con la *Gretchen*, appena al largo di Tahiti. Ci hanno sparato addosso con il loro arnese a microonde e hanno preso il controllo prima che capissimo cos'era successo.»

«Era un grosso scudo quadrato?» chiese Pitt.

«Sì. Sai cos'è?»

«Crediamo che sia un derivato di un apparecchio antisommossa dell'esercito che si chiama 'sistema di difesa attiva'.»

«Comunque si chiami, è mostruoso.»

«Da quanto siete qui?» domandò Giordino.

«Un paio di mesi. Siete il secondo equipaggio che vedo arrivare. Abbiamo perso un po' dei nostri: il tasso di sopravvivenza non è molto alto», mormorò Maguire. «Ma bevete tanta acqua e ve la caverete. Almeno quella non ce la fanno mancare.» Ripulì la scodella di minestra con una crosta di pane raffermo.

«Scusate l'ignoranza», chiese Pitt, «ma dove siamo di preciso?»

Maguire rise. «La prima domanda è sempre la stessa. Siete

nella calde, piovose e fetenti giungle di Panamá. E dove di preciso a Panamá, lo ignoro.»

«Maguire ha fatto amicizia con una delle guardie», intervenne Brown. «Pare che ogni tanto vadano in licenza a Colón, quindi dovremmo essere sulla costa atlantica.»

L'altro assentì. «Alcuni dei nostri pensano che siamo vicini alla zona del canale. Ma non è facile da stabilire, dato che non ci possiamo allontanare da questi due ettari di parco dei divertimenti. Il capo va e viene in elicottero, quindi la civiltà non dovrebbe essere troppo lontana.»

«Qualcuno è mai riuscito ad andarsene?» s'informò Giordino. «Mi sembra che ci siano molti più prigionieri che guardie.»

I due marinai scossero la testa. «Qualcuno ci ha provato», disse Brown. «Ma anche se uno riuscisse a superare le strisce della morte, gli andrebbero dietro con i cani.» Notò il segno sul braccio di Giordino. «Ti è arrivato il bacio di Johnny la Frusta?»

«Solo un graffietto.»

«Quello è pazzo, credimi. Meglio stargli alla larga.»

«Ma chi è che comanda, qui?»

«Un certo Edward Bolcke. Una specie di genio dell'ingegneria mineraria.» Maguire accennò alla banchina. «Ha costruito tutto questo complesso per estrarre e raffinare le terre rare dai minerali. A quanto abbiamo saputo, ha un ruolo importante sul mercato mondiale e ha rapporti stretti con i cinesi. Uno degli operai dell'impianto di estrazione sostiene che in un anno qui vengono processati materiali per un miliardo di dollari, la maggior parte rubati.»

Giordino fischiò. «Ne guadagnerà di soldi.»

«Nell'impianto di estrazione», chiese Pitt, pensando sempre alla fuga, «immagino che useranno parecchi prodotti chimici, vero?»

«Qualcuno anche letale, spero», aggiunse Giordino.

«Sì, ma sono fuori portata», chiarì Maguire. «Tutta la roba seria viene maneggiata in edifici cui non possiamo accedere. Noi siamo solo la manovalanza più bassa. Carichiamo, scarichiamo, portiamo al frantoio. Speri forse di poter giocare con i fiammiferi?»

«Qualcosa del genere.»

«Allora te lo puoi scordare. Brown e io ci stiamo pensando da settimane, ma abbiamo già visto crepare troppi bravi ragazzi. Qualcuno scoprirà questo posto, prima o poi. Dobbiamo resistere fino ad allora.»

Una serie di lampadine sopra di loro lampeggiò per qualche secondo.

«Cinque minuti e spengono le luci», avvisò Maguire. «Vi conviene trovare un angolo in cui dormire.»

Il neozelandese accompagnò i due nuovi prigionieri in uno stanzone affollato, chiuso da tende, sul cui pavimento erano distesi giacigli di rattan. Pitt e Giordino ne trovarono due liberi e si sdraiarono prima che le luci si spegnessero. Il caldo e l'umidità erano insostenibili, così come il duro materasso di rattan, ma Pitt cercò di non farci caso. Mentre giaceva nel buio, provò a immaginare una via d'uscita da quel campo della morte. Si addormentò senza aver trovato una risposta, ignaro che l'occasione si sarebbe presentata molto prima del previsto.

57

I forzati si bloccarono quando sentirono il rumore ritmico di un elicottero in fase di atterraggio. La frusta di Johansson spronò di nuovo gli uomini al lavoro, cancellando ogni illusione che qualche esercito stesse accorrendo a liberarli.

Al contrario, era Bolcke in persona, appena arrivato dall'Australia, dove aveva avviato le fasi finali della trattativa per l'acquisizione della miniera di Mount Weld. Sceso dall'apparecchio, anziché salire sul cart che lo attendeva al margine dell'elipista, si diresse a piedi alla banchina, seguito da un paio di guardie armate.

Rivolse uno sguardo sdegnato al gruppo di schiavi male in arnese che stava svuotando l'ultima stiva dell'*Adelaide*. Tra loro c'erano Giordino e Pitt, che incrociò per un istante lo sguardo di Bolcke. Pitt per un attimo riuscì a leggergli dentro. L'austriaco era un uomo privo di gioia, di compassione, di etica. Privo di anima.

Bolcke rivolse un'occhiata gelida al cumulo di minerale, prima di esaminare la nave. Attese che Gómez, avvisato del suo arrivo, si affrettasse a scendere dalla passerella della nave.

«Il carico è quello che ci aspettavamo?» chiese l'austriaco.

«Sì. Trentamila tonnellate di monazite frantumata. Abbiamo quasi finito le operazioni di scarico.» Il falso comandante indicò il cumulo sulla banchina.

«Ci sono stati problemi nell'acquisizione?»

«La compagnia di trasporti ha mandato una squadra di sicurezza supplementare. L'abbiamo sopraffatta senza difficoltà.»

«Qualcuno si aspettava un attacco?»

Gómez annuì. «Per fortuna sono arrivati quando avevamo già preso possesso della nave.»

Un'espressione preoccupata comparve sul volto di Bolcke. «Allora dobbiamo liberarci dell'*Adelaide.*»

«Dopo aver cambiato identità in navigazione, siamo entrati nel canale senza difficoltà», cercò di rassicurarlo Gómez.

«È un rischio che non posso correre. Ho una transazione importante in sospeso con i cinesi. Aspetta tre giorni e poi fai sparire la nave.»

«Posso portarla in un bacino di carenaggio a São Paulo. La pagherebbero a un ottimo prezzo.»

Bolcke rifletté per un istante. «No, non vale il rischio», insistette. «Asporta tutto quello che può essere utile e affondala nell'Atlantico.»

«Signorsì.»

Mentre gli veniva riempito il carrello, Pitt si era avvicinato al cumulo di monazite cercando di ascoltare la conversazione. Vide Bolcke dirigersi verso la propria residenza e Gómez tornare a bordo della nave. Poi raggiunse Giordino. «L'*Adelaide* parte fra tre giorni. Faremo bene a essere a bordo quando toglie gli ormeggi.»

«Per me va bene. Solo non mi va di finire tostato.» Si batté una mano sull'anello intorno al collo.

«Ho una teoria su questi collari.» Pitt tacque quando Johansson spuntò dalla foresta, schioccando la frusta.

«Muoversi!» urlò. «Vi aspettano al frantoio.»

I forzati raddoppiarono gli sforzi, evitando di incrociare il suo sguardo. Lo svedese avanzò sulla banchina, fino ad avvistare Giordino, che zoppicava mentre spingeva il carrello stracarico. Lo colpì con una sferzata dietro la coscia. «Tu! Sbrigati!»

Giordino si voltò e lo fulminò con uno sguardo. Le nocche gli si sbiancarono dallo sforzo. Sembrava che stesse spingendo un carrello della spesa ancora vuoto.

Johansson sorrise a quello sfoggio di forza, poi andò a tormentare qualcun altro.

Pitt seguì Giordino sul sentiero verso il frantoio, di fianco alle strisce bianche. Si avvicinò piano a una di esse e, a poco meno di un metro, cominciò ad avvertire un formicolio al collo. Fece un passo in avanti e si issò per un istante sul carrello mentre le ruote giravano. Il formicolio cessò subito. Riportò il carrello nella direzione giusta, ricevendo una rapida scossa appena posò il piede a terra. Quando raggiunse Giordino, Pitt stava sorridendo.

Dopo un pasto frugale a base di stufato freddo di pesce, i due uomini furono condotti al frantoio, dove furono incaricati di trasferire il minerale nella macchina. Si trattava di un gigantesco cilindro metallico rotante, montato orizzontalmente; il minerale frantumato entrava da una parte, dove veniva triturato da durissime sferette di acciaio e ridotto quasi in polvere, per essere poi filtrato all'altra estremità. Il rumore del frantoio faceva pensare a un'enorme lavatrice piena di biglie.

Il minerale grezzo proveniente dalla nave formava grossi cumuli vicino al lato aperto dell'edificio. Un corto nastro trasportatore lo trasferiva a una piattaforma sopraelevata sopra il frantoio, in cui veniva inserito manualmente attraverso un ampio imbuto. Una guardia ordinò a Pitt di salire sulla piattaforma, mentre Giordino veniva mandato con gli uomini che spalavano il minerale sul nastro.

Il lavoro era meno pesante dello spingere i carrelli. Il frantoio impiegava un certo tempo a polverizzare il minerale, concedendo frequenti intervalli di riposo. Durante uno di questi fece la sua comparsa Johansson, che entrò dal lato opposto dell'edificio e si fermò dietro la macchina, dove i forzati trasferivano la polvere alla fase successiva della lavorazione. La guardia raggiunse il supervisore e scambiò con lui due parole sul rendimento.

Pochi minuti dopo, lo svedese girò intorno al frantoio. Per una volta era a mani nude: la frusta di cuoio era appesa alla cintura. Vide Giordino e un altro prigioniero seduti sui mucchi di minerale e si fece rosso in viso, strabuzzando gli occhi dall'ira. «In piedi! Perché non state lavorando?»

«Il frantoio è pieno», rispose Giordino, indicando la macchina con un gesto. Rimase seduto, mentre il suo compagno scattava sull'attenti.

«Ho detto in piedi!» urlò l'aguzzino.

Giordino cercò di sollevarsi, ma la gamba ferita cedette e cadde su un ginocchio.

Lo svedese balzò in avanti prima che Al si potesse rialzare. Estrasse una pala dal cumulo di minerale e la sollevò, abbattendola sulla gamba in corrispondenza della ferita. Giordino crollò a terra, sanguinante.

Dalla piattaforma, Pitt aveva assistito alla scena senza avere il tempo di intervenire. Con la propria pala in mano, arrivò in fondo alla piattaforma e saltò giù. Troppo lontano per piombare sopra Johansson, allungò le braccia mirando con l'attrezzo alla testa dello svedese. Lo colpì invece alla spalla, con violenza, e l'arma improvvisata gli sfuggì dalle mani mentre atterrava in piedi.

L'aguzzino fece una smorfia e, con la pala ben salda, l'agitò verso il suo aggressore. Pitt dovette balzare all'indietro e ricevette un colpo al fianco mentre finiva a terra ai piedi del frantoio.

Come un animale rabbioso, Johansson gli fu subito addosso. Sollevò la pala per calargliela sulla testa. Pitt rotolò sotto gli ingranaggi rotanti della macchina e il colpo si abbatté sul terreno accanto a lui. Era il suo turno di reagire: afferrò il manico di legno dell'attrezzo per evitare un nuovo fendente. Johansson tentò di strappargliela di mano, ma il braccio sinistro era ancora intorpidito dal colpo ricevuto e non ne ebbe la forza. Allora cambiò tattica: spinse il manico verso il basso, gravandoci sopra con il suo peso – almeno trenta chili più dell'avversario – e si gettò su di lui.

L'impatto lasciò Pitt senza respiro. Johansson era riuscito a spingergli il manico sotto la gola, cercando di strangolarlo.

Pitt cercò di liberarsi, ma era intrappolato in una posizione scomoda. Con il legno premuto sulla gola con forza crescente, notò le parti meccaniche in movimento sopra la sua testa. Si contorse, cercando di avvicinare Johansson a un grosso ingranaggio, o quantomeno a liberarsi dalla pressione alla gola.

Era inutile. Lo svedese non si spostava e stava facendo ricorso a tutte le sue energie per soffocarlo.

Pitt non riusciva a respirare e sentì un dolore pulsante alla testa. Fu sopraffatto da un'ondata di disperazione. La sua mano destra lasciò la presa sul manico della pala e cercò la pistola alla cintola dell'avversario. L'arma, però, era sull'altro fianco, Pitt trovò solo la frusta e l'afferrò, sganciandola dalla cintura. Ma sentiva che stava cominciando a cedere. Macchioline nere gli offuscavano la vista.

Poi udì il rumore di un impatto e per un istante la pressione sul collo diminuì.

Giordino si era trascinato verso di loro e stava gettando pezzi di roccia contro Johansson. Un grosso frammento, lanciato con la velocità di un campione di baseball, lo aveva colpito dietro un orecchio. Lo svedese grugnì e si voltò verso Al, schivando un altro pezzo di minerale.

Il diversivo diede a Pitt il tempo di inspirare un po' d'aria e schiarirsi la vista. Non perse tempo e, con la mano libera, avvolse la frusta sul collo dell'avversario.

Come rappresaglia, Johansson lasciò il manico della pala e assestò un destro alla testa dell'uomo sotto di lui.

Pitt non poté fare niente per schivarlo. Quando il pugno gli si abbatté sul cranio stava agganciando un anello della frusta a un dente dell'ingranaggio che girava sopra di lui. Fu quasi sul punto di perdere i sensi, ma rimase cosciente quanto bastava a vedere il cuoio che si stringeva intorno al collo di Johansson.

Mentre questi urlava, cercando di liberarsi, la ruota dentata lo sollevò di peso. Alla base del frantoio, l'ingranaggio esterno impegnava il volano collegato al motore da ottocento cavalli vapore. Lo svedese veniva trascinato verso il meccanismo in movimento. I denti della ruota azzannarono prima il cuoio della frusta, poi il collo dell'uomo. Le urla cessarono e l'ingranaggio sputò un sottile fiotto rosso verso l'esterno. Il frantoio ebbe un sussulto e rallentò per un momento, poi riprese velocità. Ai piedi della macchina una pozza di sangue si stava allargando sotto il corpo decapitato dello svedese.

Pitt si rimise in piedi. La guardia dall'altra parte dell'edificio si era accorta di quanto era accaduto e si era messa a correre verso di lui.

«L'hai fatta grossa, stavolta», disse Giordino, sorridendo malgrado il dolore.

«Grazie per l'aiuto.» Pitt lo raggiunse. «Tutto bene?»

«Sì, ma la gamba perde sangue di nuovo. Dovrai tagliare la corda da solo.»

La guardia stava gridando a Pitt, mentre cercava di estrarre la pistola.

Pitt fece un cenno del capo all'amico. «Torno subito.» Si gettò al riparo del nastro trasportatore, mentre uno sparo echeggiava nell'edificio.

Giordino gettò sul pavimento una manciata di minerale, un attimo prima che la guardia si avvicinasse e, concentrata sulla preda, ci scivolasse sopra, perdendo l'equilibrio.

Pitt ne approfittò per uscire allo scoperto e sparire dall'edificio. Inseguito da altri proiettili, svoltò l'angolo e corse a nascondersi in mezzo alla vegetazione. Ma non si illudeva di poter restare invisibile a lungo. Era intrappolato in quei due ettari e gli spari avevano attirato l'attenzione di altre guardie nelle vicinanze.

Si fece largo tra il fogliame, allontanandosi dal frantoio. Una volta uscito dall'edificio, l'inseguitore non era riuscito a vederlo e ora stava chiamando rinforzi via radio, mentre scrutava l'area.

Pitt tornò al sentiero dei carrelli e corse verso la banchina, per quanto glielo permettessero le gambe affaticate. Trovò Plugrad e alcuni dei suoi uomini che stavano spalando l'ultimo cumulo di minerale. Trattenne il fiato. Sapeva di avere un'unica via di fuga. Accelerò il passo e cercò di scacciare il timore di essersi sbagliato e che la sua mossa sarebbe stata un suicidio.

58

Plugrad, impegnato a spalare, alzò gli occhi verso Pitt, che arrivava di corsa lungo il sentiero. Non sembrava avere intenzione di fermarsi.

«Mi serve uno di questi», disse il direttore della NUMA.

Il tenente si guardò indietro e vide tre carrelli. Gli uomini intorno si fecero da parte, mentre Pitt si avvicinava, prendeva un vagoncino semivuoto e cominciava a smuoverlo verso la banchina.

«Le strisce bianche!» lo avvisò Plugrad, ma Pitt lo ignorò, spingendo il carrello con tutte le sue forze.

Sulla banchina la guardia che sorvegliava il lavoro del gruppo stava parlando alla radio e non reagì finché non vide l'uomo che stava conducendo il carrello verso le linee elettriche. Imbracciò l'AK-47 e sparò una raffica.

I proiettili colpirono la polvere vicino ai piedi di Pitt, incitandolo a spingere con maggiore forza. Le ruote anteriori del carrello passarono la linea bianca sul terreno e lui cominciò a sentire un formicolio al collo. Con il carrello ormai lanciato e il dolore intorno alla gola che aumentava, Pitt si issò a bordo.

Cadde malamente sul minerale che si era accumulato sul fondo mentre le ruote posteriori superavano la striscia bianca. Se avesse avuto i piedi a terra, una scarica da cinquantamila volt si sarebbe irradiata dal collare, uccidendolo all'istante. Ma l'elettricità doveva trovare la strada dai cavi sepolti nel terreno fino al suo collo. Le grosse ruote gommate del carrello facevano da isolante e la sensazione di dolore svanì.

Il terreno era pianeggiante e il carrello proseguì la sua corsa, superando anche la seconda striscia bianca. Quando sentì partire un'altra raffica, Pitt sprofondò nel minerale sul fondo. I proiettili perforarono le fiancate del carrello, poco sopra la sua testa: la guardia ora prendeva la mira sul serio. A parte qualche scheggia da un frammento di roccia colpito da un proiettile, il fuggitivo restò illeso.

Il carrello si fermò contro il parapetto della banchina. Pitt alzò lo sguardo e vide l'*Adelaide* sopra di sé. Scattò come una molla e si lanciò fuori dal carrello, tuffandosi nelle acque sottostanti.

Colta di sorpresa, la guardia sparò solo quando ormai Pitt era sparito. Corse sul bordo della banchina e aprì il fuoco sui cerchi concentrici lasciati dal tuffo. E attese che il fuggitivo tornasse a galla.

Pitt era sceso in profondità prima di cambiare direzione e nuotare verso poppa. La visibilità era ridotta, un metro o poco più, ma sufficiente a seguire il contorno scuro dello scafo fino all'elica di bronzo. Esperto nuotatore, Pitt si trovava a proprio agio in acqua e poteva trattenere il respiro per oltre un minuto. Con qualche altra bracciata superò la nave e si allontanò dal molo. Proseguì ancora un po' prima di fermarsi e tornare in superficie, spingendosi con le gambe per portare la testa fuori dall'acqua.

Una volta riemerso, fece un paio di bracciate verso la riva opposta, inspirò e si rituffò, cambiando poi direzione e tornando verso l'*Adelaide*. Un'altra raffica di proiettili colpì l'acqua sopra di lui.

La guardia si era lasciata ingannare dalla sua finta e mirava pensando che stesse dirigendosi verso il lato opposto dell'insenatura. «Coprite l'altra sponda», gridò a due colleghi in arrivo. «Va da quella parte.» I due corsero via, cercando di scorgere il fuggitivo nell'acqua, aspettandosi di vederlo riemergere.

Ma Pitt stava di nuovo costeggiando l'*Adelaide*, riemergendo solo di tanto in tanto per respirare. Percorrere tutta la lunghezza della nave, quasi completamente in immersione, fu impegnativo. Quando si trovò abbastanza al riparo, a prua, controllò entrambi i lati.

Nella zona più interna dell'insenatura una pattuglia di guardie batteva la giungla con i cani. Sulla banchina l'uomo che aveva sparato stava parlando con un collega, indicando l'acqua.

Non c'erano molti nascondigli a disposizione ed era rischioso restare troppo a luogo allo scoperto.

A breve distanza dalla nave era ormeggiata una piccola imbarcazione, assicurata a una bitta con una pesante catena. In mezzo c'era una scaletta arrugginita che saliva sulla banchina. A Pitt venne un'idea. Si rituffò sott'acqua e senza riprendere fiato raggiunse la scaletta, per poi issarsi lentamente sui pioli. Sbirciò dal bordo della banchina e vide due guardie che correvano verso di lui.

Sorpreso di essere stato avvistato, scese rapido la scaletta, ma esitò a tuffarsi sott'acqua. Sentì gli scarponi che battevano sul metallo, guardò in alto e vide i due che salivano sulla passerella dell'*Adelaide*, diretti a poppa: no, non l'avevano visto.

Ora la banchina era deserta. Pitt fece la sua mossa: risalì la scaletta e l'attraversò di corsa. Vide una baracca usata come magazzino all'altezza dell'imbarcazione e riprese in considerazione la possibilità di fuggire via mare. Là dentro dovevano esserci attrezzi, qualcosa che si potesse usare per liberare la barca dalla catena. Ma, per potervi mettere le mani sopra senza farsi vedere, doveva passare attraverso la vegetazione.

Si infilò nella giungla e seguì una pista stretta tra il fogliame, fino a un grosso albero di cedro. D'un tratto si scontrò con un uomo che veniva dalla direzione opposta. Caddero entrambi a terra. Pitt fu il primo a reagire, scattando in piedi per poi fermarsi a guardare l'altro.

Era Bolcke, con indosso pantaloni ben stirati e una polo. L'austriaco perse qualche secondo a rialzarsi, ma non a prendere dalla cintola una radio e portarsela alla bocca. «Johansson, lo schiavo in fuga è vicino al molo nord.»

Pitt scosse la testa. «Temo che Johnny la Frusta non faccia più servizio a domicilio.»

Bolcke lo fissò, mentre alla sua chiamata radio rispondeva un lungo silenzio. Poi udì un'altra voce che parlava spagnolo, ma non le prestò attenzione. «Resta dove sei», ordinò.

«Mi dispiace, ho deciso di andarmene dal tuo hotel per sadici.»

Pitt sentì alcune voci che arrivavano dalla banchina e rumori dal sentiero, che intuì conducesse alla residenza dell'austriaco.

« Ti daremo la caccia. Ti ammazzeremo. »

« No, Edward Bolcke », replicò Pitt, guardando con disprezzo il vecchio minatore. « Sarò io che tornerò a prendere te. »

Si voltò e si mise a correre nella giungla, scomparendo poco prima dell'arrivo di un contingente di guardie che si affrettò a raggiungere il capo.

« Ha comunicato di avere visto lo schiavo in fuga? » chiese una di esse.

Bolcke annuì e indicò la direzione in cui era scomparso Pitt. Passò la sua radio alla guardia. « Fate subito convergere qui tutti gli uomini disponibili. Voglio averlo davanti a me entro un'ora. Morto. »

59

Pitt si faceva largo tra la fitta vegetazione in un crepitio di rami piegati e spezzati. Non sapeva quanti uomini gli stessero dando la caccia e, dato che non poteva muoversi al tempo stesso veloce e in silenzio, aveva abbandonato ogni cautela e, semplicemente, cercava di correre.

Percorreva il tratto di giungla compreso tra la banchina da un lato e il sentiero che portava alla residenza di Bolcke dall'altro. Quando vide la vegetazione diradarsi e un paio di strisce bianche comparire alla sua sinistra, capì che doveva cambiare direzione. Si spostò verso il ciglio della strada e si rintanò sotto una felce trattenendo il fiato quando vide passare un cart con un gruppo di guardie a bordo. Appena si furono allontanate, attraversò la pista in un lampo e si inoltrò nella foresta sull'altro lato.

Si fermò di nuovo dopo aver percorso una decina di metri. Al di là di una sporgenza di roccia si apriva la distesa del lago. Si rese conto che il complesso di Bolcke era stato costruito su una stretta penisola. La sua unica speranza di fuga era riuscire a percorrerla per intero senza essere scoperto e scomparire nell'entroterra.

Riprese a correre, ansante, rallentando quando scorse davanti a sé gli impianti di estrazione. Proseguì più lentamente, tenendo d'occhio una guardia che pattugliava l'edificio. Si gettò a terra e avanzò strisciando fino a superare gli impianti, per poi riprendere a correre nella giungla. Infine si fermò a riposare accovacciato ai piedi di un alberello di mogano.

Ma non poté rilassarsi troppo a lungo, perché un rumore lo spinse a riprendere la fuga: latrati di cani che venivano nella sua direzione. Al suo arrivo aveva visto guardie di pattuglia con diversi dobermann e un pastore tedesco, ma fino a quel momento se n'era dimenticato. Ora che si stava lasciando alle spalle il complesso, erano questi il pericolo maggiore.

Dall'intensità dei latrati, i cani sembravano essere all'altezza degli impianti di estrazione, e questo gli dava la speranza di avere ancora un certo vantaggio. Si augurò che non avessero modo di seguire un odore specifico.

Ma le impronte umide che aveva lasciato dalla banchina avevano dato agli animali un vago punto di partenza e ormai sapevano riconoscerlo all'olfatto. Le guardie sguinzagliarono due cani perché lo braccassero per loro conto, continuando a far seguire la pista ad altri tre, per essere sicuri di non perderlo.

Pitt continuava a correre, con fatica sempre maggiore. Foglie appuntite e rami secchi gli graffiavano la faccia e i vestiti. Il continuo abbaiare dei cani lo spingeva in avanti, ignorando lo sforzo e il dolore. La resistenza fisica era inferiore al solito, dopo la dieta da fame cui era stato sottoposto da alcuni giorni a quella parte, ma quella mentale era la stessa di sempre.

Tuttavia, forza di volontà o meno, seminare i cani era impossibile. Erano troppo veloci. I latrati si avvicinavano, implacabili. Pitt si fermò a raccogliere un ramo appuntito e si diresse a una radura alla sua sinistra, dove si preparò a mantenere la propria posizione. Fece appena in tempo a voltarsi che due grossi dobermann emersero dalla foresta e gli si lanciarono contro.

Era troppo tardi per usare il ramo come una lancia e se ne servì per bastonare il primo cane alla gola, che cercava di azzannargli un orecchio. L'animale cadde a terra, ma il secondo lo assalì da dietro. Pitt piegò il collo in avanti, per ripararlo da una cascata di denti acuminati.

Si aspettava di sentire la carne a brandelli, ma ricevette solo un debole morso a una spalla, poi avvertì un peso inerte. Scosse via il cane, notandone lo sguardo privo di vita mentre cadeva a terra. L'altro animale intanto si era risollevato e balzò verso la giugulare di Pitt. In quell'istante apparvero due puntini rossi sul corpo del dobermann e si udirono due colpi attutiti. Pitt con il bastone deviò la traiettoria delle mascelle spalancate e il cane andò a raggiungere a terra il suo compagno morto.

Era chiaro che non si trattava di un intervento divino. Pitt si guardò intorno per capire che cosa fosse accaduto. In cima a un pendio notò un movimento nell'erba e si avvicinò per indagare. Un uomo basso e magro comparve dalla vegetazione e si diresse verso di lui.

Zhou Xing indossava una tuta mimetica, scarponi militari e un berretto grigioverde sulla testa. Imbracciava un AK-47, dalla canna del quale usciva un filo di fumo. L'uomo guardò Pitt con un'espressione che sembrava scolpita nella pietra e si diresse verso i cani. « Svelto, al precipizio », disse, in un inglese smozzicato.

Afferrò un cane per il collare e lo trascinò lungo il pendio. Dall'altro lato la collina scendeva bruscamente, lasciando spazio a un burrone tagliato da un torrente bordato di felci. Zhou gettò di sotto la carcassa del dobermann, che scomparve nel verde.

Ripreso fiato, Pitt lo raggiunse con il secondo animale, imitando le azioni del cinese. Quindi lo seguì fino a un accampamento improvvisato nascosto sul fianco della collina.

« Che cosa ci fa qui? » chiese Pitt, sentendo abbaiare gli altri cani.

« Chiamali... affari », rispose Zhou, chiudendo un computer portatile appoggiato sul tronco tagliato di un albero, per infilarlo in uno zaino.

Prima che lo schermo si oscurasse, Pitt fece in tempo a vedere una scacchiera di immagini video del complesso di Bolcke. L'orientale doveva essere riuscito a sistemare diverse minicamere wireless per controllare le attività e i movimenti delle guardie.

« Devi continuare a correre », disse Zhou, mentre si affrettava a far sparire ogni traccia dell'accampamento: arrotolò un sacco a pelo e ripiegò una zanzariera. In un secondo zaino, aperto, si intravedevano detonatori elettronici e confezioni di un materiale argilloso e rossastro; Pitt aveva molta esperienza nelle demolizioni sottomarine e lo riconobbe come Semtex, esplosivo al plastico.

Zhou gli passò una barretta proteica e una borraccia, prima di mettersi in spalla il primo zaino. Poi cosparse di foglie l'erba compressa su cui aveva dormito la notte, si caricò in spalla l'altro zaino, rivolgendo uno sguardo sospettoso a Pitt quando si accorse di averlo lasciato aperto.

«Vai», disse il cinese. «Sono a meno di dieci minuti da qui.»

«Quando intendi far saltare il complesso?»

Zhou, il volto imperscrutabile, guardò Pitt. Gli americani erano sempre visti come nemici non dichiarati, ma l'agente cinese provava una certa ammirazione per quell'uomo, la cui fuga aveva seguito attraverso le microcamere nascoste. Per quanto avesse visto i campi di lavoro nel suo paese, era disgustato dallo stato di schiavitù in cui Bolcke teneva i forzati. Rispose: «Tra ventiquattr'ore».

«E i prigionieri?»

Zhou si strinse nelle spalle, poi puntò il fucile d'assalto contro l'americano. «È ora di andare. Tu vai a ovest, io vado a est.» Indicò la giungla. «Non seguirmi.»

Pitt guardò gli occhi scuri di Zhou, dove gli parve di scorgere intelligenza e forse persino un barlume di compassione. «Grazie.»

Zhou annuì, gli voltò le spalle e sparì nella foresta.

60

Yaeger era ancora davanti al megaschermo quando Gunn passò per scambiare con lui le ultime notizie. In contrasto con la tenuta casual dell'informatico, il vicedirettore della NUMA era in giacca e cravatta.

« Perché così elegante? » chiese Yaeger.

« Sono stato convocato dal vicepresidente. Vorrà sapere come procedono le ricerche di Pitt e Giordino. »

« Buchi nell'acqua. La US Navy comunica che le sospenderanno entro stasera. »

« Novità sull'*Adelaide*? »

« Niente di preciso, nonostante le richieste formali all'Interpol e a tutte le guardie costiere dall'Alaska al Cile. »

« Se non è affondata, qualcuno deve averla vista », insistette Gunn. « Dirk e Summer sono arrivati a Panamá? »

« Hanno preso un volo notturno. » L'informatico guardò l'orologio digitale nell'angolo di un monitor. « Se non hanno perso l'aereo, dovrebbero essere sul punto di atterrare. »

Gunn aveva seguito lo sguardo di Yaeger, notando sul monitor la notifica di un'e-mail in cui si leggeva il nome Pitt. « Che cos'è quello, se non sono indiscreto? Posso vedere? »

« Certo. Stavo per chiederti se per te ha senso questo messaggio. È un'e-mail arrivata al sito della NUMA qualche giorno fa. Me l'ha inoltrato una delle ragazze delle pubbliche relazioni, che non sapeva come rispondere. Forse è qualcuno con un bambino di quattro anni che si è messo a giocare con la tastiera. » Aprì l'e-mail, mostrando il breve testo:

A Pitt: Seques consearr cmnfieno lexkyann

«Sembrano lettere a caso», disse Gunn. «Tranne l'ultima parola: Lex, Ky e Ann possono voler dire che a scrivere è stata una certa Ann da Lexington, Kentucky.»

«È l'unica cosa che abbia senso anche per me.»

«Convengo con la teoria del bambino di quattro anni.» Gunn diede una pacca sulla spalla di Yaeger. «Avvisami se arrivano notizie in merito alla nave.»

«Senz'altro. Porta i miei saluti all'ammiraglio.»

Gunn prese la metropolitana per il centro di Washington, scendendo alla stazione Farragut West, e percorse a piedi i tre isolati fino all'Eisenhower Building.

Sandecker lo accolse a un tavolo da riunioni ricavato dal legno di un antico vascello e gli presentò il direttore della sicurezza della DARPA, Dan Fowler, e un direttore di divisione dell'FBI, Elizabeth Meyers. Dal volto affaticato di Gunn, il vicepresidente intuì che la scomparsa di Pitt e Giordino fosse un grave peso per lui. «Come vanno le ricerche?»

«Le squadre di soccorso non hanno ancora trovato nulla. La marina ha deciso che oggi è l'ultimo giorno.» Gunn guardò Sandecker, in attesa della sua reazione.

Anziché mostrare delusione, il vicepresidente si fece rosso in viso, andò alla sua scrivania e chiamò la segretaria. «Martha, mettimi in linea con il capo delle Operazioni navali.» Dopo pochi secondi attaccò a strigliare un ammiraglio che fino a qualche tempo prima era più alto in grado di lui. Sbatté il ricevitore e tornò al tavolo. «Le ricerche della US Navy saranno protratte per altri tre giorni.»

«Grazie, signor vicepresidente.»

«E quella nave di cui mi hai parlato?» chiese Sandecker.

«La *Salzburg*?» disse Gunn. «Il suo ultimo porto risulta New Orleans. La Homeland Security sta controllando con le autorità locali nel caso sia ancora laggiù.»

«Che legami ci sono?»

«Coincidenze sospette. La *Salzburg* si trovava in prossimità dell'*Adelaide* al momento della scomparsa. È uno dei pochi indizi a cui ci possiamo aggrappare in questo mistero.»

«Stessa cosa per noi», commentò la Meyers.

«Cioè?» chiese Gunn.

«Rudi», disse Sandecker, «prima della sparizione, Pitt era coinvolto nel recupero dei progetti segretissimi di un sottomarino chiamato *Sea Arrow.*»

«*Sea Arrow*... non è un nuovo concetto di sottomarino ad alta velocità?»

«Non c'è niente di concreto... finora.»

«Suppongo», rifletté Gunn, «che abbia a che fare con il recupero di quell'imbarcazione di San Diego, il *Cuttlefish.*»

«Esatto», confermò Sandecker. «Solo che la situazione si è evoluta fino a diventare un disastro di sicurezza nazionale. Elizabeth, ti spiace metterlo al corrente?»

La donna dell'FBI si schiarì la gola. «L'avviso che si tratta di informazioni segretissime. Quattro giorni fa un prototipo di propulsore destinato al *Sea Arrow* è stato rubato durante il trasporto dal laboratorio di ricerca della US Navy a Chesapeake, Maryland.»

«È per questo che è stato dato l'allarme alla Homeland Security?» chiese Gunn.

«Sì. L'FBI se ne sta occupando senza interruzione, controllando ogni porto, aeroporto e area di servizio del paese. Non immagina quanto personale sia impegnato su questo caso.»

«Ma non ci sono ancora indizi?» chiese Sandecker.

«Molti, ma erano tutti o falsi o piste cieche. Il massimo che abbiamo ottenuto è la descrizione di un maschio latinoamericano che ha acquistato una vecchia Toyota, usata poi nel furto del prototipo. A parte quello, siamo alla disperata ricerca di tracce.»

«Pensate che sia ancora sul nostro territorio?» chiese Gunn.

«Ci piacerebbe crederlo.» L'incertezza era evidente nella voce della Meyers.

«È uno dei motivi per cui sei qui, Rudi», riprese Sandecker. «L'FBI ha bisogno della collaborazione di tutte le risorse disponibili e vorrebbe un contributo dalla flotta della NUMA. Dato che le vostre navi si trovano spesso in luoghi insoliti, potrebbero fornire informazioni su eventuali movimenti fuori dal comune.»

«Abbiamo rivolto la stessa richiesta alla marina, alla guardia costiera e ai principali operatori portuali», aggiunse la Meyers.

«A disposizione», garantì il vicedirettore della NUMA. «passo parola immediatamente.»

Sandecker si rivolse a Fowler. «Dan, hai qualcosa da aggiungere?»

«Nossignore. Solo che abbiamo avuto conferma che Ann è scomparsa poco prima del furto. Tanto noi quanto l'FBI sospettiamo che sia stata uccisa o sequestrata dai responsabili.»

«Ann Bennett?» chiese Gunn. «È stata sequestrata?»

«Sì. E temiamo il peggio», rispose la Meyers. «Non abbiamo sue notizie ormai da cinque giorni.»

Gunn fu quasi sul punto di cadere dalla sedia. Gli tornò in mente il confuso messaggio che gli aveva mostrato Yaeger. «Ann è viva. So dove si trova... o meglio, dove si trovava qualche giorno fa. Lexington, Kentucky.»

«È ancora viva?» fece Dan Fowler.

«Sì. È arrivata un'e-mail quasi incomprensibile alla NUMA. Doveva essere un avviso o una richiesta di aiuto. Non abbiamo decifrato il testo, ma ora penso che volesse dire che è stata portata via con il propulsore del *Sea Arrow.*»

Meyers si irrigidì sulla sedia. «Mobilito l'ufficio locale.»

Fowler guardò perplesso il vicepresidente. «Perché Lexington, Kentucky?»

«Forse i ladri hanno un contatto in un aeroporto locale.»

«Oppure erano ancora in transito», ipotizzò la Meyers. «Ed erano diretti verso la West Coast o il Messico.»

«Hai una pista da seguire, Elizabeth», disse Sandecker. «D'accordo, al lavoro. Voglio un aggiornamento domani a quest'ora.»

I visitatori si alzarono. La Meyers avvicinò Gunn sulla porta. «Vorrei vedere al più presto quell'e-mail.»

«Ma certo», promise l'altro. Non prima, pensò tuttavia, che Yaeger e lui decifrassero il testo completo del messaggio.

61

La porta della cabina si spalancò, battendo contro la parete. Ann era seduta su una piccola scrivania in un angolo e guardava il mare dal piccolo oblò. Aveva passato quasi tutto il viaggio appollaiata lì sopra. A parte un accenno di mal di mare quando avevano lasciato il delta del Mississippi, il resto del tempo era stato puro tedio. Le uniche emozioni erano i due pasti al giorno, portati da un uomo orrendo e pelato che lei presumeva essere il cuoco di bordo.

Dalle ore trascorse a guardare fuori dal suo oblò di dritta, aveva potuto stabilire che viaggiavano in direzione sud a una velocità che poteva essere tra i quindici e i venti nodi. Il che significava che il secondo giorno in mare dovevano trovarsi circa mille miglia a sud di New Orleans. Ann non ricordava con precisione la geografia dell'area, ma supponeva che non fossero distanti dalla penisola dello Yucatán.

Non aveva più rivisto Pablo da quando erano saliti a bordo, ma si aspettava che tornasse, prima o poi. Quando sentì spalancarsi la porta, seppe subito che era lui.

Il colombiano entrò nella cabina, poi sbatté la porta dietro di sé. Sembrava più rilassato delle altre volte in cui Ann lo aveva visto. Quando le si avvicinò, non fu difficile capire come mai. Il suo alito puzzava di rum da quattro soldi. «Ti sono mancato?» disse, con un sorriso da squalo.

Ann si rannicchiò ancora di più nell'angolo, portando le ginocchia al mento. «Dove siamo diretti?» chiese, sperando di riuscire a farlo pensare ad altro.

«In un posto caldo e umido.»

«Colombia?»

Pablo chinò il capo da una parte, sorpreso che lei conoscesse – o avesse indovinato – la sua nazionalità. «No. Ma forse, dopo la consegna, noi due potremmo farci un weekend romantico a Bogotá.» Si avvicinò alla scrivania.

«E quando sarà la consegna?»

«Sempre domande.» Pablo si chinò a darle un bacio umidiccio sul viso.

Ann sollevò le suole delle scarpe all'altezza del petto dell'uomo e lo spinse via. Fu sorpresa di vederlo cadere all'indietro, proprio sulla cuccetta. Rabbrividì, chiedendosi se lui l'avrebbe uccisa per averlo rifiutato.

Ma l'alcol l'aveva ammorbidito e il mercenario si rimise in piedi ridendo. «Sapevo che sotto sotto sei una tigre.»

«E non mi piace sentirmi in gabbia.» Ann mostrò i polsi. «Perché non cominci a togliermi queste?»

«Selvaggia e furba. No, quelle saranno l'unica cosa che ti lascerò addosso.» Cominciò a sbottonarsi la camicia, fissandola con occhi lubrichi.

Ann tremò nel suo angolo. Considerò quante possibilità avesse di balzare dalla scrivania e raggiungere la porta.

Come se avesse intuito i suoi pensieri, Pablo le bloccò la strada. Poi le si avvicinò.

Lei fu sul punto di urlare, ma un altro suono riempì la cabina. Era il crepitio elettrostatico da un altoparlante appeso al soffitto. Una voce echeggiò nel locale, come in tutto il resto della nave. «*Señor* Pablo, per favore si presenti in plancia. *Señor* Pablo in plancia.»

Il colombiano scosse la testa e guardò l'altoparlante con aria disgustata. Mentre cercava di riallacciarsi i bottoni della camicia, fissò Ann con occhi affamati. «Riprendiamo più tardi.» Uscì e chiuse la porta a chiave.

Rintanata nell'angolo, Ann pianse lacrime di sollievo, seppure consapevole che il rinvio fosse solo temporaneo.

Lasciata la cabina, Pablo salì al ponte di comando e si rivolse infastidito al comandante. «Che c'è?»

«Una chiamata urgente per lei al telefono satellitare.» Il comandante gli porse un ricevitore.

Il mercenario si riscosse dai fumi dell'alcol e rispose. La conversazione fu un monologo da parte del suo interlocutore. Pablo si limitò a chiuderla con un « Signorsì ». Poi si rivolse al comandante. « Quanto manca al canale? »

« Poco più di seicento miglia », rispose l'altro, dopo avere regolato la scala su un monitor.

Pablo esaminò la mappa digitale e la costa vicina. « Dobbiamo fare una deviazione urgente su Puerto Cortés, in Honduras, per prelevare vernice e carico. »

« Una consegna alla base? »

« No, servono a bordo. »

« Ma sulla *Salzburg* abbiamo un equipaggio ridotto. »

« Allora avrò bisogno che tutti si diano da fare », stabilì Pablo. « O l'equipaggio sarà ancora più ridotto. »

62

Pitt assecondò la richiesta di Zhou e si diresse a ovest, inoltrandosi nella giungla. Rifletté se non fosse il caso di tornare indietro e cercare la barca con cui di sicuro era arrivato il cinese, ma sospettò che fosse ben nascosta. Mentre procedeva nella foresta, si chiese chi fosse quell'uomo e perché volesse distruggere gli impianti di Bolcke. Non che non desiderasse farlo anche Pitt, ma presumeva che le ragioni dell'orientale non fossero per nulla umanitarie, bensì legate a interessi nel campo delle terre rare.

Il sole era tramontato poco dopo che si erano separati. Nella giungla, protetta da un tetto di vegetazione, si faceva buio rapidamente. Pitt attraversò nugoli di zanzare, uscite al crepuscolo per banchettare sulla sua pelle scoperta. Il mondo intorno a lui diventava sempre più scuro, rendendo rischiosa l'avanzata. A ogni passo urtava rami taglienti e inciampava in radici invisibili, ma non poteva farci niente.

I cani continuavano la caccia, lenti e metodici. Pitt sperava che gli inseguitori seguissero l'orientale, ma comprese che erano ancora sulle sue tracce: dai latrati sporadici valutò che fossero a poche centinaia di metri da lui. Si fermò ad ascoltare per qualche minuto, cercando di stabilirne la posizione.

Avviluppato com'era dalla giungla, non sapeva più come trovare la direzione da seguire. L'abbaiare dei cani divenne il suo unico riferimento: teneva le orecchie tese nel timore di andare proprio verso di loro.

Intanto la foresta si animava di un concerto di fischi, richiami e strilli. Pitt teneva in mano il suo bastone appuntito, nel caso che alcuni di quei suoni non provenissero da uccelli o rane, bensì da un giaguaro o un caimano. Quantomeno, i rumori lo distoglievano dalla stanchezza. Senza il cibo e l'acqua forniti dall'orientale, non ce l'avrebbe fatta ad andare avanti. Era allo stremo delle forze e ogni passo gli procurava dolore. Non era abituato a un clima così caldo e umido e cominciava a sentire il peso della letargia. Era tentato di sdraiarsi a dormire, ma pensò a Giordino e agli altri forzati e continuò a camminare.

I vestiti, asciugatisi dopo il tuffo in mare, erano di nuovo fradici, stavolta di sudore. Sperava in un po' di pioggia, che gli avrebbe permesso di eludere gli inseguitori. Ma il clima panamense, di solito prevedibile, non sembrava collaborare, a parte qualche goccia ogni tanto.

Scivolò in una pozza di fango, si sedette su un tronco tagliato e riposò. Il buio sembrava avere rallentato anche le guardie. A giudicare dalla distanza dai cani, pensava di avere un certo vantaggio, ma non tardò a notare tra la vegetazione il tenue bagliore di torce elettriche.

Si rimise in piedi e riprese il cammino tra il groviglio dei rami invisibili. Ora dopo ora, continuò a trascinarsi, inciampare e cadere nella giungla. E i latrati dei cani si facevano sentire ininterrotti tra gli altri suoni della foresta.

Muovendosi come uno zombi, Pitt barcollò attraverso una macchia di bambù, poi fece un passo in avanti e sentì solo aria. Precipitò nel vuoto, atterrò su un pendio erboso e rotolò fino al letto di un torrente. Ci rimase seduto per parecchi minuti, lasciando che l'acqua fresca alleviasse il dolore di lividi e graffi. Sopra la sua testa, una striscia di cielo stellato offriva finalmente un minimo di luce.

L'acqua gli avrebbe dato la possibilità di far perdere le proprie tracce ai cani. Dopo avere riempito la borraccia che gli aveva dato l'orientale, si spostò al centro del torrente e si mise in marcia. L'acqua di rado gli superava le ginocchia, ma era sufficiente a confondere l'olfatto dei cani. Anche se scivolava e cadeva spesso sul fondo del torrente, procedere alla luce delle stelle era molto più semplice. Seguì il corso d'acqua per quelli che gli sembrarono chilometri, ma in realtà erano solo poche centinaia di metri.

Quando raggiunse un punto in cui la riva non era molto alta, passò dalla parte opposta ed entrò in una macchia di kapok. Si arrampicò su un ramo basso e si mise a riposare.

La giungla si era fatta silenziosa e ora si udiva solo lo scroscio del torrente. I latrati dei cani erano svaniti, alimentando la speranza che avessero perso le sue tracce. Pitt si appoggiò al tronco, consapevole che la fuga aveva richiesto uno sforzo mentale pari a quello fisico.

Dovette lottare contro il sonno quando sentì un fruscio tra i cespugli vicino al torrente, sulla sponda da cui proveniva. Si voltò e scorse un bagliore giallognolo tra il fogliame. Rimase immobile, mentre sulla riva si materializzava la sagoma imponente di un cane che annusava il terreno.

Maledetta sfortuna. Seguendo il torrente, Pitt aveva sbagliato direzione ed era andato verso i suoi inseguitori.

Il pastore tedesco non dava segno di averlo visto o fiutato. Pitt restava fermo sull'albero, senza nemmeno respirare. Il bagliore giallognolo si fece più chiaro, poi dai cespugli apparve un uomo armato, con una torcia elettrica. La guardia richiamò il cane che obbediente raggiunse il suo padrone e si mise a seguirlo, ma non prima di emettere un ringhio.

A tre metri da Pitt rispose un ruggito degno del leone più feroce, che per poco non lo fece cadere dal ramo. Per fortuna riuscì a reggersi prima che la torcia elettrica puntasse proprio sull'albero, illuminando una creatura dal pelame nero e marrone, in piedi su un ramo poco più in alto. Era una scimmia urlatrice, che lanciò un secondo grido rauco prima di saltare su un altro ramo e scomparire nel buio.

Pitt rimase immobile sul ramo, ai margini del cono di luce, mentre il cane abbaiava come un forsennato. Poi la torcia elettrica si abbassò, illuminandolo in pieno. Pitt si buttò a terra e un secondo più tardi una raffica scheggiò un kapok nel punto in cui si trovava lui fino a pochi secondi prima.

Il silenzio tornò nella giungla appena cessò l'eco degli spari. Poi esplose un coro di urla e strida mentre migliaia di animali tutt'intorno fuggivano dalla scena. Pitt era in testa al branco, facendosi largo con le mani tese in avanti fra la vegetazione. Le prime luci dell'alba sciabolavano il cielo, illuminandogli la via di fuga. Doveva correre. E corse.

Il pastore tedesco, sguinzagliato dietro di lui, esitò ad attraversare il corrente, concedendo a Pitt un po' di vantaggio. Poi l'animale trovò un punto in cui guadare e riprese l'inseguimento. Se non altro, continuava ad abbaiare, permettendo al fuggitivo di sapere sempre quanto distasse. Nonostante dovesse essere affaticato dalla lunga corsa notturna, il cane non rallentava.

Pitt sapeva che non sarebbe stato in grado di reggere a lungo, non aveva abbastanza energie. Ma, se fosse riuscito ad allontanare il pastore tedesco dall'uomo che lo controllava, avrebbe avuto una possibilità. Il problema era se gli fossero rimaste forze sufficienti per combattere.

I latrati erano sempre più vicini. Pitt decise che fosse giunto il momento di fermarsi a lottare, pur essendo stato costretto ad abbandonare il suo bastone ai piedi dell'albero quando si era dato alla fuga. Mentre si chinava per cercare una nuova arma, non si accorse di un ramo basso e ci batté contro la testa. Il colpo lo atterrò, lasciandolo in stato confusionale. Sentì il cane abbaiare poco lontano. Ma avvertì anche un suono metallico che sembrava far tremare il suolo sotto di lui.

Agì d'istinto. Si trascinò in avanti, al di là dell'albero contro cui si era scontrato, scalando un piccolo dosso. Combatté il dolore e guardò verso la fonte del rumore sempre più forte.

Era un treno, a sei o sette metri di distanza. Non poteva essere un miraggio, si disse, e si sforzò di rimettersi in piedi. C'era davvero: un treno merci che si faceva largo nella giungla, trascinando una serie interminabile di vagoni carichi di container.

Pitt barcollò verso i binari mentre il pastore tedesco arrivava in cima al dosso e lo avvistava. Con furia rinnovata, il cane si lanciò verso l'uomo che barcollava alla volta del convoglio ferroviario.

Passò un vagone a mezzo carico e Pitt si lanciò sul pianale, cercando un appiglio. Il cane attaccò, azzannandogli il piede destro. Lui si rigirò, vedendo l'animale appeso a mezz'aria, e gli gettò contro la borraccia, colpendolo al muso. Il pastore tedesco guaì e lasciò la presa, cadendo sulla ghiaia. Ma non si arrese:

ripartì all'inseguimento, ringhiando e cercando di saltare sul vagone. Dopo quattrocento metri, il treno dovette superare un burrone passando sopra uno stretto ponticello e l'animale fu costretto a fermarsi, ululando di frustrazione.

Pitt gli fece un cenno di saluto, poi si trascinò sul pianale e si rannicchiò accanto a un container arrugginito. Chiuse gli occhi e in pochi secondi cedette al sonno.

63

Il lento treno merci si fermò con un sussulto, svegliando l'unico passeggero. Disteso sul pianale, Pitt riaprì gli occhi sotto un sole brillante.

Il convoglio del Ferrocarril de Panamá era giunto a destinazione al porto di Balboa, vicino alle chiuse del Pacifico e pochi chilometri a sud della capitale; era il punto chiave del transito da un capo all'altro dell'istmo. Pitt saltò a terra e si trovò circondato da una giungla di acciaio. Da ogni parte si vedevano enormi colonne di container multicolori. In fondo a una lunga fila di vagoni una gru a ponte circondata da operai stava per cominciare le operazioni di scarico della giornata.

In piedi in coda al treno, Pitt seguì i binari fino a uscire dallo scalo ferroviario, prima che qualcuno lo fermasse per vagabondaggio. Scavalcò una recinzione arrugginita e si trovò in un quartiere occupato da vecchi magazzini. Percorso mezzo isolato, vide un basso edificio con un parcheggio piuttosto affollato, che intuì essere un bar da quattro soldi frequentato dai portuali. Un'insegna sbiadita, completata dall'immagine di un gatto nero con due croci al posto degli occhi, lo presentava come EL GATO NEGRO.

Pitt entrò, guadagnandosi occhiate perplesse dai clienti che già a quell'ora scaldavano gli sgabelli. Quando si avvicinò al banco, pur nella penombra del locale, si vide riflesso nella specchiera della parete di fondo e quasi si spaventò: un uomo stanco, emaciato, con la faccia piena di lividi e di tagli, con indosso vestiti sporchi, laceri e macchiati di sangue. Sembrava appena tornato dal regno dei morti.

«*¿El teléfono?*» domandò.

Il barista lo guardò come se avesse di fronte un marziano e indicò un angolo vicino al bagno. Pitt ci si trascinò e fu lieto di trovare un vecchio telefono ammaccato che funzionava a monetine. Per quanto ormai estinto in Nordamerica, ogni tanto ne spuntavano esemplari nei luoghi più inaspettati del mondo.

Trovò un operatore che parlava inglese e con po' di fatica lo convinse a fare una chiamata a carico del destinatario a Washington DC. Dopo poco sentì gli squilli sulla linea.

La voce di Rudi Gunn salì di un'ottava quando Pitt si identificò. «Tu e Al state bene?»

«Non proprio.» Spiegò in poche parole il dirottamento dell'*Adelaide*, l'arrivo a Panamá e la fuga.

«Panamá», gli fece eco Gunn. «Abbiamo chiesto alle autorità del canale di cercare l'*Adelaide.*»

«Le hanno nome durante la navigazione. Probabilmente avevano già pronti documenti falsi. Il complesso di Bolcke è da qualche parte nella zona del canale ed è probabile che abbia infiltrati alle chiuse.

«Hai detto Bolcke?»

«Sì. Edward Bolcke, un vecchio ingegnere minerario austriaco che gestisce il campo degli orrori. Mi hanno detto che è un broker importante nel settore delle terre rare.»

«Era uno dei nostri sospetti principali per il tuo rapimento», disse Gunn. «È il proprietario di una nave chiamata *Salzburg*, avvistata in prossimità dell'*Adelaide* al momento della vostra scomparsa.»

«Dev'essere la stessa nave che ha attaccato la *Tasmanian Star* prima che finisse sulle coste cilene. E forse anche la *Cuttlefish*. Probabile che sia equipaggiata con un'arma a microonde dagli effetti letali.»

«Pare che Bolcke abbia in corso anche attività in Madagascar», raccontò il vicedirettore della NUMA. «Chiamo il Pentagono. Ho idea che sia necessaria un'operazione congiunta con le forze di sicurezza panamensi.»

«Rudi, ascolta: potremmo avere pochissimo tempo.» Pitt riferì del suo incontro con il misterioso cinese che progettava di distruggere il complesso. Guardò il suo orologio da immersione Doxa. «Ci restano meno di cinque ore per tirare fuori Al e gli altri prima che comincino i fuochi d'artificio.»

« La vedo difficile. »

« Chiama Sandecker, che smuova lui le acque. »

« Faccio il possibile. Dove sei adesso? »

« In un bar chiamato El gato negro, nei pressi dello scalo ferroviario del Pacifico. »

« Rimani nascosto, entro un'ora mando qualcuno a prenderti. »

« Grazie, Rudi. »

Pitt sentì svanire la stanchezza della fuga e, al suo posto, farsi largo una rinnovata energia. Aveva un compito importante ad attenderlo. Ora la cosa più importante era salvare Giordino e gli altri forzati.

Tornò al banco. Il barista gli indicò uno sgabello e lo invitò a sedersi. Gli fece trovare davanti un bicchierino di liquore trasparente e un grosso paio di cesoie.

Pitt si portò le mani al collo. Si era dimenticato di avere ancora il collare di acciaio. Guardò il barista, che rispose con un cenno di assenso.

« *Muchas gracias, amigo* », disse Pitt, bevendo in un sorso il Seco Herrerano, un forte distillato locale di canna da zucchero simile al rum. Mise giù il bicchierino, prese le cesoie e sorrise al barista. « Chi ha detto che i gatti neri portano sfortuna? »

64

« Sei sicuro che siamo nel posto giusto? »

Dirk rivolse alla sorella un'occhiata infastidita. « Dato che in questo posto non amano indicare i nomi delle vie, la mia risposta è no. » Superò un camion immobile carico di piante e accelerò in mezzo al traffico.

Dal loro arrivo quella mattina all'aeroporto Tocumen, dove avevano preso un'auto a noleggio, non avevano fatto altro che girare per la città: prima si erano registrati in albergo, poi avevano fatto visita alla sede delle Habsburg Industries, che si era rivelata un piccolo locale in affitto al pianterreno di un edificio. Era chiuso e, a detta del panettiere adiacente, non era quasi mai aperto. Dirk e Summer cominciavano a pensare che il loro viaggio a Panamá fosse stato una perdita di tempo quando avevano ricevuto la telefonata di Rudi Gunn: il loro padre era vivo e li aspettava in periferia.

Passarono davanti a un cartello che dava il benvenuto nel distretto di Balboa e seppero di essere sulla strada giusta. Dirk seguì un paio di semirimorchi che immaginava diretti al porto. Quando ne vide la recinzione, svoltò su una strada sterrata. Dopo tre isolati, Summer notò l'insegna raffigurante il gatto nero.

Scese dall'auto prima ancora che il fratello avesse avuto il tempo di parcheggiare e si fiondò nel bar senza far caso all'aspetto poco raccomandabile del locale. Quasi non riconobbe suo padre, seduto al banco con indosso abiti stracciati e intento a mangiare una *empanada*. Per lui fu altrettanto sorprendente vedere comparire entrambi i figli.

« Papà, ti portiamo in ospedale », disse Summer.

Pitt scosse la testa. « Non c'è tempo. Dobbiamo coordinarci con l'esercito panamense per salvare Al e gli altri. »

Dirk guardò gli avventori, che fissavano perplessi gli americani. « Non potremmo parlarne in macchina? »

Pitt prese un biglietto da cento dollari dal portafogli del figlio e lo mise sul banco, poi strinse la mano al barista.

« Quello era il budget per due giorni », gli fece presente Dirk quando furono usciti.

Pitt gli strizzò un occhio. « Segnalo nel rimborso spese. »

Il figlio si mise a studiare una cartina, prima di ripartire lungo la strada sterrata.

« Come si è organizzato Rudi con i panamensi? » chiese Pitt.

« Sta facendo del suo meglio », rispose Summer. « Ci ha già telefonato tre volte. Come forse saprai, dopo che Manuel Noriega è stato abbattuto, Panamá non ha più un esercito permanente. I gruppi paramilitari della Fuerza Publica sono disposti a un raid congiunto con una squadra statunitense, ma solo dopo avere verificato gli indizi e fatto preparativi adeguati. Nessuno si aspetta che una task force sia pronta in meno di quarantott'ore. »

Dirk si voltò verso il padre. « Pensi che Al e gli altri possano essere in pericolo prima? »

Pitt raccontò del suo incontro con il cinese. « Una volta che le cariche esplodono, ho idea che Bolcke ordinerà di eliminare tutti i prigionieri e nasconderne i resti. Non ci sono forze statunitensi che possano intervenire da sole? »

Il figlio scosse la testa. « L'unica possibilità sono le Special Ops del Southern Command: sono state messe in allarme, ma si trovano a dieci ore da qui. Rudi dice che l'unica presenza che è riuscito a trovare è un'unità della US Navy nel Pacifico, attualmente diretta al canale. »

Dopo un breve tragitto dal distretto di Balboa, Dirk salì su una collina fino a un grande palazzo elegante che guardava sul porto e sul canale. Un cartello sul prato curatissimo lo proclamava EDIFICIO DE LA ADMINISTRACIÓN DE LA AUTORIDAD DEL CANAL DE PANAMÁ.

« L'autorità è responsabile della sicurezza del canale e della zona adiacente », disse Summer. « Rudi dice che è la nostra unica speranza per una risposta immediata. »

Nel palazzo, l'aspetto di Pitt attirò occhiate da parte del personale e dei visitatori. Una receptionist li accompagnò all'ufficio del direttore della sicurezza, un uomo tranquillo di nome Madrid, che sfoggiava un paio di baffetti. Mentre si presentava scrutò più volte Pitt. «Sono stato informato della natura urgente della vostra visita. Il vostro vicepresidente è una persona molto convincente», disse, ancora turbato da quella chiamata personale.

«Ci sono in gioco delle vite e poco tempo a disposizione», rispose Pitt.

«Chiamo l'infermeria e le faccio portare vestiti puliti, mentre parliamo», disse Madrid, invitandoli a entrare nell'ufficio.

Dentro, davanti a una gigantesca carta dell'area del canale, un uomo in mimetica stava studiando alcune fotografie aeree disposte su un tavolo.

«Vi presento il comandante Álvarez, capo delle operazioni di sicurezza. Sarà lui a dirigere la missione di soccorso.»

I tre ospiti si sedettero intorno al tavolo e Pitt raccontò del sequestro e delle attività clandestine di Bolcke.

«Abbiamo controllato i registri di transito della Habsburg», disse Madrid, «e c'è qualcosa di strano.»

«Le loro navi entrano da una parte ma non escono dall'altra, se non dopo giorni», intuì Pitt.

«Esattamente.»

«Scaricano minerale comprato o rubato al complesso e lo portano fuori solo una volta raffinato.»

Madrid assentì, con un'espressione rattristata. «Il passaggio delle navi commerciali nel canale è tenuto sotto stretto controllo. Bolcke deve godere dell'appoggio di nostri piloti e forse anche del personale delle chiuse, altrimenti sarebbe impossibile transitare in questo modo senza sollevare sospetti.»

«Ci sono in ballo grosse somme di denaro», disse Pitt. «Si possono permettere laute bustarelle.»

«Sa indicarci la posizione del complesso?» chiese Álvarez.

Pitt andò alla grande carta sulla parete e seguì il percorso della ferrovia che percorreva il lato est del canale. «Posso solo dire che devo essere salito sul convoglio da qualche parte in quest'area.» Indicò un punto remoto nei pressi del lago Gatún, a una cinquantina di chilometri dalla capitale. «Il complesso dovrebbe trovarsi da qualche parte fra il canale e la linea ferroviaria.»

Álvarez guardò in una cartelletta e ne estrasse alcune fotografie aeree a colori. «L'area dovrebbe essere più o meno questa.» Studiò le immagini, prima di farle passare intorno al tavolo. Erano inquadrati ampi tratti di giungla e delle sponde del lago, che non tradivano la presenza di impianti di alcun genere. In alcune si vedevano i binari che tagliavano la giungla. Dopo aver passato in esame una quarantina di fotografie, Madrid cominciò a dare segni di scetticismo.

«Un momento», disse Summer al fratello. «Fammi rivedere l'ultima.»

Dirk le passò la foto, che lei mise accanto a quella che stava osservando.

«Date un'occhiata alla giungla in queste due.»

I quattro uomini allungarono il collo e videro una distesa uniforme di vegetazione in entrambe le immagini. Nessuno aprì bocca finché Pitt non vi fece scivolare accanto una terza foto. «È il colore. Cambia.»

«Esatto», confermò Summer, indicandone una. «Sembra esserci una linea in cui il colore diventa un po' più grigio.»

«Lo vedo», disse Madrid.

«Sono le tettoie artificiali sopra il complesso», concluse Pitt. «Con il passare del tempo si sono scolorite e ora non corrispondono più al verde naturale della giungla.»

Álvarez unì le immagini ad altre contigue, fino a comporre la visione dall'alto di una penisola che si protendeva sul lago Gatún. Con un pennarello segnò le aree scolorite, mettendo in luce un ampio rettangolo, adiacente a un mosaico di quadrati più piccoli.

«Il rettangolo più grande deve corrispondere all'insenatura e alla banchina», giudicò Pitt. «All'ingresso ci sono mangrovie artificiali che vengono spostate per lasciar passare la nave quando entra o esce.»

«E gli altri quadrati?» disse Summer.

«Gli edifici del complesso.» Pitt si fece dare il pennarello da

Álvarez e segnò la residenza di Bolcke, l'edificio del frantoio e gli impianti di estrazione. Descrisse le forze di sicurezza del complesso così come le conosceva, senza risparmiare i dettagli.

« Quanti sono i prigionieri? » chiese Madrid.

« Ottanta con noi. »

« Incredibile. Un campo di lavori forzati proprio sotto il nostro naso. » Il direttore si rivolse ad Álvarez. « Ha trovato la posizione? »

« Sì. È proprio qui. » Il comandante collocò uno spillo sulla grande carta appesa alla parete.

« Chiaramente sotto la nostra giurisdizione. Come suggerisce di agire? »

« Dovendo intervenire a breve termine, sarebbe opportuno arrivare dal lago. Possiamo chiamare la *Coletta* da Miraflores e usare tre canotti per lo sbarco. » Álvarez studiò le indicazioni che Pitt aveva lasciato sulle fotografie. « Se riusciamo a superare la barriera, possiamo introdurre una prima squadra nell'insenatura mentre altre due sbarcano all'esterno: convergeranno tutte in un secondo tempo. Una volta preso il controllo del complesso, possiamo portare la *Coletta* al molo ed evacuare i prigionieri. »

« Sarà meglio raccogliere subito uomini ed equipaggiamento », disse Madrid. « Ci ritroviamo a bordo della *Coletta* fra due ore e diamo le istruzioni alle squadre d'assalto durante il tragitto. »

« Signorsì », disse Álvarez, alzandosi e lasciando l'ufficio di corsa.

« Se volete potete accompagnarmi a bordo della *Coletta* », disse Madrid agli ospiti.

« Certo », rispose Pitt. « Ho un amico ferito che ho dovuto abbandonare laggiù. »

« Capisco. Quanto alla *Salzburg*, ho accolto le richieste del vostro vicepresidente e inviato rinforzi alle chiuse di Gatún. Se la nave si dovesse presentare, saremo pronti a fermarla. »

« Suppongo che la cattura della nave di Bolcke risolverebbe anche altri interrogativi. »

Summer capì che il padre era ancora all'oscuro di parecchie cose. « Papà, Rudi non ti ha detto della tua amica Ann Bennett? »

Pitt scosse la testa.

« È scomparsa circa una settimana fa, poco prima che una specie di propulsore fosse rubato da un camion, mentre usciva da un laboratorio della marina. Rudi dice che i due fatti sono collegati. »

« Il *Sea Arrow* », mormorò Pitt.

« Secondo Rudi, Ann e il propulsore sono stati portati via insieme. Lui e Hiram hanno trovato un'e-mail quasi incomprensibile che Ann ti ha spedito al sito Internet della NUMA, indicando che si trovava nel Kentucky. »

« Allora è ancora viva. »

« Così pensa Rudi. Dice che secondo loro Ann ha cercato di dire che il propulsore si trova su un camion di fieno. La sua teoria è che abbiano cercato di portarlo fuori dal paese evitando la East Coast e passando lungo il Mississippi. Hiram ha persino trovato un video dell'Horace Wilkinson Bridge a Baton Rouge in cui si vede il passaggio di una chiatta con sopra un camion di fieno. »

« Mi sembra un po' tirata per i capelli. »

« Non dopo che si è scoperto che in quel momento la *Salzburg*, la nave di Bolcke, si trovava nel porto di New Orleans, da cui è partita il giorno dopo. »

« La *Salzburg* », ripeté Pitt. « Dunque dietro i furti del *Sea Arrow* c'è sempre stato Bolcke, sin dal principio. »

« Ma che cosa ha in mente di farci? »

Pitt ripensò al suo incontro con l'orientale e alla risposta di questi quando gli aveva chiesto cosa ci facesse lì. « Affari », disse. « Ha in mente di venderlo ai cinesi, forse in relazione a traffici comuni con le terre rare. » Guardò la figlia. « Quando è partita la *Salzburg* da New Orleans? »

« Quattro giorni fa. »

« Risultava in navigazione verso sud sul delta del Mississippi », aggiunse Dirk.

« Perché la guardia costiera o la marina non l'ha seguita e abbordata? » domandò Pitt.

« Lo avrebbero fatto entrambe se non fosse per un dettaglio », rispose il figlio. « La nave è scomparsa. »

65

All'ancora in piena vista dal palazzo dell'amministrazione, una nave cerealiera coperta di ruggine assorbiva le onde del Pacifico. Si chiamava *Santa Rita* e batteva bandiera di Guam, anche se il governo dell'isola si sarebbe sorpreso se lo avesse saputo: non solo non era mai stata registrata da quelle parti, ma da quando era stata messa in mare non aveva trasportato un'oncia di grano.

Era di fatto una vecchia risorsa del ministero della Sicurezza dello Stato cinese, concepita come nave spia per controllare lo stretto di Taiwan. In seguito era stata riconfigurata come cerealiera e impiegata per il trasporto di missili in Iran. Destinata infine a servizi meno clandestini, era sotto contratto per la consegna di farmaci messicani a Shanghai quando Zhou ne aveva preso il controllo al largo della Costa Rica.

L'agente cinese si stava riposando in plancia, dopo una faticosa incursione notturna nel complesso di Bolcke. Il suo cellulare suonò e, quando ebbe visto il numero sul display, sul suo viso apparve un accenno di sorpresa. «Zhou», rispose in tono secco.

«Sono Edward Bolcke. Devo informarla di un piccolo cambiamento nella tempistica del nostro appuntamento.»

«Mi aspettavo che il trasferimento avvenisse entro un'ora.»

«C'è stato un lieve ritardo dovuto a questioni di sicurezza, non c'è ragione di allarmarsi. Il carico è al sicuro. Ma dovremo rimandare l'incontro di sei ore.»

Zhou tacque. Gli esplosivi nel complesso di Bolcke sarebbero esplosi di lì a quattro ore circa. Aveva programmato i timer perché la detonazione avvenisse dopo la consegna del motore e dei progetti del *Sea Arrow*. Ora il trasferimento era a rischio.

«È inaccettabile», ribatté, calmo. «Ho una severa tabella di marcia da rispettare.»

«Le faccio le mie scuse, ma certo capirà quanto sia delicata la situazione. La mia nave si avvicina alle chiuse di Gatún e deve ancora completare il transito. Se vuole, può entrare nel canale dalla sua parte e dirigersi a nord attraverso le chiuse di Miraflores. Potremmo effettuare la consegna sul lago Miraflores, tra due o tre ore. Posso fare una telefonata e garantirle l'accesso immediato.»

L'ultima cosa che Zhou avrebbe voluto era restare intrappolato nel mezzo del canale di Panamá. D'altro canto, se era quello l'unico modo per impadronirsi dei segreti del *Sea Arrow*, non poteva fare altro che accettare. Con un po' di fortuna, Bolcke poteva non sapere ancora che il suo complesso era un cumulo di rovine fumanti mentre effettuava la consegna.

«Molto bene», approvò l'agente cinese. «Provveda alle procedure di transito. Mi dirigo al lago Miraflores. La prego di fare fretta alla sua nave, perché noi la staremo aspettando.»

Zhou tolse la comunicazione e guardò fuori dall'oblò del ponte di comando, con la sensazione di apprestarsi a danzare sul filo di un rasoio.

66

Nella baia di Limón erano alla fonda quasi quaranta navi, che si affollavano come uno sciame d'api in attesa del proprio turno di entrare nel canale dall'oceano Atlantico. Arrivò un piccolo portacontainer che superò la coda di mercantili e petroliere per prendere posto come primo della fila.

A un secolo dalla sua inaugurazione, sul canale di Panamá transitavano più navi di quante ne fossero mai passate, ma la sua capacità stava per aumentare. Era in atto una grande espansione, con l'aggiunta di due nuove chiuse in grado di lasciar passare i più grandi portacontainer del mondo. Benché attraversarlo fosse molto costoso, il canale risparmiava le migliaia di miglia della rotta alternativa che imponeva di doppiare capo Horn. I comandanti in attesa del loro turno nella baia di Limón sapevano che passare davanti alla coda implicava sborsare grosse cifre.

Il portacontainer rallentò e fu affiancato da una pilotina, che portava a bordo un funzionario dell'autorità e il pilota. Il comandante li accompagnò in plancia, dove – come richiesto a tutte le navi che transitavano sul canale – passò il comando al pilota. Il funzionario aveva il compito di stabilire il tonnellaggio e le dimensioni, in modo da fissare la tariffa.

«Manifesto di carico, per favore», chiese al comandante. Esaminò il documento, notando che era molto breve. «La maggior parte di quei container è vuota?»

«Sì. Li portiamo a Balboa», rispose il comandante.

«Ho visto che siete alti sull'acqua.» Il funzionario computò la tariffa, aggiungendo un supplemento molto salato per avere risparmiato la coda alla nave. «Sarà addebitato sul vostro conto.» Si rivolse al pilota. «La *Portobelo* ha via libera.» Poi lasciò il ponte di comando e tornò alla pilotina, per passare alla successiva nave in attesa.

Il pilota condusse la *Portobelo* lungo il canale che portava alle chiuse di Gatún, il punto d'ingresso dall'oceano Atlantico. Le chiuse consistevano in un set di tre grandi camere contigue, che permettevano alle navi di innalzarsi di ventisei metri sopra il livello del mare, per dare inizio all'attraversamento dell'istmo.

Il canale era in effetti costruito come una torta nuziale liquida. Il punto più alto era al centro: il grande lago artificiale di Gatún, che a entrambe le estremità scendeva di tre livelli. A causa di un'anomalia geografica, l'acqua dolce del lago stesso fluiva verso l'Atlantico a nord e il Pacifico a sud. La posizione elevata consentiva alla forza di gravità di riempire e drenare le chiuse, alzando o abbassando le navi a seconda della direzione del transito.

Ma il canale era una torta nuziale irregolare, a causa della separazione tra le chiuse sul lato del Pacifico. Mentre le tre camere dalla parte dell'Atlantico erano in sequenza, quelle che mettevano in collegamento con il Pacifico erano separate: il lago dava su una chiusa a camera singola chiamata Pedro Miguel, seguita un miglio più avanti dalle chiuse di Miraflores, a camera doppia. In media a una nave occorrevano otto ore per compiere la traversata da un oceano all'altro.

Il pilota avvicinò lentamente la *Portobelo* alla prima camera di Gatún, fermandosi poco prima delle grandi porte aperte. Furono lanciate le cime legate ai cavi da traino, che vennero issati a bordo e fissati alla nave. All'altra estremità i cavi di acciaio erano agganciati ai «muli», piccole locomotive che dai bordi della chiusa – sotto la direzione del pilota – avevano il compito di muovere la nave nella camera e tenerla in posizione, mentre le porte a poppa si chiudevano. A questo punto la camera veniva inondata di acqua, sollevando la nave di quasi dieci metri.

Quel giorno l'area era insolitamente pattugliata da guardie armate, che osservarono con attenzione la *Portobelo*. Quando il livello dell'acqua raggiunse quello della camera successiva, le porte a prua vennero aperte e i muli vi trainarono la nave. Il processo fu ripetuto altre due volte, fino a quando la *Portobelo* fu più in alto di ventisei metri rispetto a quando era entrata e ripartì con i propri motori sulle acque del lago Gatún. In uscita dalle chiuse, il pilota ordinò al timoniere di aumentare la velocità.

«Timoniere», intervenne il comandante, «sospendi l'ordine. Ferma tutto.»

Il pilota si fece rosso in viso. «Sono io che comando la nave sul canale!» La sua espressione si ammorbidì quando si accorse che un'altra persona era entrata in plancia e gli si stava avvicinando. «Pablo! Mi era parso che questa tinozza somigliasse alla vecchia *Salzburg*. Da quando vi occupate di container?»

«Da circa trentasei ore», rispose Pablo. «Da qui in poi ci pensiamo noi.»

«Certo, certo.» Il pilota sbirciò la borsa in mano al colombiano, contenente la consueta somma di denaro contante e una bottiglia di Chivas Regal.

«Ce ne sono mille extra per te», disse Pablo, consegnandogli la borsa. «Bocca chiusa sulla *Salzburg*.»

«Tutto quello che vuoi. Quegli idioti sulla banchina vi stavano cercando, ma siete riusciti a fregarli. Ci vediamo al prossimo transito.»

L'equipaggio della nave calò in mare un canotto e accompagnò a terra il pilota, che così avrebbe potuto prendere un taxi e raggiungere il bar più vicino. Quando il canotto rientrò, la *Salzburg* sotto mentite spoglie riprese il tragitto.

«Siamo sicuri che ci si possa fidare?» chiese il comandante.

Pablo annuì. «Avremo completato il trasferimento prima che lui arrivi a metà di quella bottiglia di scotch.»

Il colombiano provò qualcosa di simile al sollievo. Da quando aveva ricevuto la telefonata urgente da Bolcke, due giorni prima, aveva temuto qualsiasi chiamata via radio e ogni altra nave che incrociavano. Ma la frettolosa trasformazione della *Salzburg* nella *Portobelo*, con la riverniciatura a spruzzo della sovrastruttura e del fumaiolo, e l'esposizione in coperta di container in realtà vuoti, avevano tratto in inganno l'autorità del canale alle chiuse di Gatún. E questo voleva dire solo una cosa.

Ce l'avevano fatta.

67

La *Coletta* percorreva il canale con i motori a pieno regime, sorpassando le navi commerciali – soggette a limiti di velocità – come se fossero ferme. La motovedetta di fabbricazione italiana, lunga una quarantina di metri, esibiva a prua una torretta con un cannoncino da 20mm.

In uno spazio ristretto sottocoperta, il comandante Álvarez stava finendo di dare istruzioni a un commando di trenta uomini bene addestrati, che avevano fatto pratica in esercitazioni congiunte di difesa del canale insieme a varie forze internazionali. Pitt cercò di smorzare il loro entusiasmo descrivendo nel dettaglio le forze di cui disponeva Bolcke.

Ma anche lui era impaziente. Dopo avere fatto una doccia, essere stato medicato ed essersi fatto prestare una tuta mimetica pulita, era ansioso di tornare al campo e liberare Giordino. Tuttavia un raid diurno comportava grossi rischi e tutto dipendeva dal suo breve incontro con l'agente cinese.

Álvarez gli porse una fondina contenente una semiautomatica SIG Sauer P228. «Sa come usarla?»

Lui fece un cenno affermativo.

«Dovremmo arrivare in zona tra dieci minuti. Io conduco l'Unità Uno nell'insenatura: prendiamo la banchina, neutralizziamo il generatore e liberiamo i prigionieri. L'Unità Due sbarca sulla penisola e occupa la residenza, sperando che Bolcke sia dentro. L'Unità Tre fa da riserva. Devo chiederle però di mantenere il ruolo di osservatore.»

«L'aiuterò come posso. Buona fortuna, Álvarez.» La sala si stava svuotando e Pitt cercò i figli, ma non li vide. Sentì i motori della *Coletta* che rallentavano e seguì gli altri in coperta.

La motovedetta aveva seguito il percorso di transito intorno alla costa orientale dell'isola di Barro Colorado, una grande riserva naturale in mezzo al lago Gatún. La via d'acqua era segnalata da luci e cartelli, per evitare che le navi si arenassero sulle secche nelle vicinanze. Ma, con il suo limitato pescaggio, la *Coletta* non aveva problemi. Incrociò una portacontainer e proseguì verso est per un miglio, dirigendosi verso una stretta penisola coperta da una fitta vegetazione.

La motovedetta spense i motori e calò in acqua tre canotti, ciascuno con dieci uomini a bordo. Pitt scoprì che la sua imbarcazione aveva un paio di passeggeri extra quando trovò posto fra due elementi disarmati con i berretti mimetici calati sulla faccia. «Un po' di spazio per vostro padre.»

Dirk alzò lo sguardo da sotto il berretto. «Volevamo dare una mano anche noi.»

«Vi consiglio di restare a bordo.» Pitt si sfilò la fondina e la passò al figlio. «Tieni d'occhio tua sorella.»

«Non preoccuparti», assicurò Summer, accanto a lui.

Uno degli uomini avviò il motore fuoribordo e il canotto si diresse verso terra, dietro le altre due unità. La prima virò a sinistra, puntando sull'imbocco dell'insenatura, mentre le altre due deviarono sulla destra, verso una scogliera protetta. Le imbarcazioni erano in acqua da cinque minuti quando l'intero piano d'attacco fallì miseramente.

Un anello di boe contenenti sensori e videocamere aveva rilevato la loro presenza. Nel campo suonò una sirena, che mise in allarme le forze di sicurezza di Bolcke. La maggior parte delle guardie si occupò di mettere al sicuro i prigionieri, mentre un'altra squadra occupava il tetto della residenza dell'austriaco.

L'Unità Uno, con Álvarez alla testa, fu la prima a incontrare resistenza. Superata una falsa palude di mangrovie, si avvicinò al molo, dove fu accolta da raffiche da terra. Il comandante e i suoi uomini risposero con successo al fuoco, fino a quando non furono investiti da una batteria di granate a razzo. Una di queste cadde sul canotto, slittando a poppa prima della detonazione. L'esplosione uccise due uomini sul colpo e scagliò in acqua tutti gli altri.

Le Unità Due e Tre ebbero giusto un momento di preavviso prima che le guardie cominciassero a sparare dal tetto della residenza mimetizzata nella giungla. Più vicina alla riva, la Due fu la più bersagliata e subì molte perdite mentre cercava di manovrare e nel contempo di rispondere al fuoco. Il pilota riuscì a portare l'imbarcazione a terra, dove il commando trovò un minimo riparo dietro un terrapieno. Ma gli uomini sul tetto non ebbero difficoltà a tenerli a bada.

«A destra!» gridò Pitt al pilota dell'Unità Tre, mentre la battaglia si infiammava davanti a loro. Aveva previsto il destino della Due e aveva cominciato subito a fare cenni di virare, in modo da uscire dal campo visivo delle guardie alla residenza. Il pilota obbedì, in preda al panico, e l'Unità Tre riuscì a sfuggire senza essere colpita. Finché il caposquadra, un uomo massiccio di nome Jorge, non ordinò di rispondere al fuoco. I tiratori sul tetto si concentrarono sulla terza imbarcazione e Jorge ricevette due proiettili nel ventre.

Pitt vide gli sguardi spaventati degli altri componenti del commando, nessuno dei quali era mai stato in una vera battaglia. Decise di farsi avanti. «Dobbiamo eliminare gli uomini sul tetto e permettere all'Unità Due di lasciare la spiaggia. Seguitemi alla casa.»

Appena lo scafo toccò il fondale, Pitt saltò giù e corse nella giungla. Spronati dalla sua audacia, gli uomini del commando gli andarono dietro.

«Io resto qui a occuparmi di Jorge», disse Summer, mentre cercava il kit di pronto soccorso. «Tu vai ad aiutare papà.»

Dirk annuì. Tolse la sicura alla pistola e balzò fuori dal canotto per raggiungere gli altri che avanzavano nella giungla.

Pitt fece cenno al gruppo di fermarsi ai margini della radura in cui sorgeva la casa. Sul tetto erano visibili alcuni uomini armati, che attendevano di vederli uscire dalla vegetazione. Lui studiò il terreno, notando una scalinata esterna che saliva fin sopra la casa.

Si rivolse a un giovane che gli stava accovacciato accanto. «Hai delle granate?»

«Solo fumogene.»

«Dammele tutte.»

Raccolte quattro granate fumogene, Pitt allineò i compagni in un picchetto.

«Al mio segnale, datemi un fuoco di copertura. Quando arrivo sulla scala, lancio le granate sul tetto. Voi raggiungetemi subito dopo.»

Strisciò tra il fogliame in modo da portarsi più vicino alla casa. Poi gridò: «Ora!»

La giungla esplose di raffiche e gli uomini sul tetto si misero al riparo per un istante. Pitt scattò verso la casa. Le guardie risposero presto al fuoco e lui si diresse verso il portico sulla facciata, dove i tiratori non avrebbero potuto vederlo. Stava per raggiungere i gradini quando la porta si spalancò e apparvero due uomini armati che precedevano Bolcke, come in una formazione da football americano. Il terzetto scese i primi gradini, ma si bloccò alla vista di Pitt pochi passi più in là.

L'austriaco rimase impietrito. Ma nella sua voce non c'era la minima traccia di esitazione quando si fece sentire sopra gli spari.

«Uccidetelo!»

68

Le guardie di Bolcke puntarono le armi su Pitt. Ma lui non perse tempo. Strappò l'anello a una granata e la gettò sugli scalini. Il fumogeno rotolò sulla pietra e si fermò ai piedi dell'austriaco.

I due uomini di scorta lasciarono le armi, afferrarono il loro capo e lo spinsero oltre il parapetto sul lato opposto del portico. Uno si gettò su di lui per proteggerlo, ma l'altro esitò: aveva sentito il sibilo della granata, poi aveva visto uscire il primo filo di fumo. Capito che non si trattava di esplosivo, le diede un calcio e la nube grigia eruppe sul prato.

La guardia si voltò verso Pitt, che si trovava un paio di metri più in là, allo scoperto. L'uomo sollevò il fucile, ma prima che potesse premere il grilletto due chiazze rosse gli apparvero sul petto; barcollò, cadde sui gradini e rotolò a terra.

Pitt vide suo figlio in ginocchio sul prato, con la SIG Sauer puntata davanti a sé. Dirk scattò in piedi e corse verso il muro della casa, mentre una raffica di proiettili tempestava il terreno alle sue spalle.

«Grazie per l'intervento», disse Pitt.

Il figlio sorrise. «Il fumo non ce la fa contro il piombo.»

Pitt si mosse verso i gradini. «Bolcke.»

Dirk lo superò mentre avanzavano lungo il portico, ma l'austriaco e l'altra guardia erano già spariti in un sentiero che entrava nella giungla.

Cambiarono direzione e Pitt precedette il figlio sulla scaletta laterale, fermandosi poco prima di arrivare in cima. Scagliò le tre granate che gli restavano sul tetto, che in pochi secondi fu avviluppato da una densa nube di fumo.

Gli spari dalla giungla cessarono e gli uomini dell'Unità Tre corsero alla scaletta. A quel punto anche i superstiti dell'Unità

Due uscirono allo scoperto e si unirono all'assalto. Le forze combinate ebbero la meglio sulle guardie in cima al tetto, conquistando la posizione tra il fumo che si diradava.

Mentre la calma tornava alla residenza, si udivano ancora colpi sporadici dalla banchina.

«Qualcuno ha notizie di Álvarez?» chiese Pitt.

«Non ho avuto risposta», disse il capo dell'Unità Due. «Meglio andare al molo.»

«Vi mostro la strada.»

Gli uomini discesero di corsa le scale. Un piccolo contingente entrò nella residenza per neutralizzare eventuali altre guardie, gli altri seguirono Pitt lungo lo stesso sentiero che aveva preso Bolcke. Quando arrivarono alla banchina, trovarono cinque individui armati che sparavano in acqua. Altri due davano loro man forte dall'alto della prua dell'*Adelaide*.

Il commando dell'autorità del canale aprì il fuoco, abbattendo un certo numero di guardie allo scoperto. Altre ripiegarono nella giungla. Ma i due sulla nave mantennero la posizione, dando vita a uno scontro prolungato finché i panamensi, meglio addestrati, non li colpirono entrambi.

Al di sopra degli spari, Pitt udì un motore. Scorse una piccola imbarcazione diretta all'imbocco dell'insenatura. Accanto al pilota si distinguevano i capelli bianchi di Bolcke.

Pitt si rivolse al capo dell'Unità Due, intento a ricaricare al riparo di un albero della gomma. «Bolcke è fuggito in barca. Chiama Madrid sulla *Coletta*, che lo fermino loro.»

L'uomo annuì. Innestò il nuovo caricatore e premette il pulsante di trasmissione della sua radio per contattare la motovedetta.

Quando arrivò la chiamata, Madrid stava osservando con un binocolo una piccola portacontainer in avvicinamento. Si voltò e vide la barca di Bolcke che usciva dall'insenatura. La *Coletta* si accinse a intercettarla.

«Mitragliere, preparati a un colpo di avvertimento a prua», ordinò il direttore della sicurezza dalla timoniera. «Fuoco!»

Dal cannoncino da 20mm sul ponte partì un colpo che sollevò una fontana d'acqua davanti alla barca in avvicinamento, costringendola a rallentare ma non a fermarsi.

Deciso a fermare Bolcke, Madrid non fece caso alla portacontainer, in avvicinamento da poppa.

« Mitragliere, mira al motore. Fuoco! »

Ma, prima che potesse eseguire l'ordine, l'uomo cadde sul ponte e si mise ad agitare le braccia come se fosse stato attaccato da uno sciame di api. Urlando rotolò fino alla murata e si gettò nel lago, cercando sollievo in acqua.

Nella timoniera, Madrid si sentì bruciare la pelle. In preda a convulsioni improvvise, non riuscì più a dare ordini. Mentre urlava di dolore, vide dall'oblò la portacontainer che si dirigeva contro la motovedetta.

Il mercantile la investì a bassa velocità, ma la massa era tale da sfracellare la prua della *Coletta*. La motovedetta fu spinta all'indietro, mentre l'acqua cominciava a inondarla. Dopo pochi secondi la poppa si alzò e la *Coletta* si tuffò nel lago.

Bolcke la osservò sprofondare, mentre la sua imbarcazione accostava alla *Salzburg*. Salì la scaletta seguito dalle guardie, attraversò il ponte di coperta e salì in plancia. Ansante, si avvicinò al timone, da cui Pablo contemplava il sistema antisommossa modificato montato a prua.

« A quanto pare siamo arrivati giusto in tempo », disse il colombiano.

« Hanno... attaccato... il campo. »

« Chi? »

« Uno dei prigionieri. È fuggito ieri ed è tornato con un gruppo di uomini armati. »

« Dev'essere un contingente dell'autorità. Mi era parso di riconoscere la motovedetta. Sono sicuro che Johansson gli darà una lezione a terra. »

« No. Johansson è morto. L'ha ucciso il fuggitivo. »

« Sanno della consegna? »

Bolcke scosse la testa.

« Con cinquecento milioni può costruirne molti altri, di impianti », lo incoraggiò Pablo.

« I piani e il motore sono a bordo? » chiese l'austriaco.

« Sì. »

« I cinesi ci aspettano al lago Miraflores. »

Pablo guardò il suo capo come un bambino in attesa di un regalo di compleanno. « Allora non perdiamo tempo. Andiamo a incassare. »

Ordinò al comandante di condurre la nave sul canale principale e la *Salzburg* si rimise subito in viaggio.

69

Il commando ripescò Álvarez e ciò che restava della sua unità, dispersi per l'insenatura o rintanati fra i piloni del molo. Il capo delle operazioni era ridotto malissimo, ma si riscosse dalla perdita di metà della sua squadra e prese il comando delle forze combinate.

Indicò l'ampio sentiero che dalla banchina si inoltrava nella giungla. « I prigionieri sono da quella parte? »

« Sì », rispose Pitt. « Il sentiero porta all'impianto di frantumazione, subito dopo ci sono gli alloggi. »

Il comandante divise gli uomini in due squadre e imboccò il sentiero con quella più numerosa. Pitt e il figlio lo seguirono. Procedevano con cautela, aspettandosi un'imboscata, ma le guardie superstiti non erano in vista. La pista si allargava in prossimità del frantoio. Àlvarez mandò tre dei suoi a controllare l'ingresso laterale dell'edificio. Non ci arrivarono.

Da ogni porta e finestra della costruzione spuntarono uomini armati che fecero fuoco. C'erano almeno dieci guardie di Bolcke, pronte a trasformare la difesa in un contrattacco. Metà delle forze di Álvarez cadde sotto i loro colpi. Lo stesso comandante rimase ferito a una gamba e Pitt dovette trascinarlo al riparo.

Il capo delle operazioni non esitò a chiamare la seconda squadra, che li aveva seguiti sul fianco, nella giungla. Con il loro fuoco di copertura riuscì a portare al sicuro i suoi feriti, ma la situazione era in stallo.

Àlvarez cercò di contattare via radio la *Coletta* per chiedere appoggio, ma ricevette solo una serie di scariche elettrostatiche. « Non rispondono », disse a Pitt. « Senza rinforzi, saremo costretti alla ritirata. »

« Non senza i prigionieri. » Pitt prese il fucile d'assalto di uno dei feriti in stato di incoscienza. «Li tenga occupati. Noi cerchiamo di arrivare agli alloggi.» Raggiunse Dirk.

Padre e figlio si avventurarono nella giungla, sulla sinistra, tenendosi a debita distanza dalla roccaforte nemica. Al riparo del tronco ritorto di un cedro, studiarono il terreno. Gli alloggi dei prigionieri si trovavano in una radura, pericolosamente esposti alla costruzione che ospitava il frantoio. Alcuni dei forzati si affacciavano alla cancellata, cercando di vedere cosa stesse accadendo. Sull'erba a metà strada tra il cancello e l'albero di cedro c'era un carrello abbandonato.

«Cerco di raggiungere quel carrello», disse Pitt. «Se riesco ad arrivarci indisturbato, da lì dovrei poter arrivare alle inferriate.»

Dirk valutò la distanza tra loro e l'impianto di frantumazione. «Non sarà facile coprirti da qui. Vengo con te.» E, prima che il padre potesse protestare, si mise a correre verso il carrello, subito seguito da Pitt.

Al piano superiore dell'edificio del frantoio una guardia li avvistò. Una raffica di proiettili scavò il terreno mentre Dirk si rifugiava dietro il carrello. Pitt, rimasto due passi indietro, dovette gettarsi a terra, per poi rotolare accanto al figlio.

Dirk sparò due colpi con la SIG Sauer, ma riuscì solo ad attirare il fuoco su di loro. Il carrello assorbiva la maggior parte dei colpi con un continuo tintinnio di metallo.

«Non così inosservati come speravo», commentò Pitt.

«Dev'essere pieno di uomini armati, là dentro.» Dirk sbirciò da sopra il carrello, sparò altri due colpi e tornò al riparo. «Al piano di sopra c'è un tipo con un lanciagranate.»

Pitt si sporse con il fucile e sparò una raffica verso una finestra, crivellando l'intelaiatura e fracassando il vetro. Prima di tornare al riparo, scorse una guardia che si affacciava con in spalla un attrezzo verde dalla punta a bulbo. Sapeva che, se una granata avesse centrato il carrello, li avrebbe vaporizzati entrambi.

Pitt appoggiò il fucile sul bordo del carrello e si preparò a sparare di nuovo, quando un'esplosione rimbombò nel campo.

Gli spari cessarono e gli sguardi di tutti si diressero verso una nube nera che si levava oltre gli alloggi dei prigionieri.

Pitt guardò l'ora e sorrise, pensando che le cariche piazzate dal cinese stavano cominciando a detonare, dopotutto. Sei in ritardo di dieci minuti, disse tra sé.

Un attimo dopo, l'intero edificio del frantoio saltò in aria. Seguirono altre sei esplosioni, dagli impianti di separazione ed estrazione. L'intera giungla rigurgitò fumo e fiamme mentre il complesso di Bolcke veniva distrutto in modo sistematico. L'agente cinese aveva risparmiato solo gli alloggi del prigionieri, la residenza di Bolcke e un laboratorio in cui un gruppetto di tecnici si era riparato durante gli scontri a fuoco.

Frammenti del tetto dell'impianto di frantumazione piovvero sui Pitt, al riparo del carrello. Lo scoppio aveva fatto rotolare il gigantesco cilindro del frantoio verso la giungla. Gli uomini all'interno erano rimasti uccisi, tranne qualcuno che era stato proiettato fuori dalle finestre dallo spostamento d'aria, finendo quasi illeso sull'erba, pronto per essere catturato dal commando.

Padre e figlio corsero dai prigionieri. Pitt sparò un colpo alla serratura del cancello e lo spalancò con un calcio. La folla dei forzati si rovesciò all'esterno. «Felici di rivederti», lo salutò Plugrad, dandogli una pacca sulla spalla.

Maguire e Brown corsero a stringergli la mano, mentre Pitt si faceva largo in mezzo ai prigionieri alla ricerca del suo amico. Li contò l'uno dopo l'altro e si accorse che ne mancava uno all'appello. Giordino.

Con un brutto presentimento, Pitt attraversò la mensa ed entrò nella camerata. Non c'era più nessuno. Si voltò verso le inferriate e notò un'amaca appesa tra due griglie nella cucina all'aperto. Sopra c'era la figura immobile di Giordino. Pitt si avvicinò all'amico, preoccupato. Poi sentì uscirgli dalla gola un suono familiare. Stava russando.

«Alzati e cammina, ragazzone», disse Pitt, con un sorriso che andava da un orecchio all'altro.

Giordino sollevò una palpebra, assonnato. «Già di ritorno?»

«Sapevo che avresti sentito la mia mancanza.»

L'amico si mise a sedere, sbadigliando. «Bello spettacolo pirotecnico. Hai preso Bolcke?»

«No, ha tagliato la corda mentre cominciava la festa.» Pitt gli porse una stampella intagliata rozzamente nel legno. «Come stai?»

«Come un concorrente ai campionati di saltello.» Giordino appoggiò un piede a terra e si mise la stampella sotto il braccio. Le bende intorno alla gamba ferita erano così strette da farla sembrare ingessata. Pitt lo aiutò ad arrivare al cancello, dove altri prigionieri si erano fermati, esitanti ad allontanarsi.

Un uomo del commando li raggiunse. «Mi manda Álvarez. I prigionieri ci sono tutti?»

«Sì. Li ho contati.»

«Da dove vengono le esplosioni?»

«Cariche che qualcuno ha sistemato in precedenza. Ci hanno salvato la pelle.»

«Proprio così. Álvarez dice di portare tutti alla banchina.» Il militare si girò e si allontanò. «Abbiamo parecchi feriti da curare.»

Pitt si apprestava a guidare i prigionieri, quando Giordino lo prese per un braccio e indicò il cielo. «Qualcuno se ne va senza di noi?»

Pitt vide un filo di fumo nero che si levava dal molo: lo scarico fuligginoso di un grosso motore diesel. «È l'*Adelaide*», rispose Pitt, con decisione.

La loro battaglia non era ancora finita.

70

«Al, falli muovere», gridò Pitt, mettendosi a correre. «Dirk, vieni con me.»

Nella fretta di liberare i forzati, Álvarez aveva omesso di mettere in sicurezza l'*Adelaide*. Gómez, nascosto in plancia, aveva acceso i motori all'inizio dell'attacco. Dopo aver visto Bolcke in fuga e il campo che saltava in aria, non aveva più motivo di trattenersi.

Quando i Pitt emersero dalla giungla trovarono la nave ancora ferma. Gómez stava strattonando la gomena in coperta, prima di scomparire nella sovrastruttura. Davanti alla nave, un marinaio si accingeva a togliere l'ormeggio.

Padre e figlio continuarono a correre. La passerella anteriore era ancora in posizione, quindi avevano ancora la possibilità di salire a bordo. Per trattenere la nave era troppo tardi: il marinaio aveva iniziato a sciogliere la cima, anche se poi si era fermato per guardare l'imbocco dell'insenatura. Al disopra dei motori dell'*Adelaide* in fase di riscaldamento, si udiva il rumore di un fuoribordo. Mentre costeggiavano la nave, Pitt e Dirk videro da dove proveniva.

Era Summer, che stava conducendo il canotto dell'Unità Tre. Con lei c'erano quattro o cinque uomini coperti di fango, che si tenevano bassi sul fondo dell'imbarcazione.

Il marinaio sul molo la guardò per un istante, poi gettò con un calcio la cima in acqua e con calma estrasse una pistola da una fondina alla cintola, mirando a Summer.

Risuonò un concerto di spari sovrapposti e una scarica di proiettili si piantò nella schiena del marinaio. Almeno due provenivano dalla SIG Sauer di Dirk, gli altri dal fucile d'assalto di Pitt. L'uomo si voltò e lasciò partire un colpo dalla sua arma, prima di stramazzare sul molo, privo di vita.

Un attimo dopo si sentì uno stridore seguito da un impatto.

« Sta salpando! » urlò Dirk.

Gómez aveva dato potenza all'elica e la nave si stava staccando da terra. Dopo essere scivolata sul bordo del molo, la passerella si era abbattuta sulla fiancata dell'*Adelaide* e ora pendeva dai cardini.

Summer intanto aveva raggiunto la banchina. « Una portacontainer ha speronato la *Coletta* », gridò. Dopo avere assistito alla scena, si era lanciata in soccorso dei superstiti, caricandoli a bordo mentre la nave si allontanava. « Sono quasi sicura che abbiano raccolto Bolcke. Doveva essere la *Salzburg*. »

Una marea di pensieri riempì la mente di Pitt. Se Summer non si sbagliava, a bordo di quella portacontainer dovevano trovarsi il propulsore e i progetti del *Sea Arrow*. E, forse, anche Ann Bennett. Se si trattava della *Salzburg*, doveva essere fermata prima che uscisse dal canale.

Seguendo i movimenti dell'*Adelaide*, Pitt si rivolse ai figli. « Dirk, corri in fondo alla banchina. Summer, tieni acceso il motore. Io salgo a bordo. »

Si assicurò il fucile a tracolla e si tuffò in acqua a un metro dal canotto. E si mise a nuotare verso la nave in partenza. Non aveva speranza di raggiungerla a forza di braccia, ma aveva in mente un altro bersaglio: la cima che pendeva dal pozzetto, una cui estremità si trascinava in superficie. Pitt l'afferrò, poi la seguì fino a raggiungere un grosso cappio. Da lì pendeva una corda più piccola, che lanciò a uno degli uomini sul canotto.

« Non perdere di vista la nave », gridò alla figlia, mentre si aggrappava al bordo del canotto che virava per seguire l'*Adelaide*.

Madrid, benché privo di forze, si sporse dall'imbarcazione per tendergli una mano, aiutandolo prima a salire, poi a issare a bordo la cima. Pitt incitò Summer a superare la nave, trascinando la pesante corda come fosse un'ancora. Dirk intanto era in attesa sulla banchina, dove si trovava l'ultima bitta.

Mentre il canotto si avvicinava, Gómez intuì cosa avessero in mente e cercò di allontanare il più possibile l'*Adelaide* dalla riva.

Dirk vide la manovra ed esortò la sorella a fare presto. A Pitt e a Madrid dolevano le braccia per lo sforzo di issare la corda. Summer puntò verso il fratello, che si distese sulla banchina, protendendosi verso l'imbarcazione. Lei fermò il motore, Pitt sollevò il cappio e Dirk lo afferrò, mentre la cima si tendeva. Dovette fare ricorso a tutte le sue forze per riuscire a farlo scivolare sulla bitta.

«Allontanati, nel caso si spezzasse!» gridò Pitt.

Dirk scattò in piedi e si mise a correre, mentre Summer girava il canotto e ripartiva, virando poco dopo verso l'*Adelaide*. Il fratello comprese il motivo quando vide l'imbarcazione accostare alla nave all'altezza della passerella appesa alla fiancata. Pitt saltò e ci si aggrappò. Poi, issandosi a forza di braccia, la risalì fino in coperta.

La cima, assicurata alla prua dell'*Adelaide*, era al massimo della tensione. Spinta dall'elica, la poppa cominciò a scarrocciare a dritta, con il rischio che la nave si incastrasse di traverso nell'insenatura. L'ormeggio si sforzava di reggere la trazione, trattenendo la nave.

Mentre si protraeva il tiro alla fune, Summer portò il canotto sotto una scaletta, in cima alla quale il fratello aiutò Madrid e gli altri superstiti a salire sul molo. L'ultimo fu Jorge. Poi Dirk saltò a bordo. «Accompagnami. Vado a dargli una mano.»

Summer ripartì a tutta velocità e accostò di nuovo all'*Adelaide*, permettendogli di saltare sulla passerella. «Stai attento!»

«Tu stai alla larga da quella cima!»

Lei tornò verso la banchina, mentre una vibrazione sonora si levava dalla fune. Gómez aveva girato il timone e stava dando piena potenza al motore. Qualcosa presto o tardi doveva cedere. E infine accadde.

Il cappio cominciò a sfilacciarsi e si spezzò. Come un'enorme frusta, la cima saettò verso l'*Adelaide*. Aggrappato alla passerella, Dirk si abbassò un attimo prima che staffilasse la fiancata, appena sopra la sua testa. Poi, mentre la cima ricadeva, si arrampicò fino in coperta.

Ormai libera, la nave balzò in avanti, verso l'imbocco dell'insenatura.

Sul ponte, Dirk si guardò intorno in cerca del padre. Ma, a

parte i corpi di due uomini a prua, non riuscì a vedere nessuno. Alzò gli occhi verso la sovrastruttura e si mise a correre, riuscendo a raggiungere una porta laterale e lanciandosi sui gradini, prima che alcuni colpi di arma da fuoco echeggiassero dall'alto.

Gli spari durarono per quasi mezzo minuto, mentre Dirk saliva le scale. Cessarono quando fu al quarto livello. Lui proseguì silenzioso fino al piano successivo, quello della plancia. Vi si avventurò con la SIG Sauer in pugno.

Aveva fatto solo pochi passi quando sentì il calore della canna di un'arma da fuoco sulla nuca. Si bloccò, ma l'arma si ritrasse all'istante.

« Non ricordo di averti dato il permesso di salire a bordo. »

Dirk si voltò verso il padre, che imbracciava il fucile e lo guardava con sollievo.

« Non sapevo che fossi tu il comandante di questa bagnarola. »

« Lo sono appena diventato », rispose Pitt, indicando il ponte di comando.

Era la scena di un disastro, con gli oblò e i monitor in frantumi e un odore acre di fumo proveniente dalle apparecchiature elettroniche. In fondo, in un angolo, c'era il corpo insanguinato di Gómez.

« Gli ho dato una possibilità, ma lui non ne ha approfittato. »

Dirk annuì, poi guardò in avanti, fuori dal vetro in frantumi. L'*Adelaide* stava per uscire dall'insenatura, ma sulla sua strada c'era una barriera di scogli e mangrovia. « Rocce a prua », gridò, correndo al timone.

« Sono false », lo rassicurò Pitt. « È la scenografia per nascondere l'insenatura. »

Pochi secondi dopo, infatti, la nave passò agevolmente attraverso la finta barriera, senza alcuna collisione. Da un oblò laterale, Dirk vide una roccia di polistirolo espanso che galleggiava via. L'*Adelaide* era entrata nelle acque del lago Gatún. A nord transitava un pontone, a sud un paio di petroliere e una portacontainer stavano svoltando a una curva.

Pitt andò al timone e mise i motori a piena potenza.

« Non torniamo a raccogliere gli altri? » chiese Dirk.

Suo padre rivolse uno sguardo determinato alla portacontainer che stava scomparendo lungo il canale. « No. Abbiamo una nave da prendere. »

71

Dall'oblò posteriore del ponte di comando Bolcke guardava le volute di fumo che si levavano dal suo complesso, fino a dipingere di nero l'orizzonte. Era stato distrutto, lo sapeva, per colpa di un prigioniero che era riuscito a fuggire. Lo stesso che gli aveva gettato una granata sui gradini di casa.

Ma aveva ragione Pablo: il denaro che stava per incassare dalla vendita della tecnologia del *Sea Arrow* gli avrebbe permesso di realizzare altri impianti per l'estrazione delle terre rare. Aveva già un sito attivo in Madagascar e avrebbe potuto trasferire le operazioni laggiù. Ma avrebbe perso mesi preziosi di attività commerciali in un momento critico per il mercato. Una volta al sicuro in Colombia avrebbe ordinato a Pablo di rintracciare il prigioniero e consegnargliene la testa su un vassoio.

Tornò a guardare verso prua mentre la *Salzburg* entrava in una strettoia del lago Gatún conosciuta come Gamboa Reach. «Quanto manca alla chiusa?»

Pablo si voltò dal timone. «Mancano circa dodici miglia a Pedro Miguel.» Notò l'ansia sul volto del capo. «Ho chiamato via radio. Il capotransito della chiusa aspetta il nostro passaggio. Non ci saranno problemi.»

Dalla radio giunsero le proteste del pilota di una petroliera nei confronti di una nave che l'aveva superata sul lago. Bolcke e Pablo non fecero caso al diverbio e guardarono il ponte di coperta, dove il semirimorchio con il motore del *Sea Arrow* era occultato da cumuli di container vuoti. Due miglia più indietro, il pilota della petroliera stava ancora sputando veleno contro il grosso mercantile che gli aveva tagliato la strada. «La velocità massima in questo tratto è otto nodi, idiota!»

Sul ponte di comando dell'*Adelaide* Pitt non poteva sentirlo, dato che la radio di bordo era andata distrutta nello scontro a fuoco con Gómez. Ignorava persino la velocità della nave, non disponendo più nemmeno di strumenti di navigazione. Ma di una cosa poteva essere sicuro: stava viaggiando a ben più di otto nodi. Svuotata del carico e di buona parte del carburante, l'*Adelaide* navigava leggera e Pitt la stava spingendo alla massima velocità raggiungibile. Ben presto la nave toccò i venti nodi, lasciandosi nella scia la petroliera e il suo pilota infuriato.

Pitt si concentrò sulla nave successiva, un'altra petroliera che batteva bandiera olandese: una Panamax lunga trecento metri, costruita in base alle dimensioni originali del canale, che in quel punto si faceva ancora più stretto. L'*Adelaide* accostò alla fiancata di sinistra della nave olandese e si fece avanti sfruttando il poco spazio a disposizione. L'aveva appena raggiunta quando apparve una grande portacontainer azzurra che navigava nella direzione opposta.

Dirk stimò la distanza necessaria per superare la petroliera e scosse la testa. «Non ce la faremo mai a sorpassare questa prima di incrociare la portacontainer.» Si aspettava che il padre rallentasse e ripiegasse dietro la petroliera, fintanto che c'era spazio per manovrare.

Pitt, invece, rimase imperturbabile al timone. Non aveva intenzione di cedere.

Dirk fece un sorriso sconsolato. «Ai ragazzi sulla portacontainer non piacerà.»

Il pilota della nave in arrivo aveva già visto che l'*Adelaide* stava occupando la sua corsia e stava inviando frenetici messaggi radio per invitare il mercantile a farsi da parte. Ma continuava a non ricevere risposta, mentre le navi convergevano.

L'*Adelaide* guadagnava terreno, ma superare la mostruosa petroliera in tutta la sua lunghezza sembrava un compito interminabile. Più avanti, la Panamax e la portacontainer avevano già incrociato le prue. Ora nessuno poteva sfuggire. Pitt aveva stimato che la larghezza del canale in quel punto fosse sufficiente a permettere alle tre navi di passare fianco a fianco, ma non aveva la certezza che la profondità bastasse per tutte. Non che lui dovesse preoccuparsene: era nella posizione centrale, dove il canale era più profondo.

Il pilota della petroliera fece il possibile per rallentare e tenersi sulla destra, ma non poteva avvicinarsi troppo alla sponda, dato che la sua nave era quella con maggiore pescaggio. Non gli restava che lasciare la partita nelle mani del pilota della portacontainer.

Pitt diede il proprio contributo portando l'*Adelaide* fianco a fianco con la petroliera, così vicino che si sarebbe potuto saltare da una nave all'altra. Ma la collisione sembrava ormai inevitabile. La prua della portacontainer si avvicinava sempre di più. Padre e figlio si prepararono all'impatto. La nave, carica fino al cielo, riempiva ormai tutto il loro campo visivo. Il pilota prese una decisione saggia: strisciare sul fondale vicino a riva era meglio di uno scontro frontale. Le due navi passarono a un metro l'una dall'altra. Lo scafo della portacontainer toccò il letto del canale e l'elica si fece largo nel fango. Dalla plancia, pilota e ufficiali lanciarono una marea di insulti mentre incrociavano il ponte di comando dell'*Adelaide*.

« Chiederanno di sospenderti la licenza di pilota », disse Dirk.

« Pensa cosa diranno quando scopriranno che non ce l'ho », rispose Pitt.

Più avanti il canale curvava e si restringeva, oscurando in parte la sagoma della *Salzburg*. In plancia, Bolcke e Pablo cominciarono a far caso ai rabbiosi messaggi radio: quando il pilota della portacontainer ebbe letto il nome scritto a poppa dell'*Adelaide*, trasmise una nuova serie di minacce: « *Labrador*, inoltro una protesta formale all'autorità del canale a Colón ».

Bolcke si irrigidì. « *Labrador*... È il nome che abbiamo dato alla nave dirottata. » Prese un binocolo e guardò fuori dall'oblò verso poppa. Non c'era dubbio: la nave che stava superando la petroliera olandese, un miglio dietro di loro, era l'*Adelaide*.

L'austriaco impallidì. « Ci stanno inseguendo. »

Pablo mantenne la calma e guardò lo schermo di navigazione. « Dovremmo essere in grado di passare le chiuse senza problemi. Se no », aggiunse, con uno sguardo gelido, « li faremo pentire di esserci venuti dietro. »

72

Le due navi erano entrate nel Corte Gaillard, la sezione più pericolosa: lunga nove miglia, tagliava lo spartiacque continentale e aveva rappresentato la sfida maggiore per gli ingegneri che avevano progettato il canale. Gli scavi di proporzioni erculee, realizzati manualmente e con scavatrici a vapore, avevano prodotto una fossa che in alcuni punti superava i settantacinque metri di profondità. Migliaia di operai avevano perso la vita, in parte per incidenti e frane, ma i più a causa della polmonite e della febbre gialla. Le proporzioni dell'impresa erano state occultate nel 1914, quando le acque avevano finalmente occupato la fossa. Ora una quiete apparente celava correnti ingannevoli che rendevano lo stretto passaggio rischioso da attraversare.

L'*Adelaide* si lanciò verso il Corte Gaillard, ignorando l'indicazione del limite di velocità di sei nodi per le navi più grandi. Pitt percepì di tanto in tanto le correnti che facevano sbandare la poppa da una parte o dall'altra, ma si rifiutò di rallentare. Vedeva chiaramente la *Salzburg*, a mezzo miglio di distanza.

Pablo aveva ordinato al comandante di accelerare, ma alla nave occorreva tempo per guadagnare velocità. Guardò indietro, verso l'*Adelaide*, e comprese che si rendeva necessaria un'offensiva.

Quando Pitt osservò un gruppo di uomini che si raccoglievano sul ponte anteriore della *Salzburg*, passò il timone al figlio.

«Per tua informazione», gli fece presente Dirk, «non ho mai condotto una nave di queste dimensioni.»

«È più facile che guidare una Duesenberg. Basta tenerla lontana dalla sponda. Io torno subito.»

Mentre si avvicinava alla *Salzburg*, Dirk notò tre uomini che, a prua, stavano manipolando un oggetto alto che somigliava a un grande radar montato su rotelle. I marinai lo spinsero tra i container sul lato di sinistra e lo orientarono verso poppa. Puntato sull'*Adelaide*.

Poco dopo Pitt ricomparve in plancia. Dirk batté le palpebre, vedendo il padre che indossava una tuta protettiva antiradiazioni dal rivestimento argentato. «Che cosa ci fai vestito da Buck Rogers?»

«Abbiamo portato con noi le tute protettive quando siamo saliti a bordo. Le navi di Bolcke sono equipaggiate con un'arma a microonde, del tipo usato come sistema antisommossa. Solo che la loro è letale. È probabile che ne abbiano una sulla *Salzburg*.»

Dirk indicò la nave. «Ti riferisci a quello scudo sulla prua?»

Pitt vide l'apparecchio puntato su di loro e passò subito un'altra tuta al figlio. «Mettila subito.»

Dirk se la stava infilando, quando sentì un bruciore improvviso alla schiena. «Devono averlo attivato», disse, affrettandosi a chiudere la cerniera lampo.

Pitt stava cominciando a sentire la stessa sensazione alla faccia e si mise il cappuccio con il visore. «Stai dietro la paratia», raccomandò con la voce attutita, prendendo il timone.

Cercò di spostare l'*Adelaide* a dritta. Sentiva infiammarsi il petto e le braccia: in piedi davanti alla vetrata in frantumi, era esattamente sulla linea di tiro dell'arma. La tuta garantiva una certa protezione, ma non un isolamento completo.

L'apparecchio era posizionato a sinistra sulla prua della *Salzburg* perciò, spostandosi sul lato destro del canale, l'*Adelaide* sarebbe stata al riparo. Ci riuscì dopo qualche minuto.

Bolcke vide la nave inseguitrice che cambiava rotta. «Vira verso la sponda. Mi sa che l'abbiamo colpita.»

«L'operatore dice che aveva una visuale perfetta del ponte di comando», disse Pablo.

Poi si accorsero che l'*Adelaide* stava riprendendo una rotta lineare. Manteneva ancora un certo vantaggio quanto a velocità e si avvicinava alla poppa della *Salzburg*.

«Sembra che ci vogliano speronare», dichiarò Bolcke.

Pablo controllò lo schermo di navigazione: presto sarebbero

arrivati a Pedro Miguel. « Dobbiamo liberarci di loro prima di essere in vista delle chiuse. » Scambiò qualche parola con il comandante, poi lasciò il ponte di comando.

Bolcke rimase dov'era, con lo sguardo fisso sulla nave inseguitrice.

Pitt si manteneva a distanza di sicurezza dalla *Salzburg*. Aveva sperato di poterla affiancare e costringere a spostarsi verso la riva per farla arenare, ma la comparsa dell'arma aveva mandato in fumo il suo piano. Stava considerando la sua mossa successiva, quando vide la manovra improvvisa della nave di Bolcke.

Su ordine di Pablo, il comandante aveva virato con forza a sinistra. Gli operatori dell'arma a microonde reindirizzarono rapidi le radiazioni verso la sommità della sovrastruttura dell'*Adelaide*.

Pitt sentì l'ormai familiare bruciore sulla pelle, ma a fargli rizzare i capelli fu ciò che vide accanto all'apparecchiatura. Vicino alla murata, Pablo e un altro uomo imbracciavano dei lanciagranate.

Un attimo dopo le armi fecero fuoco, sparando granate a razzo verso l'*Adelaide*.

« Via dalla plancia! » gridò Pitt. Non aveva tempo di fuggire e si gettò a terra, dopo avere dato un colpo di timone a sinistra.

Dirk si precipitò verso la scaletta laterale.

La prima granata colpì la facciata metallica della sovrastruttura dell'*Adelaide* appena sotto il ponte di comando, cadde in coperta e detonò innocua sopra un portellone.

La mira di Pablo era migliore. La sua granata entrò dalla vetrata infranta, sopra la testa di Pitt, con una traiettoria dal basso verso l'alto. Slittò lungo il soffitto fino alla paratia, dove scoppiò. L'intera struttura fu scossa dall'esplosione, che avviluppò la plancia in una nube di fumo e fiamme.

Pablo sorrise compiaciuto, guardando la scena dal ponte di coperta della *Salzburg*. Nessun essere umano avrebbe potuto sopravvivere a quell'inferno.

73

Due fattori salvarono la vita di Pitt. Il primo fu che la granata era rimbalzata dietro a una console. Le schegge volarono sopra, intorno e dentro l'apparecchiatura, ma non attraverso. Disteso sul pavimento dall'altro lato, Pitt fu risparmiato dalla folata di letali schrapnel di acciaio.

L'altro fattore fu la tuta protettiva, che lo riparò dalla fiammata che aveva avviluppato la plancia. L'esplosione lo aveva lasciato stordito. Aveva qualche difficoltà a respirare. Ma, quando Dirk tornò sul ponte di comando per trascinarlo fuori, riuscì a rimettersi in piedi.

« Stai bene? » gli chiese il figlio.

Con uno scampanellio nelle orecchie, Pitt udiva a stento le parole. « Sì, grazie a Buck Rogers. » Cercò di liberarsi dagli effetti dell'esplosione, mentre barcollava verso un oblò. « Dovremmo essergli quasi addosso. » Doveva gridare per riuscire a sentire la propria voce.

Il colpo di timone aveva indirizzato l'*Adelaide* su una rotta convergente su quella della *Salzburg*. In quella strettoia, la nave di Bolcke aveva dovuto interrompere la sua manovra a sinistra. Ora non sarebbe più riuscita a schivare gli inseguitori.

Bolcke guardò incredulo l'*Adelaide*, con la plancia ridotta a un cumulo di rovine carbonizzate, che si avventava su di loro come guidata da una mano invisibile. La *Salzburg* era ancora ruotata a sinistra quando l'altra nave la investì in pieno. Accompagnata dallo stridore dell'acciaio, la prua dell'*Adelaide* penetrò nello scafo di quasi sette metri. Se la *Salzburg* fosse stata a pieno carico, la pressione sulla sua struttura l'avrebbe spezzata in due. Nondimeno, nella collisione si era aperta un'ampia falla sulla fiancata e l'acqua si stava rovesciando all'interno.

In coperta i container impilati gli uni sugli altri erano crollati come un castello di carte. Alcuni avevano sfondato la murata di dritta, precipitando nel canale. A sinistra, due container erano rovinati sopra l'arma a microonde, schiacciando tanto lo scudo quanto i due operatori. Un altro container si era rovesciato, intrappolando la gamba del marinaio con il lanciagranate. L'uomo urlava, chiedendo aiuto a Pablo, che tuttavia non poteva fare niente per lui e si allontanò in silenzio.

Entrambe le navi erano ormai ferite a morte, ma la *Salzburg* aveva avuto la peggio: si inclinò a sinistra e altri container volarono dalla fiancata. Stava affondando rapidamente e le acque già lambivano il ponte di coperta.

Pablo salì di corsa al ponte di comando, dove Bolcke contemplava la distruzione con lo sguardo di uno zombi. Il colombiano spalancò un armadietto contenente il cestino di plastica con i progetti del *Sea Arrow*. «Dov'è il comandante? Dobbiamo abbandonare la nave.»

«È andato a parlare con il capo macchinista.»

«Non c'è tempo da perdere. Dobbiamo arrivare alla scialuppa. Mi segua.» Prese in braccio il cestino e uscì dalla plancia.

Bolcke lo seguì. Una volta in coperta, corsero sul ponte inclinato verso la murata di dritta. Pablo gettò il cestino sulla scialuppa. «Salga», gridò al suo capo. «Io la calo in acqua e salto a bordo.»

L'austriaco seguì le istruzioni. Il mercenario azionò il verricello e cominciò a calare la scialuppa, ma Bolcke gli fece cenno di fermarsi.

«Attento! Sull'altra nave.»

Ai piedi della sovrastruttura dell'*Adelaide* erano apparse due figure in tuta argentata, una delle quali coperta di fuliggine. Pablo vide che l'altro uomo era armato. «So io come rallentarli.»

Lasciò piombare in acqua la scialuppa e sciolse la cima, mentre Bolcke sganciava il cavo dell'argano. Poi il colombiano raggiunse gli alloggi e aprì la cabina di Ann.

Per una volta lei fu lieta di vederlo. Non sapeva che cosa fosse accaduto, ma sentiva che la nave stava affondando e temeva di essere lasciata ad annegare in quello spazio angusto.

«Andiamo!» ordinò Pablo, afferrandola per le manette e trascinandola in corridoio.

Una volta in coperta, Ann rimase sconvolta alla vista della massa dell'*Adelaide* incuneata nel fianco della *Salzburg*, che stava scivolando in acqua, sempre più inclinata.

Pablo condusse Ann a sinistra, dove l'acqua arrivava alla caviglia. Si fermò davanti a un container che era slittato fino alla murata, sfondando il parapetto. Era ben visibile in mezzo alle altre casse e il mercenario intendeva fare in modo che lo fosse ancora di più. Prese una chiave di tasca e aprì un bracciale delle manette.

Ann si rilassò, fingendosi sottomessa, mentre lui la trascinava verso il container. Fece un passo, poi scattò con una ginocchiata, mancando di poco il basso ventre dell'uomo.

Lui reagì all'istante con un manrovescio che la spinse contro la parete metallica, proprio dove la voleva. Le afferrò il polso ammanettato e chiuse l'altro bracciale intorno a un gancio alla base del container. «Mi spiace che tra noi non abbia funzionato», le disse. «Fai ciao ai tuoi amici.»

Si voltò e risalì lungo il ponte inclinato, chinandosi in avanti quando sentì un rintocco metallico alle proprie spalle. Un proiettile aveva colpito un container vicino a lui. Affrettò il passo e si guardò indietro: un uomo gli stava sparando con una pistola dalla murata dell'*Adelaide*. Pablo si mise al riparo mentre partivano altri due colpi.

Dirk abbassò la SIG Sauer, deluso, mentre il padre lo raggiungeva. Si erano liberati delle tute e avevano i vestiti impregnati di sudore.

«C'è una donna legata a quella cassa», annunciò Dirk. «Ho sparato all'uomo che ce l'ha messa, ma l'ho mancato.»

Pitt vide la donna dai corti capelli biondi distesa alla base del container. «È Ann!»

Non ebbe tempo di provare sollievo per averla ritrovata. La *Salzburg* stava affondando rapidamente, ma prima ancora si sarebbe rovesciata.

«Cerchiamo di raggiungerla.» Si mise a correre verso la prua dell'*Adelaide*, appiattita dalla collisione ma ancora infissa nell'altro scafo, le cui lamiere gemevano mentre si inclinava.

Pitt si avventurò sull'acciaio contorto che univa le due navi, fino ad arrivare sul ponte della *Salzburg*. Poi avanzò nel labirinto di container e raggiunse Ann, camminando nell'acqua.

Lei lo guardò sorpresa. « Cosa ci fai qui? »

Lui sorrise. « Ho sentito che eri andata in crociera senza di me. »

Ann era troppo spaventata per sorridere a sua volta. « Ce la fai a liberarmi? »

Lui le si avvicinò per guardare più da vicino. Ann era seduta, con la mano all'altezza del ponte e l'acqua che le arrivava al gomito. Con uno scricchiolio, il container slittò di qualche altro centimetro verso l'esterno, trascinandola con sé.

« Sono manette? » chiese lui.

Ann fece cenno di sì con la testa.

Dirk li raggiunse e insieme cercarono qualcosa per liberarla. Da qualche parte a bordo c'erano di sicuro gli attrezzi adatti, ma non li avrebbero mai trovati in tempo. La nave era già sott'acqua per metà. Così come il container.

« Cadrà fuoribordo da un minuto all'altro », mormorò Dirk. « Non so come possiamo liberarla. »

Pitt assentì e rivolse uno sguardo all'*Adelaide*. « Hai ragione », disse con un bagliore negli occhi. « Ho idea che dovremo salvare tutt'e due. »

74

Come la *Tasmanian Star* in Cile, anche l'*Adelaide* era equipaggiata con un proprio nastro trasportatore per carico e scarico. L'attrezzatura si trovava a dritta, proprio sopra la posizione di Pitt.

Arrampicatosi sulla prua sfracellata della portarinfuse, Pitt corse ai comandi del nastro. La collisione non aveva danneggiato l'alimentazione ausiliaria della nave e un generatore sottocoperta ronzava ancora mentre lui verificava i controlli del nastro. L'impianto consisteva in una cinghia che poteva essere spostata da un portello all'altro. Sul lato opposto del ponte c'erano alcune gru a tramoggia per il trasferimento del materiale dalla stiva alla cinghia.

Pitt spostò il nastro verso la stiva numero uno. Saggiò i controlli per capire come orientarlo. Lo indirizzò verso il container di Ann. Una leva gli permetteva di farne scendere l'estremità e lui se ne servì per portarla al disotto della murata.

In piedi accanto ad Ann, Dirk gli stava dando indicazioni, quando un cupo muggito salì dalle profondità della *Salzburg*. La nave era prossima al naufragio e i container stavano slittando in coperta e altri finirono nelle acque del canale. Il ponte si inclinava al rallentatore, sempre più in basso a sinistra, sempre più alto a dritta.

Pitt spinse avanti l'estremità del nastro, fin dove poteva arrivare, e lo avviò. Guardò all'esterno e tutto quello che vide fu una montagna di container che cadevano in acqua e, a poppa, il comandante e un pugno di marinai che si tuffavano per salvarsi.

La *Salzburg* era ormai piegata di lato. Attrezzature, oggetti e ciò che restava del carico rotolarono in coperta. La nave si liberò di colpo dalla stretta dell'*Adelaide* e si capovolse, rimase sospesa per un minuto o due, poi scivolò sott'acqua con un ultimo gorgoglio.

L'estremità del nastro trasportatore era finita sott'acqua e Pitt ebbe paura di avere fallito. Ma un attimo dopo emerse un container che sobbalzò sulla cinghia. Aggrappati alla base c'erano Ann e Dirk, con le gambe sospese nel vuoto.

L'acqua colava dalla cinghia che portava il suo carico in coperta. Quando il container fu a destinazione, Pitt spense il motore.

«Bella presa», si congratulò Dirk. «Anche se non mi aspettavo il tuffo finale.» Si lasciò cadere sul ponte, mentre Ann ci appoggiava sopra i piedi.

«Tutto bene?» le chiese Pitt.

«Ho pensato che mi si slogasse un braccio, ma... sì, tutto bene.» Si scosse i capelli dall'acqua.

«Passami la pistola», disse Pitt al figlio.

Dirk prese la SIG Sauer dalla fondina e gliela passò. Pitt cercò di scolare l'acqua, poi appoggiò la canna alla catena delle manette. Il colpo liberò finalmente Ann dal container.

«Lo avrei fatto anche prima, ma avevi la mano sott'acqua.»

«Mi sarei persa l'esperienza.» Ann sorrise per la prima volta da giorni. Si alzò e guardò il canale, nel punto in cui era sprofondata la *Salzburg*. «A bordo c'era il motore del *Sea Arrow*.»

«Be', adesso non potranno portarlo via», osservò Pitt.

«Ma hanno ancora i progetti», disse lei. «Li ho visti sulla scialuppa di Pablo.»

Pitt annuì. Aveva visto Bolcke e il suo sicario che scappavano mentre lui cercava di salvare Ann. «C'è solo un posto in cui possono essere andati», commentò. Aveva visto una carta nautica nella plancia dell'*Adelaide* prima del disastro e sapeva che le prossime chiuse erano a breve distanza da lì.

Suo figlio tolse il telone che copriva un canotto in coperta. In pochi minuti lo avevano calato in acqua e vi erano saliti tutti e tre. Visto che ormai era bagnato, Dirk si tuffò da una fiancata dell'*Adelaide* e fu aiutato a issarsi a bordo, mentre Pitt avviava il piccolo motore fuoribordo.

Il canale faceva una curva dopo Gold Hill, una scogliera che segnava lo spartiacque continentale e l'area più profonda degli scavi. Appena oltre il percorso diventava rettilineo e si vedevano le chiuse di Pedro Miguel a due miglia di distanza. Bolcke e Pablo ci erano già arrivati, entrando nella camera nord, le cui porte erano già aperte in attesa della *Salzburg*.

Il colombiano ormeggiò la scialuppa all'isola centrale, che tagliava in due entrambe le camere. Aiutò un paio di operai ad assicurare le cime a prua e a poppa prima di saltare a terra. Con Bolcke ancora a bordo, gli operai portarono l'imbarcazione all'altra estremità, per poi liberarla, facendo a meno delle piccole locomotive impiegate per le navi.

Pablo andò verso la centrale di controllo, una struttura al centro dell'isola da cui veniva gestito il flusso di acqua nelle camere. Incontrò un supervisore dal fare burbero con un portadocumenti in mano.

«Quello non è un mercantile da centoventi metri», notò l'uomo.

«Abbiamo avuto un incidente con la nave e dovevamo passare con urgenza. Il signor Bolcke pagherà il triplo della solita somma se non viene registrato.»

«C'è lui sulla barca?»

«Sì.»

«È un po' che non lo vedo.» Il supervisore prese una radio che portava alla cintola e chiamò la centrale di controllo. Un minuto dopo le grandi porte della camera cominciarono a chiudersi; poi le acque si sarebbero abbassate, permettendo alla scialuppa di passare alla sezione successiva del canale.»

«Vi facciamo uscire in dieci minuti», promise il supervisore.

Pablo guardò le porte che si chiudevano e si fermò. Un canotto si stava avvicinando a grande velocità, con tre persone a bordo. Due uomini e una donna dai corti capelli biondi. Ann Bennett.

«Un minuto solo», disse il colombiano. «Quei tre hanno attaccato e affondato la nostra nave. Trattateli come sospetti di terrorismo e tratteneteli per almeno un'ora.»

«Non hanno l'aspetto dei terroristi.»

«Ci sono diecimila di extra per lei.»

Il supervisore si illuminò in volto. «Allora forse ha ragione lei. I miei rispetti al signor Bolcke.»

Per tutta risposta, vide la schiena del colombiano che si affrettava verso la scialuppa.

75

Mentre si chiudevano le porte della camera nord per accogliere la scialuppa di Bolcke, quella della camera sud si aprivano per lasciar uscire un grosso mercantile diretto in senso opposto. Pitt aggirò la nave ed entrò nella camera. Puntò sull'isola e si fermò al molo, dove lo attendeva il supervisore accompagnato da due guardie armate. Il livello dell'acqua nell'altra camera si era già abbassato di qualche metro, nascondendo la scialuppa alla vista.

Dirk saltò sul molo con in mano la cima del canotto. Lo tenne vicino, permettendo ad Ann di scendere, poi si rivolse al supervisore. «La scialuppa con due uomini a bordo.» Indicò l'altra camera. «Dovete fermarla.»

«Temo che siate voi a dover essere fermati», ribatté il supervisore. «Guardie, arrestateli.»

Pitt, guardando oltre il centro di controllo, aveva scorto Pablo che camminava lungo il molo. Vide che le guardie stavano prendendo Dirk e Ann e spinse al massimo il motore del canotto. Il figlio lasciò andare la cima e la piccola imbarcazione ripartì.

Tra il centro di controllo e le porte c'erano centocinquanta metri. Pablo era quasi in fondo quando sentì avvicinarsi il canotto. Fu una brutta sorpresa vedere a bordo Pitt, con la SIG Sauer in pugno. Disarmato, il colombiano si voltò verso le guardie, occupate a trattenere la Bennett e l'altro uomo. Non facevano alcuno sforzo per fermare Pitt: la loro lealtà su commissione arrivava solo fino a un certo punto.

La scialuppa era a pochi metri da Pablo, ma Pitt stava per precederlo. Il mercenario vide che una squadra di operai era intenta a riparare i binari di una locomotiva e si era lasciato indietro alcuni pezzi danneggiati. Raccolse una sbarra di acciaio lunga circa un metro e ottanta e si fece avanti.

Pitt aveva superato Pablo e rivolto il canotto verso il molo. Non si era accorto che nel frattempo il colombiano si era procurato un'arma. Balzò dal canotto e gli puntò contro la pistola.

I suoi riflessi erano annebbiati dalla stanchezza e quando Pablo fece per colpirlo con la sbarra reagì in ritardo. Mirò e premette il grilletto, ma l'acciaio arrivò prima, abbattendosi sulla sua mano tesa. Il colpo partì verso il cielo e la pistola finì in acqua.

Pitt si ritrasse, vedendo l'avversario che si preparava a colpire di nuovo, ma non poté schivare una stangata alle costole che lo fece girare su se stesso. Riuscì a restare in piedi e retrocedette, mentre l'altro fendeva l'aria con la sbarra, come una falce.

«Hai fatto molta strada per morire qui.»

«Non abbastanza», replicò Pitt.

Barcollando all'indietro, era quasi arrivato alle porte e alla scialuppa legata al molo. La camera si stava svuotando in fretta e l'imbarcazione era scesa di altri sei metri, troppo bassa per saltare.

Pablo avvertì la vulnerabilità di Pitt e si preparò a un nuovo assalto, più violento dei precedenti.

Il direttore della NUMA notò che il peso della sbarra stava rallentando l'avversario e decise di passare all'offensiva. Fece un altro passo indietro, ma invece di proseguire la ritirata puntò i piedi e si lanciò in avanti.

Pablo si portò la sbarra davanti al petto per difendersi. Pitt lo placcò, riuscendo a coglierlo impreparato e a sbilanciarlo. Afferrò a sua volta il segmento di rotaia e spinse il colombiano, costringendolo ad arretrare per riprendere l'equilibrio. Ma quando Pablo fece un altro passo indietro, trovò solo il vuoto e cadde all'indietro, trascinando Pitt con sé.

Da sotto il centro di controllo, Dirk e Ann avevano assistito allo scontro mentre le guardie le tenevano sotto tiro. Li videro cadere nel bacino con un grosso tonfo e attesero che riaffiorassero. Dirk contò i secondi e, quando l'acqua si fermò, provò un brivido.

Dopo oltre un minuto, nessuno dei due uomini era tornato in superficie.

76

Pablo subì il grosso dell'impatto della caduta, colpendo l'acqua di schiena con il peso di Pitt sopra di sé. Dall'altezza del molo, l'effetto era quello di precipitare su una lastra di cemento. L'urto gli mozzò il fiato, mentre il dolore gli si propagava lungo la spina dorsale. Il suo corpo si tese, immobilizzato dallo shock.

Pitt, al contrario, riuscì a mantenere il controllo. Mosse le gambe, spingendo l'avversario più in profondità. Con la sua esperienza nelle immersioni supponeva di poter resistere più a lungo di Pablo e faceva forza sulla sbarra, per farlo scendere il più possibile. Concentrato sull'attacco, tuttavia, non fece caso al vortice che li aveva catturati. Sentì ben presto la pressione alle orecchie e mosse la mascella per sbloccarle.

Ripresosi dall'impatto, Pablo cercò d'istinto di liberarsi dalla rotaia, ma Pitt non cedeva, usandola contro di lui. Ormai tornato in sé, il colombiano aveva bisogno di aria. Si spinse via dalla sbarra e scalciò furiosamente per sfuggire all'altro. Ma accadde qualcosa di strano: anziché risalire, una forza invisibile lo trascinava in basso. Sorpreso, Pablo tornò ad afferrarsi alla rotaia.

All'altra estremità della sbarra, Pitt smise di muovere le gambe. Un'altra fitta alle orecchie gli fece capire che venivano risucchiati verso il fondo. Erano caduti proprio sopra uno dei pozzi di drenaggio, Quando le valvole erano aperte, l'acqua della camera si riversava in un condotto laterale che si scaricava in una tubatura di sei metri di diametro all'interno della parete e, infine, nel lago Miraflores. In superficie i vortici si notavano appena, ma in fondo era impossibile sfuggire.

Al pari del colombiano, Pitt lasciò la presa sulla sbarra e cercò di nuotare verso l'alto, ma sentì che il risucchio era troppo forte. Scosso dalla turbolenza, urtò Pablo e si afferrò di nuovo alla rotaia assumendo un assetto parallelo al fondo.

La forza di attrazione aumentava, trascinandoli verso la bocca del pozzo, larga un metro e venti. Pablo cercò di lottare, ma le gambe furono risucchiate nel condotto, poi il resto del suo corpo. Anche la sbarra ci sarebbe finita, se all'ultimo momento Pitt non fosse riuscito a metterla a forza di traverso. Con un suono metallico, la rotaia si fermò sui bordi della bocca, fermando la discesa dei due uomini. Né l'uno né l'altro si erano resi conto della forza con cui venivano trascinati e per poco non persero la presa.

L'impatto sbilanciò Pitt, le cui gambe furono risucchiate nel pozzo. Il resto del corpo le seguì e in un attimo si ritrovò fianco a fianco con Pablo, entrambi aggrappati all'acciaio della rotaia, mentre migliaia di litri di acqua scorrevano su di loro. Ormai non combattevano più l'uno contro l'altro, ognuno lottava per la propria salvezza.

La loro discesa era durata solo mezzo minuto, ma a causa dello sforzo erano entrambi a corto di aria. Pablo aveva trattenuto il respiro da quando erano caduti in acqua e ormai non poteva più resistere. Il cuore gli batteva all'impazzata, la testa gli doleva. Il terrore di annegare gli riempì la mente e lo gettò nel panico.

A pochi centimetri da lui, Pitt vide il colombiano strabuzzare gli occhi, con la testa che tremava.

La disperazione ebbe il sopravvento: Pablo cedette all'istinto, abbandonò la sbarra e cercò di nuotare verso la superficie.

Ma non aveva speranze.

Sfrecciò davanti a Pitt, scomparendo nelle profondità del pozzo.

La resa di Pablo servì da sprone al superstite, che si concentrò sulla presa sulla rotaia, cercando di non pensare al dolore che gli pulsava nel cervello e all'urgenza irresistibile di respirare. Sapeva che le chiuse si riempivano e svuotavano in fretta e, da quando era in acqua, il livello era sceso di altri sei o sette metri. Presto, si disse, il drenaggio sarebbe finito.

Mentre le dita gli stavano diventando insensibili, sentì un rombo cupo sotto di sé e, per un momento, gli parve che il risucchio fosse ancora più forte. Erano le valvole dei pozzi di drenaggio che si stavano chiudendo. Poi avvertì un tonfo e la trazione cessò.

Dapprima incredulo, Pitt si issò sulla rotaia e si accorse che poteva risalire. Allora lasciò la presa e cominciò a muovere le gambe, espirando piano. Mancava una decina di metri, ma risalì in fretta, aspirando con un rantolo l'aria umida che finalmente lo accolse in superficie.

Mentre si riprendeva, sentì delle urla provenienti dalla banchina, molto più in alto, e un motore che si avviava nelle vicinanze. Le porte si erano aperte e Bolcke stava per lasciare la camera a bordo della sua scialuppa. Due operai che gettavano di sotto le cime avevano avvistato Pitt e stavano avvisando le guardie.

Anche l'austriaco aveva visto Pitt. Senza far caso alle cime, partì verso le porte aperte, con la poppa bassa nell'acqua.

Pitt reagì senza esitazione e dopo poche bracciate si aggrappò alla cima galleggiante. La corda si tese, trascinandolo sull'acqua. Da terra una guardia gridò a Bolcke di fermarsi, ma questi la ignorò, continuando ad accelerare. Pitt si sentiva quasi strappare le braccia, ma non lasciò la presa.

Solo mentre oltrepassava la chiusa Bolcke si voltò indietro e si accorse di avere Pitt al traino. Imprecò, lasciò i controlli e sciolse l'estremità della cima, che scivolò da poppa, liberando lui e la barca da quell'uomo inarrestabile che a tutti costi non voleva lasciarlo andare.

77

« Rudi, è meglio se vieni qui subito. »

« Okay, Hiram, arrivo. » Gunn riagganciò il telefono e uscì di corsa dal suo ufficio. Anziché aspettare l'ascensore, scese le scale e dopo pochi secondi fu nel centro informatico della NUMA.

Yaeger era alla sua postazione di comando di fronte al megaschermo, su cui si vedeva un mercantile che si muoveva piano in uno spazio ristretto.

« Cos'hai? » chiese Gunn, guardando le immagini.

« Canale di Panamá. Queste sono le chiuse di Pedro Miguel, in diretta, viste da una delle videocamere dell'autorità del canale. Le stavo tenendo d'occhio mentre aspettavo notizie da Dirk e Summer riguardo il raid. »

« Sì, sto aspettando la chiamata. »

« Guarda qui. L'ho registrato pochi minuti fa. » Yaeger richiamò sullo schermo immagini precedenti con la stessa inquadratura. Si vedeva una piccola imbarcazione che arrivava in una delle camere; poi, dopo qualche minuto, un canotto che entrava nella camera parallela e si fermava al centro di controllo.

Gunn guardò le due figure che sbarcavano. « Sembrano Ann e Dirk. »

Guardarono stupiti lo svolgimento degli eventi successivi, compresa la battaglia tra Pitt e Pablo e la fuga sull'acqua dalla chiusa.

« Ci sarà Bolcke su quell'imbarcazione? » chiese Yaeger.

« Sì », disse Gunn. « E deve avere con sé i piani del *Sea Arrow*, altrimenti Pitt non lo inseguirebbe. »

« Cosa facciamo? »

Gunn scosse la testa, con lo sguardo confuso. « Sandecker », decise alla fine. « È meglio se chiamiamo Sandecker. »

78

Dopo la sua breve corsa trascinato sull'acqua, la cima si afflosciò tra le mani di Pitt. Riprese fiato, mentre guardava la scialuppa allontanarsi a tutta velocità.

Era stato trainato a pochi metri dalla riva del lago Miraflores. Vide un molo con un rimorchiatore all'ormeggio e lo raggiunse a nuoto: era un'imbarcazione ausiliaria dell'autorità del canale impiegata come appoggio per i rimorchiatori in servizio nelle manovre di grosse navi.

Pitt si issò a bordo, sciolse gli ormeggi e si diresse alla timoniera. Avviò il motore e si allontanò dalla sponda, senza prestare attenzione all'equipaggio che in quel momento era impegnato nelle operazioni della chiusa. Spinse il motore al massimo, mentre superava qualcosa che galleggiava sulle acque del lago. Lo riconobbe come il corpo di Pablo, maciullato dal suo passaggio attraverso le condotte di drenaggio.

Il rimorchiatore non poteva battere in velocità la scialuppa di Bolcke ma non era necessario. Il lago Miraflores non era molto esteso e la sua lunghezza massima era di un chilometro e mezzo. L'austriaco restava in vista e, se avesse voluto proseguire la sua fuga lungo il canale, sarebbe stato costretto a superare altre chiuse. Poi, seguendolo a mezzo miglio di distanza, Pitt comprese quale fosse il piano di Bolcke.

La scialuppa si accostò a un grosso mercantile fermo sul lago e attese che fosse calata una scaletta. Ne scesero due orientali armati che fecero avvicinare l'imbarcazione. L'austriaco porse loro il cestino contenente i progetti del *Sea Arrow*, poi lasciò la scialuppa.

Pitt si avvicinava da poppa e poté leggere la scritta sullo scafo nero della nave: SANTA RITA, GUAM. Gli uomini erano a metà scaletta quando il rimorchiatore accostò a sua volta.

Riconosciuto Pitt nella timoniera, Bolcke lo fissò come se fosse un fantasma. Si rivolse ai due uomini armati. Quello che portava il cestino corse in coperta, l'altro si fermò e prese la mira. Studiò con attenzione il rimorchiatore e sparò un colpo di avvertimento davanti alla prua. Poi puntò l'arma verso la timoniera.

Pitt mostrò di avere capito il messaggio, si allontanò dalla fiancata e proseguì.

In coperta, Zhou arrivò alla murata mentre Bolcke saliva a bordo. « Benvenuto », disse in tono freddo.

L'austriaco appariva sconvolto e ansimava dopo avere salito i gradini. « La mia nave è stata speronata e affondata. Il mio campo attaccato e distrutto. Abbiamo perso il propulsore e il mio assistente Pablo è rimasto ucciso. Ma sono riuscito a scappare con i progetti della supercavitazione. Valgono più del propulsore. »

Zhou fissò l'austriaco, lieto di non esser stato sospettato per la distruzione degli impianti. Tuttavia, anche se i piani erano in loro possesso, la perdita del propulsore era un grave fallimento. « Questo cambierà il nostro accordo. »

« Certo. Ma possiamo discuterne più tardi. Dobbiamo andarcene subito dal lago Miraflores. »

L'agente cinese fece un cenno di assenso. « Siamo i prossimi in lista per uscire. Chi c'era a bordo del rimorchiatore? »

Bolcke guardò l'imbarcazione che si allontanava. « Solo un seccatore. Non può più fermarci, adesso. »

79

Il seccatore di nome Pitt aveva superato la *Santa Rita* e stava cercando un modo per fermarla e recuperare i progetti. Da solo sul rimorchiatore non aveva molte possibilità. Scrutò il lago davanti a sé, vedendo che all'estremità si divideva in due rami: verso sud, portava a una diga e a uno sfioratore che controllavano il livello delle acque; a nord c'erano le chiuse di Miraflores. Una delle camere si era appena aperta, lasciando uscire una grande nave da crociera bianca.

Le chiuse, Pitt lo sapeva, erano un vicolo cieco. Di sicuro Bolcke si era comprato la stessa influenza che aveva dimostrato presso quelle di Pedro Miguel, e ogni richiesta di fermare il mercantile avrebbe portato all'arresto di Pitt – come era già capitato a Dirk e Ann – fino a quando la *Santa Rita* fosse stata al sicuro in alto mare. Bisognava farsi venire un'altra idea.

Seguendo la costa, vide una vecchia chiatta piena di fango ormeggiata presso la diga. Proseguì passando davanti alle chiuse e vicino alla nave da crociera, che aveva notato avere un aspetto familiare. Passò a poppa, per avere conferma del nome scritto dietro il ponte danneggiato. E concepì un piano.

Splendido, mormorò tra sé. Semplicemente splendido.

80

«Comandante, ha una chiamata radio dal rimorchiatore a sinistra.»

L'uomo al comando della nave da crociera attraversò la plancia e prese il ricevitore che gli porgeva l'ufficiale. «Qui la *Sea Splendour*, parla il comandante Franco.»

«Buongiorno. Qui parla Dirk Pitt.» Dalla timoniera del rimorchiatore spuntò un volto conosciuto e una mano che salutava.

«Pitt, amico mio! Piccolo il mondo! Che cosa ci fai qui? Lavori per l'autorità del canale?»

«Non proprio. C'è una situazione critica in corso e mi occorre il tuo aiuto.»

«Ma certo. Ti devo la mia nave e la mia carriera. Di cos'hai bisogno?» Parlarono per qualche minuto, poi Franco depose il ricevitore con un'espressione accigliata.

Si avvicinò al pilota che gli era stato assegnato, intento a seguire la rotta al timone.

«Roberto», disse, con un sorriso forzato. «Hai l'aria affamata. Perché non scendi in cambusa a fare uno spuntino? Ti richiamiamo sul ponte quando ci avviciniamo alle chiuse di Pedro Miguel.»

Il pilota brizzolato, reduce da una sbronza di rum, colse al volo l'offerta. «Grazie, comandante. Sul lago c'è ampio spazio di manovra, non avrà problemi.» E lasciò la plancia.

Il primo ufficiale si mostrò perplesso. «È molto insolito, comandante. Che cos'ha in mente?»

Franco andò al timone e guardò fuori dall'oblò senza mettere a fuoco il panorama. «Completare la carriera che avrebbe dovuto finire a Valparaíso», disse calmo. Poi ordinò che la nave virasse.

Pitt si allontanò dalla nave da crociera e tornò a tutta forza verso terra, dove si trovava la chiatta rugginosa impiegata nelle operazioni di dragaggio del canale. Era bassa in acqua, carica di fango denso in attesa di essere scaricato nel Pacifico. Agganciò la chiatta al rimorchiatore e corse sul molo a sciogliere la corda grossa e pesante che la teneva ormeggiata a prua. Gettò a bordo la cima e tornò al timone. Portò il rimorchiatore parallelo alla chiatta e la trascinò al largo. Vedendola scarrocciare parallela al canale principale, Pitt cambiò posizione e si mise davanti alla prua, trainandola verso le chiuse.

A qualche centinaio di metri, a sua volta, la *Santa Rita* si stava avvicinando lenta alle chiuse, in attesa che le porte si aprissero. Pitt si voltò indietro e guardò la *Sea Splendour*: la nave da crociera aveva usato i propulsori di prua per effettuare una virata rapida e ora lo stava seguendo.

Quando Pitt l'aveva riconosciuta come la nave che aveva salvato in Cile, gli era venuta l'idea di servirsene per bloccare l'accesso alla chiusa. Tuttavia la *Santa Rita* era già in posizione e non c'era spazio perché la *Sea Splendour* si intromettesse. Ma il piano di riserva che aveva concepito era più audace, se non azzardato. Se non poteva impedire alla nave dei cinesi di entrare nelle chiuse, le avrebbe reso impossibile uscirne. E, nei confini del lago Miraflores, c'era un solo modo per riuscirci.

Trainò la chiatta verso le chiuse, poi virò a sud seguendo il ramo del lago, alla volta della diga. Pitt notò al proprio fianco l'ombra imponente della nave da crociera.

Una voce gracchiò dalla radio. «*Sea Splendour* pronta quando lo sei tu.»

«Roger, *Sea Splendour*. Ti guido io.»

Pitt separò il rimorchiatore dalla chiatta e fece strada alla nave da crociera. La *Sea Splendour* adeguò la propria velocità e toccò con l'alta prua la poppa della chiatta.

«Bene così, *Sea Splendour*», disse Pitt. «Avanti tutta.»

Mentre spingeva la chiatta, la nave da crociera diede piena potenza. Fu solo per un istante, ma sufficiente a imprimere una forte spinta alla chiatta.

Pitt cercò di tenere il passo a bordo del rimorchiatore. Vide la diga avvicinarsi, finché non fu a meno di un centinaio di metri. «Invertite i motori», ordinò via radio. «Grazie, *Sea Splendour*. Al resto penso io.»

«Buona fortuna, Pitt», rispose il comandante Franco.

Mentre la nave da crociera tornava indietro, il rimorchiatore raggiunse la chiatta, che correva come un treno impazzito. Pitt non doveva fare altro che mantenerne lo slancio. Diede un colpo alla poppa, perché restasse allineata sul bersaglio: lo sfioratoio al centro della diga.

Pitt si preparò all'impatto, che fu più violento del previsto. La bassa prua della chiatta investì lo sfioratoio con un tonfo metallico. Il rimorchiatore rimbalzò sulla poppa e Pitt venne sbalzato via dal timone.

Si rimise in piedi e fece manovra. Il suo tentativo di forzare una diga vecchia di un secolo era fallito, pensò. Era riuscito solo a incuneare una chiatta nello sfioratoio, anch'esso datato 1914.

Poi sentì un rombo proveniente dal basso. Due o tre metri sotto la superficie, la chiatta aveva incrinato la diga. Sotto la pressione delle acque del lago la fessura si allargò. Poi, con un sussulto e un fragore improvviso, una sezione di quindici metri della parete della diga si disintegrò, dando inizio al crollo dell'intera struttura.

Pitt guardò impressionato la chiatta che scivolava in avanti e scompariva, fracassandosi rumorosamente sull'acqua, una decina di metri più in basso. Il rimorchiatore avvertì subito la corrente provocata dall'acqua che fuoriusciva e lui dovette manovrare per sfuggire al risucchio. La *Sea Splendour* era già lontana e il comandante Franco la stava conducendo verso la parte più profonda del lago, vicino a Pedro Miguel. Rivolse allora la propria attenzione alla *Santa Rita*, ancora in posizione davanti alle chiuse di Miraflores, in attesa del suo passaggio nel Pacifico.

Mentre Pitt allontanava il rimorchiatore dalla diga distrutta, vide le porte della camera nord aprirsi lentamente. Disse a se stesso che aveva fatto il possibile. Ora tutto dipendeva soltanto dal tempo e dalla fisica.

81

Bolcke fu il primo a capire cosa stesse tentando di fare Pitt. Accortosi che la chiatta era precipitata attraverso la frattura nella diga, si rivolse a Zhou, sul ponte di comando della *Santa Rita*. «Sta cercando di abbassare il livello dell'acqua per bloccarci. Dobbiamo entrare subito nelle chiuse!»

L'agente cinese non replicò. Non aveva controllo sulle porte e rimase sorpreso quando un attimo dopo le vide aprirsi, come a comando. Il mercantile si mosse in avanti, entrando nella camera. Le cime vennero collegate alle piccole locomotive a terra.

Bolcke aveva attraversato più volte le chiuse e vide subito che c'era qualcosa che non andava. Il ponte principale della *Santa Rita* era molto più in basso della banchina, cosa che non sarebbe dovuta accadere prima del drenaggio della camera. Voleva dire che il livello dell'acqua era già di parecchi metri inferiore al normale.

L'austriaco non perse tempo e gridò un messaggio via radio: «Centrale di transito, qui è la *Santa Rita*. Chiudete le porte dietro di noi! Ripeto, chiudete le porte dietro di noi!»

Nella centrale di controllo delle chiuse di Miraflores, la chiamata di Bolcke venne bellamente ignorata. Il personale era già impegnato a capire che cosa stesse succedendo allo sfioratoio. Qualcuno aveva visto i movimenti della *Sea Splendour* e di un rimorchiatore, ma nessuno ci aveva fatto caso finché la chiatta non era precipitata oltre la diga. La forza di sicurezza venne subito mobilitata e alcune imbarcazioni furono inviate a controllare entrambi i lati della diga.

Un motoscafo bianco e nero intercettò Pitt mentre si dirigeva verso le chiuse. Prima che l'uomo della sicurezza potesse parlargli, lui fermò il rimorchiatore e si mise a gridare. «Una piccola nave ha perso il controllo ed è andata contro la diga. A bordo c'erano molte persone. Dovete cercare i superstiti. Vado alla chiusa per cercare soccorsi.»

Il capo della sicurezza a bordo del motoscafo ci cascò e ordinò di andare a controllare. Solo in un secondo tempo si sarebbe domandato che cosa ci facesse quell'uomo a bordo di un rimorchiatore dell'autorità del canale.

Pitt ripartì, avvistando in lontananza una grande nave grigia in attesa di entrare nella camera sud dal lato opposto. Lui si diresse verso la camera nord, seguendo la *Santa Rita*. Si accorse che il lago si stava prosciugando più in fretta del previsto. Una grossa condotta che trasferiva l'acqua del Miraflores nelle camere stava diventando sempre più visibile sulla superficie.

Pitt ebbe la fortuna di trovare le porte della camera ancora aperte e vi fece passare il rimorchiatore. Là dentro era ancora più evidente quanto fosse sceso il livello dell'acqua. La *Santa Rita* era bassa, con il ponte principale sei o sette metri sotto la banchina.

Ma non era ancora sufficiente. La *Santa Rita* doveva scendere di nove metri prima di passare alla camera successiva. Il livello dell'acqua doveva diminuire ancora di più per impedirle di continuare il percorso.

«Centrale di transito a rimorchiatore ausiliario sedici. Prego, motivate vostra presenza», disse una voce dalla radio.

Pitt prese la trasmittente. «Centrale di transito, qui la sicurezza. Controlliamo possibili danni alle porte della camera nord.»

Non tardò a intervenire Bolcke. «Centrale di transito, l'uomo sul rimorchiatore sedici è un impostore. È lui il responsabile dei danni alla diga. Arrestatelo immediatamente!»

Pitt spense la radio, sapendo che la commedia era finita. Ora tutto quello che poteva fare era mantenere il rimorchiatore in una posizione tale da impedire la chiusura delle porte, sperando nel frattempo di non restare ucciso. Un pugno di uomini armati era già apparso sul ponte della *Santa Rita*, distribuendosi lungo le murate e a poppa. Al di fuori del campo visivo di Pitt, un contingente dell'autorità del canale uscì dalla centrale di controllo e corse verso il rimorchiatore.

Qualche centinaio di metri più in là, le ultime vestigia della diga di Miraflores cedettero, lasciando precipitare una cascata di acqua. Lungo le sponde del lago l'acqua si era ritirata in modo vistoso, portando alla luce il fondale pianeggiante e fangoso. Il risucchio della corrente aumentò e Pitt sentì il rimorchiatore indietreggiare appena diminuì la potenza. Scivolò per un momento fuori dalle porte e vide che la condotta era ormai in piena vista. Il livello era sceso di quasi tre metri negli ultimi minuti.

Il rimorchiatore si infilò di nuovo tra le porte. L'operatore ai controlli smise di preoccuparsi della sicurezza dell'imbarcazione e ordinò la chiusura a ogni costo.

Pitt considerò la possibilità di usare il rimorchiatore come ostacolo, ma comprese che sarebbe stato schiacciato dalle seicento tonnellate delle porte. Poi guardò di nuovo la *Santa Rita* e capì che non era più necessario.

La nave era lievemente inclinata a dritta e si appoggiava a un lato della camera. Il livello dell'acqua era sceso al punto da farle toccare il fondo con la chiglia.

Pitt partì a razzo, lasciandosi alle spalle le porte in fase di chiusura, e costeggiò la *Santa Rita* per poi fermarsi accanto al ponte anteriore di sinistra. Apparve all'istante un gruppo di uomini, che puntarono le loro armi su di lui mentre il rimorchiatore accostava alla nave. Pitt alzò le mani, scavalcò il parapetto e salì a bordo del mercantile.

Uno degli uomini gli appoggiò alla gola la canna di un AK-47 e lanciò minacce in mandarino.

Pitt gli rivolse un sorriso poco amichevole. «Dov'è il tuo capo?»

Non ebbe bisogno di aspettare un traduttore. Bolcke e Zhou lo avevano visto salire e arrivarono subito. L'agente cinese guardò Pitt con curiosità, sorpreso di ritrovarlo dopo il loro incontro nella giungla. L'austriaco, dal canto suo, fissava l'intruso con rabbia incontrollata.

«Tu hai qualcosa che appartiene al mio paese.»

«Ma sei pazzo?» urlò Bolcke.

«Per niente. Il gioco è finito, Bolcke. Hai perso. Dammi i progetti.»

«Sei un idiota. Tra poco usciremo dalla chiusa... e passeremo sul tuo cadavere.»

«Non andrete da nessuna parte», lo informò Pitt. «La vostra nave è arenata e non c'è più acqua per riempire la camera.»

Nella centrale di controllo, l'operatore della chiusa era giunto alla stessa conclusione: l'altezza dell'acqua sotto la *Santa Rita* era ormai considerevolmente inferiore a quella della camera adiacente. Non era possibile aprire le porte di uscita con un dislivello simile.

«Faranno arrivare altra acqua dal lago Gatún e noi ce ne andremo», disse Bolcke.

«Non con i progetti.»

L'austriaco si rivolse all'agente. «Uccidilo, Zhou. Uccidilo subito.»

Il cinese rimase immobile a valutare le opzioni.

«Non credo che tu abbia intenzione di dargli un passaggio gratis», disse Pitt a Zhou. «Suppongo che tu non gli abbia detto chi ha fatto saltare il suo complesso. Ho idea che voi due abbiate qualcosa di cui parlare.»

L'ombra di un sospetto attraversò il volto di Bolcke. «Bugie. Solo bugie.» Ma nei suoi occhi si leggeva la disperata presa di coscienza del crollo del mondo intorno a lui. Non gli restava altro che far tacere il messaggero.

L'austriaco si girò verso uno dei cinesi e gli strappò l'AK-47 di mano. Lo puntò su Pitt e fece per premere il grilletto, quando risuonò uno sparo. Un nitido foro rosso gli apparve sulla tempia e gli occhi pieni di rabbia si rovesciarono all'indietro. L'ingegnere minerario stramazzò sul ponte e il fucile automatico gli sfuggì di mano.

Pitt guardò Zhou, che reggeva ancora la pistola cinese da 9mm con il braccio teso, mentre un filo di fumo usciva dalla canna. Poi l'agente si voltò verso Pitt, puntandogli l'arma al petto.

«E se facessi come ha detto Bolcke e ti uccidessi subito?»

Pitt colse un'ombra con la coda dell'occhio e rivolse all'agente cinese un sogghigno compiaciuto. «Allora mi seguiresti entro un secondo.»

Zhou percepì, più che vedere, i movimenti sopra di sé. Poi alzò lo sguardo: sulla banchina era schierata una decina di uomini che puntavano carabine M4 su di lui e il suo equipaggio. Erano i marinai del cacciatorpediniere *Spruance* della US Navy, che in quel momento occupava la camera adiacente.

Il volto di Zhou era imperscrutabile come sempre. «Tutto questo potrebbe creare uno spiacevole incidente tra i nostri due paesi», considerò.

«Tu dici? Un gruppo paramilitare cinese a bordo di una nave con bandiera di Guam, catturato mentre portava in salvo un mercante di schiavi pluriomicida? Sì, immagino che tu abbia ragione. Sarebbe imbarazzante, almeno per uno dei nostri due paesi.»

Zhou rispose in tono deciso. «E se restituissimo i piani?»

«Allora potremmo stringerci la mano e andare felici ognuno per la sua strada.»

Zhou guardò negli occhi verdi di Pitt, studiando l'avversario amichevole che lo aveva appena battuto. Si voltò a parlare con uno dei suoi uomini, che abbassò l'arma e salì sul ponte di comando. Tornò poco dopo con il cestino di plastica contenente i piani del *Sea Arrow*, che consegnò con riluttanza all'americano.

Pitt prese il cestino e fece un passo verso la murata. Poi si fermò, tornò da Zhou e gli tese la mano.

Il cinese lo guardò un istante, quindi gliela strinse con vigore.

«Grazie per avermi salvato la vita», disse Pitt. «Due volte.»

Zhou fece un cenno di assenso. «Potrei pentirmi di averlo fatto la prima», disse, con l'ombra di un sorriso.

Pitt andò alla murata e, reggendo con attenzione il cestino, salì una scaletta sulla parete della camera. Quando arrivò in cima, fece un cenno di ringraziamento ai marinai dall'altro lato. E un attimo dopo fu arrestato dalla forza di sicurezza dell'autorità del canale.

EPILOGO

Morte rossa

Lo Spettro del Sud Atlantico

82

«Sembra che abbiamo compagnia, capo.»

Seduto su una sdraio sotto un ombrellone, Al Giordino aprì il frigorifero portatile e vi gettò una bottiglia di birra vuota. Chiuse il coperchio, ci appoggiò sopra la gamba fasciata e guardò il motoscafo in avvicinamento. Era vestito da spiaggia, con un paio di short e una camicia hawaiiana, anche se si trovava su una chiatta in mezzo al canale di Panamá.

«Spero non sia un altro rappresentate dell'autorità.» Pitt era inginocchiato sul ponte e stava controllando delle attrezzature subacquee.

«A occhio direi che è il nostro uomo di Washington.»

Il motoscafo accostò e Rudi Gunn salì sulla chiatta. Indossava una camicia oxford sopra un paio di pantaloni corti, aveva un borsone in spalla ed era fradicio di sudore. «Salve, distruttori di canali.» Abbracciò i vecchi amici. «Nessuno mi ha detto che questo posto è peggio di Washington in agosto.»

«Non è poi così male», replicò Giordino, pescando dal frigorifero una bottiglia di birra per il nuovo arrivato. «Qui gli alligatori sono più piccoli.»

«Non c'era bisogno che prendessi un aereo per vedere come stavamo», disse Pitt.

«Credetemi, non vedevo l'ora di andar via da quella città. Avete scatenato un incubo di pubbliche relazioni, tra dighe demolite e navi affondate.» Gunn guardò più in là, dove una grande nave verde era arenata sulla sponda del canale. Una squadra di operai era al lavoro sulla prua sfracellata, per ripararla e permettere alla nave di lasciare il canale. «Quella è l'*Adelaide*?»

«Sì», rispose Pitt. «E siamo parcheggiati sopra la *Salzburg*.»

Gunn scosse la testa. «I panamensi sono fuori dalla grazia di Dio. Tra le riparazioni alla diga, il recupero della *Salzburg* e i risarcimenti per il traffico mancato sul canale, lo Zio Sam dovrà firmare un bell'assegno.»

«È sempre un affare, considerando cosa abbiamo rischiato di perdere.»

«Sono d'accordo. Sandecker è soddisfatto e il presidente vi è molto grato. Anche se, per motivi di sicurezza, non può divulgare che cosa ci fosse in gioco e ne sta sentendo dire di tutti i colori per quello che Panamá chiama 'sconsiderato avventurismo americano'.»

Giordino prese un'altra birra dal frigorifero e fece saltare il tappo. «Bevo allo sconsiderato avventurismo americano!»

«Di sicuro», riprese Gunn, «il presidente sarà molto più contento quando avremo recuperato il motore del *Sea Arrow*.»

«Ho la mia squadra migliore all'opera in questo stesso momento», garantì Pitt.

Gunn guardò nella direzione opposta: a breve distanza era ormeggiato un cacciatorpediniere grigio della US Navy.

«La *Spruance*», disse Pitt. «Ci fa da scorta e, se abbiamo fortuna, tirerà su il motore.» Guardò Gunn negli occhi. «Ottima mossa mandarla nelle chiuse. Se non fosse stato per i suoi marinai, probabilmente non sarei qui.»

«Hiram e io abbiamo visto quello che succedeva attraverso le videocamere del canale. Guarda caso la *Spruance* si preparava al transito e abbiamo accelerato il suo passaggio. O, per meglio dire, è stato il vicepresidente Sandecker a farlo.» Guardò dal parapetto e vide bolle d'aria che salivano in superficie dai sommozzatori sotto la chiatta. «Come se l'è cavata la nave da crociera?»

«La *Sea Splendour*? Il comandante pensava di essersi giocato la carriera, ma è successo un fatto curioso. I media hanno fatto di lui un eroe per avere impedito la fuga di Bolcke, dopo che si è saputa la storia del campo di lavoro. Una volta che la compagnia ha capito che a pagare il conto era il nostro governo, gli hanno dato una medaglia e una promozione. Al pilota del canale che si trovava a bordo in quel momento non è andata altrettanto bene e ha perso il posto. Ma il comandante Franco gli ha trovato un posto nella compagnia.»

Gunn sorrise. «Allora forse può trovare un nuovo lavoro anche per me.»

Le bolle in superficie si fecero più ampie e due subacquei spuntarono dall'acqua. Gunn riconobbe Dirk e Summer, quando li vide salire sulla chiatta dalla scaletta.

«Ciao, Rudi», lo salutò Dirk. «Vieni a immergerti con noi? L'acqua è calda.»

«No, grazie.» Gunn occhieggiò le acque torbide. «Trovato il propulsore?»

«È intatto, ancora legato al semirimorchio», rispose Summer. «È finito lontano dai container e dal relitto.»

«Il semirimorchio è ridotto male, ma non ho visto danni al motore», aggiunse Dirk. «La *Spruance* non dovrebbe avere difficoltà a recuperarlo.»

Gunn tirò un sospiro di sollievo. «Grande notizia. Così non dovrà essere la NUMA a pagare una diga nuova», disse, guardando Pitt di sottecchi.

«Non è il nostro settore», rise questi. «L'autorità del canale ha accettato che sovrintendessimo alla rimozione della *Salzburg*, quindi sembra che potremo goderci questo clima balsamico ancora per un po'.»

Gunn si asciugò la fronte con una manica. «Non contate su di me. Vorrei riportare a casa Dirk e Summer per aiutarmi a fare rapporto sull'accaduto.» Aprì la sua borsa di viaggio. «A proposito, mi è stato chiesto di consegnarvi un pacchetto.» Frugò nel bagaglio e ne estrasse una scatola sottile, che affidò a Summer.

Lei l'aprì e vi trovò una lunga lettera scritta a mano unita con un fermaglio a un diario rivestito in pelle.

Mentre lei leggeva, Dirk guardò la scatola e notò l'indirizzo del mittente. «Viene da Perlmutter. Che cosa dice St Julien?»

«Che non possiamo tornare a Washington con Rudi», rispose Summer.

Poi rivolse al padre uno sguardo suadente. «Faremo invece una gita alla Terra del Fuoco.»

83

La pista di Mount Vernon era un paesaggio di quiete a sud di Alexandria, appena disturbato da un lieve rumore di fondo prodotto dal traffico della vicina autostrada. Sul lungofiume si vedevano pochi ciclisti e qualcuno che faceva jogging, affrettandosi a concludere l'allenamento prima dell'inizio della giornata di lavoro.

Dan Fowler si diede allo sprint finale della sua corsa di cinque chilometri e tagliò un traguardo immaginario prima di concedersi di rallentare il passo. Andò alla vicina fontanella per bere un sorso d'acqua fresca.

«Buongiorno, Dan. Com'è andata la corsa?»

A Fowler l'acqua andò di traverso e gli gocciolò sul mento. Lo shock di udire quella voce familiare era evidente, quando si voltò. Aveva danti a sé Ann Bennett, con il suo consueto tailleur.

«Ann... come stai?» balbettò.

«Bene, grazie.»

«Dove sei stata? Eravamo tutti in ansia.»

«Ho dovuto fare un viaggetto.»

«Senza avvisare nessuno? Ti abbiamo fatta cercare dalla polizia. Va tutto bene?»

«Sì. È sorta una questione personale del tutto inaspettata.»

Fowler si guardò intorno con fare nervoso. Scorse solo un paio di persone che facevano jogging e un uomo che sistemava la gomma forata di una bicicletta. «Sei sola? Temevo che fossi in pericolo.»

«Sto bene. Volevo solo parlarti a quattr'occhi.»

«Certo.» Fowler guardò verso una macchia di alberi vicino al fiume Potomac, in cui avrebbero potuto trovare un po' di privacy. «Facciamo due passi?» E la guidò gentilmente lontano dalla pista.

«Mentre ero via ho avuto molto tempo a disposizione per riflettere sul caso», disse Ann.

Fowler la mise alla prova. «Forse hai saputo gli ultimi sviluppi. Qualcuno ha rubato il propulsore del *Sea Arrow* mentre lo portavano a Groton.»

«Sì, lo so. Ci sono sospetti?»

«No, l'FBI ha fatto un buco nell'acqua.»

«Non mi sorprende. Dimmi una cosa: che cosa sai del sistema di difesa attiva?»

«Difesa attiva? Non è quell'apparecchio antisommossa sfornato dall'esercito? Non ne so molto.»

«Sfornato è la parola giusta.» Ann ripensò alla prima volta che aveva visto l'apparecchio a New Orleans. «Non mi hai detto che eri stato nell'Army Research Lab.»

«Sì, ci ho fatto un breve periodo. Perché me lo chiedi?»

«Secondo il loro direttore del personale, hai gestito tu la sicurezza per il programma di difesa attiva. In quella posizione avevi accesso ai progetti. Forse ti interesserà sapere che l'esercito non è il solo a disporre di questa tecnologia. Si dà il caso che Edward Bolcke ne abbia un'unità a bordo di una delle sue navi.»

«Dove vuoi andare a parare, Ann?»

«Dan, da quando sei sul libro paga di Bolcke?»

Erano quasi arrivati agli alberi. Fowler sorrise. «Stai esagerando. Sappiamo tutti e due che la talpa non può essere che Tom Cerny alla Casa Bianca. Non dovresti tuffarti se non sai nuotare, sai?»

Ann ignorò l'offesa. «Cerny era ottimo, come pista falsa. Per un po' ci sono cascata. Poi ho riesaminato le sue autorizzazioni di sicurezza. A dispetto delle tue illazioni, non ha mai avuto a che fare con le tecnologie che sono state compromesse. E sono vent'anni che entra in America centrale. Cerny è pulito.»

Fowler non replicò. Erano a un passo dagli alberi.

«D'altra parte», proseguì Ann, «ho appena scoperto che sei stato uno dei soci fondatori della SecureTek, il subappaltatore di sistemi di sicurezza che in seguito è stato acquisito da Edward Bolcke.»

«Stai sparando cavolate a caso.»

«Davvero? Abbiamo rintracciato i pagamenti effettuati dalla compagnia di Bolcke a un conto bancario intestato a te, qui a Washington.» Questa volta Ann stava bluffando, ma confidava che ulteriori indagini lo avrebbero confermato.

Fowler continuava a camminare, guidandola fra gli alberi. Riprese a parlare dopo una lunga pausa di silenzio. «Suppongo che tu abbia ragione. E adesso?»

«Sarai processato per spionaggio e passerai il resto della tua vita in prigione.»

Al riparo dalla vista, Fowler aggredì Ann. Le agganciò il collo con un braccio e la spinse con violenza contro il tronco di una grande quercia rossa. «No! La cosa finisce qui!»

Ann rimase immobile, mentre l'uomo sfilava da una tasca una bandana e l'arrotolava stretta. Gliela mise intorno al collo e cominciò a stringere.

Lei cercò di allontanarlo, ma lui era troppo forte. La inchiodava al tronco con le gambe. Ann si sentì girare la testa, l'aria cominciava a mancarle. Poi udì una voce decisa alle spalle di Fowler.

«Lasciala andare.»

Fowler si voltò e vide due uomini in tenuta da jogging che gli puntavano ciascuno una Glock alla testa.

Il ciclista che stava aggiustando la ruota li raggiunse di corsa, imbracciando una mitraglietta H&K. «FBI», gridò. «Sei in arresto.»

Fowler allentò piano la stretta intorno al collo di Ann. La bandana scivolò a terra. Uno degli agenti dell'FBI lo strattonò via, mentre un altro gli ammanettava i polsi dietro la schiena.

Prima che lo trascinassero verso una macchina in attesa, Ann gli si avvicinò e lo guardò negli occhi. «Dan, credimi. Io so nuotare.»

84

I mari della Terra del Fuoco confermavano il loro soprannome derivante dalla latitudine: Furiosi Cinquanta. Spirava un forte vento da ovest che spezzava le onde alte in larghi spruzzi di schiuma. A questo si aggiungeva il turbine di correnti, che scuotevano iceberg isolati alla deriva dall'Antartide. Nel corso dei secoli queste forze combinate avevano trascinato più di una nave in una tomba in fondo al mare nelle gelide acque intorno a capo Horn. Mancava solo una di quelle raffiche violente che colpivano senza preavviso.

Un piccolo peschereccio si faceva strada coraggiosamente nel vortice, dando ai suoi occupanti la sensazione di viaggiare su un otto volante. Nella timoniera, Summer si afferrò al tavolo mentre la barca scivolava su un'onda alta cinque metri. «Non potevi scegliere un'imbarcazione più grande?» si lamentò.

Dirk sorrise e scosse la testa. Le offerte nautiche per chi aveva fretta scarseggiavano nella vicina città di Ushuaia, sulla costa argentina. Era stata già una fortuna riuscire a noleggiare il peschereccio. Da Ushuaia il viaggio lungo il canale di Beagle era stato piuttosto tranquillo, ma una volta nell'oceano aperto la situazione era cambiata in modo drammatico.

«Quella là avanti è Isla Nueva», disse il comandante, un uomo robusto dai capelli bianchi.

Summer guardò fuori e scorse un'isola dalle colline verdi, a un miglio di distanza. «Pittoresca, a suo modo. Quanto è grande?»

«Circa dodici chilometri da un'estremità all'altra», rispose Dirk. «Dovremmo percorrere tutto il perimetro in quattro o cinque ore.»

«Certo che è finito ben lontano da casa.»

Si riferiva al *Barbarigo*. La loro ricerca improvvisata era partita dal pacchetto che Perlmutter aveva fatto pervenire loro a Panamá. Conteneva il diario di bordo tenuto dal velista Leigh Hunt nel suo giro del mondo. Incuriosito da ciò che Summer aveva scoperto in Madagascar, Perlmutter aveva contattato la famiglia di Hunt; uno dei figli aveva rintracciato il diario di bordo dopo una lunga ricerca nella soffitta della casa di famiglia. Dentro c'era un resoconto dettagliato della posizione in cui il velista aveva avvistato lo Spettro del Sud Atlantico.

Mentre il peschereccio saliva e scendeva sulle onde, Summer prese il diario e rilesse le annotazioni di Hunt. « Dice che stava navigando a nord di Isla Nueva e Lennox Island quando ha visto lo Spettro che faceva rotta sulla Nueva. Quindi è probabile che sia finito sulla costa ovest. »

Il peschereccio si stava avvicinando da est, dove la costa presentava una parete di roccia alta e scura, battuta dalle onde tra alti spruzzi di schiuma.

« Spero che sull'altro lato ci siano meno scogli », auspicò Dirk. « Se è andato contro le rocce, non lo troveremo in questa gita. »

Disse al comandante di portare il peschereccio quanto più vicino possibile alla costa, poi cominciarono a circumnavigare l'isola in senso antiorario. Speravano di localizzare segni visibili del sommergibile, nel caso fosse finito sulla riva. In caso contrario, una nave della NUMA sarebbe venuta a fare ricerche con il sonar nelle acque circostanti.

Avevano esaminato decine di immagini riprese dai satelliti, inviate loro da Yaeger, identificando diverse anomalie sulla costa, ognuna delle quali avrebbe potuto essere il sommergibile. L'unico modo per scoprirlo era ispezionare l'isola, senza fare troppo caso alla furia del mare.

Raggiunsero la costa settentrionale di Isla Nueva, superando una scogliera torreggiante che avrebbe potuto distruggere qualsiasi nave. Due siti che avevano annotato sulle foto dai satelliti si rivelarono formazioni rocciose la cui forma poteva essere scambiata solo vagamente per i resti di un sommergibile.

A mano a mano che si spostavano verso ovest la costa si appiattiva, alternando spiagge sassose e rocce frastagliate.

«Ci avviciniamo al terzo sito», annunciò Dirk, confrontando una fotografia con lo schermo di navigazione.

Summer si portò un binocolo agli occhi, lottando per tenerlo a fuoco mentre l'imbarcazione oscillava. «Dimmi quando ci siamo.»

Dirk seguiva lo spostamento del peschereccio. «Da un momento all'altro.»

La sorella studiò la costa, esaminando una spiaggia ghiaiosa tra due sporgenze di roccia. Notò una sagoma più liscia del resto. Poi lo scossone di un'onda la mandò a sbattere contro la paratia. «Avviciniamoci di più.»

Si rimise a cercare ciò che aveva visto e lo trovò: era qualcosa di liscio e arrotondato, a ridosso delle rocce.

«C'è qualcosa laggiù, anche se non mi sembra molto grande.» Passò il binocolo al fratello. «Guarda anche tu.»

«Sì, è qualcosa di fabbricato dall'uomo», confermò lui, abbassò il binocolo e guardò Summer. «Andiamo a vedere.»

Il comandante dovette proseguire per un altro miglio lungo la costa per trovare una piccola cala che garantisse riparo dalle onde. Dirk e Summer misero in acqua un canotto e remarono fino a terra. Mentre trascinavano sulla spiaggia l'imbarcazione di gomma, una raffica di vento li inondò di pioggia.

«L'ultima volta che siamo sbarcati su un'isola, non so cos'avrei dato per un tempo del genere», commentò Dirk.

Risalirono la costa sotto il diluvio, lottando contro il vento proveniente dal mare che li mitragliava di pioggia. Nonostante le condizioni meteorologiche, Summer non poté fare a meno di apprezzare la ruvida bellezza di quell'isoletta alla punta estrema dell'America meridionale. Ma il panorama si faceva monotono e dopo mezz'ora di marcia non erano più sicuri del luogo in cui avevano notato l'anomalia.

In riva al mare, esaminando la costa circostante, Summer ritrovò finalmente la sagoma sulla spiaggia. Era una lamiera ricurva e arrugginita, lunga circa un metro e ottanta, incastrata fra le rocce.

«Mi sbilancio: un pezzo di torretta di un sommergibile», azzardò Dirk.

Summer annuì e guardò verso l'oceano. « Probabilmente si è schiantato su quelle rocce ed è affondato più al largo. Oppure ha ricominciato a vagare sui mari. »

« No », fece Dirk, in tono sorpreso. « Abbiamo guardato dalla parte sbagliata. » Batté una mano sul braccio della sorella e indicò l'entroterra.

Sulle prime lei notò solo una stretta spiaggia ghiaiosa. Poi, oltre, vide un avvallamento coperto di cespugli alla base di una collinetta rocciosa. La spiaggia era deserta, ma quando vide l'avvallamento Summer rimase a bocca aperta.

Tra la vegetazione, una quindicina di metri più avanti, si vedeva spuntare il resto della torretta.

Attraversarono la striscia di ghiaia e si fecero largo tra la vegetazione, in mezzo alla quale era nascosto l'intero scafo del sommergibile, sepolto per tre quarti. Dirk constatò che rivolgeva la poppa verso l'esterno: si vedeva un albero spezzato dove avrebbe dovuto esserci l'elica di propulsione. Costeggiarono un lato del battello fino a raggiungere la torretta, che si ergeva come da un castello abbandonato.

Summer prese di tasca una vecchia foto in bianco e nero e la confrontò con lo scafo arrugginito che aveva di fronte. Corrispondeva. Sorrise al fratello. « È il *Barbarigo*. »

Si arrampicarono sui resti della torretta, da dove riuscirono a distinguere le dimensioni imponenti dello scafo sotto la vegetazione.

« Come avrà fatto a finire qui? » chiese Summer.

« Probabilmente un'onda anomala. La zona di capo Horn ha una brutta fama in proposito. Dev'essere stata di proporzioni mostruose per spingerlo così nell'entroterra. »

Summer guardò la prua. « Il suo carico sarà ancora a bordo? »

Era la domanda finale del quiz. E la ragione per cui si erano precipitati nella Terra del Fuoco, dopo che Perlmutter aveva portato alla luce qualcosa di più del diario di bordo del navigatore solitario. Aveva ricostruito il misterioso mosaico dell'ultimo viaggio del *Barbarigo*.

Tutto era cominciato con lo scienziato tedesco Oswald Steiner, che si era imbarcato sul sommergibile in Malesia. Lo storico aveva scoperto che Steiner era un fisico di grande fama, noto per i suoi studi sull'elettromagnetismo. Spinto dai nazisti a occuparsi di ricerche militari, per qualche tempo si era occupato del loro programma atomico, prima di concentrarsi su un proprio progetto segreto: un cannone elettromagnetico.

Secondo la teoria di Steiner, un proiettile lanciato a velocità estreme poteva viaggiare per una distanza di ottanta chilometri, permettendo ai tedeschi di cannoneggiare la costa sudorientale dell'Inghilterra dalla Normandia. Perché il sistema potesse funzionare, gli occorrevano i magneti più potenti del mondo, che potevano provenire solo dalle terre rare.

Nel 1942 la domanda era scarsa e le terre rare erano difficili da estrarre e raffinare. La Germania e i territori occupati ne possedevano pochissime. Ma Steiner aveva trovato una fonte che da sola poteva soddisfare le sue necessità: una piccola miniera di granato in Malesia, sotto il controllo giapponese, estraeva samarskite come prodotto secondario. Il minerale conteneva alte concentrazioni di samario, un elemento chiave nella realizzazione di magneti a elevato rendimento.

Steiner era partito per la Malesia e aveva scoperto con sorpresa che nel corso di anni si era ammassata una grande quantità del minerale, che i locali avevano battezzato Morte rossa, per il suo intenso color ruggine. Ma era stato Steiner a determinare che aveva una lieve carica radioattiva, che nel tempo aveva provocato malattie in alcuni minatori.

Entusiasta della scoperta, Steiner aveva richiesto che la samarskite fosse trasportata in Germania. Il compito era stato assegnato a un sommergibile italiano, il *Tazzoli*, che tuttavia era stato affondato durante la navigazione. Perciò, quando il *Barbarigo* era giunto a Singapore per ritirare una fornitura di gomma e zinco, Steiner aveva fatto cambiare l'ordine, riempiendolo di samarskite. Mentre accompagnava il carico in patria, lo scienziato era morto insieme all'equipaggio quando tutti erano stati costretti ad abbandonare il sommergibile danneggiato.

Dirk abbassò lo sguardo verso una zona scoperta del ponte anteriore del *Barbarigo*. Scese dalla torretta e, seguito da Summer, avanzò in coperta, tra il fango e le pietre cadute dalla collina soprastante. Liberò l'acciaio rugginoso dai detriti in una sezione vicina alla prua e portò allo scoperto una sbarra ricurva fissata orizzontalmente. Era la maniglia del portello di prua. La sorella lo aiutò a ripulire la zona, compreso il volantino per l'apertura.

« Dici che si apre? » chiese lei.

Dirk diede qualche calcio al volantino per sbloccarlo dalle incrostazioni. « Se mi dai una mano, lo scopriamo subito. »

Afferrarono entrambi il volantino, facendo forza con tutto il loro peso. Dopo numerosi tentativi, nonostante la ruggine di decenni, il portello cedette e si aprì. Dirk rivolse a Summer una strizzatina d'occhio carica di speranza e si affacciò.

Da dentro saliva un odore umidiccio. Nel buio c'era poco da vedere, se non che l'interno era pieno sino all'orlo di sedimento. Non si capiva se fosse sabbia, fango o minerale. Dirk affondò una mano per raccogliere il materiale. Lo sollevò, mostrandolo alla sorella.

Era una roccia, scura eppure rilucente. Nella luce grigia sotto la pioggia si distingueva una sfumatura rossastra.

« È la Morte rossa? » chiese lei.

Lui guardò la roccia e sorrise. « No, sarebbe meglio chiamarlo Oro cremisi. »

85

Sei mesi dopo

Una folla di notabili, quasi tremila persone, si riversò nella base navale di New London, sotto il cielo freddo e nuvoloso del Connecticut. I visitatori furono guidati fino a una banchina dove file e file di sedie erano rivolte verso la riva del fiume Thames.

A occupare tutto il panorama era l'ultimo e più veloce sottomarino da guerra della marina, l'USS *North Dakota*, che una volta completate le prove in mare stava ora attendendo il varo ufficiale prima di prendere servizio.

Pitt e Loren si fecero largo tra la folla per prendere posto sulle loro sedie in seconda fila, dietro un gruppo di ammiragli in alta uniforme. Guardando gli alti papaveri della US Navy, il direttore della NUMA si chiese se i posti riservati a lui e alla moglie fossero dovuti più ai suoi sforzi per salvare il *Sea Arrow* o al ruolo di Loren in Campidoglio. Quando il capo delle Operazioni navali rese omaggio a sua moglie, decise che era per la seconda ragione.

Poco dopo arrivò il vicepresidente Sandecker, con il caratteristico sigaro che gli pendeva dalle labbra. Era preceduto da una squadra di funzionari del Pentagono. Fu accompagnato a una sedia vicino al podio, ma quando vide Pitt e Loren sfuggì alla sua scorta e li raggiunse.

Si rivolse a lei. «Affascinante come sempre, nonostante il mascalzone che hai accanto.»

Loren rise. «Ripulito non è tanto male. Lieta di rivederla, signor vicepresidente.»

«Dove sono Summer e Dirk? Pensavo di trovarli qui.»

Loren inarcò un sopracciglio, incuriosita.

«Sono entrambi a Roma», spiegò Pitt. «Il governo italiano

ha organizzato una cerimonia in memoria dei membri dell'equipaggio del *Barbarigo* ritrovati in Madagascar. I ragazzi sono stati invitati come ospiti d'onore.»

«Se non fosse stato per loro, avremmo avuto seri problemi», disse Sandecker. «Il fatto che abbiano ritrovato i resti di parte dell'equipaggio ha convinto gli italiani e cederci le terre rare trovate a bordo del sommergibile. Altrimenti oggi non avremmo avuto la nostra carta vincente.» Strizzò l'occhio a Pitt.

«A proposito di terre rare», disse Loren. «Ho sentito in Campidoglio che i cinesi stanno per riprendere le esportazioni.»

«Così ci hanno detto. Una volta che gli australiani si sono ripresi la quota di Bolcke di Mount Weld, i cinesi hanno perso ogni speranza di monopolio sul mercato. E la ricostruzione della nostra miniera di Mountain Pass è più avanti del previsto. Per fortuna il materiale di Bolcke che abbiamo acquisito a Panamá e in Madagascar ci ha tenuti in pista.»

Un assistente si materializzò accanto a Sandecker, informandolo che la cerimonia stava per avere inizio.

«Il dovere mi chiama», disse il vicepresidente, rivolgendo un inchino a Loren e stringendo la mano a Pitt prima tornare al suo posto.

Poco dopo Ann Bennett si fece largo nella fila e andò a occupare il posto libero accanto a Loren. «Salve», disse, calorosa. «Temevo di non farcela.»

«Sei appena atterrata?»

«Sì. La sentenza di Dan Fowler era proprio stamattina e non me la volevo perdere.»

«Bizzarra coincidenza», osservò Pitt. «Quanto gli hanno dato?»

«Trent'anni», disse lei, con un sorriso soddisfatto. «Come sperava l'accusa.»

Un ammiraglio occupò il podio e presentò il vicepresidente, che tenne un discorso di routine sulla protezione dei mari da ogni possibile nemico. Seguì una serie di esponenti della marina, con le inevitabili parole di circostanza.

Durante uno dei discorsi, Ann si protese davanti a Loren e sussurrò a Pitt: «È in acqua?»

Lui annuì. « Due sere fa, durante la pioggia che aspettavano. »

« Pronto per le prove in mare? »

« Tutto funziona, mi dicono. »

« Credevo che il *North Dakota* avesse già fatto le prove in mare », intervenne Loren.

« Sì, certo, cara. » Pitt si tappò la bocca.

Sul podio fu presentato il patrono onorario della cerimonia, che recitò la formula tradizionale del varo: « Prendete la nave e portatela in vita! »

L'equipaggio e gli ufficiali del *North Dakota* salirono a bordo, nel tripudio dei presenti.

Gli occhi di Pitt si soffermarono oltre il sottomarino, fissando una chiatta motorizzata circondata da boe bianche e rosse.

« Dov'è? » chiese Ann.

« Vicino alla chiatta, dall'altra parte. »

Loren notò che anche alcune autorità della marina sembravano più interessate alla chiatta che al sottomarino appena varato. « Che cos'hanno tutti? » chiese Loren. « Sembra che qui ci sia qualcosa di più importante del *North Dakota.* E perché fissate le boe vicino alla chiatta? »

Pitt sorrise alla moglie e le strinse la mano.

« Il mare non sempre rivela i suoi segreti », le disse. « Nemmeno sotto la minaccia di un coltellino arrugginito per il burro. »

INDICE

Clive Cussler e Justin Scott

Il tagliagole

New York, 1911. Isaac Bell, detective di spicco dell'agenzia investigativa Van Dorn, è alle prese con un caso di ordinaria amministrazione. Anna Pape, una giovane donna che ambisce a diventare un'attrice di successo, è scappata di casa, forse proprio per inseguire il suo sogno. Bell non ci mette molto a trovarla, ma il caso si conclude tragicamente: la ragazza è morta. Assassinata in modo brutale. Per l'investigatore privato comincia un'indagine ben più complessa di quanto potesse sembrare, che cerca di far luce sul movente e sulla mente perversa che ha concepito questo atroce delitto. Ma l'omicida sembra non essersi fermato: Anna, infatti, non è l'unica vittima. Come lei, molte altre giovani donne vengono trucidate negli angoli bui di diverse città degli Stati Uniti, e un dettaglio inquietante le accomuna tutte. Isaac Bell potrebbe trovarsi sulle tracce di uno dei più grandi mostri del suo tempo. E farà tutto il possibile per fermarlo.

LONGANESI

Clive Cussler e Justin Scott
Il cecchino

Edna, profonda come l'oceano, o Nellie, che abbaglia come un caleidoscopio? Isaac Bell è concentrato su questa decisione quando la Commissione federale lo incarica di investigare sulla Standard Oil, la compagnia petrolifera fondata da John D. Rockefeller che sta fatturando incassi record, riuscendo a sbaragliare qualsiasi forma di concorrenza grazie a colpi di fortuna molto... sospetti. Il miglior detective dell'agenzia investigativa Van Dorn sa che qualcosa non torna, ma quando inizia a indagare il caso assume subito una svolta mortale. Qualcuno sta eliminando come mosche tutti gli avversari della Standard Oil, riuscendo a colpire anche il più prezioso dei testimoni di Bell, ucciso da un proiettile sparato con straordinaria precisione da una distanza impossibile...

TEA

Questo libro è stampato col sole

Azienda carbon-free

Finito di stampare nel mese di luglio 2024
per conto della TEA S.r.l.
da Grafica Veneta S.p.A. di Trebaseleghe (PD)
Printed in Italy

Certificato PEFC
Questo prodotto è realizzato con materia prima da foreste gestite in maniera sostenibile e da fonti controllate
PEFC/18-31-226
www.pefc.it

Clive Cussler e Robin Burcell
Il tesoro dei Romanov

1918, Russia. L'imperatrice madre sa di non aver alternative: pagare l'enorme riscatto richiesto dai bolscevichi è l'unico modo per salvare la vita dello zar, della zarina e dei loro figli. Ma il destino dei Romanov è già segnato. La morte. E il riscatto, un immenso tesoro in gioielli, oro e pietre preziose, sparisce nel gorgo della Storia. Fino a oggi. Grazie a una insolita coincidenza, Sam e Remi Fargo cominciano a indagare, scoprendo che durante la Seconda guerra mondiale i nazisti erano riusciti a sottrarre il tesoro ai russi e che quelle immense ricchezze sono finite nelle mani di una pericolosa organizzazione nazista. Stavolta non si tratta solo di una caccia al tesoro. È la loro occasione di smascherare i responsabili di crimini indicibili e, soprattutto, di impedire che quei crimini si ripetano.

TEA